보이지 않는 숲

보이지 않는 숲

초판 1쇄 발행 2022년 11월 1일

지은이 조갑상
펴낸이 강수걸
기획실장 이수현
편집장 권경옥
편집 신지은 오해은 이소영 이선화 김소현 강나래
디자인 권문경 조은비
펴낸곳 산지니
등록 2005년 2월 7일 제333-3370000251002005000001호
주소 부산시 해운대구 수영강변대로 140 BCC 613호
전화 051-504-7070 | 팩스 051-507-7543
홈페이지 www.sanzinibook.com
전자우편 sanzini@sanzinibook.com
블로그 sanzinibook.tistory.com

ISBN 979-11-6861-099-6 03810

* 본 출판물은 〈우수 출판 콘텐츠 제작지원사업〉의 일환으로 부산광역시와
부산정보산업진흥원의 지원을 통해 제작되었습니다.
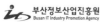
부산정보산업진흥원
Busan IT Industry Promotion Agency

보이지
않는

숲

조 갑 상   장 편 소 설

산지니

차례

1장 기찻길 옆 오막살이

7

2장 마을로 간 전쟁

55

3장 큰산을 두 개로 만들려는 사람들

203

4장 시골집 마당에 자라는 풀 같은

279

5장 아이를 먼저 구해주세요

345

해설:『보이지 않는 숲』의 배경_박찬승(한양대 사학과 명예교수) 387

작가의 말 399

1장

기찻길 옆 오막살이

오전 내내 김인철은 붓방아를 찧었다. 한양식품에서 코카콜라를 생산한 지 6개월이라 거기에 맞춰 쓰는 기사였다. 「코카콜라, 또 하나의 미국」이라는 제목까지 정해놓고 신문과 잡지 자료까지 다 뒤지고도 진도가 나가지 않았다. "8등신 여체의 잘록한 허리를 만지는 듯한 관능적인 기분에다 씁쓸하면서도 달콤한 맛의 코카콜라가 국내에 시판된 지 6개월이 지났다."라고 시작했다가, "내 몸에는 붉은 피 대신 코카콜라라는 이름의 검은 피가 흐른다, 라고 말한 사람이 있다."라고도 고쳐보았다.

그러다 "신비의 검정 음료라 불리는 콜라가 사이다에 익숙한 우리 입맛을 서서히 바꾸고 있다."라고 첫 문장을 썼다. 그다음 문장도 술술 풀려나왔다. "대학생을 비롯한 젊은이들은 물론 회사원—특히 오피스 걸—들치고 아직 코카콜라를 마셔보지 못했다면 시대에 뒤처진 사람 취급을 받는다. 미군 피엑스에서 흘러나온 코카콜라에 맛을 들인 사람들은 시판되는 제품이 싱겁다고 하지만 그래도 사이다 업계가 긴장하고 있는 건 사실이다. 무엇이 콕(코카콜라의 애칭)을 찾게 할까." 찾게 할까? 다음부터는 이것저것 이유를 들어야 하는데 글이 너무 퍼진다 싶었다. 결국 그는 빈 담배갑과 같이 원고지를 구겨 쓰레기통에 던지고 목욕탕으로 달려가 버렸다.

점심까지 먹고 사무실로 돌아온 그는 책장에서 출판사가 서로 다른 『고금소총』 두 권과 『한국해학 육담집』을 뒤적였다. 〈선조들의 성 풍속〉이란 원고를 쓰기 위해서였는데 언론사들에서 여성지 시장에 뛰어든 뒤에 고육지책으로 만든 연재물이었다. 이미 써먹은 제목에는 연필로 동그라미를 쳐놓았기에 그걸 피해 속독을 했다. 마감이 나흘 뒤였다.

「솥을 메고 도적을 뒤쫓다-부부적도(負釜跡盜)」가 괜찮다 싶어 "어느 한 행상이 남의 집에 투숙하였다가"로 시작되는 문장을 "나그네가 어느 마을의 한 민가에서 하룻밤 신세를 지게 되었다."로 바꾸면서 원문을 조금씩 고쳐갔다.

밤이 깊어 주인이 부인과 운우지정(雲雨之情)을 나누었다. 옆 방에서 그 소리를 듣던 나그네가 시침을 뚝 떼고 주인에게 물었다. "주인장, 지금 하시는 일이 무슨 일입니까?" 주인이 대답했다. "안 사람과 잠깐 즐거움을 누리고 있소이다." 나그네가 말했다. "아 그 일 말입니까. 아실는지 모르겠지만 운우지정에는 두 가지 품격이 있으니, 하나는 깊이 꽂아 오래 희롱하여 뼈골이 녹아들 듯하는 게 상품이요, 천둥치듯 격한 소리를 내다 번개불처럼 스러지는 게 하품이지요. 주인장도 그걸 잘 구분해서 일을 치러야 할 겁니다."

나그네의 훈수를 가만히 듣고 있던 주인집 여자가 곰곰 생각해보니 남편과의 일이 하품이다 싶었다. 대충 일이 끝난 뒤 부부는 잠을 청했는데 여자가 가위에 눌린 척하면서 남편을 발로 차 깨우며 말했다. "여보, 여보. 내 꿈이 영 상서롭지 못하네요. 우리 조밭에 산돼지가 들어 다 먹어치우고 있잖아요. 그 조밭이 다 망가지면 금년 양식이 걱정이지 않소."

남편이 그 말을 듣고 활을 차고는 급히 달려 나가자, 여자가 나그네에게 말했다.

"소골객(消骨客)을 어찌 그냥 잠만 재워 보내겠습니까. 뼈가 녹는 즐거움을 어디 한번 누리게 해주시죠."

나그네가 당장 옆방으로 달려가 일을 치르는데 과연 뼈마디가 녹는 운우지정이었다. 여자가 이 사내와 평생을 하리라 마음먹고 당장 가재도구를 챙겨 같이 도망가게 되었다. 가는 길에 나그네가 가만 생각해보니 남의 처와 재산까지 훔쳐 달아나는 게 아무래도 께름직해서, "우리 둘이 이렇게 가는 것이 진실로 기쁘기는 하나 갈 길은 먼데 밥 지을 화로와 솥이 없구려. 내 여기서 꼼짝없이 기다릴 테니 당신이 집에 가서 화로와 솥을 갖고 오구려."라고 일렀다. 여자가 그 말을 옳다 여기고 부리나케 집으로 돌아가 두 물건을 이고 길을 달리다 남편과 맞닥뜨리게 되었다. 이른 아침에 화로와 솥을 인 아내가 수상해서 남편이 매섭게 추궁하자 "내가 깊이 잠든 사이에 집에 묵던 사내가 세간을 몽땅 털어 도망을 갔지 뭐예요. 점쟁이에게 물어보니 그 사내가 오행(五行) 중에 금(金)에 속한 인물이라 쇠를 갖고 쫓아가면 잡을 수 있다 해서 지금 내가 솥을 인 거요." 라고 답했다. 그 말을 들은 어리석은 남편이 "그래요? 그럼 솥이 무거운데 내가 메고 찾아야지." 하고는 솥을 건네받아 나그네를 뒤쫓았다.

전화가 온 것은 원고를 읽으면서 교정을 보고 있을 때였다.
"지금, 안 계신데요. 네, 네. 그럼 잠깐 기다리세요."
전화를 받던 사무직원 이 양이 "김 기자님!" 하고 그를 불렀다. 어느새 주간 자리가 비어 있었다. 연재만화를 가져온 손 화백과 나간 모양이었다. 김인철은 "바빠 죽겠는데…"라고 중얼거리며 맞댄 두 개의 책상 중간쯤에 놓인 전화기를 들었다.
"독자투고 담당하십니까?"
남자 목소리였다.
"네, 그렇습니다."
원고를 보내는 독자는 대부분 여성이지만 괜찮은 글이 실리면 남성독자들이 관심을 보이는 경우가 있었다.
"〈생활의 우물〉이라는 독자투고, 거기 아무 글이나 다 실어주던데 나도 글 하나 보낼까 하는데 괜찮을는지…"
이런, 김인철은 목구멍까지 치미는 욕지기를 참고 "지금 바쁩니다." 하고 수화기를 내려놓으려고 했다. 상대편이 때맞춰 "아직 할 말이 남았소."라면서 그를 붙잡았다.

"여기 종로경찰선데 좀 만납시다. 9월호에 재미나는 글이 실렸더라고요. 저녁 식사 뒤에라도 좋으니 정보과로 오시오. 7시까지. 듣고 있소?"

김인철은 엉겁결에 "네, 그럼요."라고 답했다. 찰칵, 전화가 끊겼지만 그는 쉽사리 전화기를 내려놓지 못하고 맞은편 벽을 멍하니 보았다. 수영복을 입은 아가씨가 흰 거품이 얹힌 맥주잔을 들고 그를 향해 눈웃음을 쳤다. 어울리지 않는 달력사진을 보자 짜증이 솟으며 '지금 안 계신데요'라던 이 양 말이 떠올랐다.

"누굴 찾았어? 날 찾은 게 아니잖아."

"어디라고 말도 안 하고 주간님을 찾았어요. 안 계신다고 하니 독자투고란 담당분을 바꿔달라고 해서…."

불편한 기색을 읽었는지 이 양이 뒷말을 흐렸다.

"경찰서라는데?"

"네?"

그때 주간이 문을 밀고 들어왔다. 5분만 일찍 오지. 김인철은 포마드를 발라 반질거리는 주간의 머리를 바라보았다.

"김 기자, 한 꼭지 넘기고는 왜 아직 소식이 없어?"

"콜라가 잘 안 되네요."

그는 조금 전에 끝을 낸 원고 첫 페이지 상단에 〈해학으로 읽는 선조들의 性 風俗〉이라고 크게 쓰고는 주간 책상 위의 서류바구니에 담았다. 손 화백의 만화 〈무우씨와 배추양〉이 맨 위에 올려져 있었다.

"그런데 말입니다."

자기 자리로 가던 주간이 왜? 라는 눈빛으로 그를 보았다. 김인철은 이 양에게 "저기, 9월호 두 권 찾아와."라고 말하고는 다시 자리에 앉았다.

"좀 전에 종로서 정보과에서 전화가 왔어요. 9월호 독자투고 이야기를 하고는 보자는데요."

주간이 동그란 눈을 더 크게 뜨고 그를 바라보았다.

"글이 잘못됐다는 말이잖아."

이 양이 과월호를 모아둔 책장에서 9월호 두 권을 찾아 주간과 그의 책상에 올려놓았다. 김인철은 서둘러 맨 뒤편에 실린 독자투고란을 읽었다. 보통 때처럼 3편의 글이 실려 있었다. 첫번째 글은 아이를 가지지 못한 마음고생과 용하다는 한의원이나 절을 찾은 끝에 쌍둥이를 낳았다는 얘기였다. 잠자리 방법에 대한 노골적인 문장을 걷어내고 철자법은 물론 문장도 많이 뜯어고쳐 실은 글이었다. 두 번째 글은 경상도로 시집간 전라남도 여수 출신 새댁 이야기였다. 사투리며 음식 등 아기자기한 에피소드들이었다. 〈기찻길 옆 오막살이〉가 맨 뒤에 실려 있었다.

기찻길 옆 오막살이. 아기 아기 잘도 잔다. 칙폭, 칙칙폭폭 칙칙폭폭. 기차소리 요란해도 아기 아기 잘도 잔다.

내가 살던 동네는 철길가였다. 영등포역 인근 철길가였다. 그러나 나는 어려서도 〈기찻길 옆 오막살이〉라는 동요를 잘 부르지 않았다. 같은 동네의 다른 친구들도 마찬가지였다. 오히려 다른 동네 아이들이 그 노래를 부를 때는 화가 났다. 우리가 그 동네에 산다는 걸 알고는 깔보거나 놀리려고 부르기 때문이었다. 지금도 그런지 모르겠지만 내가 국민학교에 다닐 때만 해도 사는 동네가 다르면 서로 남의 동네를 얕보거나 흉을 보았다. 짓궂은 아이들은 "얘, 너희 동네 어머니들은 애를 많이 낳는다지. 밤에도 기차가 자주 지나다녀 그렇다며?"라고 어른들의 야비한 말을 옮기기도 했다. 또 어떤 애는 "기차가 지나갈 때마다 방구들이 들썩인다며? 밤에 엄마 아빠들이 좋아하겠다."고 놀렸다.

국민학교 다닐 때는 같은 동네 아이들이 많은 데다 모르고 지냈던 일들이 중고등학교에 들어가고 나서는 신경이 쓰였다. 무엇보다 교복과 용모였다. 기차에서 날아드는 거스름 때문에 하루에도 몇 번이나 방을 쓸고 닦았지만 여름에는 발바닥이 언제나 까맣게 더러워졌다. 여름은 말할 나위 없고 겨울에도 하얀 교복 깃과 양말을 빨고 그걸 석탄가루가 묻지 않게 말리는 데 신경을 썼다. 겨울에 머리를 매일 감는 것도 예사 부지런을 떨지 않고는 어려운 일이었다. 연탄불이 하나뿐이니 머리 감을 물 데우는 건 언제나 후순위였다. 습관이 중요하다면 습관도 환경이 만든다고 할 수 있을 것이다. 내가 교복에 신경 쓰고 머리 감는 일 때문에 늦게 자거나 일찍 일어나며 깔끔을 떤 것도 그런 동네에 살았기 때문에 배운 좋은 습관이라 생각한다.

철길가 동네는 사람 하나가 겨우 지나다닐 골목부터 시작해 크고 작은 골목들이 얼기설기 얽혀 있어 미로처럼 복잡했다. 잘 쓰지 않는 살림살이라도 집 앞에 내놓으면 리어카는 물론 자전거 통행도 불편한 골목이었다. 새로 온 동사무소 직원이나 파출소 순경도 찾아야 할 집을 못 찾아 한동안 애를 먹기도 했다. 한 집에 여러 세대가 살기에 동네는 작아도 인구는 많았다. 우리 가족이 세든 집만 해도 다섯 가구가 살았는데 주인은 방 한 칸을 둘로 나누어 독신자들 서너 명을 자게도 했다. 젊은 남자들은 대부분 영등포 인근의 공장에 나가고 공사장에 나가는 사람도 많았다.

그런 골목도 한낮에는 조용했다. 움직일 만한 사람은 모두 밖에 나가 돈을 벌고 나이 많은 노인네들만 구멍가게나 뚱보집, 남해집 같은 곳에서 낮부터 술을 마셨다. 아저씨들 중에도 술꾼이 많았다. 하는 일이 힘들고 살기가 고되니 그랬을 것이다. '왕년에'라는 별명이 붙은 끝남이 아버지만 해도 동네에서 알아주는 술꾼에다 싸움꾼이었다. 끝남이 아버지는 언제나 '내가 왕년에 군에 있을 때', '왕년에 내가 잘 나갔을 때'라는 식으로 말을 시작했다.

빤히 아는 동네 사람들끼리의 싸움이다 보니 밀린 외상값이니 방세 문제거나 빌려간 망치를 돌려주었느니 아니니 하는 게 시비의 발단이었다. 그때 어른들이 자주 쓰는 말이 '괄세'였다. '니한테까지 괄세받고는 못 산다' 그런 식이었는데 어머니들도 이웃과 시비를 할 때 그 말을 자주 썼다. 내 어머니는 동네 사람들이 그 말을 자주 하는 게 못사는 설움 때문이라고 해석했는데 전쟁을 겪으면서 이런 사연 저런 사연으로 고향을 떠난 사람들이 많기 때문이라고도 덧붙였다. 그 말을 듣고는 사실 여부를 떠나 끝남이 아버지의 '왕년에'라는 별명도 이해가 갔다.

하기야 우리 집만 해도 전쟁 전에는 시골에서 그런대로 잘 살았다고 한다. 좀처럼 아버지 이야기를 입에 내지 않는 어머니지만, 전쟁 나고 얼마 안 되어 지서(파출소)에 간 아버지가 돌아오시지 않은 뒤로 살림이 어려워지면서 결국은 고향까지 떠나게 되었다는 것 정도는 나도 안다. 어머니는 손을 흔들며 대문을 나간 아버지가 꿈에 자주 보여 오랫동안 힘들어하셨다.

이야기가 빗나갔지만 그렇게 자주 싸우고 고함소리가 떠나지 않는 동네지만 이웃끼리는 속정이 있었다. 산파를 데릴 형편이 못 되는 산모를 위해 동네 할머니들이 한밤중에도 나섰고 이웃에서는 광목이나 미역을 건넸다. 또 초상이 나면 어디서 찾아 입었는지 말끔한 양복차림으로 밤샘을 해주기도 했다. 몇 달 밀린 방세를 떼먹고 야반도주한 수영이네는 2년인가 지나 찾아와 "그동안 정이 고마워서"라며 방세를 냈다고 한다. 전국 각처에서 모여든 사람들이 부대끼며 살면서도 이웃이 무엇인지를 생각하게 해주는 일이었다.

내가 고등학교 2학년 때 우리 동네는 철거됐다. 대부분이 무허가 집들이다 보니 보상비도 쥐꼬리만 했는데 세입자들은 더더욱 손에 쥘 게 없었다. 당국에서 마련해준 이주촌으로 간 사람도 있고 그렇지 않은 이웃도 있다. 세월이 한참 흐른 지금, 철길가 동네 사람들은 뿔뿔이 흩어졌지만 추억만은 아름답게 간직하고 있으리라 믿는다. 언젠가 나는 〈기찻길 옆 오막살이〉의 2절을 부르며 살고 싶다.

기찻길 옆 옥수수밭. 옥수수는 잘도 큰다. 칙폭, 칙칙폭폭 칙칙폭폭. 기차소리 요란해도 옥수수는 잘도 큰다.

주간이 먼저 고개를 들었을 때 김인철은 마지막 단락을 읽고 있었다.

"맨 뒤에 거지?"

"그렇겠네요… 철거민 아니면 전쟁 때…."

"가난하게 살았어도 철길 동네 추억은 아름답다는데 시비 걸 게 뭐야."

주간의 말을 들으면서 김인철의 눈길은 '전쟁 나고 얼마 안 되어 지서에 간 아버지가 돌아오시지 않은 뒤로'라는 활자에 가 있었다.

"얼마나 손댔어?"

그 말을 듣고 보니 〈기찻길 옆 오막살이〉라는 원고를 읽었을 때 무조건 반가웠던 기억이 떠올랐다. 자신의 담당 중 가장 귀찮은 게 두 꼭지나 되는 독자투고였다. 편지든 생활수필이든 제대로 된 글 찾기가 어려웠다. 글체부터 개발새발에다 맞춤법은 그만두고라도 문장까지 죄 뜯어 고칠 때가 많았다.

"별로 안 고친 것 같아요…. 그럴 거예요."

어쩔 수 없이 김인철은 뒷말에 힘을 주었다. 오랜만에 손 볼 데 없는 원고를 만났다는 반가움에 지서에 간 아버지 따위가 눈에 들어오지 않았을 것이다.

"김 기자가 오케이 놓았잖아?"

주간은 벌써부터 책임을 따지고 있었다. 편집장 자리가 공석이 된 뒤로 독자투고란은 작품 선정에서 교정 오케이까지 전적으로 그의 몫이었다.

"아."

김인철의 머리가 끓어올랐다.

"전쟁 때 죽은 사람이 하나둘도 아닌데 지금 와서 왜 야단이야!"

"지서에서 그랬다고 크게 써놓았잖아. 그리고 그때 일이 끝이 있나."

주간이 김인철을 외면하며 말했다.

"이 양. 고료는 보냈을 테고, 잡지는 제대로 들어가는지 찾아봐. 이름이 뭐지?"

서옥주. 김인철은 제목 밑에 매달린 이름을 입속에 우물거렸다.

"반송되지 않는데요."

글이 채택되면 고료와 1년 치 잡지를 보내주었다. 발송 명부를 뒤지던 이 양이 답했다.

"그럼, 신원은 확실한 거네. 하기야 벌써 불려갔으니까 우리에게 주소도 묻지 않았지."

주간이 말을 마치자마자 문이 열리면서 노정수를 선두로 세 사람이 한꺼번에 들어왔다.

"회의하지."

주간은 9월호를 밀치고 편집대장을 챙겼다.

이번 11월호 특집은 외부원고로 채워지는 [아름다운 유혹]이다. 하지만 판매부수를 결정짓는 것은 여자배우 지망생을 울리는 충무로의 가짜 감독 기사와 새로 떠오르는 여배우 인터뷰와 사진 몇 장이었다.

"김지미하고 최무룡이 헤어진다는 소리가 또 돌던데요."

연극 영화를 담당하는 길경식이 충무로에서 묻혀 온 얘기부터 꺼냈다.

"그 소리, 한두 번이야?"

주간이 고개를 저었다.

"방귀가 잦으면 결국 똥 싸는 거지요."

미국 시사주간지 〈타임〉에 쇠고랑을 차고 웃고 있는 두 사람의 사진이 실렸을 정도로 유명한 간통사건 끝에 결혼한 그들이지만 언제부턴가 이혼 소리가 계속 나돌고 있었다. 길경식이 한마디 더 보탰다.

"김지미가 먹여 살릴 군식구가 몇십 명이라는 소리가 있더니 최무룡이 사업 시작한 게 그것하고 관계있는 거 아닌지 몰라."

"처가식구 먹여 살린다고? 허허."

여성생활과 레저를 담당하는 노정수가 거들고 나서자 주간이 얼른 이야기를 잘랐다.

"남정임이나 문희, 누구 사진 좀 알아봐."

"트로이카들, 어떻게나 콧대가 세던지… 아무튼 계속 쑤셔볼게요."

"충무로 기사는 언제 돼?"

"오늘부터 써야죠. 창작을 좀 해야겠네요."

"창작이라니, 그건 김 기자 하나면 됐어. 어쨌든 리얼하게 만들어. 돈 많은 신문사 것들하고 차별은 있어야지. 이 기자는 시작했어?"

주간이 가요 담당 이상신에게 눈길을 돌렸다.

"저도 오늘부터 써야죠. 그나저나 선데이 때문에 못 해먹겠네. 남진이도 그렇고 갓 나온 나훈아조차도 그쪽에 더 신경 쓰니, 원."

김인철은 오가는 말들을 들으면서도 전화에 계속 신경이 쓰였다. 그러나 〈선데이서울〉 소리만은 귀에 담겼다. 어제, 그는 다른 여성지에 근무하는 대학 선배와 술을 마셨다. 그쪽이거나 신문사 출판국이거나 어디든지 옮기려는 생각을 하고 있는 그로서는 술 도장을 확실하게 찍어두어야 했다. 그때 선배가 한 말이 선데이서울 때문에 자기네도 편집방향을 아예 고급화시키는 걸 생각하고 있다는 것이었다. 서울신문사에서 9월에 창간한 주간지 〈선데이서울〉은 가히 폭발적인 인기몰이를 하고 있었다. 토끼머리 로고로 유명한 〈플레이보이〉 잡지에서나 봄직한 선정적인 칼라 사진에 인기인들의 사생활까지 종횡무진이었다.

"우리도 아예 옐로로 갑시다. 정부 기관지도 저렇게 나가는데 우리라고 야하게 못 나갈 거 있어요?"

"서울신문이 기관지니까 거기서 발행하는 선데이서울도 정부 기관지가 되나? 거 재미나네."

"선데이 그거 완전 짬뽕에 잡탕이니, 원."

김인철이 1년 반 전에 입사한 〈월간 月世界〉야말로 그동안 대중지와 여성지의 중간 성격으로 재미를 보아왔지만 신문사들이 여성지에 뛰어든 데다 대중 주간지까지 나오다 보니 타격이 심했다. 작년 가을 동아일보사에서 창간한 여성지로 빠져나간 편집장 자리를 채우지 못하는 데다 월급도 며칠씩 늦어지고 있었다. 남의 글 고치는 출판사 일이 지겨워 잡지로 옮겨온 김인철로서는 잘나가던 대중지의 막차를 탄 것 같아 기분이 무거웠다.

"묘해. 시국은 얼어붙었는데 여자 옷은 벗기게 내버려두니."

"연임에 성공한 대통령이 취임식에서 가난과 부정축재와 공산주의를 3대 공적으로 꼽았는데, 그것하고는 너무 안 어울리네."

"틀어막은 게 있으면 열어주는 데도 있어야지. 그게 정치고 통치술이지."

북한 무장공비들의 서울 시내 침투로 시작된 1968년 올해는 향토 예비군 창설에 이어 학생들의 군사훈련 실시, 노동현장에서의 파업농성과 진압, 언론인들의 반공법 위반혐의 구속과 줄소환 등으로 숨 가쁘게 돌아갔다.

"우리야 동서 냉전의 서자라서 늘 찬밥 신세라 하더라도 서유럽은 또 왜 저리 시끄러워? 2차 세계대전 뒤의 호경기 단물을 애비들이 다 빨아먹었다고 자식들이 화내는 거야? 사회민주주의 정당들도 못 미더워 저러는 거야?"

프랑스에서 시작된 대학생들과 노동자들의 격렬한 시위를 두고 노정수가 한마디 보탰다. 따져 보면 조용한 곳이 없었다. 동유럽에서는 개혁과 자유화운동이 소련 군대에 의해 진압되고, 베트남전쟁도 확전 일로에 있었다.

"사람들이 자기 형편에 맞는 얘기를 해야지. 올해 최고의 뉴스는 그동안 독수공방하던 재클린 케네디 여사께서 마침내 재혼했다는 거지 뭐야. 어쨌거나 올해는 우리 월세계가 옐로로 가기로 확정한 해로 합시다, 흐흐."

이상신이 실실 웃으며 이야기를 제자리로 돌려놓고, 그동안 입을 다물고 있던 주간이 다시 원고를 챙기기 시작했다. 김인철이 맡은 지면은 맨 나중에 체크되었다.

"특집에 펑크 하나 났으니 코카콜라 서너 장 더 쓰고, 독자 투고에서 한 편 더 올려."

진도도 나가지 않는 콜라를 늘리라니. 그러나 김인철은 아무 소리도 하지 않았다. 제일 쫄따구면서 내근 편집을 맡고 있는 그에게는 언제나 밥상에서 젓가락이 잘 가지 않지만 구색을 맞추기 위해 내놓는 밑반찬 같은 지면들이 돌아왔다. 이번 달에 그가 써야 할 제일 큰 꼭지는 오전 내내 골을 싸맨 코카콜라였다. 그러고도 고정된 밑반찬으로는 그리운 명화 시리즈, 한 바닥으로 읽는 세계 명작, 보내지 못한 편지와 생활의 우물이라는 제목으로 나누어진 독자 투고가 있었다. 이제 겨우 성 풍속 하나만 끝냈을 뿐이었다.

커피가 배달되었다.

"요새 풍금 다방이 잘나가긴 잘나가나 보네. 바로 윗집에도 이리 늦게 오는 거 보면."

"미안해요. 언니가 직접 오려다 또 한 팀이 닥쳤잖아요."

신 양이 잔에다 프리마와 설탕을 타며 노정수의 말을 받았다.

"주방장이 그대로니 커피 맛이 좋아진 건 아닐 테고, 다른 맛 소문이 난 모양이지."

"새끼 마담 하나 더 들어온 것 보면 커피 맛보다 다른 맛에 더 신경 쓰는 거지 뭐. 이름도 고상하게 조미령이라며?"

주간이 지루한 영화 보듯 눈만 껌벅이다 입을 열었다.

"참, 종로서에 아는 사람 없어?"

"거긴 왜요?"

이상신이 말했다.

"김 기자를 오라는데."

"유부녀를 건드려서?"

"얌전한 김 기자님이 그럴 리가 있어요, 다른 분이면 몰라도."

신 양이 찻잔을 챙겨들고 나가며 웃어댔다.

"신 양도 많이 컸어."

노정수가 싱겁게 웃었다.

"독자투고가 잘못된 것 같아."

"야, 필화사건 아니야?"

"우리 형편에 그건 골치만 아프고, 차라리 명예훼손이 부수도 오르고 낫지. 말 나온 김에 이번 호에 여배우 하나 잡아 그런 거 나 만들어볼까."

독자투고란이라 그런지 별 관심들이 없었다. 주간도 정보과 말까지 꺼내 마감원고를 늦추고 싶지는 않은지 김인철에게 결론처럼 말했다.

"모르고 실었다고 사실대로 말해. 두 달이나 지났는데 이제 와서 큰일이야 있겠어. 독자 중에 누가 전화를 했거나 투서질을 한 거고, 그들로서는 조사했다는 근거는 남겨야 하니 부르는 거겠지."

저녁 시간까지 김인철은 1958년에 제작되어 이듬해 1월에 국내에서 상영된 〈젊은 사자(獅子)들〉을 택해 명화 시리즈 한 꼭지를 썼다. 말론 브란도가 독일군으로, 몽고메리 클리프트와 딘 마틴이 미국군으로 나오는 영화였다. 그가 묵은 잡지에서 찾아낸 영화 광고 상단에는 **"전쟁은 세 사람의 청년과 그들이 사랑한 여성의 인생에 어떠한 영향을 주었는가?"**라는 글귀가 쓰여 있었다. 그는 영화도 보고 같은 해에 번역되어 나온 원작 소설까지 읽었기에 원고지 10장을 후닥닥 메울 수 있었다.

사무실에서 종로경찰서까지는 걸어갈 수도 있는 거리였다. 찬바람이 부는 가을 저녁은 스산했지만 거리마다 사람들이 넘쳐났다.

그는 어쩔 수 없이 마음을 졸이며 경찰서에 들어섰다. 정보과라는 곳이 주로 대공 업무와 시국 사건을 맡고 있는 곳이라고 알고 있어 텅 빈 계단을 오르는 기분이 무거웠다. 사무실에는 너댓 사람이 앉아 있었다. 한쪽 책상에서는 중년 남자 하나를 앉혀 놓고 형사가 언성을 높이고 있었다. "같이 부역한 사촌형이 월북한 걸 모른다니 말이 돼? 그 자식이 여기 내려오면 맨 처음 만날 놈이 너잖아 너!" 김인철은 부역이니 월북이란 소리에 얼른 고개를 돌렸다. 회사 사무실에서 전쟁 때 죽은 사람이 한둘이 아닌데 글 몇 줄 갖고 왜 야단이냐고 화를 내긴 했지만, 6·25가 끝난 게 아니라는 건 그 자신이 잘 알고 있었다. 지금 이 시각, 또 다른 곳에서도 저렇게 과거를 캐내고 있을 것이었다.

시선을 돌리니 다른 책상 앞에 앉은 연두색 코트를 입은 여자가 보였다. 흘금, 김인철에게 눈길을 주던 형사가 불렀다.

"이리 오시오. 기자 양반."

짧게 깎은 머리에 짙은 밤색 셔츠 바람이었다. 김인철은 편안한 얼굴로 그의 책상 쪽으로 천천히 다가갔다.

"여기 앉으쇼."

형사가 여자 옆의 철제의자를 턱으로 가리켰다. 김인철은 의자에 엉덩이를 붙이면서 지갑에서 명함을 꺼냈다.

"대중잡지 기자도 기자긴 하지."

사십 중반이 꽉 차 보이는 형사는 명함을 뚜껑이 따진 영진구론산 옆에 던지듯 놓으며 빈정댔다.

"아는 사이 아니야?"

김인철과 여자의 눈이 마주쳤다 흩어졌다. 조금은 가냘픈 몸매에 화장기 없는 곱상한 얼굴이었다.

"무슨 말씀을."

여자는 고개를 돌린 채 아무 대꾸도 하지 않았다. 책상 위에는 회사에서 찾아 읽었던 9월호 잡지가 엎어져 있었다.

"이봐, 월세계라는 잡지 이름, 이거 이북 놈들이 만들겠다는 지상낙원 같은 그런 뜻 아니야?"

형사가 표지의 제호를 턱으로 가리키며 바람을 잡았다.

"글자 그대로 달나라, 토끼와 계수나무 나오는 그런 달나라죠. 술집이나 카바레 이름 같이 흔한 겁니다."

김인철은 침착해야 된다고 하면서도 말이 많아졌다. 그때 옆자리의 여자가 그에게 시선을 잠깐 돌렸다. 재미있다, 딱하다? 묘한 눈길이었다.

"그래, 중요한 건 이 아가씨 글을 우리 김 기자님이 실었지만 사람은 이 자리에서 처음 본다, 그렇게 되네."

이 친구 제법 깐죽거리는구나. 김인철은 불쾌감을 억누르며 본론이 나오길 기다렸다

"왜 불렀는지 알어?"

형사가 쏘았다.

"글이 어디 잘못되었나요?"

"어디가?"

"철거 이야기…"

"또?"

"아버지 이야기입니까?"

"기자 아니랄까 봐 말하는 솜씨 봐. 어쨌든 미리 문제가 될 걸 알고 실었다는 거네."

"아니에요. 전화 받고 다시 읽으면서 생각한 겁니다. 신문도 그렇지만 잡지도 마감에 쫓기면 정신없이 바쁜데 독자투고란이야 크게 신경 쓸 지면이 아니니까…."

김인철은 잠시 쉬었다 덧붙였다.

"다음 호 마감도 내일모레라 쓰던 원고 펼쳐놓고 뛰어나왔습니다."

김인철로서는 독자 원고를 제대로 챙기지 못한 발병을 겸해 빨리 내보내주었으면 하는 양수겸장으로 말했지만 형사는 그래서, 또 말해보라는 표정이었다.

"이 글, 처음 읽었을 때는 그냥 옛날 살던 동네 이야기라고만 여겼어요. 문장도 반듯하고 철길 동네 이야기도 실감나고 해서 실었더랬습니다."

"백일장 심사하나?"

형사가 코웃음을 쳤다.

"문장만 가을바람처럼 살랑대고 교복 애리 빨고 머리만 매일 감으면 이적행위는 관계없다 그거야?"

북한을 이롭게 했다는 말에 김인철은 찔끔했다.

"이 아가씨가 칙칙폭폭 동요 빌려 철길가 동네 사람들 인정이 훈훈하다고 연기 피운 건, 경찰이 제 애비 죽였다는 소리 하기 위해 분칠하고 화장한 거야. 거기다 필명까지 써가며 만만한 잡지에 글 실어서 고료 타먹는 게 직업이야, 직업!"

형사의 말을 들으며 김인철의 눈은 자기도 모르게 여자를 향했다. 그때서야 서옥주라는 이름이 떠올랐다. 그녀는 여전히 고개만 조금 숙인 채 외면하고 있었다.

"지서 얘기는 처음 했다니까 지금은 믿어주지."

형사가 이번엔 서옥주를 향했다.

"만일 다른 잡지에 실은 글 중에 이상한 게 나오면 그땐 제대로 혼날 줄 알아. 보련에 이름 올려 죽어놓고는 어디 겁대가리 없이 경찰에서 내 애비 죽였소, 라고 외고 펴! 빨갱이 딸년 주제에."

김인철은 어느 쪽에 시선을 두어야 할지 난처했다. 아무리 경찰서라지만 젊은 여성에게 심하군. 보련은 또 뭐란 말인가? 어디서 들어본 말 같기도 했지만 기억을 더듬을 분위기가 아니었다. 김인철은 형사를 똑바로 보지 못하고 허둥댔다. 슬그머니 풀린 그의 눈에 여자의 연두색 코트가 붉게 물드는 기분이었다.

"기자 양반, 보련이 뭔지 몰라요?"

형사가 다시 김인철을 잡아챘다.

"네, 그게…"

"허허, 아무리 대중지 기자라지만… 전향한 빨갱이들을 제대로 대한민국 국민 만들어주려고 만든 단체가 보도연맹이지, 보련. 이런, 지금 내가 그런 거 설명해주게 됐나. 자 기자양반, 시작해봅시다."

형사가 서옥주의 것임이 확실한 서류를 옆으로 제치고는 종이 한 장을 내밀었다. 경위서라는 제목이 보였다.

"참, 아까 심심해서 뒤적거리다 보니 해학으로 읽는 선조들의 성 풍속, 그거 재미나데. 어느 기자분이 고금소총 책에서 베끼

나요?"

　김인철은 모욕을 받는다 생각했다. 대중지 기자라고 노골적으로 창피를 주고는 이제는 놀리고 있다. 서옥주가 신경 쓰이면서 귓불이 달아올랐다.

　"문장을 조금 가다듬죠."

　"문장에 손을 댄다? 이 아가씨 글은 각색을 안 하시고?"

　헛손질도 여기서 맞으면 케이오펀치였다. 김인철은 명확하게 말했다.

　"맞춤법 틀린 거 한두 개만 고쳤습니다."

　형사가 눈길을 거두고 잡지를 펼쳐 그의 턱밑에 밀어 놓았다.

　"여기 밑줄 친 곳, 그건 그대로 경위서에 인용해요."

　서옥주의 글 중 아버지에 관한 부분에 빨간 줄이 그어져 있었다.

　김인철은 "〈월간 月世界〉 1968년 9월호의 독자투고란 〈생활의 우물〉에 게재된 서옥주의 「기찻길 옆 오막살이」의 내용 중 일부에"라고 써나가기 시작했다.

　조사는 '앞으로 국익에 반하는 기사나 외부 글은 일체 싣지 않겠다'는 내용의 각서까지 쓰고서야 끝났다. 김인철과 서옥주는 자기 서류에 지장을 찍고 일어섰다.

　"이것도 인연인데 나가서 차나 한잔하시지. 너무 가까워지면 기자양반 앞날에 지장이 있겠지만."

　형사가 그들의 등 뒤에다 하품 섞인 목소리로 이죽거렸다.

두 사람은 불그레한 백열등이 켜진 복도와 계단을 내려와 마당에 이르렀다. 정문을 벗어나고도 둘은 그냥 걸었다. 가을바람이 플라타너스 잎을 흔들고 몸을 휩쌌지만 조사받는 동안 받은 억압감에서 벗어날 수는 없었다. 그렇게 말없이 한 블록을 지나 건널목에 이르렀을 때 서옥주가 말했다.

　"죄송해요."

　김인철은 얼른 대답하지 않았다. 뒷말 없어 뚝 그쳐버린 서옥주의 말투보다는 자신의 어지러운 감정 때문이었다. 모욕을 준 형사에 대해서, 그리고 마구잡이로 휘둘리면서도 한 마디 항의도 못 한 자신에 대해 그는 치를 떨었다. 죄송하다? 그게 이 여자가 할 수 있는 사과의 다일 수 있겠지. 빨갱이 딸년! 그의 내면이 끓어올랐다.

　"고맙소."

　김인철은 목소리를 잔뜩 시니컬하게 했다.

　"덕분에 내가 삼류 대중잡지 기자라는 사실을 확실하게 알게 해주어서."

　"죄송해요."

　서옥주가 다시 말했다.

　"어차피 차는 한잔 같이 해야겠네요. 내가 물어볼 말이 많으니까. 아니, 커피보다 기분도 그런데 술로 합시다."

　서옥주는 아무 말 없이 걸음을 같이했다. 그런 모습이 김인철에게는 마음대로 하세요, 라는 식의 무덤덤한 태도로 보였다.

　"우선 제일 궁금한 것부터 물어봅시다. 필명이 무어 무어예요?”

“그냥 한 번 써봤어요.”

“싱겁네. 왜? 본명이 너무 고전적이라서?”

“그렇겠네요.”

“경찰서에서도 그런 식으로 답했소?”

되도록이면 피하고 싶은 말이었지만 서옥주의 서슴없는 단답형 말투에 김인철은 짜증이 솟았다.

“직업이 뭐요?”

“직업까지는 아니고, 휴학생에 과외해요.”

“오호, 휴학 중에 동네 아이들 가르치면서 틈틈이 투고용 글을 쓰시는구나. 그럴 게 아니라 아예 작가로 등단을 해보시지. 그러면 우리 잡지에 고정란을 하나 맡을 수도 있을 텐데. 내가 맡은 선조들의 성 풍속부터.”

서옥주가 멈추어 섰다.

“저 때문에 고생하셨다고, 모욕당했다고, 몰아붙이지 마세요.”

그녀의 목소리는 딱딱하면서도 열에 떠 있었다.

“내가 당한 모욕이 김 기자님보다 더 심했다고 하는 소리가 아니라, 이대로 집에 돌아가는 내 모습이 너무 싫고 초라해서, 김 기자님에게는 아까 말한, 기분도 그런데 하는, 거기에 맞추어서 이렇게 같이 가는 거예요.”

김인철은 걸음을 멈추고 서옥주를 보았지만 그녀는 외면했다. 흐린 가로등과 상가 불빛, 자동차의 불빛이 뒤섞여 흔들리는 여자의 옆얼굴이 그를 자극했다.

"그 말씀 당장 접수하겠소. 저기 저기, 들어갑시다."

김인철은 허둥대듯 눈에 보이는 술집으로 발길을 돌렸다. 빈
대떡에 소주와 막걸리를 파는 집이었다. 문 앞에서 여자의 의사
를 물으려다 그냥 문을 열었다. 소주면 어떻고 막걸리면 어떠
냐. 서로 개 같은 기분으로 집에 들어가지 않으면 되지 않느냐.
뒤따라온 여자가 옆자리에 앉았다. 돼지기름 냄새가 배인 실내
는 시끄러웠다.

김인철은 빈대떡과 소주를 시켰다. 소주병과 깍두기가 먼저
탁자 위에 놓였다.

"맑은 술로 모욕을 씻어냅시다."

김인철이 짐짓 목소리를 높이며 단숨에 한 잔을 털어넣었지
만 서옥주는 마시는 시늉만 했다.

"술도 잘 못하지만, 빈속이에요."

서옥주는 할 말을 정확하게 하자는 마음이 들었다. 미안하다
는 말 한마디로 끝내지 않고 여기까지 와서 앉았다면 그만한
심지는 보여야 했다.

"아…."

김인철은 자기 잔을 다시 채우고 종업원에게 외쳤다.

"여기, 콩비지 백반 둘!"

물끄러미 남자를 바라보던 서옥주가 말했다.

"성미가 급하신 편인가 봐요. 앞에 앉은 사람이 초면인 여자
라는 사실은 두고라도."

"그쪽을 여자라고 말하니 내가 남자가 되었구나…."

김인철이 그렇게 더듬었지만 표정은 굳어 있었다. 서옥주는 여전히 자신이 이 남자에게 제대로 하고 싶은 말이 따로 있다는 생각이지만 딱히 그게 뭔지는 잡혀 오지 않았다. 성질이 급하다든지 뭐 그런 건 전혀 아니었다. 두 사람은 서로의 감정을 숨기기 위해서 그러는 것처럼 입을 다물고 가만히 있었다. 떠들썩한 술집 분위기 속에 그들의 침묵은 전혀 두드러져 보이지도 않았다.

빈대떡이 먼저 왔다. 김인철은 술잔을 비우고 서옥주가 더디게 젓가락질을 하며 말했다.

"앉고 보니 땅콩 내는 맥주집보다 실용적이고 괜찮네요."

"다행이오. 실용적인 이야기나 합시다."

"빈대떡도 그렇고 콩비지도 본래 이북 음식인가요? 빈대떡을 서울 와서 처음 먹어보았는데 파전보다 너무 진하면서 맛도 못한 것 같고… 왜 경상도, 경남에서는 그냥 지짐이라 하잖아요. 정구지도 넣고 굴도 넣고 철에 따라 갖가지를 다 넣는데…."

"아, 지짐!"

김인철이 즐겁게 참여했다.

"서울서 오랜만에 들어보는 말이네요. 찌짐이지, 찌짐. 파전하고 말맛이 다르지. 찌지고 튀기는 중국집 주방의 달아오른 프라이팬 같은 게 떠오르는. 설렁탕 먹으면서 첨에는 심심해서 맛을 모르겠더라고요. 서울은 음식도 말씨도 다 심심해."

"재미나는 얘기네요. 전 음식도 그렇지만, 서울 와서 뒷말을 빼는 서울말씨가 굉장히 매끄러우면서도 수다스럽게 들렸어요. 경상도 사람들이 서울말 하는 건 듣기가 더 힘들고요. 특히 나이 든 어른들."

서옥주는 '어른들'이란 말까지 해버렸다. 자신의 어머니였다. 모친이 서울에 올라와서 이내 서울사람 억양을 따라 하는 것도 놀라웠지만, 기를 쓰고 흉내를 낼수록 찢어지고 천박하게 들리는 목소리가 징글맞도록 싫었다.

"옥주 씨는 거의 서울 말씨네. 근데."

김인철이 서옥주의 발을 내려다보았다.

"다 큰 아가씨가 운동화가 뭐요? 아까 길을 걸으며 뭔가 빠진 게 있다 싶더니 그게 또각또각 구두소리였던 걸 한참 만에 알았네."

김인철은 진작하고 싶었던 말을 기어이 꺼냈다.

"편하니까요. 실용적인 이 집처럼."

"꽃다운 청춘에 무슨 때 이른 실용주의요?"

"실용주의? 그게 철학용어인지 뭔지는 모르겠지만 제 글을 읽고도 파악이 안 돼요? 유용성과 효율성은 생존 자체가 중요한 사람들의 가훈이고 급훈이고 교훈이에요."

서옥주는 처음으로 술잔을 비웠다. 빈대떡을 미리 먹어두었는데도 짜릿한 열기가 속이 아니라 머리를 흔들었다.

"가장이 없는 집, 남자 없이 농사가 되겠어요? 집안과 이웃 눈치는 또 어떻게 견디고? 고달프긴 마찬가지라 해도 손가락질 안 받는 도회지가 낫지 않겠어요? 그게 실리적이겠죠?"

"그래, 학과가 어디요?"

"도서관학과."

"국문과보다는 실용학과네, 실용."

"실용은 맞네요. 취직을 해봐야 알겠지만."

서옥주가 "국문학과 나왔다니 쌀 두꾸머리가 뭔지는 아세요?"라는 말을 했을 때 식사가 나왔다.

"모르오, 첨 듣는 말이오. 먼저 실리부터 챙깁시다."

김인철이 숟가락을 들었다.

"이야기는 나중에 합시다. 오늘 2본 동시상영 영화 본다고 치면 한 편 더 남았으니."

*

맥주집에서 서옥주가 이야기했다.

"쌀 두꾸머리는 어릴 적에 살던 우리 동네 이름이기도 해요."

지서에서 사람이 찾아온 것은 아버지가 나를 안아주고 막 집을 나서려 할 참이었다. 더러 집에 들르는 사람이라 어머니도 얼굴을 알고 있었다.

"어디 나갈라꼬?"

지서 사람이 우리 가족이 모여 있는 감나무 그늘 아래로 들어서며 말을 붙였다.

"읍에 볼일이 있어서."

"하여튼 우리 서 주사는 멋쟁이야. 이 여름에도 양복에 백구두까지."

그 사람은 아버지의 차림을 다시 훑어보며 말했다. 아버지는 읍에서도 알아주는 멋쟁이 한량이었다.

"우리 일부터 먼저 보고 읍에 가지. 어, 덥다."

지서 사람은 모자를 벗어 부채질을 했다.

"그러지, 뭐."

아버지가 수월하게 답하고는 "무슨 일인데? 또 교육인가?" 하고 물었다.

"가보면 알지. 선걸음에 바로 가지."

어머니가 감나무 그늘 아래 놓인 대나무 평상에 놓인 부채를 건넬 새도 없이 지서 사람이 성큼 걸음을 놓고, 아버지도 뒤따랐다. 그 사람이 신은 검정구두에 비해 아버지의 구두는 깨끗하고 희게 빛났다. 그때 내가 자지러지게 울었다고 한다. 아버지는 되돌아서서 나를 번쩍 들어올렸다.

"우리 공주님이 왜 울어."

어머니가 "애가 왜 이래."라면서 나를 받아 안았다. 내가 어머니 품에서도 계속 울며 아버지에게 다가가려고 하자 어머니는 대문 앞까지 따라 나왔다. 아버지의 하얀 양복이 햇빛에 반짝였다. 아버지는 기와를 얹은 흙 담이 끝나는 지점에서 몸을 돌려 모자를 벗어 흔들었다. 그리고 아버지는 모퉁이를 돌아 햇빛 속으로 사라졌다. 나는 더욱 발부둥치며 울었다. 가지 마. 아부지, 가지 마!

그리고 아버지는 돌아오지 않았다. 사람 좋아하고 술 좋아하는 아버지지만 밖에서 자고 올 일이 생기면 반드시 어머니에게 기별했다고 한다. 어머니가 다음 날 지서에 가서 물어보니 경찰서로 갔다고 했다. 경찰서가 있는 읍으로 달려갔지만 사람을 만날 수도, 소식을 들을 수도 없었다. 며칠 뒤 보런 사람들을 다 죽인다는 소리가 돌았다.

내가 그날 왜 목이 잠기도록 울었는지, 한사코 아버지 품에서 떨어지지 않으려고 했는지는 알 수 없다. 아버지가 출타할 때마다 내가 운 것은 아닐 테니 유별난 일일 수도 있었다. 그 사람이 우리 가족만이 모여 있는 나무 그늘로 들어선 게 싫었을까. 순경 옷에 흙이 묻은 더러운 구두를 신고 아버지를 데리러 온 게? 햇볕에 나선 아버지의 흰 양복이 너무 눈부셔서 무서웠을까. 아니면 매미만 울어대는 텅 빈 길을 걸어가는 아버지가 안돼 보여 매미보다 더 줄기차게 울었을까. 어머니는 뒷날, 니가 매구다, 라고 말한 적도 있지만 어린 내게 신기(神氣)가 있을 리는 만무했다.

쌀 두꾸머리는 짚을 촘촘히 엮어 둥글고 깊게 만든 소쿠리 같은 것으로 주로 곡식을 담아두는 데 사용했다. 우리 집은 쌀농사를 많이 짓는 부잣집이라 인근에서 쌀 두꾸머리로 불렸다. 아예 동리 이름을 쌀 두꾸머리라 부르기도 했다고 한다. 아버지는 2대 독자였다. 아버지는 여름에도 양복을 입을 정도로 입는 것, 먹는 것 모두가 까탈스러워 어머니를 힘들게 했지만 대인관계는 매우 시원시원해서 남의 일이나 동네일에 잘 나섰다. 어머니 말로는 그렇게 도와준 이들 중에 좌익에 몸담은 사람들이 있어 보도연맹이란 데에 들지 않을 수 없었다고 했다.

서옥주가 얘기를 마쳤을 때, 두 사람은 누가 먼저랄 것도 없이 맥주잔을 들었다.

"쌀 두꾸머리 서 부자집이 어떻게 망했는지 알아요?"

서옥주가 다시 입을 열었다.

김인철은 너무나 생생한 장면으로 그려내는 서옥주의 이야기에 빠져 잠시 멍한 기분이었다.

"어떻게 서울하고도 가난한 철길가 동네까지 흘러들게 되었는지 아느냐? 그 말이 낫겠네."

"아, 그건 지금 말해도 되겠네. 영등포 그 동네에 산 건 2년, 국민학교 6학년부터 중학 1년까지였어요. 철거 얘기는 그때 알았던 친구에게 들은 거예요."

"허허, 논픽션과 픽션을 드나들었단 거요? 그건 그렇다 치고 왜."

김인철이 어깨를 앞으로 내밀며 서옥주의 눈을 붙잡았다.

"숨기고 싶은 얘기를 왜 초면인 내게 조급하게 털어놓으려 하지? 그것도 실리주의인가?"

"그렇겠지요. 모욕을 받았으니 털어버리고 싶은…."

서옥주가 탁자에 잠시 눈길을 두다 말했다.

"처음이에요. 집에서도 안 하죠. 없었던 일이면 제일 좋고, 잊을 수 있으면 그 담으로 좋고, 말하지 않고 지내는 건 좋고 나쁘고와 관계없는 그냥 맨 뒤에 절로 있는 선택이에요. 근데 그게 단수가 가장 낮은 하수니까, 참지 못하고 대중잡지에 슬쩍

끼워넣는 거고, 기자님은 지나가다 물벼락을 맞았고 내가 기왕
에 난처하게 만들었으니 꼭꼭 참았던 말까지 해버리자 하는 뭐,
그런 심리겠죠."

"물벼락이 아니고 유탄을 맞은 거겠지. 전쟁 때 일은 젖은 옷
을 새옷으로 갈아입는다고 해서 끝나는 게 아니라는 걸 그쪽에
서 잘 알 텐데 그래요?"

김인철의 머릿속에 그 여름 감나무가 그늘을 만든 마당과 해
가 쏟아지는 돌담에서 펼쳐진 서옥주 가족의 이별 장면이 그려
졌다. 그 자신이 겪은 여름은 온통 소리로 가득 차 있었다.

"경남에 여산이란 도시가 있잖아요. 미군 비행기가 폭격을 많
이 했어요. 시골로 가서 외갓집 대밭에 숨고 그랬어요."

시내에 살던 김인철 가족은 아버지만 남고 인근의 외가로 피
란을 갔다. 시내서 20리 정도, 얕은 야산들이 강을 멀리 보고 앉
은 마을이었다. 아버지가 시내에 남은 것은 혼란 속에 빈집과
가게를 털어대는 폭도들 때문이었다. 그들은 타지에서 온 피란
민도 있었지만 얼굴을 맞대고 사는 이웃이기도 했다.

총과 대포를 쏘는 전선은 멀리 내려갔지만 하늘에 뜬 비행기
가 사람을 죽이고 건물을 파괴했다. 정찰기와 전투기, 폭격기를
육안으로 직접 보지 않고 소리로 알아맞힐 정도로 비행은 잦았
으며 목표물도 군인과 민간인 구분이 없었다.

어느 날 오후, 쌕쌕이라 부르는 전투기가 마을 상공을 지난다
싶더니 갑자기 강가로 내려와 기총소사를 해댔다. 표적은 밥을

해먹으며 잠시 머물던 피란민 무리였다. 다른 지역에서 온 사람들인지 비행기가 갑자기 날아들어 기관총을 쏘아댄다는 걸 몰랐던 모양이었다. 비행기가 사라진 뒤 동네 어른들이 달려가 보니 모래밭은 피로 물들어 있었다. 넷이 그 자리에서 죽고 다친 사람이 열 가까이나 되었다. 일부는 동리에서 내준 구루마에 부상자들을 태우고 시내로 가고 남은 사람들은 산자락 밑에 땅을 파고 장사를 지냈다. 김인철도 다른 아이들과 같이 그 광경을 지켜보았다. 졸지에 상주가 된 피란민들은 마을의 몇몇 헛간에서 사흘을 지내고 떠났는데 그게 장사 풍습이라고 했다.

날아가는 소리를 흉내 낸 쌕쌕이에 비해 덩치가 엄청 큰 폭격기가 쏟아 붓는 폭탄은 그 터지는 소리가 귀청을 터지게 할 정도였다. 처음에는 시내만 목표로 하더니 외곽의 큰 마을도 대상이 되었다. 나무가 촘촘하고 뿌리가 땅속 깊이 퍼진 대나무 밭이 가장 안전한 피난처였다. 하루는 언제나 그렇듯 해 지기 전에 밥을 먹는데 하늘이 울렸다. 비행기 소리는 시내 쪽으로 빠지지 않고 마을 위에서 맴돌았다.

"야들아, 비행기다!"

큰외삼촌 외침이 끝나자 쿵 하고 포탄이 터졌다. 바로 마을 앞 논이거나 뒷산에 떨어지는 큰 울림이었다. 김인철은 누나 손에 끌려 마당으로 대밭으로 뛰었다. 대숲이 흔들리고 두 손으로 막은 귀가 터지듯 아파왔다. 얼마가 지났을까 소리는 멀어졌다. 오줌을 지린 채 그는 무서움에 엉엉 울었다. 등성이 하나를 둔 대로변의 뒷마을이 불타고 있었다. 포탄은 반드시 불기

둥을 세웠다. 어른들은 기름을 먼저 붓고 포탄을 떨어뜨린다는 말도 했다.

비행기가 사라진 뒤 산에 오르면 시내에서 솟아오르는 불기둥이 보였다. 맑은 날 저녁노을보다 더 진하게 물들어 있을 때도 있었다. 어른들은 "인민군이 저런 건 생각도 못 하고 내려왔을 끼다."거나 "비행기도 없이 뭘 믿고 밀고 내려왔으꼬."라는 소리를 했다.

김인철은 이야기를 멈추었다. 그리고 짧은 침묵 뒤 마무리처럼 말했다.

"아버지도 그때 돌아가셨소."

"네에….."

서옥주가 김인철의 빈 잔에 맥주를 채웠다.

"드세요. 그리고 절 미워하세요. 대나무 밭에서 듣던 그 무서운 폭격소리부터 아버님까지. 하기 싫은 기억을 되살린 날 실컷 미워하세요."

서옥주가 남자의 눈을 똑바로 보았다. 조금 흔들리는 눈동자가 한순간 불꽃이 피듯 타올랐다. 누구의 과거가 무겁고 어둡든 그게 뭐 종요로운가. 꺼내기 어려운 이야기를 이 정도로 풀어놓을 수 있다는 것만으로 된 거 아닌가. 김인철도 그녀의 불꽃을 받아들였다. 우리 인생에 허술한 우연은 없다. 이 여자를 내밀면 안 된다. 잠시나마 그런 생각에 사로잡혔다.

"더 이야기할 게 있거나 없거나 자리나 분위기를 바꾸어봅시다. 좀 떠들썩하지만 의외로 차분하기도 하고. 위로. 그래 우리도 위안을 받아봅시다!"

김인철이 앞서고 서옥주가 뒤따른 곳은 고급 카바레였다. 가요를 담당하는 이상신이 가수들을 만나기도 하는 곳이라 그도 몇 번 따라와 지배인과 매니저와 안면이 있었다. 무대에서 먼 곳의 테이블에 앉았지만 아코디언과, 색소폰, 기타 소리는 잘 울렸다.

"그냥 편히 앉았다 가면 되오. 술이나 마시고 노래나 들읍시다."

김인철이 목소리에 힘을 주며 무대와 홀을 바라보았다. 블루스곡이 흐르는 조명 아래 쌍쌍의 남녀들이 제자리에 선 듯 춤을 추고 있었다.

"춤은 못 추고 그쪽도 그럴 테고."

서옥주는 마음부터 단단히 먹긴 했지만 아주 이상한 곳이 아니라는 기분은 들었다. 의자에 몸을 묻으며 편안해지자, 편안하게, 라며 자신을 눌렀다. 경음악이 끝나고 잠시 뒤 여자 가수가 무대로 들어섰다. 박수소리가 터져나왔다.

"오늘의 하이라이트군."

김인철이 중얼댔다.

아코디언이 먼저 전주를 넣는데 뭔가 처음부터 묘하게 감정을 파고드는 곡조였다. 빠른 듯하면서도 느리게 감겨드는 박자였다. 서옥주는 처음 들어보는 노래에 빠져들어 갔다. 묘하게 긴장되면서도 가슴 어딘가가 허해지는 기분이었다. 전주가 길게 연주되면서 묘한 조바심까지 든 후에야 노래가 시작되었다. ―목숨보다 더 귀한 사랑이건만 창살 없는 감옥인가 만날 길 없네―성량이 넉넉하면서 느리게 뒤를 빼도 한참 여운이 남겨지는 게 그냥 가슴이 촉촉해져 왔다. 또박또박 가사 전달이 아주 명확해서 사연이 그대로 박혀들어 가슴이 아팠다. 뜨거운 기운이 머리로 오르며 어느새 눈물이 흘렀다. 정말 소리 내어 울어버릴 것만 같았다. 경찰서 문을 나오면서 다 풀렸다고 생각했던 긴장이 그제야 풀리면서 아무 상관없는 노래 가사가 그냥 자기 이야기같이 다가오면서 주인공이 된 기분이었다.

서옥주가 일어났다. "저기로 나가봐요." 그녀는 남자의 손을 잡아끌었다. 자신도 모르는 놀라운 힘이었다. 두 사람은 어느새 홀 한편에 섰다. 춤추는 사람은 많지 않았다. 탱고곡이든 무엇이든 그런 건 서옥주에게 아무 문제도 아니었다. 그녀는 다소 어색하게 몸이 굳은 남자 품에 머리와 가슴을 묻고 음악에 따라 그냥 흘렀다. 고달프고 외롭고 서러운 몸과 영혼이 이렇게 쉴 수도 있음이 그녀는 놀라울 정도로 고마웠다.

그것은 몸이었다. 자신에게 몸은 사체도 찾지 못하고 사라져버린 아버지란 존재의 허망함과, 새 남자와 성관계를 가지면서 절정에 도달한 어머니가 내지르는 목소리로 이루어진 지저분하고 욕된 것이었다. 감기몸살이나 골절로 아플 수는 있어도 감정 때문에 슬프거나 즐거워서는 안 되는 몸이었다. 그런데 지금 그녀의 몸은 고립감과 슬픔과 더불어 뭔지 모르는 대상을 향해 달아오르고 격렬해지고 있었다. 몸은 또 다른 생명이었다.

그날 밤 그녀는 남자와 같이 잤다. 몸뚱아리를 풀어 감정이 들락이는 가슴과 생각들로 가득 찬 머리를 열 수만 있다면 다 되었다. 통행금지가 있던 시절이었다. 자정이 되면 사람도 차도 다닐 수가 없었다. 어쩔 수 없이 시간을 넘기면 집에 가지 못하고 여관이나 여인숙에서 자야 했다. 그래서 생긴 말 중에 통금 동침이 있었다. 데이트를 하다 시간을 넘겨 남녀가 같이 자는 경우였다. 서옥주에게 그 말이 속되다 해도 상관없었다. 남자가 시간을 끌어 여자를 곤란하게 만든 게 아니라 스스로 택한 바였다. 달라질 수 있을까? 달라져야지. 폭풍 같은 흔들림 속에 서옥주는 그런 생각을 되뇌었다.

그리고 다음 날, 서옥주에게 달라진 건 없었다. 집에 들어왔을 때 모친이 말했다.

"아이구, 이게 누구야?"

첫마디가 비아냥 조였다. 변소 출입을 하려는지 모친의 손에는 구겨진 신문지가 쥐어져 있었다. 여러 가구가 쓰는 화장실은 언제나 붐볐다.

"외박을 하셨네, 외박을. 이제 내놓고 집 나간다고 유세를 하는구나."

기차처럼 길게 늘어져 있는 다른 집 사람들이 들으라는 목소리였다. 서옥주는 재빨리 제 방으로 들어갔다. 듣기 싫은 경상도식 서울말씨가 문을 타고 들렸다.

"아주 태연하구나, 태연해!" 모친의 목소리가 가팔라졌다.

"아저씨가 학교 가시려 하는 참인데 그래도 정신은 있었구나. 자식이 왜 이리 짐을 지워, 짐을!"

아무리 급하고 화가 나도 모친은 서울말씨를 썼다. 서옥주가 싫은 것은 경상도 말투를 지우려고 애를 쓰면 쓸수록 더 이상하게 발음되는 모친의 서울말씨였다.

서옥주가 처음 만난 남자와 자고 와도, 그보다 첫 경험을 하고도 자신의 삶이 달라진 게 없다는 생각을 한 건 모친의 잔소리와, 며칠 전부터 정해진 동생의 사고 수습이었다. 그녀는 11시까지 동생이 다니는 고등학교에 보호자로 가야 했다. 서옥주는 옆방에서 들리는 남자의 코 고는 소리를 들으며 모친이 진저리치게 미웠다. 그래도 달성 서씨를 들먹이지 않은 것만 해도 다행이라고 여겨야 할까.

서옥주의 모친은 변소 앞에서 기다렸다. 안에서 용쓰는 소리가 났다. 그녀는 "예전 말이 틀린 게 있나, 무자식 상팔자라더니, 복 중에 복이지."라고 중얼거리며 은근히 변소에 앉은 사람을 압박했다. 서옥주의 모친은 시골에서 상리댁으로 불리다 서울로 올라온 뒤 언제부터인가 '백번집'으로 불렸다. 시장 안에서 옥호도 없이 밥집을 하면서 사람들이 그냥 '백반집'이라 부르다 간판을 달아야 한다 했을 때 백반이 슬그머니 백번으로 바뀌었다. 시골서 서울로 올라온 사람들 모두 이리저리 제 성품과 사정 따라 변하기야 할 테지만 상리댁은 자신과 싸우듯이 악을 쓰며 변했다.

그녀에게 시골을 뜬다는 것은 서씨네 시가를 떠난다는 의미였다. 남편은 어쨌거나 빨갱이로서 죽었다. 예나 지금이나 서방 없는 아낙이 만만한 것이지만 서방이 빨갱이로 죽은 여편네는 아무나 쑤셔보는 호박이었다. 집안 일가붙이들이 재산 들어먹으려 달려드는 게 더 견디기 힘들었다. 시어머니가 급체로 장난같이 돌아가자 상리댁은 서울행을 결행했다.

흙에 묻혀 시골서 평생 살아봐야 빨갱이 과부와 빨갱이 자식을 벗어나지 못할 것이었다. 부산에도 친정 피붙이들이 있었지만 그녀는 서울을 택했다. 시가 동네에서 아주 멀리 떨어져야 인연이 끊일 터였다. 날로 먹으려 드는 시가집 사람들에게 남은 전답을 팔아넘기고 그녀는 달성 서씨와는 말도 섞지 않으리라 이를 악물었다. 그런 결심이 다가 아니었다. 서울살이가 순탄할 수가 없으니 죽은 남편에 대한 원망이 하루에도 몇 번씩 날 때도 있었다. 거기에 애먹이는 자식들에 대한 미움까지 더할 때면 "서가 자식들", "서가 종자들" 소리까지 함부로 내뱉게 되었다.

10시 반쯤 서옥주는 동대문에서 버스를 내렸다. H공업고등학교 주소는 을지로로 되어 있었지만 반대편의 신당동 방향에서도 가까웠다. 학교를 벌써 몇 번이나 찾아오기에 머릿속에 이런저런 지도를 그릴 수 있었다. 1학년에 재학 중인 동생은 중학교 때부터 속을 썩었다. 퇴학을 당하지 않고 버텨온 것만도 다행으로 여겨야 할 정도였다. 처음에는 모친이 수습을 하다 언제부터인가 서옥주가 그 역할을 맡고 있었다.

학교에 들어서면 어쩐지 병영이나 수용소 생각이 났다. 그녀가 한 번도 직접 본 적이 없는 곳이기는 했지만 딱딱하거나 갇힌 느낌을 주는 건 사실이었다. 건물이 본관 하나가 아니라 자그마한 실습동들이 늘어선 것도 그런 인상을 주는 데 보탬이 되었다. 쉬는 시간 같지는 않은데도 복도를 오가는 아이들이 보이고 기계음이 울렸다. 교무실도 시끄러웠다. 그녀는 비어있는 담임 자리를 확인하고 학생주임을 찾았다.

"서종원이 누납니다."

"네, 제일 먼저 오셨네요. 상담실로 갑시다."

주임은 한 걸음 떨어져 앉은 교감선생에게 상담실로 간다는 말을 건네고 앞장섰다. 고개를 끄덕이는 교감의 시선이 자신의 뒷몸에 붙어 따라오는 느낌을 받으며 서옥주는 걸음을 옮겼다. 어차피 일이 주임 선에서 처리된 게 아니다 보니 교감은 익숙한 얼굴이었다. 이번 일은 폭행에다 여학생 혼숙문제까지 겹쳐 있었다. 여학생 셋을 두고 남자애들끼리 싸움이 난 건데 사귀는 정도를 넘어 문란한 성관계까지 얽힌 사건이라 했다. 오늘은 폭행을 당한 쪽 부모에게 치료비를 건네고 합의서를 받는 자리였다. 복도로 나와서 주임이 걸음을 늦추더니 말했다.

"종원이하고 모친이 사이가 좋지 않습니까? 아버지가 안 계신 건 압니다만, 가정 형편 얘기만 나오면 입을 다무는 데다, 이번 문제를 두고 내가 지나가는 소리로 왜 그리 조숙해라고 한마디 했더니 아, 글쎄. 아주 눈을 부릅뜨고 세상이 다 그렇지 않느냐고, 우리 엄마한테 물어보라는 소리를 하잖아요."

서옥주는 학생주임이 말을 꺼낼 때 잠시 맞추었던 눈길을 진작부터 내리깔고 얼굴이 불같이 달아올랐다. 그래도 가만있을 수는 없었다.

"유복자다 보니 어머니 사랑에 목마르겠죠. 그게 자라면서 반대로, 미움으로 작용했는지도 모르겠네요."

해놓고 보니 늙은 도덕선생 같은 소리였다.

"그럴 수 있지요. 이해합니다. 하여튼 졸업은 해야 할 거 아닙니까."

서옥주는 힘없이 "네, 그래야죠. 고맙습니다."라고 답했다. 맞는 말이었다. 뒷날 동생 자신부터 모친까지, 후회와 원망으로 남아서는 안 될 일이었다.

하나둘, 학부모들이 모여들고 회의라고 할까 이야기가 오갔다. 상담실이라 패찰은 달아도 교사 휴게실로도 쓰는지 방이 널렀다. 주임이 먼저 이번 일을 형사사건으로 가지 않고 합의로 끝내는 데 모두 동의해서 다행이라는 인사말을 했다. 치료비와 각서 얘기가 오가는 동안에도 서옥주의 머릿속에는 모친 생각뿐이었다. 더 정확하게는 동생이 학생주임에게 했다는 말이었다. '우리 엄마한테 물어보라고?' 그 소리는 모친의 남자관계였다.

서옥주 모친의 서울행은 친정 사촌오빠 때문에 가능했다. 시골사람들의 도회지살이의 초반은 누가 어느 도시에서 무엇을 해먹고 사느냐에 달렸다 해도 과언이 아니다. 그녀의 친정 오빠는 군에서 배운 건축기술과 경력을 사회에서 직업으로 삼은 경우였다. 공병 하사관으로 제대하고 서울에 발붙인 그는 조적이라고들 부르는 벽돌 쌓는 일이 전문이었다. 서옥주의 모친이 시골서 상리댁이라 불리다 백번집으로 바꾸어 불린 사유는 그녀가 처음 일자리를 구한 데가 건축 인부들의 단골 밥집인 데 있었다. 처음에는 허드렛일을 하다 주방 아줌마가 바쁘거나 빠질 때는 찬과 찌개도 직접 만들어 냈다. 친정이든 시집이든 그런대로 규범 있는 집에서 보고 손에 익힌 게 도움이 되었는지 손님들을 끌었다. 가게를 따로 내라는 말이 나올 때쯤 되어서는 밥집 주인내외에게 사정이 생겼고, 그녀는 사촌오빠와 올케에게도 입을 열지 않고 농 안에 묻어두었던 목돈을 꺼내 가게를 인수했다.

종업원으로 나갈 때부터 그녀에게 남자들이 꼬였다. 상리댁은 미모는 아니었다. 대례가 치러지던 날부터 나온 말이 신랑 신부가 바뀌었다는 거였다. 신랑이 곱상하고 신부는 조금 억세 보였다. 상리댁은 얼굴이 크고 두터운 데다 몸집도 있어 여성스러움과는 다소 거리가 있었다. 하지만 삼십 줄의 과부라는 호조건에다 무엇보다 그녀 자신이 은근히 남자를 끌기도 했다. 시골서 여염집 아낙으로 살아갈 사람을 전쟁이 완전히 바꾸어 놓은 것이다.

가까운 피붙이 하나 없이 낯선 도회지에 던져진 십대 전후의 자식들로서는 모친의 변화에 놀랄 수밖에 없었다. 백번집은 자주 반술 정도 취해서 밤늦게 들어오는 데다 어떤 날에는 외박까지 했다. 사귀는 남자가 좁혀지면서 지금 사는 사람과 반동거가 시작되었다. 얇은 벽 너머에서 방사를 치르는 소리가 들릴 때면 서옥주는 동생을 이불 속에 밀어 넣고 그 위에 엎드려 자신의 귀를 두 손으로 막았다. 세 살 위 오빠는 군에서 제대한 뒤로는 나가 살았다. 서옥주는 모친이 서둘러 시골서 떠난 게 어쩌면 빨갱이 여편네로부터의 해방보다 성적 굶주림이 더 큰 이유였는지도 모른다는, 부끄럽고도 망측한 생각까지 할 때가 있었다.

"이렇게 끝난 게 천만다행이에요."

어느 때부터인가 교감이 자리를 같이하고 있었다.

"어느 쪽이든 모두 힘든 시간 보내셨고 애 많이 쓰셨어요. 자식 키우는 마음은 똑같은 거니까 일이 잘 풀린 겁니다. 그동안 수고하신 우리 주임선생님께 박수라도 한번 치고 마치시죠."

서옥주가 담임까지 만나고 집으로 왔을 때는 2시가 다 된 시간이었다. 점심은 돈암동 버스 정류장 앞의 중국집에서 우동으로 해결하고서였다.

3시부터 과외가 있었다. 어제 만난 김인철에게 밝힌 대로 그녀의 밥벌이는 아이들을 가르치는 일이었다. 국민학교 세 팀으로 요일에 따라 학년이 달랐다. 처음에는 모든 게 힘들었다. 동네 자체가 서민들 동네인 데다 지방학생들이 선호한다는 명문 사립대가 가까이 있었다. 거기다 아예 학교 선생들이 제 반 아이들 과외를 하는 판이니 고졸 처녀가 파고들 틈이 좁았다. 야간대학에 적을 둔 것도 뒤는 몰라도 우선은 대학생이라는 명함이 필요해서였다.

서옥주는 자기 방에서 5학년 국어와 산수 문제집 등을 챙겼다. 자기 방이라 했지만 부엌에 붙은 손바닥만 한 너비였다. 처음 서울에 올라와 얼마간은 단칸방에 식구 넷이 자고 먹어도 아무 문제가 없었지만 나이가 들고 덩치가 커질수록 방이 더 필요했다. 서옥주가 모친과 한방을 쓰고 사내자식 둘이 작은 방을 써오다 결정적 변화가 생긴 건 모친의 남자가 들어오고서였다. 자기 방이 생긴 이유치고는 부끄럽고 서글프기 짝이 없었다.

밤에 한바탕 싸움이 났다. 오랜만에 동생이 집에 들어온 것이다.

"야 이놈아, 어디다 귀를 대고 있다 사건 해결됐다는 소릴 듣고 나타난 거니? 주먹도 모자라 이제는 혼숙까지 해? 혼숙?"

일을 마치고 들어오는 길로 백번집이 방문을 열어놓고 자식을 닦아세웠다. 누워 있던 아들이 부스스 일어나며 "왜 방문을 열어놓고 야단이야!"라고 짜증을 부리면서 거친 말이 오갔다.

"돈 내놔, 돈! 벌써 몇 번째야? 사고 치면 콩밥을 먹어야지 왜 돈을 먹어, 돈을!"

"문 닫고 들어와서 얘기해. 자식더러 콩밥을 먹으라는 엄마가 엄마야, 에이씨…."

언제나 그렇지만 이번에도 남자가 나서면서 싸움이 일촉즉발까지 갔다.

"아니, 이 자식이 제 엄마보고 어따 욕이야! 하루 종일 손에 물 발라가며 뼈 빠지게 일한 엄마에게 무슨 행패야 행패는!"

종암시장에서 한때 영화배우 신영균으로 통했다는 남자는 말발과 주먹 어느 쪽도 밀리지 않는 건달이었다.

"그만 좀 합시다. 자꾸 이러면 나보고 지금 집 나가라는 소리 밖에 안 되니 그만합시다. 오늘만 날도 아니니!"

"아유 저 자식이 어따 대고."

마음을 바꾸었는지 백변집이 먼저 방문을 닫고 돌아섰다. 하지만 아침 변소 앞에서 맞닥뜨린 딸이 생각났는지 한마디 내쏘는 것까지는 참지 않았다.

"이젠 오누이가 닮아가는구나. 오누이가 닮아가!"

제 방에 앉아 있는 서옥주의 귀에 모친의 지청구가 들려왔다. 그리고 김인철이라는 남자의 이름과 더불어 실내를 울리던 음악 선율이 가슴에 넘치고 몸을 열면서 삼켰던 울음이 되살아났다. 자기 인생을 찾아야 했다. 그녀는 두 손으로 얼굴을 가리고 머리를 뒤로 쓰다듬으면서 몸을 둥글게 감쌌다. 앞으로 닥쳐올 변화가 두렵지는 않았지만 편안하고 행복해진다는 자신도 서지 않았다. 흐린 백열등 불빛 아래 둥그스름하게 몸을 감은 그녀의 그림자가 벽지 위에서 조용히 흔들렸다.

일주일 뒤 서옥주는 김인철을 다시 만났다. 동거는 그렇게 이루어졌다.

2장

마을로 간 전쟁

1

출근을 하는데 교문 앞에 주임교사들이 나와 있었다. 정확하게 말하자면 교문 옆의 공적비 앞이었다. 주임들은 등교하는 학생들을 공적비 앞에 머물지 않고 학교 안으로 들여보내기 바빴다. 교문 안쪽에는 관용 지프차가 서 있었다.

"김 선생님, 들어가셔서 아이들 지도해주이소. 밖에 돌아다니지 않게."

학생주임이 김인철에게 말했다.

김인철은 아침부터 무슨 일이냐고 입을 열려는데 그는 걸음을 옮기면서 소리쳤다.

"야들아, 구경 아니다, 빨리 들어가라, 들어가!"

무슨 일이 일어났기에 저렇게 막무가내로 흥분해서 설칠까. 공적비는 학교 설립자를 기리는 비였다. 서너 무리의 아이들이 앞서가고 있었다. 하늘은 비라도 내릴 듯 잔뜩 흐리고 구름은 두터웠다. 교내는 조용했다. 여느 날과 달리 가라앉은 분위기였다. 일층 복도를 오가는 아이들도 별로 보이지 않고 교실도 전혀 수선스럽지 않았다. 뭔가가 있구나. 아이들끼리 은밀하게 무슨 이야기들이 오가고 있다는 거지. 그런 생각이 드는 것은 무슨 일이든 최초의 목격자가 아이들일 확률이 높았기 때문이었다.

교무실은 텅 비다시피 했다. 벽에 붙은 시계가 8시를 가리키고 있으니 다른 날 같으면 주임교사 회의를 하고 있을 시간이었다. 김인철은 자기 자리에 잠시 앉았다가 곧바로 엉덩이를 들었다. 서무실 유리문 안에는 여직원만 앉아 있었다. 그는 비품실과 등사실이 같이 있는 옆 방문을 열었다.

"놀래라, 노크도 모르나."

물품을 정리하던 정 주사가 정말 놀라기라도 한 듯 목소리를 높였다.

"공적비에 무슨 일이 났소?"

"언 놈이 글자를 몇 자 쪼고… 똥까지 뿌렸다 아이가."

이맛살을 찌푸리며 정 주사가 말했다.

"별일이네."

"별일이니 저 야단이지."

"돌에 불만이 있는 건 아닐 테니 새겨 넣은 글이 맘에 안 들었나 보네. 어느 글자를 쪼고, 어느 글자에 인분을 묻혔노?"

김인철이 정 주사를 빤히 바라보았지만 그는 고개를 돌렸다.

"김 선생, 맘대로 생각해라."

"그나저나 신고한 사람이 한가하게 왜 여기 있소?"

"뭐?"

"신고했을 거 아니요?"

김인철이 다시 말했다.

"학생들이 먼저 봤다고 신고하겠나? 숙직보다는 내가 먼저 봤으이 본 대로 전화해야 될 거 아이가. 그기 뭐라꼬 신고 소리까지 하고 야단이고."

정 주사 어투가 완강해서 이번에는 김인철이 놀랐다.

"내가 시방 한가하다 그 말이제?"

정 주사가 그제야 말길을 다시 찾은 듯 쏘아댔다.

"한가한 거 좋아하네. 물 날라다 썼고 빗자루로 지우고, 쌔가 빠졌는데 한가하다이. 그 일 해놓고 욕까지 먹었으이 짜다락 한가하겠네! 현장 보존 안 했다고 지랄을 안 하나. 학생들이 줄줄이 모여드는데 그대로 둘 끼가?"

"맞는 말이네요. 근데 숙직이 누구예요? 민 선생이구나."

밤중에 학교에서 일어난 일은 숙직 교사 책임이었다.

"어제 잘 피했다. 한판 두드렸으면 다 걸렸을 낀데."

정 주사는 어제 숙직실에서 화투판을 벌이지 않은 게 다행이라는 말을 하고 있었다. 그저께 섯다판에서 가장 많이 깨진 사람은 민 선생이었다. 민 선생 끗발도 어지간했지만 일곱끗 잡으면 여덟끗에, 삼땡을 잡으면 사땡에 당하는 식이었다. 판을 접을 때 민 선생이 2연전을 하자며 자기 숙직날을 강조했지만 성원을 이루지는 못했다.

"그러게요, 민 선생은 세상 모르고 자고 있었나 보네."

"그 정도만 돼도 다행이지. 내 오기 전에 벌써 새벽거리 하러 나갔는데 뭐. 지금쯤 똥싸게 달려올 끼다. 그놈의 물안경 같은 거 끼고 오토바이를 타고 다니니 뭐 보이는 기 있나."

"또 그 소리요? 아무리 신혼이래도…. 그나저나 교대도 않고 나갔다면 그냥은 안 넘어가겠네. 도대체 어느 놈이 돌을 쪼고 분뇨를 뿌렸노? 공적비 주인공의 큰아들이 누군 줄도 모르고 겁대가리도 없이…. 진짜 궁금하네."

"나가서 그 사람들하고 같이 조사해봐라. 똥까지 다시 칠해서 현장보존 다시 하고."

기회를 잡았다는 듯 화를 내는 것이 경찰로부터 당한 욕이 심했던 모양이었다.

"나가자."

정 주사가 그의 등을 떠밀며 인쇄실 문을 열었다.

"많이 알라 하지 말고, 교실에나 날래 가봐라."

복도를 나란히 걷는데 그날따라 150센티미터가 되나 안 되나 한다는 정 주사 키가 더 작아 보였다.

김인철은 3층의 자기 반 교실로 올라갔다. 너무 많이 알려고 하지 마라! 정 주사는 김인철이 이 학교에 처음 온 날 교장 다음으로 만난 사람이었다.

2학년 3반 교실 문을 열자 수런거리던 소리가 일순간에 사라지면서 "안녕하세요." "반갑습니다."라는 인사말이 터져 나왔다.

첫해 1학년에 이어 올해는 2학년 담임이었다. 한 학년이 10학급이라 자기 반에 열의 하나는 이 년째 보는 애들이었다.

"그래, 반갑다. 근데, 공적비에 무슨 일이 일어난 모양이구나."

그 말과 같이 그에게 모였던 아이들의 눈길이 한꺼번에 거두어졌다. 정적까지 도는 묘한 광경이었는데 학교 뒤편 못의 물이 싹 갈라지는 그런 모습을 보는 듯도 싶었다. 김인철은 편안한 목소리로 말했다.

"그래, 일은 일이고 우리는 오늘도 공부해야지. 하던 자습이나 해, 숙제 못 해 온 친구들도 있으니 서로 조용히 하고."

김인철은 교단에서 내려와 창가에 섰다. 한쪽 끝에 치우친 교실이라 교문을 제대로 보기 위해서는 몸을 칠판 쪽으로 향해야 했다. 교사들과 아이들이 운동장을 걸어 들어오고 교문에는 여전히 주임들이 서성거렸다.

김인철은 저 교문을 작년 2월에 처음 들어섰다. 1970년이라는 연도가 더 인상적으로 새겨질 수도 있던 해였다.

그동안 생각지도 못했던 변화가 김인철에게 있었다.

우선 서옥주와의 동거가 좋은 방향으로 나아가지 못했다.

둘의 만남은 그 계기가 엉뚱하고 불편하기도 했지만 처음 만난 날 사랑까지 나누어버렸으니 격정적이라는 말이 어쨌거나 들어가야 설명될 수 있었다. 만난 지 한 달도 안 돼 서옥주가 가방 하나 달랑 들고 그의 셋방으로 들어왔으니 이성이 아니라 감성이 두 사람을 움직이는 동력이었다. 하지만 감정이 저 혼자 움직이는 건 아니었다. 서옥주에게는 집을 벗어나야 한다는 절실한 이유가 있었으니 환경이 마음을 움직였다고 봐야 할 것이었다. 물론 남자에 대한 끌림이 가장 먼저였다. 남자는 용모도 체격도 크게 빠지지 않는 데다 무엇보다 일류대학 출신이었다. 신문사 기자 시험 한번 쳐보고는 출판사로 갔다가 잡지 기자를 한다고 했다. 듣기에 따라서는 어딘가 다부지지 못하고 조금은 현실감각이 떨어지는 듯 보이기도 했지만 그게 여자에게 큰 장애가 될 수는 없었다.

반대로 김인철은 서옥주에 대해 깊이 생각하지 않았다.

"같이 있으려고? 그래, 그러지 뭐."

서옥주가 그의 셋집을 찾아왔을 때 김인철은 수월하게 대했다. 듣기에 따라서는 무성의할 수도 있지만 찾아온 여자를 돌아서게 할 이유도 없었다. 그녀는 영민하고 다정하고 게다가 어지간히 예쁘기도 했다. 그날 밤 그는 서옥주를 껴안으며 그녀의 귀에 사랑한다고 몇 번이나 속삭였다. 서옥주와 만나면서 잔뜩 뭉쳐 있던 근육들이 뜨거운 온천물에 풀리듯이 내면의 어떤 긴장감까지 풀리는 느낌을 받아오고 있었다.

하지만 생활은 자질구레하고 구체적인 것이었다. 다행히 방이 너르고 부엌도 딸려 있어 이사를 할 필요는 없었지만 살림살이는 두 사람 손으로 꾸려야 했다. 김인철은 주인집에 연탄불 가는 것부터 빨래까지 모든 걸 맡겨온 데다 서옥주도 집에서 자기 방 청소나 겨우 하는 정도였다. 성격이 깔끔한 것과 살림살이는 다른 것이었다. 서옥주는 살림에 서툰 데다 집에 붙어 있을 형편도 아니었다.

사소한 일들로 부닥치다 때 이른 임신이 모든 걸 흔들어버렸다. 둘 다 마음의 준비가 된 것도 아니고 형편도 아니었다. 그는 결혼을 결심하지 못하고 서옥주는 대학만은 마치고 싶었다. 서로 그런 심중은 제대로 풀어내 보지도 못하고 감정만 상해버렸다. 남자의 농담 섞인 말도 한몫을 했다.

"통금 베이비는 벌써 지나갔는데 실수를 하다니."

"뭐라구요? 어떻게 그런 말을 함부로 해요!"

통금 베이비는 통금동침으로 생긴 아이를 두고 세간에서 하는 유행어였다. 서옥주로서는 임신을 여자의 잘못으로 몰아붙이는 것부터 불쾌했다.

"실수든 아니든 내 몸에 일어난 일을 어쩌면 그렇게 격을 떨어뜨려 말할 수 있어요? 진지하게 이야기할 마음이 없으니까 그런 소리가 함부로 나오는 거지."

김인철은 자기 말을 바로잡을 생각은 못하고 후회와 짜증에 사로잡혔다. 잡지사에서 여성의 몸에 대한 이런저런 기사—월경 중의 심리, 원하지 않는 임신을 피하는 열 가지 지침, 임신 중의 성관계까지—를 책이나 신문에서 베끼고 우려먹었지만 막상 매일 잠을 같이 자는 여자의 몸 상태에 대해서는 무지했던 것이다. 김인철은 잘못했다는 말을 못한 채 밖으로 돌았다. 그걸 지켜보며 서옥주는 자신이 선택한 소중한 그 무엇이 훼손되어간다는 마음이었고, 김인철은 자신의 어정쩡한 방관적 태도가 낳은 결과에 스스로 화만 키웠다.

그런 와중에 〈월간 月世界〉가 폐간을 했다. 신문사들이 여성지 시장에 뛰어들고부터 눈에 띄던 위기가 현실이 되었던 것이다. 월세계가 문을 닫기 전후로 다른 잡지사를 알아보고 있었지만 기회가 조금씩 어긋나기만 하던 차에 어머니의 연락이 있었다.

"이모부한테 전화해봐라. 여산에 교사 자리가 났단다."

여산 출신인 이모부는 경남도청에서 오래 근무하고 있어 발이 넓었다. 하지만 중요한 것은 그게 아니었다.

김인철은 대학에서 교직과목을 이수하기는 했지만 학교는 처음부터 뜻이 없었다. 남자 동기들 중 시골의 공·사립학교로 간 친구들은 일 년 만에 아예 그만두거나 서울이나 부산 같은 대도시에 시험을 쳐서 공립에 자리를 잡았다. 재학 중 3년 동안 교지편집 기자 일을 했던 그는 당연하다는 듯 언론사 문을 한번 두들기곤 출판사와 잡지사 계통에 몸을 담았다. 그런데 교사라니? 거기다 여산이었다. 서울서 너무 멀다는 물리적 거리보다 서옥주에게 털어놓았다시피 힘든 시간을 보낸 고향이었다. 국민학교 2학년 때 떠난 뒤 잊다시피 하고 있었으니 심리적으로도 먼 곳이었다.

그런 상태에서 마음을 정한 것은 이모부의 한마디 말 때문이었는지도 몰랐다. 전화를 냈을 때 주저하는 그에게 이모부가 잘라 말했다. "지금 당장 결정을 어찌 하겠노. 그래도 내일까지는 가부를 알려다오. 곧 개학이니 학교 쪽도 바쁘단다."

해도 바뀌고 설까지 지난 2월 중순이었다. 서울을 한번 떠나

있어보는 것도 괜찮다는 심사에다 그렇다면 모레보다는 '내일'
이 더 좋았다. 서울을 떠난다는 것은 서옥주로부터도 떠난다는
소리였다.

*

교문 주위에 모여 있던 주임선생들이 운동장으로 들어왔다.
직원조례가 열릴 시간이었다. 김인철은 교실을 둘러보았다. 장
난을 치거나 서서 돌아다니는 애들도 없이 교실은 조용했다.
묘한 긴장감이 흐르는 게 평소와는 확실히 다른 분위기였다,
  "나, 회의 들어간다아."
  김인철이 일부러 뒷말을 길게 빼며 교실 문을 열 때까지 아이
들은 침묵에 빠져 있었다.
  교무실이 더 수런댔지만 정확한 것은 숙직을 했던 민 선생이
지금 교장실에서 경찰 조사를 받고 있다는 사실 하나뿐이었다.
조례가 시작되었다.
  "어젯밤에 학교에 일이 있었습니다."
  교장이 자리에서 일어나 입을 열었다.
  "설립자 공적비를 훼손한 사건인데 어제 밤부터 오늘 새벽 사
이에 일어난 건 맞지만 몇 시경에 누가 했는지는 경찰에서 조사
중입니다. 지금 당장 선생님들이 하실 일은 이 일로 학생들이
동요치 않도록 지도를 잘해주시는 겁니다. 그리고 뭣보다 학생
들에게 공적비를 훼손했다는 것은 학교 명예 자체를 훼손한 거
와 같다는 점을 분명하게 주지시켜주시기 바랍니다. 학생들 자

신이 피해자라는 인식을 갖게 해야 한다, 그 말씀입니다."

언변이 뛰어난 교장은 침착하기도 했다.

"선생님들도 한번 생각해보십시오. 설립자분의 공적비를 파손했다는 것은 우리 학교 설립정신 자체를 부정하는 거나 다를 바 없는 것 아니겠습니까. 거기에 이유가 뭐냐, 왜 그랬을까, 이런 게 개입될 여지는 없다는 말씀을 드리는 것이니 선생님들도 아이들에게 그런 원칙으로 지도해주시기 바랍니다."

교장은 교사들에 대한 설득이 학생들 지도에 앞서야 한다는 걸 충분히 새긴 듯 사건의 성격부터 명확하게 규정했다. 그는 순하고 맺힌 데 없어 보이는 외모에 비해 관리능력은 뛰어났다.

곧이어 교감이 1교시를 담임시간으로 대체한다면서 지시사항을 전달했다. 일찍 등교한 학생들 명단제출부터 범행 목격자가 있는지, 의심할 만한 사람이 있는지 등 모두가 범인을 찾기 위한 일들이었다. 학생들에게서 단서를 찾으려는 목적이 너무 노골적이어서 비교육적으로 보이기도 했지만 누구도 내놓고 발언하지는 않았다. 교장 말대로 설립자의 공적비를 훼손한 일이니 학생뿐 아니라 벌써부터 교사들까지도 피해자라는 분위기에 사로잡혀 있었는지도 몰랐다.

민 선생은 회의가 끝나고 교무실에 얼굴을 보였다. 그는 교감 선생과 몇 마디를 나눈 뒤 자기 반 출석부를 빼 들고 교무실을 나왔다.

"괜찮아? 수사에 협조는 잘하고?"

김인철은 입사동기이자 섯다 멤버를 위해 교무실 앞에서 잠시 기다렸다.

"안 괜찮을 기 있나. 잠 안 자고 순찰만 도는 숙직이 있나 뭐. 좀 일찍 밥 먹으러 간 거는 경위서든 시말서든 쓰지 뭐. 교육하고 전혀 관계없는 엉뚱한 일에 선생만 욕보네."

"말이 긴 거 보니 좀 긴장했던가베. 그래도 본인 주장도 일리가 있어 보이니 너무 쫄지마라."

"아침부터 병 주고 약 주고, 제자리만 갖다 놔라."

민 선생이 조금 풀어진 얼굴로 말했다.

"신문에 안 나야 될 낀데. 학교 망신이지."

"그래 말이야."

그런 말들을 나누면서 담임들은 각자 자기 반 교실로 흩어졌다. 정작 하고 싶은 말은 설립자의 공적비를 훼손했다는 것은 곧 설립자에 대한 불만이 있다는 소리이고, 올해 초에 경찰복을 벗고 이사장에 취임한 설립자의 장남이 이번 사건을 어떻게 처리할지 궁금하다는 것 들일 수 있었다.

김인철은 자기 반에 들어가 교장에게 들은 말을 전했다. 학생들이 피해자라는 말은 피하고 학교로서는 좋지 못한 일이라고 했다. 그리고 백지를 나누어주고 등교시간과 목격 여부, 의심이 가는 사람을 적게 했다.

목격 사실과 의심이 갈 만한 이름은 나오지 않았다. 남는 시간은 그대로 자습시간이 되었다. 벨소리를 듣고 복도를 나오는데 옆 반의 하상길과 마주쳤다.

"성과가 무성과지?"

"형사사건만은 아니지."

"그럼, 역사사건이가?"

"시국사건은 아니고?"

끝말잇기 하듯 말이 빠르게 오갔다. 수학과목인 하 선생은 여산 출신으로 김인철과 나이도 같은 데다 죽이 잘 맞아 가까이 지내고 있었다. 친척 중에 문교부 관리가 있어 교장도 신경을 쓴다는 말도 있었지만 둘 다 입에 낸 적 없이 그냥 편하게 지냈다.

수업이 시작되면서 교무실은 평상시 분위기로 돌아간 듯 보이기도 했지만 졸업생 학적부 모두를 교장실로 옮겼다니 겉모습일 뿐이었다. 2교시가 빈 김인철은 책상에 앉아 며칠째 읽고 있는 소설책을 펼쳤지만 머릿속에는 공적비와 더불어 학교에 처음 찾아오던 날이 맴돌았다.

처음에는 공적비가 무슨 문화재급 비석인 줄 알았다. 김인철이 여천고등학교에 면접 보러 온 날은 하필 2월 들어 가장 춥다는 날로 구름까지 잔뜩 끼어 있었다. 택시를 탔지만 그는 학교 정문 앞에서 내렸다. 학교 안팎을 둘러본다는 생각이 아니라 기사의 쓸데없는 얘기와 갑갑한 차 안 공기로부터 빨리 벗어나고 싶어서였다. 요금을 지불하고 문으로 들어서는데 정문 왼편에 시선을 끌기 충분하게 잘생긴 소나무들이 병풍을 두른 공터가 보였다. 선 자리에서 큰 돌이 보여 무슨 유적지인가 하고는 내처 운동장으로 들어섰던 것이다.

면접은 교장과 서무주임 두 사람이 보았다. 교장은 서무주임을 소개하며 학교법인 일도 같이 본다고 했다. 그 말은 그가 사립학교 교사의 인사권자인 학교법인 이사장의 대리인 격이라는 뜻이었다. 이력서를 살펴본 교장선생은 "여산 출신이라고요?"라는 말로 시작해서 "서울서 대학 다닌 선생님이 오신다면 우리 학생들이 좋아할 겁니다."라는 말로 면접을 끝냈다. 나이가 꽤 들어 보이는 주임은 "반갑소."라는 단 한 마디만 했다. 뒤에 알았지만 당시 재단이사장은 실권이 없는 바지 이사장이었다. 설립자가 막 사망하고 경찰공무원인 장남은 정년을 앞두고 있었다.

김인철은 복도로 나왔다. 소도시까지 내려와 겨울방학 중인 텅 빈 학교를 걷는 그의 마음은 날씨처럼 스산했다. 교장실과 붙은 서무실 건너편, 그러니까 중앙 현관 반대편에 교무실 팻말이 보였다. 그는 화장실을 찾아 그쪽 편 복도로 걸어갔다. 교무실 유리창 너머로 발갛게 달아오른 난롯가에 앉아 뜨개질을 하고 있는 여선생이 보였다. 방학 중인 학교의 모습이 저런 거겠지. 잠시 눈에 들어온 교무실 풍경이 제법 로맨틱한 기분까지 들게 했다.

복도 끄트머리에 본관에서 달아낸 화장실이 있었다. 그는 부르르 몸을 떨며 오줌을 누었다. 화장실은 마당으로도 통하게 되어 있어 그는 그쪽으로 나왔다. 찬바람이 몰려왔다. 교사 뒤편은 완만한 야산이었다. 길은 왼편으로, 운동장에 들어설 때부터 시선을 끌었던 한옥 흉내를 낸 건물로 이어져 있었다. 관사로 쓰기에는 교사와 너무 가까울뿐더러 담장도 없었다. 숙직실일지도 모른다는 생각을 하자 다시금 으스스 몸이 떨려 왔다.

"누고?"

김인철은 깜짝 놀라 고개를 돌렸다. 그가 궁금히 여겼던 한옥 뒤에서 키 작은 남자가 걸어 나왔다. 마침 집 뒤에서 연기가 피어오르고 있었다. 아궁이에 불을 지피고 나오는지도 몰랐다. 두툼한 반외투에 장갑과 털신까지 단단히 무장한 게, 소총만 메었다면 외국영화에서 봤음 직한 민병대원의 모습이었다.

"아, 네." 김인철이 뭐라 대답할까 망설이고 있는데 남자가 후드를 벗으며 "새로 오시는 선생님이신가?"라면서 그가 서 있는 길로 내려왔다. 반백에 이마에 잡힌 깊은 주름이 꽤나 인상적이었다.

"네, 교장선생님 뵙고 한번 둘러보고 있습니다."

등 뒤에서 까악, 깍, 까마귀가 울었다. 김인철은 소리를 찾아 돌아섰다. 길이 난 산등성이로 몇 그루 키 큰 참나무 위에 까마귀들이 앉아 그를 내려다보았다. 남자가 김인철 옆에 섰는데 키가 매우 작았다.

"저긴 숙직실입니까?"

김인철은 고개를 돌려 한옥을 보았다.

"그렇지. 선생님도 여기 오몬 저기서 자지."

"춥겠네요."

그는 좀 전에 느낀 기분을 말했다.

"자 봐야 알지. 하 선생, 이 친구 오늘 엉디이 한 번 디 봐라."

오늘 숙직이 하 선생이라는 사람인데 춥다고 투덜댔으니 엉덩이가 데일 정도로 뜨겁게 군불을 넣어 주겠다는 말이구나. 김인철은 재미나는 사람이다 싶었다.

"저기 언덕 뒤는 어딥니까?"

"그냥 학교 땅이지. 큰 못도 있고."

"네…"

"괜찮아 보이는 선생님이네. 일 다 봤으몬 바로 갈 낀데 학교도 구경하고."

구경이라는 말에 정문 옆의 소나무에 둘러싸인 비가 궁금했다. 하지만 남자는 벌써 몸을 돌려 걸어가고 있었다. 인사도 없이 그는 운동장 반대편으로 걸어갔다. 김인철은 남자의 갑작스런 행동에 놀라 멍한 기분으로 잠시 서 있었다. 엉뚱한 구석이 있는 사람이구나. 오늘같이 흐린 날씨에 회색빛 외투라니. 후드까지 쓴 뒷모습을 보노라니 입고 있는 외투가 커서 회색 옷 뭉치가 움직이는 느낌이었다. 우중충하게 흐린 하늘과 닮은 회색 옷이 자신이 근무할 수도 있는 이곳의 분위기는 아닐까 하는 기분마저 들게 했다.

그날 민병대원 같은 인상에다 조금 엉뚱하거나 주제넘다 싶은 생각을 들게 한 남자가 정 주사였다. 서무실 소속으로 문서 전달, 등사, 책걸상수리 등 온갖 잡일을 하는 서무보조였다. 그리고 그날 정 주사가 들먹인 하 선생은 교사 중에 유일한 하씨인 하상길이었다. 김인철은 개학 후 첫 교사 회식 때, 지난 2월 숙직날 엉덩이가 무사했냐는 말로 인사를 텄다. 빠르게 친해질 수 있게 정 주사가 도와준 셈이었다.

　공적비를 제대로 찾아 글귀까지 읽은 것은 인사발령에 필요한 서류를 제출하러 왔던 날이었다. 직사각형 오석의 전면에는 설립자 수암 박증국 선생 공적비라고 크게 새기고 뒷면에 그 내용을 적었는데 글귀는 다소 단출한 편이었다.

　수암 박증국 선생은 누대로 여산에서 살아왔다. 나라를 침탈당한 뒤 가장 화급하고 종요로운 사업이 교육사업임을 알고 뜻있는 이들과 힘을 합쳐 삼산간이공민학교(현 삼산국민학교)를 세웠다. 광복 후에는 여천중학을 시작으로 여천고등학교를 비롯하여 여천여자중고등학교와 수암여자상업고등학교를 세워 교육입국의 정신을 실현했다.

　한편으로 선생은 독립촉성국민회와 반탁독립투쟁위원회 등 활동을 통해 대한민국 정부수립에 기여하였으며 국가 부흥발전에 힘을 쏟은 애국지사이자 정치인, 기업인이었다.

　선생의 서거 일주기를 맞아 그 위업을 기려 이 공적비를 여천군민과 졸업생 이름으로 세운다.

　여산과 여천이 섞여 쓰이고 정치인과 기업인에 대한 경력이 소개되지 않은 게 김인철의 눈에 보였다. 건립 날짜가 1970년 1월이라니, 그 자신이 면접을 보러 오기 한 달 전에 세워졌다는 사실이 새삼스럽기도 했다는 기억이었다.

범인은 다음 날 잡혔다. 전교생을 상대로 이런저런 조사를 하면서 긴장된 분위기가 넘치던 데 비하면 의외였다. 쉽게 잡혔다는 점에서는 싱거웠지만 범인의 신상을 알고는 모두 놀랐다. 3년 전 액 장학금과 대학 1년 등록금을 수혜받은 졸업생인 데다 서울 소재 명문대 재학생이라 했다. 김인철 자신이 졸업한 학교였다. 그 정도까지는 있을 수 있는 우연이지 싶었는데 자기 반 이성태라는 학생의 친형이라는 사실 앞에서는 놀라지 않을 수 없었다. 구경만 하고 넘어갈 수 있는 일이 아니었다.

　교장이 아침 조회에서 범인이 체포되었다는 발언을 한 날 이성태는 결석 성태였다. 그날 형과 같이 체포되어 공범 여부로 경찰에서 조사를 받고 있었던 것이다. 사건이 일어난 날 담임시간의 이성태를 떠올려보았지만 기억에 남는 특이사항은 없었다. 그는 이성태가 시골 통학생이며 부친이 안 계신다는 것 정도는 머릿속에 담아두고 있었다. 생활기록부를 다시 살펴보니 주소는 여천군 삼산면 영화리, 사남매의 막내로 현재 모친과 조부와 살고 있었다. 누나 둘은 부산의 신발회사와 합판회사, 사고를 낸 형 이희태는 대학재학이라 기재되어 있었다. 생활 정도는 중(中), 본인의 취미는 운동, 존경하는 인물은 이순신 장군, 장래 희망은 회사원이었다.

　교무회의에서 교장은 범인이 체포되었다는 사실만 전하더니 다음 날에는 단독범으로 범행 동기는 경찰이 조사 중이라고 했다. 그 뒤로 교장의 언급은 더 이상 없었다. 또한 사건은 중앙지 지방판은 물론 이 도시에서 나오는 신문에도 단 한 줄 나오지 않았다. 방송도 마찬가지였다. 기사감이 안 되는 사건일 수도 있었겠지만 학교재단에서 입막음을 했을 수도 있었다.

김인철만 바쁘게 되었다. 이성태는 경찰 조사를 받은 다음 날 하루만 학교에 온 뒤로 이틀째 결석을 하고 있었다. 김인철은 경찰에 불려간 다음 날 출석한 성태를 교무실로 따로 부르지 않고 교실에서 이야기를 나누었다. 아이에게 긴장감과 압박감을 주지 않기 위해서였다. 조회를 마친 자리에서 예사로운 목소리로 성태를 앞으로 불러냈다. 다른 아이들의 눈길이 한꺼번에 쏠리다 이내 거두어졌다. 교단 위에 서 있던 김인철은 해가 드는 칠판 옆 창가로 내려갔다.

이성태가 고개를 숙인 채 옆에 섰을 때 그는 "놀랐겠구나."라고 말을 꺼냈다. "너도 그렇고 가족들도 그랬겠다. 그래 어디 불편한 데는 없나?" 앞줄에 앉은 애들이 들릴 정도의 목소리였다. 고개를 숙인 채 고개를 끄덕이던 성태의 입에서 "네."라는 말이 모기소리만 하게 흘러나왔다.

"그래야지. 다행이다."

김인철은 뜸을 들이듯 찬찬히 말을 이었다.

"형이 한 일이잖아. 이번 일은 그냥 형 일이지. 너는 학교나 잘 다니고 그래야지. 맞제?"

아이는 고개도 끄덕이지 않고 얼어붙은 듯 나무둥치처럼 서 있었다.

"너라도, 힘내야지. 그래야 어머니나 할아버지가 기운을 차리시지. 안 그래?"

그제야 아이가 고개를 끄덕였다. 김인철은 아이의 어깨를 가볍게 치며 들어가라고 말했다. 이야기를 하는 동안에도 그랬지만, 성태가 고개를 숙이고 제자리로 돌아가고 있을 때도 그는 편안한 얼굴로 반 아이들을 둘러보았다. 그렇게 하는 것이 성태 본인은 물론이고 반 아이들이 친구를 대하는 데 어떤 효과를 줄 수 있으리라는 판단이었다.

　그런데 그의 바람과는 반대로 이성태는 다음 날 보기 좋게 결석을 했다. 4교시를 마치고 교무실에 나와 보니 성태 할아버지가 그를 기다리고 있었다. 학생주임이 애매한 표정을 지은 채 "손자가 잘못했다고 학교에 사과도 하시고 그랬는데… 다른 이야기는 김선생님이 들어보시고 판단하세요."라는 말을 남기고 얼른 밖으로 나갔다. 김인철은 교감 자리 옆의 장의자에 엉거주춤 앉아 있는 성태 할아버지를 자기 자리로 모셔와 비어 있는 옆 자리에 앉혔다. 몇 걸음이지만 허리는 조금 굽어도 걸음은 똑 발랐다. 볕에 탄 얼굴에 주름이 깊었다.

　"그래, 성태가 결석을 해서 저도 걱정하고 있습니다. 성태는 지금 어디 있는데 학교에 오지 않습니까?"

　"그기 선생님, 성태는 어제 집에 내려왔다가 오늘 내랑 같이 시내에 왔는데 한사코 학교는 안 가겠다고 해서 못 붙잡고 내만 이렇게 왔습니더. 국민학교 친구가 지 아부지 하는 장사일 도우고 있는데 거기 있겠다 했심니더. 나중에 선생님이 한번 만나보몬 내일 학교 올 줄도 모릅니더."

"네, 알겠습니다. 그런데, 주임선생님께 무슨 말씀을 하신 모양인데, 무슨 말씀을 하신 겁니까?"

김인철은 애매한 표정을 짓던 학생주임의 표정, 어쩌면 수업 마치고 온 자기를 기다리기라도 한 듯 홀가분한 표정을 떠올렸다.

"그기, 선상님. 면회 부탁을 했십니더."

성태 할아버지가 계속 말했다.

"사실 집에서 성태 지거 새이를 살펴줄 사람이 없습니다. 에미도 그렇고 지도 무얼 어떻게 해야 할지를 모립니더. 우리는 놀래갖고, 겁도 나고, 우찌할지를 모리겠심더. 작은놈이 선생님 이야길 합디더. 맘씨 좋고 서울서 공부하고 오셨다고. 그게 다지 새이 학교 선배 되신다꼬."

"네?"

김인철은 놀랐다. 같은 대학이란 건 그렇다 치더라도 그런 말을 들먹이는 동기가 영 마뜩찮았던 것이다. 짜증이 슬쩍 일며 불편한 일에 쏠려 가는 게 아닌지 싶어 어쩔까 마음을 더듬는데, 영감님 눈에 맺힌 눈물이 보였다. 검게 타고 거칠한 얼굴도 미안하면서 불안한 표정까지는 가리지 못했다. 김인철은 그런 안색을 읽은 자신이 민망했다. 그는 표정부터 부드럽게 풀었다.

"네에… 성태가 그런 말까지 했군요."

얘기를 다시 씹어보니 면회 생각이 떠올랐다.

"아직 큰손자를 경찰서에서 만나지 못했단 말씀인가요?"

"네에. 그렇지예. 못 갔지예."

김인철은 조금 전, 놀래고 겁이 났다는 영감님의 말과 같이 죽은 성태 부친에게 생각이 미쳤다.

"저, 성태 할아버님, 제가 알고 있어야 해서 그러는데."

김인철은 차분하게 말을 꺼냈다.

"성태 아버님은 언제 돌아가셨습니까? 성태가 52년생이던데 혹시 전쟁 때입니까?"

성태 조부가 축축한 눈을 들어 주위를 둘러보았다. 점심시간이 시작된 교무실은 어느새 텅 비어 있었다.

"유복잡니더. 실은 사변 때라 호적에 일 년 늦게 올렸지예. 그라고 중학 마치고 일 년 집에 있었고."

"네, 그렇군요."

김인철은 마저 물었다. 어쩌면 그때 그는 성태 조부의 부탁을 들어주려고 작정했는지도 몰랐다.

"성태 아버지는 어찌 돌아가셨나요?"

"그기, 선상님." 영감님은 다시 교무실을 둘러본 뒤 고개를 푹 숙이며 말했다.

"보련에 들었다가 그랬심더."

낮은 소리였지만 김인철의 귀에는 보련이란 말이 또렷하게 들렸다. 국민보도연맹. 그 말에 서옥주가 생각났다. 마음이 조금 불편해 오기도 했는데 옆에 앉은 영감님은 자신의 그런 기색을 읽기라도 한 듯 보기 딱할 정도로 풀이 죽어 있었다. 김인철은 얼른 마음을 추스렀다.

"네에, 그랬군요."

정작 묻거나 알아야 할 것은 공적비 문제였다. 영감님이 찾아왔으니 물어보는 게 당연할 수도 있었다. 그때 고개를 숙이고 있던 성태 조부가 김인철을 똑바로 바라보며 말했다.

"선상님, 희태 그놈아 면회 좀 시켜주이소!"

노인의 짓무른 눈에서 눈물이 솟았다. 그 순간 김인철은 대책 없이 "네에, 알겠습니다."라고 답하고 말았다.

김인철은 4시가 되기 전에 학교를 나왔다. 오후 수업 한 시간을 당겨 하고 종례까지 부담임에게 부탁하고서였다. 미리 약속해두었던 시장통 입구에 이성태와 조부가 나와 있었다. 성태는 꾸벅 고개를 숙이고는 "죄송합니다."라고 말했다.

"그래, 내일부터는 학교 나오지? 약속하자."

김인철은 손을 내밀어 아이의 오른쪽 손을 꼭 잡았다.

"네에."

손은 어세고 팔뚝에서 힘이 느껴졌다. 시골에서 학교를 다니는 아이들 대부분은 농사일을 거들고 있었다. 나이로 보거나 힘으로 보아도 반 장골이었다. 더구나 성태는 반 아이들보다 한두 살 위였다.

"나중에 할아버지 만날 약속은 했나?"

"네, 차부서 기다릴 겁니더."

아이들도 시외버스터미널보다 차부란 말에 익숙했다.

"그래, 알았다. 나중에 못 봐도 내일 학교서는 꼭 보는 거다."

"네에."

성태가 다시 고개를 깊이 숙였다가 돌아섰다.

두 사람은 관청들이 몰려 있는 시내 중심가로 걸어갔다. 여산 시와 여천군은 행정적으로는 나뉘어 있지만 경찰서 등 상당수 기관들은 통합되어 있었다. 김인철은 성태 조부 걸음에 맞추면서 물어볼 말을 정리했다. 면회까지 가는 마당이니 영감님이 불편하더라도 무얼 제대로 알고 도와야 할 것이었다.

"근데, 성태 할아버님. 필요할지도 몰라서 여쭙는데 큰손자가 뭣 땜에 공적비에 손을 됐습니까? 혹시 뭐라도 짐작 가는 게 있습니까?"

소음이 심한 길가인 데다 신장도 차이가 나서 김인철은 가까이 붙어 섰다. 영감님이 걸음을 늦추더니 "그기, 묵은 일입니더." 라고 첫말을 뗐다.

"한참 된 일인데 그놈이 우찌 알고 그 짓을 했는지, 참." 그러고는 잠시 뒤 "우쨌든 돌에 박은 글이 틀린다는 기지요. 그래도 지가 사과를 했습니더. 학교 물건에 손을 대고 일을 냈으니까." 라고 덧붙였다.

"네. 근데, 묵은 일이라니요?"

답은 없었다. 그는 참을성 있게 기다리다 말했다.

"묵은 일이라는 것이 무슨 말씀이십니까? 오래전에 무슨 일이 있었다는 겁니까?"

"그기."

영감님이 걸음을 낮추고는 땅을 내려다보았다.

"선상님은 그냥, 마을 간에 있었던 일이라는 정도만 아이소."

그러고 영감님이 입을 닫았다.

"마을 가에? 삼산면에서…."

생활기록부에서 보았던 삼산면이란 지명이 입에서 흘러나왔지만 영감은 묵묵부답이었다. 언제? 해방 뒤거나, 전쟁 때? 김인철이 천천히 영감님 걸음에 신경을 쓰면서 걸었다. 얼마 뒤 영감님이 머뭇댔다.

"왜 그러세요?"

과자와 음료수를 파는 점방 앞이었다.

"뭐 하나 사 갖고 가야…."

"아, 지금 그럴 필요는 없습니다. 큰손자 면회는 무슨 인사를 하고 안 하고의 문제가 아닙니다. 그냥 가셔도 됩니다."

영감님이 걸음을 먼저 옮긴 김인철을 따랐다. 걸음새가 느려져 돌아보니 뭔가 마뜩잖은 표정이었다.

"왜, 어디가 불편하십니까?"

"아이요, 갑시더, 어렵게 부탁까지 해서 와놓고 내가…."

경찰서 앞 마당에 들어서며 영감님이 다시 꾸물댔다. 김인철은 갑갑해 오는 자신의 마음을 달래며 경찰서가 무슨 일로 찾든 간에 사람들을 불편하게 하는 곳이라는 생각을 하지 않을 수 없었다. 일 층의 민원안내라고 적힌 창구에서 김인철은 담당 직원에게 이희태 면회를 왔다면서 희태 조부와 자신의 신분을 밝혔다.

"알아보고 말해드릴게요."

젊은 순경은 그들을 복도 맞은편 면회실로 안내했다. 의자들만 놓인 빈 방은 설렁했다. 오래 기다린다 싶은 생각이 들 때쯤 사복차림의 사내가 들어왔다.

"전 정보과 문입니다."

그가 성씨만 소개하면서 두 사람 앞에 앉았다. 김인철은 상대가 수사과가 아니라 정보과 소속이란 말을 듣고는 사고가 난 날 학교 복도에서 하상길과 나누었던 말이 떠올랐다. 형사사건만은 아니었다.

"수사과가 아니고 정보과에서 조사를 하는 겁니까?"

"선생님이시니까 그런 걸 물으시는구나."

사복이 김인철을 바라보며 여유를 부리더니 "영감님!" 하고 성태 조부를 향했다.

"손자가 대학서 공부는 안 하고 이상한 짓을 하고 있어요. 공적비에다 똥칠한 일 말고 딴 건으로 조사 중입니다. 딴 데서."

"으, 여 말고 딴 데 있다꼬요?"

영감님 목소리가 떨렸다.

"네. 그러니 오늘은 돌아가시고 담에 연락할 기 있으면 해당 파출소를 통해서나 어떻게 할 겁니다. 그만 집으로 가세요."

김인철이 최근의 대학가에서 일어나고 있는 시위를 떠올릴 사이도 없이 사복이 몸을 일으켰다. 덩치에 비해 날렵한 움직임이었다. 김인철도 동시에 의자에서 일어났다.

"이희태 있는 곳이 어딘지 말씀해주실 수 있습니까?"

"없는데요. 선생님."

사복이 맞받아쳤다. 그는 싱긋 웃기까지 하며 김인철과 눈을 마주쳤다.

"가족은 아닙니다만."

김인철은 솟구치는 화딱지를 누르려고 애쓰며 말했다.

"체포된 뒤 아직까지 가족이 만나지 못했다고 해서 따라왔습니다만, 체포는 경찰에서 하고는 지금 여기 없다니요? 어디 있는지 소재는 알려줘야 하는 거 아닌가요?"

"선생님 말대로 선생님은 제삼자 아닙니까. 그걸 아시야지. 그라고 피의자의 직계존속인 영감님이 물었다 해도 수사상 기밀에 대해선 대답하지 못합니다. 그럼, 이만."

사내가 몸을 돌렸다. 모욕을 당한 것이다. 사내의 떡 벌어진 어깨를 바라보며 그는 생각했다. 김인철은 지금의 이 감정이 전에도 겪어본 거라는 걸 쉬 깨달았다. 서옥주를 만났던 서울 종로경찰서에서 받았던 모욕이 생생하게 되살아났다.

김인철은 마음을 추슬렀다. 우선은 경찰서에서 나가야 했다. 기운이 다 빠진 영감님을 데리고 밖으로 나오며 '걸려들었나', 라는 생각을 다시 했다. 성태 조부의 부탁을 받은 교무실에서 그 말을 떠올렸을 때는 귀찮은 일을 하기 싫다는 정도의 뜻이었는데, 이제는 말 그대로 어딘가 발이 푹 빠지고 있는 기분이었다. 전신주를 울리는 바람이 갑자기 오싹하게 느껴졌다.

영감님은 아무 말도 없이 그의 옆을 따라 열심히 걸었다. 그제야 김인철은 자기 성화에 받친 빠른 걸음을 늦추었다. 어디까지나 자신은 조연이었다. "많이 알라 하지 말고, 교실에나 날래 가봐라." 사고가 난 날 아침, 등사실을 나오며 정 주사가 했던 말이 떠올랐다. 그러자 하면서도, 화가 나고 난감했다. 그는 자신에게 하듯 말했다.

"그 사람들 참, 불친절하네요. 가족 입장은 전혀 생각해주지 않고….."

그는 성태 가족을 위해 어떻게 해야 하는 건지 무슨 실마리를 찾을 수 없다는 기분에 빠졌다. 승용차와 버스가 짐을 가득 싣고 미적거리는 우마차를 향해 연달아 경적을 울리며 지나갔다.

"그기가 본래 그런 데지예."

경적소리가 끝나자 영감이 무뚝뚝하게 대답했다.

"네에."

경찰서가 위세 부리고 불친절하다는 걸 안다는 소리였다. 그게 나이 먹은 농사꾼들의 일반적 인식일 수도 있지만 아들이 보도연맹에 들어 죽었으니 체험에서 나온 발언이라고 봐야 할 것이었다. 영감님이 말했다.

"본래, 희태 그놈을 여산고등학교엘 보낼라 켔심더. 근데 중학교 담임하고 교장까지 나서갖꼬 같은 재단인 지금 학교 보내라고, 학비 안 내고 학교 다닐 수 있다고 지 에미를 부르고, 그래갖꼬 보냈다 아입니꺼."

여산에서 일류는 단연 공립인 여산고등학교였다. 손자가 제 성적으로 충분히 갈 수 있었던 거길 가지 않고 지금 다니는 학교엘 가는 바람에 안 내도 될 사고를 쳤다는 말뜻이었다. 이희태는 여천고등학교에서 실시한 특별장학생 선발의 마지막 케이스로 들어온 경우였다. 이류 명성이라도 지키기 위해 근동의 다른 사립에 앞서 장학제도를 강화했지만 기대한 만큼의 효과가 없어 3년 만에 폐지했다고 들었다.

어느새 시외버스 대합실 가까이 와 있었다. 김인철은 맥이 빠진 영감님을 대로변에서 혼자 보내기가 언짢아 내처 걸었다. 차부 대합실에는 성태가 나와 있었다. 아이는 사람들과 떨어져 창가에 서 있다 다가왔다.

"니 새이가 그게 없단다."

영감님이 힘없이 말했다. 성태가 놀라 "예?" 하고는 눈만 껌벅였다.

영감님은 맥이 다 빠진 듯 고개를 떨구고, 성태도 안절부절못했다. 나설 사람은 김인철뿐이었다.

"조사를 좀 더 받아야 하는 모양인데 그곳이 어딘지는 가르쳐주질 않는구나."

김인철은 내처 말했다.

"하여튼 지금은 연락 오길 기다리는 수밖에 없겠다. 어떤 조처가 있으면 가족에게 연락을 한다니, 오늘은 일단 할아버지 모시고 집에 가는 게 좋겠다."

성태가 고개를 끄덕이고 김인철은 영감님에게 말했다.

"지금 얘기한 것처럼 연락은 어쨌든 올 테니 너무 걱정 마시고 기다려 보십시오."

성태 조부는 "예."라고 답했지만 멍한 표정에 목소리에 힘이 하나도 없었다. 김인철은 한마디 덧붙였다.

"그리고 무슨 소식이 오거나 제가 도울 일이 있으면 성태 편으로 연락하십시오."

"예, 선상님. 바쁘신데 여러모로 고맙심니다."

손자 앞인 데다 김인철이 한 말이 힘이 되었는지 영감님은 기운을 차렸다.

*

다음 날 출근 직후 김인철은 교감선생에게 어제 이야기를 조퇴결과 보고 삼아 간단히 했다. 그리고 저녁에는 학생주임과 2학년 학년주임 배 선생, 그리고 하상길까지 끼어 넣어 밥을 샀다. 물의를 일으킨 이희태의 동생 담임이니 인사를 할 만도 한 입장인 데다 무얼 더 들을 얘기가 있나 하는 마음도 있었다.

"그래, 희태 그놈이 그런 데 빠졌구나."

3학년 때 담임을 했다는 배 선생이 말문을 열었다.

"그 머리로 공부만 열심히 하지, 잘못 빠졌구나. 공대로 갔으몬 괜찮았을까? 진학 상담할 때 정치외교학과나 사회학과 그런데만 찾더라고. 내 잘못이 크네. 눈 딱 감고 서울에는 이공대만 있다고 했어야지. 허허. 그리고 어려운 형편에 대학 갔으면 공부나 할 거지 뭘 다른 데 눈을 파노."

김인철은 경찰서를 다녀온 애기를 하며 덧붙였다,

"그러니까, 이희태가 다른 데로 갔다는 건 여러 측면에서 살펴보겠다는 의미로 봐야겠죠? 그런 생각이 들더라고요."

"공적비 사건이 단순 형사사건으로 끝날 수 없게 됐다는 거네. 안 그래도 요새 대학이 시끄러운데 조회해보면 금방 다 나올 텐데, 그걸 몰랐을까요?"

하상길이 학생주임을 바라보았다.

"그렇지요. 이 시국에 대학생이 무슨 문제로든 체포되었을 때 받을 조사 범위를 몰랐을 리가 있겠습니까."

사정기관 중에서 가장 힘이 세고 무섭다는 '중앙정보부'란 말을 입에 올리지 않고도 아귀가 맞았다. 지난 4월 박정희와 김대중이 맞붙은 7대 대통령 선거 직후부터 시작된 대학생들의 데모가 군대를 동원하는 위수령까지 내릴 정도로 격화되었다. 거기다 최근에는 노동문제가 부쩍 자주 터지고 있었다. 서울 평화시장 봉제공장의 재단사 전태일이 근로조건 개선을 요구하며 분신자살을 한 게 발단이었다. 70년 가을에 일어난 일이니 작년 이맘때였다.

"허허, 어쨌거나 시국이 여산 수재 하나를 버려놓았구나."

배 선생이 술잔을 들며 탄식했다.

"버려놓았는지 물건이 될지는 뒤에 가봐야 알지."

"정치를 할 거란 말인가? 학생운동을 제대로 하기는 했는지 그것도 모르는데 너무 앞서가면 되나."

김인철의 관심은 이희태가 공적비를 훼손한 이유였다. 그의 조부가 입을 다문 마을 간의 묵은 일이란 건 또 뭐란 말인가?

"어제 성태 조부에게 들었는데, 아들이 육이오 때 보도연맹에 들어서 죽었다 하더라고요."

김인철은 말머리를 그렇게 돌려보았다.

"보도연맹? 들어본 것 같기도 하네."

배 선생이 말했다.

"그런 사람이 한둘이겠나. 여산뿐 아니라 다른 데서도 그랬겠지."

"그기 뭐 공적비하고 관계있을라고?"

"그래 말입니다."

김인철은 어제 성태 조부에게 들었던 말이 맴돌았지만, 어쨌거나 설립자의 경력과 관련된 이야기라 입을 뗄 수는 없었다. 학생주임부터 세 사람 모두 말수가 적은 것도 이 사건이 학교 재단 일이라는 실감을 제대로 주었다.

"하여튼 우리 김 선생이 담임 노릇 제대로 한다. 학부형 부탁으로 경찰서까지 찾아가 주고. 허허."

하상길이 빈 대화 자리를 메웠다.

"영감님이 오죽하면 나한테 부탁했겠나. 눈물까지 비치는데 어짜노."

김인철도 긴장을 풀었다. 그냥 연로한 학부형을 도와주었다는 뒷이야기 정도로 끝낼 자리였다.

화제를 바꾸어 얼마간 얘기를 나누다 자리를 파했다.

술집에서 나온 일행은 대로변에 멈춰 섰다. 서오사거리라 불리는 곳이었다. 도시는 도로가 가로세로 반듯해서 사거리나 로터리가 많았다. 강이 도시를 에둘러 흐르는 넓은 평지에 자리한 도시였다. 김인철은 널찍한 인도를 걸으면서 어렸을 때의 폭격을 한 번씩 떠올렸다. 고도(古都)인 여산이 신도시나 계획도시처럼 바뀐 것은 공중폭격 때문이었다.

걸음을 잠시 멈춘 하 선생이 말했다.

"한잔 더할까요? 낼이 토요일인데."

일행은 대로변으로 나와 있었다.

"어, 나는 퇴장이다."

학생주임 말에 배 선생도 동의했다, 두 사람이 택시와 버스를 타고 떠나는 걸 보고 김인철이 말했다.

"하 선생이 선수쳤네. 내가 하고 싶은 말인데."

김인철은 진심이었다.

"쭉지는 가고 알맹이만 남았나?"

"반대가 아니고?"

김인철이 알맹이 소리를 한 것은 기다리는 마누라가 없는 총각만 남았다는 뜻에서만은 아니었다. 이성태 조부에게 들은 말을 누군가에게 털어놓고 싶었고 그 대상은 하상길뿐이었다. 친하고 만만해서도 그렇지만 마을 간에 있었다는 '묵은 일'의 진상을 얘기해줄 사람도 그가 소개해줄 수 있다는 기대까지 있었다.

"여산바닥에서 여산 하씨가 힘을 쓰는 건 맞지?"

"시작이 불안한데. 무슨 소리 하려고? 여산을 본관으로 하는 성씨가 어디 하가뿐이가?"

"누구를 아느냐가 중요하지. 하여튼 말야. 해방 후 여산에서 있었다는 마을 간의 묵은 일이란 기 뭐고? 어제 만난 학부형 영감님이 자기 손자 놈이 그 일로 공적비에 손을 댔다고 그러더라고."

"뭐? 허허, 교육정신이 아니고 기자정신을 발휘했구나."

"이 심심해빠진 고도에 무슨 일이 있었기에 대학생 놈이 자기 졸업한 학교 설립자 공적비 글씨를 파내고 인분을 뿌렸다 말이고? 삼산면이지, 여천군 삼산면에 있는 두 마을 간 묵은 일이 뭐냐? 새파란 젊은이가 안다면 어른들은 다 알지, 그 동네 말고 남의 동네, 어지간한 여산 사람도 안다는 소리 아니겠나? 이야기해줄 사람 좀 소개해줘."

"웬만한 여산 사람이면 다 안다니까 김 선생 친척어른들도 알겠네. 고향이잖아, 고향."

"허허, 미미한 가세와 때 이른 출향을 내 입으로 또 밝혀야 하나? 아버지 고향은 합천이고 난 국민학교 2학년 때 떠났어."

김인철에게 친척은 친가보다 외가가 훨씬 가까웠다. 조실부모하고 소년시절 여산으로 나와 자수성가했다는 부친에게 고향도 친지도 그렇게 살갑지 못했던지 왕래가 거의 없었다. 외삼촌 두 분도 그만그만하게 농사를 짓고 사시니 공무원인 이모부 말고는 출입하는 분이 없다고 봐야 했다.

"그렇다면 걸리는 것도 없겠네! 그것도 좋잖아, 좋고말고!"

하상길이 탄식조로 내뱉었다.

"이 몸이 말야, 일찌감치 서울로 튀어야 했는데 붙잡혀갖고… 허허."

하 선생은 여산 하씨 문중에서도 세가로 알려진 집안의 직계였다. 여산서 이목을 받는 만큼 언행도 조심스러우니 거기서 받는 스트레스도 만만찮을 것이었다.

"집안 너르다고 어깨 힘줄 때는 언제고 지금 꽁무니 빼면 안되지."

김인철은 눙쳤다. 응대도 않고 걷던 하 선생이 허름한 가게 앞에서 멈추었다.

"이야기가 이상하게 흘러갔지만, 글쎄. 누가 다른 마을, 그것도 남의 집안 이야길 해줄라 할 끼고."

하 선생이 혼잣말하듯 하면서 여닫이문을 열었다. 김인철로서는 처음 오는 술집이었다. 술집에서 두 사람은 따로 앉지 못하고 곧장 합석을 했다. 자리가 나지 않은 데다 하 선생의 고등학교 친구들을 만났기 때문이다. 새 술이 왔다. 주전자에 담아온 걸 사발에 부으니 탁주라고 보기에는 지나치게 맑았다.

"막걸리 거르면서 맨 위엣 걸 뜬 건데, 여기선 전주라 부른다. 마시기는 좋아도 도수가 제법 높다이."

술은 깔끔하고 입에 착 달라붙었다. 그리고 김인철은 빨리 취했다. 취재차 여산에 왔다는 부산 KBS 방송국 기자 강인구와 술잔을 자주 주고받았다는 것만 기억에 남았다.

*

다음 주 수요일, 조회를 마치고 났을 때 성태가 밝은 얼굴로 교탁으로 걸어 나왔다.

"형이 어제 나왔어예."

"그래? 잘 됐네."

정말 반가웠다.

"형이 선생님 한번 만날 수 있을까 물어봐 달라고 합디다."

그러면서 성태가 자랑스러운 표정으로 덧붙였다.

"대학선배님이라고."

"그래?"

뜻밖이고 난처한 제안이지만 본인 이야기를 듣고 싶은 욕구도 크게 일었다. 거절했을 때 형제가 받을 실망감에 대한 부담도 뒤따랐다. 부담으로 치면 자신이 더 클 수도 있었다. 교장 말대로라면 학교의 설립정신을 부정한 졸업생을 만나는 일이었다. 하지만 호기심이 앞섰다. 공적비를 왜 훼손했는지 직접 물어볼 기회를 놓치는 겁쟁이가 되고 싶지 않으면서도 면회를 가준 인사로 치면 될 것이라는 보호막도 얼른 쳐졌다.

"그러자."

성태의 입이 크게 벌어졌다.

"어찌 만나노?"

"6시 좀 지나 차부에서 만나기로 했습니다."

여산 사람들 모두가 입에 익은 대로 '차부'라고 부르는 종합시외버스터미널은 김인철 자신이 부산 집에 가면서 늘 이용하는 곳이었다. 올 때마다 왜 이리 초라하고 불편한가? 라는 생각이 들 만큼 건물은 낡고 차고지는 좁았다. 거기다 구도심에 위치해서 시내를 오가는 데 소요되는 시간도 길었다. 터미널 이전은 오랫동안 시민의 숙원사업이지만 진척이 없다고 했다. 인근 상인들의 반대 말고도 버스회사들이 터미널 인근의 건물주였다. 김인철이 다니는 학교의 재단도 버스회사를 갖고 있었다.
공적비에 설립자가 기업인이라 적은 것은 그런 연유였는데 여
산서 몇 손가락 안에 드는 땅 부자라는 소리도 있었다.

김인철에게 이성태가 먼저 다가오고 뒤따르던 젊은이가 고개
를 깊이 숙였다. 얼굴이 동생과 닮은 듯 닮지 않아 보였다.

"처음 뵙겠습니다. 제가 이희탭니다."

김인철이 악수를 청하자 손을 잡으며 "할아버지와 어머니 걱
정을 들어주서서 고맙습니다."라고 나직이 말했다.

"내가 한 게 뭐 있다고. 일단 밖으로 나가자."

이희태는 배낭가방 말고도 트렁크 하나를 끌고 있었다. 셋은
거리로 나왔다. 하늘은 여러 색깔이 뒤섞여 시선을 끌었다. 옅
은 구름으로 살짝 가려진 불그레한 노을과 어둠살을 머금은 구
름이 너르게 퍼져가고 있었다.

"어디 가서 저녁을 먹자. 뭐가 좋을까?"

건널목을 건너서도 형제는 말이 없었다, 뒷길로 들어서자 중
국집이 보였다.

"날씨도 찬데, 튀기고 볶는 중국음식이 안 좋겠나."

"좋지예!"

성태놈이 기운차게 답했다. 마침 일층에 따로 칸막이로 구분
된 자리가 있었다, 김인철은 형제와 마주 앉았다. 바닥에 놓으
려는 성태의 책가방을 김인철은 자기 옆의 빈 걸상에 놓았다.
희태의 배낭도 받아 같이 놓자 형제는 의자에서 일어나며 매우
당황스러워했다.

"어딜 가나 보구나."

"네. 오늘 밤차로 서울 갑니다."

잔에 물을 부으며 희태가 답했다. 김이 나는 잔은 따뜻했다.

"그렇구나. 자, 탕수육부터 하나 먹고 식사를 하자. 술은 입가심으로 맥주나 한잔하고."

"네, 탕수육 좋지예."

성태가 젓가락을 놓으며 환하게 웃었다.

"시간부터 알아야 편하게 먹지. 성태 넌 막차가 몇 시고?"

"네, 여기가 종점이니까 8시입니더. 세야는 9시 반이고예."

성태가 한꺼번에 두 가지 시간을 다 말했다. 서울행 기차시간을 알려주고 형을 이 지역 호칭인 세야라고 부른 것은 그만큼 아이의 마음이 편하다는 증거였다.

"저녁 먹기는 충분하네. 사이다나 콜라도 한 병 시키자. 미성년자가 있으니."

세 사람이 처음으로 같이 웃었다.

맥주와 사이다에 이어 탕수육도 나왔다.

"희태는 술 잘하나?"

"조금 하는 편입니다. 세지는 않습니다."

"술은 혼자 마시는 게 아니니까 자기 주량이 별무소용이지. 성태는 잘 마실 것 같은데?"

"아직 모르지예, 헤헤."

성태가 맥주잔을 드는 제 형을 부럽다는 표정으로 보았다. 김인철은 탕수육이 나왔을 때 자신이 아는 중국요리 얘기를 하고 식사를 할 때는 성태의 진로 이야기를 잠깐 했다.

식당 앞에서 김인철이 이희태에게 말했다.

"희태는 기차 시간도 남고 했으니 역에는 좀 있다 가도 되겠다."

"그럼예."

"저녁 잘 먹었습니다."

성태가 김인철에게 고개를 숙여 인사하고 제 형에게로 한 걸음 다가갔다. 희태가 오른손을 내밀고 형제는 악수했다.

"잘 가라."

"그래. 할아버지 어머니 잘 돌봐드리라. 편지할게.

성태가 건널목 쪽으로 돌아섰을 때 김인철이 "잠깐." 하면서 지갑을 찾았다. 보행자 신호로 바뀌고 성태가 주춤거렸다.

"할아버지께 꿀빵 사다 드려라. 그 집이 차부 옆이지."

김인철이 5천 원 한 장을 건넸을 때까지 신호는 바뀌지 않았다. "고맙습니더." 인사를 마친 성태가 바쁘게 건널목을 건넜다.

형제는 차량이 빠르게 지나가는 도로를 사이에 두고 손을 한참 흔들었다.

김인철과 이희태는 느릿하게 걸었다.

"선생님도 여산 사람이 다 되셨네요. 꿀빵집도 아시고."

"여산 살면서 그 집을 모르면 되나, 허허."

꿀빵은 한입에 들어갈 만큼의 밀가루반죽을 기름에 튀긴 뒤 물엿을 발라내는 단순한 간식거리였다. 종류도 통깨를 살짝 묻힌 것 등 몇 가지뿐인데 가게는 10년 넘게 성업 중이었다.

"학교는 여천고등학교가 처음이십니까?"

이희태가 다시 말을 붙여왔다.

"그래. 처음 온 곳이 네가 졸업한 학교가 되었구나."

"제가 한 일이 좀 엉뚱하지예? 형사법상으로 재산 손괴에 사자 명예훼손이랍니다."

이희태가 갑자기, 그리고 한꺼번에 자기 이야길 했다.

"뒤엣것은 민사일 것 같은데."

이야기는 그렇게 쉬 풀려갔다.

"수암재단 쪽에서 선처를 요해서 풀어준다고 했습니다. 초범이란 것도 참작되었다 하고요. 뒤에 말이야 법 관례니까 그렇다 하지만 선처란 말을 듣고서는 기분 나빴습니다. 그게 꽁무니 감춘 거지 선처라니. 참."

"그랬구나. 술보다는 차를 마실까?"

커피숍과 제과점들이 늘어선 거리였다,

"에, 어제 하루 집에서 쉬었지만 몸이 좋지는 않습니다."

"그래."

경찰서든 어디든 수사를 말로 하지는 않을 것이었다.

"그리고, 여산을 빨리 떠나는 조건을 붙였어예. 이런 말도 하지 말라했지만…"

김인철은 고개를 끄덕이면서도 마음이 불편해 왔다. 지금 자신이 하루 전날 공안당국이 풀어준 대학생을 만난다는, 그런 확인을 하는 대화를 나누고 있었다.

계단을 올라 다방에 들어섰다. 팝송이 나직이 흐르는 실내는 한산했다. 그들은 안쪽 창문가에 앉았다. 커피를 주문하고 기다리는데 스피커에서 '헤이 주드'가 흘러나왔다.

"비틀즈는 하나의 현상이지? 얼마 전에 존 레논이 이매진이란 노래를 발표했다는 것도 큰 뉴스가 되니 말야."

"그렇지예."

"학보에서도 다루냐?"

김인철은 대학 이야기를 했다.

"학교신문 말입니까. 당연하지예. 학생들 투고도 더러 있고."

"넌 어디서 활동하니? 난 교지 만들었었다."

"아, 잡지예. 지금도 학기에 한 번씩 나옵니다. 전 그냥 써클에만 들었는데 사회와 현상이라고. 사실은 학비 벌기 바빠서 잘 나가지도 못하지만."

"이름만 들어도 머리 아프네."

"예쁜 여학생들도 있습니다,"

이희태가 웃었다.

커피가 왔다. 두어 모금 마시다 김인철이 목소리를 낮추었다.

"다른 이야기 좀 하자. 내가 잘 모른다는 걸 전제하고 말이지. 공적비 내용이 틀렸다는 게 네 주장인데, 그게 사실이라고 해도 그렇게 못마땅했나?"

"네, 그 이야기….'"

김인철의 질문을 염두에 두고 있었다는 듯 침착한 목소리였다.

"이야기가 길 수도 있는데 되도록 줄여서 하겠습니다. 국민학교 다닐 때였는데 텃세하고 좀 다른 차별이 있었습니다. 삼산면 면소재지에 학교가 있으니 당연히 그 동네 애들 힘이 세지예. 근데 다른 동네 아이들이 표 나게 우리 마을 아이들을 무시했습니다. 5학년 되고는 빨갱이마을이란 말을 처음 들었는데 전 아버지도 안 계셔서 더더욱 조심하면서 지냈고예. 지금도 기억이 나는데, 한 번인가, 운동회 날 술 마신 어른들끼리 쌈도 하고 그랬습니다."

이희태는 엽차를 마시고 계속했는데 목소리는 한껏 낮아졌다.

"중학교는 우리 면에서 조금 떨어진 도로변 마을에 있었는데 여천중학이라고, 아시다시피 여천고등학교랑 같은 사립재단입니다. 그런데 아이들끼리 설립 역사를 두고 여러 말들이 있었습니다, 자기 마을 어른들이 전답 팔아 세웠다고 자랑 삼아 말하고 또 때로는 다투기도 하면서 설립 이야길 했습니다. 아이들이 그런 걸 아는 것은 어른들이 말해주었기 때문 아니겠습니까. 하여튼, 삼산면과 이웃 면까지 여러 유지들이 공동으로 세웠는데 박씨 한 사람이 독차지했다, 그런 얘기였습니다."

박씨는 설립자 박중국을 가리켰다. 이희태가 말을 끊고 잠시 뭔가를 생각하는 표정이었다.

"여천중학 이야길 한 것은 틀린 걸 틀렸다 안 하고 그냥 시간이 지나가면 사실처럼 굳어진다는 말을 하기 위해서였습니다. 진짜 중요한 것은 그 사람 전력입니다. 그 사람이 친일했다는 것은 여산 사람이면 다 아는 사실인데도 그런 전력은 싹 지우고 애국지사라고 적은 걸 그냥 볼 수 없었습니다. 그리고 어떻게 졸업생과 여천군민 이름을 빌려서 비를 세운다고, 그렇게 뻔

뻔하게 쓸 수가 있습니까?"

이희태가 이야기를 멈추었다. 김인철도 무얼 더 물어볼 마음은 아니었다. 결국은 공적비에 박증국이 정부수립에 기여했다고 해서 애국자라고 적어서는 안 된다는 말이었다. 독립촉성국민회나 반탁독립투쟁위원회도 박증국이 활동할 정도면 광복 후 친일파들이 내놓고 과거를 세탁할 수 있는 정치단체였을 것이었다.

"방법이 졸렬했지만, 저로선… 불가피했습니다."

이희태가 식은 커피 잔을 들었다.

"그래, 그 이야긴 알겠다. 일제 때 독립운동 한 사람들과 친일한 사람들을 광복 뒤에 분명하게 구분해야 됐는데 그러지 못할 상황이 되어버린 거지. 내가 너무 교과서적으로 얘기했나? 허허."

"맞는 말씀이십니다."

김인철은 자기가 한 말에 답이라도 하듯 고개를 끄덕이다 "몇 시지?"라며 손목시계를 보았다.

"좀 있다 일어나면 되겠구나. 동생 말이다."

그때부터는 성태 이야기를 다시 했다. 이희태는 대학을 보내겠다는 누나들의 뜻이 강해서 성적대로 어디든 들어갔으면 한다고 밝혔다. 형제라도 공부머리는 다른지 성태는 반에서 중간 정도라 지금 성적으로는 등록금이 싼 국립대 입학이 어려웠다. 희태가 동생을 두고 유복자라는 말은 입에 올리지 않았지만 막내에 대한 누나들의 관심은 핏줄을 나눈 가족 고유의 영역일 것이었다.

김인철은 찻값을 치르면서 지갑의 만 원권 지폐 석 장을 호주머니에 따로 넣었다. 하지만 그는 헤어질 때까지 이희태에게 그 돈을 건네지 못했다. 언젠가 이희태가 오늘 만남을 수사기관에 털어놓는다면, 내일 새벽 서울역에 내려 국밥이라도 사 먹으라고 준 돈이 다른 용도로 둔갑할 수도 있었다.

"고맙습니다. 맛있는 저녁도 먹고."

버스 정류장에서 이희태가 인사했다.

"그래, 잘 올라가거라."

김인철이 답하고 건널목으로 걸어갔다.

빨갱이마을과 운동회 날 어른들이 싸웠다는 말이 가장 먼저 떠올랐다. 앞의 말은 그냥 말로서 끝났지만 뒤는 만화나 영화 장면으로 눈에 그려졌다. 청군 백군으로 나뉘어 달리기도 하고 줄다리기도 한다. 아이들이 반, 어른들이 반이다. 누구를 찾아서 업고 달리는 경기도 있다. 그리고 대미를 짓는 이어달리기, 릴레이다. 함성과 박수 속에 운동장 한쪽 구석에서 고함이 터져 나오고 멱살을 잡고 잡힌 사람들이 뒤엉킨다. 경기를 지켜보던 같은 마을 사람들이 그리로 우 달려가고, 막걸리통이 여기저기서 뒹군다.

찬바람이 크게 한번 불어왔다. 늦가을 바람부터 매섭다고들 말하는 도시였다. 하숙집까지 걸어갈 생각은 아니었지만 제법 걷고 있었다. 상대동 삼거리라 불리는 곳에 와 있었다. 높은 산들이 멀리 있고 강은 좀 더 가까이 있는 평지도시인데 여름에는 비가 많이 내리고 겨울에는 바람이 심했다. 사람들은 우스개로 전쟁 뒤 도로를 너무 넓혀서 바람이 심해졌다는 말도 했다.

하숙집으로 가는 길로 방향이 잡히자 술 생각이 났다. 이희태 형제랑 느끼한 중국음식을 먹으면서도 맥주 한잔으로 끝낸 아쉬움보다 어딘지 마음이 서늘했다. 전쟁에 아버지를 잃은 형제가 헤어진 서옥주를 불러내고 자신마저 과거로 끌어들이고 있었다.

김인철은 대로에서 뒷길로 꺾어 술집을 찾았다. 내일이 월례고사 시작 날이라 시험감독 일만 있었다. 대포집이 코앞에 나타났다. 소주와 찌개안주를 시키고 담배를 피웠다. 도대체 전쟁 때, 아니, 육이오 전후로 삼산면이라는 곳에서 무슨 일이 있었단 말인가. 불쑥 맹렬한 궁금증이 신물처럼 식도를 타 넘어왔다.

여산에서 아버지를 떠올린 건 참으로 오랜만이었다.

국어선생 자리가 났다는 이모부 전화를 받고서 아주 오랜만에 들어보는 이름이라는 생각이 들었을 정도로 여산은 그의 기억에서 멀리 있었다. 물론 서옥주를 처음 만나 육이오 이야기를 쏟아냈지만 그때는 그럴 수밖에 없는 분위기, 예외적인 일로 가슴에 묻어두고 있었다.

여산에 살면서도 그는 지금껏 자신이 살았던 동네에 가보지 않았다. 전쟁 때를 되돌아보기 싫어서였다. 그런 마음은 모친도 마찬가지였는지 여산 이야기를 좀체 하지 않았다. 그는 오늘 자기 반 아이에게도 사준 꿀빵을 부산 집에는 한 번도 사 가지 않았다. 아무리 여산의 명산품이라 해도 어머니에게는 불편한 주전부리일 뿐이었다.

김인철은 소주를 두 잔째 마셨다. 폭격과 또 다른 소리가 그의 귀를 울렸다. 자신도 모르게 고개를 크게 흔들었는지 "조심하이소."라는 소리와 같이 넓은 쟁반을 든 젊은 여자가 그의 옆에 서 있었다.

"인자는 밑안주하고 자시이소."

여자가 작은 접시들을 내려놓았다.

"와, 술은 빈속에 마시는 기 맛있는데."

혼자 앉아 있는 손님이 그들을 보며 말했다. 김인철은 콩나물무침을 집으며 "그렇기도 하지요."라고 대꾸했다. 다른 자리에 앉았던 손님들이 일어나면서 실내는 더 조용해졌다. 찌개를 가져온 여자가 맥주 한 병과 잔을 들고 다시 왔다.

"저도 한잔해도 돼예?"

"그래요. 그래."

김인철은 반가웠다. 그렇지 않아도 혼자 마시면서 돌이켜봐야 할 자신의 어린 시절이 영 마뜩잖은데 동석자가 생기다니. 살던 동네를 찾아가지 않고도 지금껏 잘 지내오고 있으니, 그 동네를 발로 차서 멀리 보낼 수만 있다면 그렇게 하는 게 상책이었다.

"혼자 마시는 술이 맛이 있나요. 무슨 얘기든, 쓸데없는 말이라도 해가며 마셔야 술맛이 나지."

"쓸데없는 말이 어디 있어예. 말씨가 여기 분이 아인가베예."

여자가 살갑게 말했다.

"아닙니다. 자 한잔 받으이소."

김인철이 말투를 바꾸며 여자가 든 빈 잔에 맥주를 따랐다.

그때 혼자 자리를 지키던 사내가 "허, 내가 먼저 왔는데."라며 나섰다.

"서울말 하는 신사만 손님이고 여산사람은 손도 아이가? 나도 맥주 살 돈은 있다."

"아, 맨날 오는 손보다 새 손한테 잘해야 될 거 아이요." 옆에 앉은 여자가 웃으며 잔을 들었다.

"아, 저도 여산사람입니다."

김인철이 급하게 말했다.

"성외동에서 살았고요."

"그라모 내보다 젊고 돈 많은 거뿐이 차이 안 나겠네. 그기 더 설븐 거 아이가. 응?"

"엔가이 마시고 인자 일나라 마."

그때 주방에서 노파가 상반신을 내밀며 사내에게 쏘아붙쳤다.

2

다음 날 김인철은 두통에 시달렸다. 과음 때문이기도 하지만 마음이 불편했다. 호기심을 넘어선 공적비 사건에 대한 관심도 그렇고 여산에서 보낸 자신의 기억을 덮어두고 있다는 자괴감도 그랬다. 어제 자신만의 여산을 대면할 기회를 발로 걷어차 놓고는 바로 그 자리에서 나, 여산사람이라고 외고 편 꼴이었다.

시험 감독하면서도 찬물을 찾아 마시며 머리와 속을 달랬다. 몰라보게 활달해진 이성태가 시선을 끌고, 하 선생은 그날도 공적비에 얽힌 이야기를 해줄 사람에 대해 입도 벙긋하지 않은 채 퇴근시간이 되었다. 5교시로 시험이 끝났으니 한가한 시간이 기다리고 있었다.

"요새 김 선생이 빠지니 판이 안 짜진다고 야단이다."

어디서 나타났는지 정 주사가 운동장을 나서는 그에게 다가왔다. 화투판 얘기였다.

"허, 새로운 선수들을 영입할 생각은 않고 맨날 뛰는 선수들만 찾으몬 되나."

"그놈아 일도 끝났으이 인자 시간도 나겠네."

'그놈아'는 이희태를 가리켰다. 정 주사는 그 말만 던지고 사라졌다. 김인철이 처음 만났을 때처럼 자기 할 말만 던지고 빠지는 버릇은 여전했다. 김인철은 도서관 건물로 걸어가는 정 주사를 바라보았다. 어찌 보면 학교에서 제일 만만한 사람이 정 주사일 수도 있었다. 그를 보면 무조건 여산 말이 나오고 반말까지도 묻어 나왔다. 김인철은 부임 초부터 숙직실에서 화투패들과 어울렸다. 하숙집에 일찍 들어가야 할 일이 없긴 했지만, 그보다는 서울을 떠나온 허전함 때문이었다. 정 주사의 하루 일과 마지막은 숙직실 단속이니 오래전부터 화투패들과 같은 시간을 보내고 있었다. 김인철은 화투를 치지 않고 숙직을 하는 날에도 정 주사와 이런저런 음식을 배달시켜 술잔을 나누며 막역하게 지내오고 있었다.

민병대원! 김인철은 첫날 떠올린 말을 되뇌었다. 교사들은 정 주사를 두고 서무주임 귀라는 말들도 했다. 교사들 이야기를 고자질한다는 것이고 그건 재단까지 전해진다는 뜻이었지만 김인철은 그저 정 주사가 편했다.

김인철은 교문 밖으로 나왔다. 눈길이 절로 공적비가 있던 공 터로 갔다. 새로 만든다는 말만 떠돌 뿐 공적비 얘기는 전혀 없 었다. 버스 정류장에 학생들이 모여 선 걸 보고 걸음을 멈추자 빈 택시가 다가왔다.

"성외동 갑시다."

택시를 탄 뒤 김인철은 자신이 한 말에 깜빡 놀랐다. 그러면 서 680번지, 10통 1반이라고 머릿속에 저장된 본적지 주소가 떠올랐다. 이렇게 가보는구나. 그는 창문을 조금 열고 머리를 식혔다. 김인철에게 어린 시절의 여산은 지금 가고 있는 동네와 아버지 가게가 있던 시내 어느 지점으로 한정되어 있었다. 어머 니 말로는 여산에서 세 번 이사했다고 했지만 성외동 집만 기억 에 있었다. 점포에 가보기도 했겠지만 뚜렷하지 않았다.

줄곧 달리던 차가 처음으로 신호에 잡혔다.

"손님, 성외동 어딥니꺼?"

기사가 백미러를 보며 물었다.

"네? 아, 동사무소."

"일동 말이지예?"

기사가 고개를 돌리는 시늉을 하며 말했다.

"네에…."

인구가 늘어 분할이 되었을 테니 옛 동네는 1동일 것이었다. 그보다 680번지가 중요했다. 집을 찾을 수나 있을까? 김인철은 창문을 올리며 헛웃음이 났다. 조바심 내며 따질 게 뭐 있나. 가기 싫으면 어디서든 내려버리면 될 것이었다. 그래도 그는 열심히 지나가는 거리를 살피며 기사에게 말한 목적지까지 왔다. 모두가 낯선 길과 건물들이었다. 여산에 온 지 이태가 돼가지만 그동안 자신이 다닌 곳이 하숙집과 학교, 몇몇 술집들과 서점한 곳, 여산극장, 그리고 시외버스터미널 정도라는 게 새삼스러웠다.

단층 건물인 동사무소는 주택가 한복판에 퍼져 앉아 있는 느낌이었다. 전쟁 때 폭격을 맞지 않았으니 시내서도 멀리 떨어지고 눈에 띄는 시설물도 없는 지역이었다. 동사무소가 기억에 없었으므로 이곳에서 집의 방향을 가늠할 수는 없었다. 국민학교를 찾아가 보면 위치를 가늠해볼 수 있을 테지만 그럴 마음은 전혀 없었다. 어렸을 적에 이 동리에서 살았다는 실감, 더 정확하게 말하면 어제 술집에서 불쑥 내뱉은 "나도 여산 사람이요"라는 말을 스스로 확인하러 온 것이었다. 그는 어디로 가야 할지 정하지를 못한 채 차에서 내린 그곳에 못 박힌 듯 서 있었다. 동사무소가 도로에서 몇 걸음 뒤로 들어가 있어 자동차를 피해 걸음을 옮길 필요조차 없었다.

담배를 한 대 물었다. 사내아이들이 그의 앞을 지나 반대편 길로 뛰어가고 자동차가 경적을 울렸다. 그 소리가 문득, 살던 동네가 아니라 아버지의 점포를 찾아가야 하지 않았나 하는 생각을 들게 했다. '아버지는 국군과 경찰이 후퇴하고 인민군이 막 들어오던 그 어수선한 기간에 죽었다.' 아버지의 죽음에 대해 그가 머릿속에 저장하고 있는 기본 틀이었다. 김인철은 꽁초가 된 담배를 깊이 빨아들이며 '처참하게'라는 말을 그 속에 끼워넣었다. 손끝이 뜨거웠지만 발갛게 탄 꽁초를 버리지 못했다. '아버지는 국군과 경찰이 후퇴하고 인민군이 막 들어오던 그 어수선한 기간에 처참하게 죽었다.' 동사무소 앞인데도 재떨이가 없다니. 짜증을 낼 틈도 없이 불은 저절로 꺼지고 그는 꽁초를 발밑에 던졌다. 습관처럼 오른쪽 구두가 올라갔는데 굉장히 무거웠다.

그의 아버지는 해방 직후 일본인이 하던 가게를 인수받아 제법 큰 잡화상을 하고 있었다. 하동전투에서 다친 미군들이 여산시내로 들어오고부터 점포의 비싼 물건들을 시골 외갓집으로 옮기기 시작했다. 그리고 얼마 뒤에는 가족 모두를 시골로 보내고 혼자 시내에 남았다. 어머니가 간간이 아버지를 보러 시내를 오가다 그마저도 못하게 됐다.

여산에서는 시민들의 피란을 막았던 경찰이 먼저, 그리고 국군과 미군이 철수하고 인민군이 들어오는 동안 짧고도 긴 시간이 존재했다. 첫날 오후까지 시내는 포탄이 터지고 총소리가 그치지 않았다. 느리게 해거름이 내리고 밤이 되며 찾아든 정적과 총소리, 가게를 부수고 들어가 물건을 훔쳐 재빨리 뛰는 사람들, 총소리와 비명. 그리고 다음 날 대낮의 기분 나쁜 적막과 집을 나와 골목에 섰다가 총소리에 놀라 뛰어 들어가는 어수선함이 잠시 교차한 뒤, 총을 소지한 젊은 민간인들이 삼삼오오 시청과 경찰서로 몰려들었다. 피란민 속에 섞여 잠입한 인민군 정찰대였다.

시내에 민간인들의 출입이 자유롭다는 걸 알고 어머니와 외삼촌이 달려왔을 때 아버지는 점포에서 죽어 있었다. 바닥에 쓰러져 있었는데 손과 머리에 상처가 있었다고 했다. 누군가와 싸우다 넘어졌다는 추측을 할 수 있을 뿐이었다. 바닥에 피가 많이 흘러 있지 않았으니 총을 맞은 건 아니었다. 무기를 지녔든 말든 침입자와 싸움이 있었고 바닥에 쓰러져 죽은 것이다. 누가 들어왔는지, 하나인지 여럿인지도 알 수 없었다. 후퇴하기 직전의 국군인지 경찰인지, 민간인인지, 또는 미리 잠입한 인민군인지도 알 수가 없었다. 뒷날, 미군이 여산을 빨리 포기한 이유 중 하나가 피란민에 섞여 들어온 상당수 인민군 때문이라 했으니 그들도 혐의자였다.

가장 확실한 사실은 사체가 방치되어 있었다는 것이다. 그것이 아버지의 마지막 모습 자체였다. 김인철은 어렸을 적 언젠가, 어머니가 이모에게 했던 말을 기억했다. 단 한 마디였다.

"여름 아이가, 음력 6월 한여름."

본인도 기억하고 싶지 않은 마지막 모습을 차마 자식에게 무어라 할 수 있겠는가. 대신 소금 이야기는 두어 번 했다. 아버지가 굳이 점포에 남은 이유가 소금 때문이라는 것이다. "니거 아부지, 무신 물건 간수할 꺼라고 그 우험한 시내에 혼자 남았더란 말이고. 소금이 뭐라꼬." 아버지는 점포 뒷방에 소금 수십 포대를 쟁여두고 있었다. 무거워서도, 표가 나서도 옮길 수 없는 것이었다.

소금. 김인철은 어렸을 적에 한 번씩 헷갈렸다. 두 발끝을 힘껏 세우고 부엌 찬장에 나란히 놓인 설탕이나 소금병을 꺼낼 때. 설탕이 아니고 소금이라고? 눈깔사탕도 사 먹기 어려울 때니 달달한 설탕은 무조건 비싸고 귀할 것이었다. 그런데 짜기만 한 소금이라니. 아버지는 학교에서도 헷갈리게 했다. 6.25전쟁이니 반공을 소재로 그림을 그리거나 글짓기를 하거나 웅변대회 자리에 앉았을 때 아버지를 떠올리는데, 누가 죽었는지 하는 데 생각이 미치면 헷갈려버리는 것이었다. 빨간색으로 진하게 문지른 괴뢰군? 연초록색 국군? 거기다 흰색으로 칠하는 바지저고리를 입은 민간인? 그럴 때마다 김인철은 아버지가 싫었다. 시험에도 나오지 않고 학교 숙제도 아닌데도 그런 문제에 툭툭 부닥치는 자신이 싫었다. 누가 대놓고 묻지 않았기에 오히려 답을 만들지 못하고 마음 깊이 남았는지도 몰랐다.

김인철은 우울한 기억에 빠진 채 동사무소를 떠나 내처 걸었다. 살았던 동네는 오늘 처음이지만, 부친 산소는 여산에 왔던 첫해 추석에 찾아갔었다. 그때 모친은 "니가 여산 왔으이 꼭 가봐라."고 당부하셨다. 군더더기 없는 말씀이지만 김인철로서는 아들이 고향에 직장을 잡았다는 노모의 감회로 받아들여졌다. 모친은 기제사와 명절 제사는 성심껏 모셔도 고통스런 기억의 장소인 듯 산소는 찾지 않았다, 자연히 김인철도 찾을 기회가 없었다. 그러므로 모친의 말씀은 "네가 여산에 왔으니 인자부터 힘들게 가신 아버지를 잘 돌봐드려라."라는 그런 뜻이었다.

김인철은 전봇대 밑에 멈추어 서서 담배를 다시 피워 물었다. 날이 어두워지고 있는지 담뱃불이 반짝이며 타들었다. 산소를 찾고, 살던 동네까지 와 보았으니 이제 제대로 고향을 실감하고 여산 사람이 된 건가? 복잡한 심사였다. 얼마 뒤, 그는 지나가는 빈 택시를 향해 반갑게 손을 흔들었다.

*

김인철은 며칠 우울했다. 몸살기도 쉬 가시지 않고 있는데 숙직이 돌아왔다. 그동안에 공적비가 새로 세워졌다. 장소는 물론 크기도 글도 그대로였다. 행사도 없었다. 다만 교장이 주번교사는 물론 일직과 숙직 때 꼭 한 번씩 둘러봐 달라고만 당부했다. 교사들도 입에 잘 올리지 않고, 공적비까지 본래 자리에 그 모양대로 섰으니 이희태 사건은 없었던 것처럼 여겨지기도 했다.

6시가 넘자 교무실은 텅 비었다. 김인철 혼자 맥없이 교무실에 앉아 있는데 정 주사가 들어왔다.

"노총각이 늦가을 탔나? 와 그리 기운이 없노?"

"감기는 아니고 몸살이네요."

"아따, 제중병원 최 원장이 그라더나? 화투짝의 홍싸리하고 흑싸리는 달라도 감기 몸살은 하나다."

제중병원은 지역에서 명의로 소문난 원장이 돈을 크게 벌어

세운 종합병원이었다.

"그라고 보니 진작 주사를 한 대 맞았으면 한판 두들겼을 건데 그랬네요."

"순찰차가 밤에 꼭 한 번씩 도는데 겁도 안 나나?"

"그 사람들이 공적비 잘 있는지 보러 오지 숙직실까지 찾아와서 별일 없습니까, 그럴까? 우리 정 주사님 편하라고 경찰이 도와주는 거지."

"편하기는 뭐가 편해. 신경만 더 쓰이지. 내가 군불 때줄게. 땀 한번 빼라."

"참, 말 나온 김에 고기 좀 먹읍시다."

"그래라, 하숙집 밥 먹고 몸살이 떨어지나."

학교 가까운 곳에 선생들이 자주 찾는 정육 식당이 있었다. 생고기를 직접 파는 집이라 고기가 맛이 있었다. 학교에서 주문하면 주인집 아들이 오토바이를 타고 고기와 야채를 가져다주었다. 숙직실 뒤에 달아낸 창고 안이 아궁이에서 달아오른 장작불로 훤하게 밝았다. 벽돌 위에 화롯불이 놓이고 도서관에서 폐기된 책상이 그대로 식탁이 되었다. 김인철이 걸상에 앉자 정 주사가 번철 위에 고기를 얹었다. 지지직, 기름으로 달구어진 판 위에 고기 뭉치들이 미끄러지다 제자리들을 찾았다. 연기도 나지 않고 타지도 않는 정춘식표 불고기가 구워지기 시작했다.

소주병은 김인철이 땄다. 술잔을 채우고 붉은빛이 살짝 도는 고기 한 점을 집어 입에 넣었다. 소금 기름장에 적시지 않아도 고소했다.

"아따, 오랜만에 둘이 마시요. 뭐가 그리 바빴는지."

잔을 살짝 부딪치고 한입 마셨다. 쓴맛이 콱, 받혔다.

"으으, 술이 몸을 알아본다."

"몇 잔만 하고 푹 자라. 올 겨울에라도 당장 장가갈 몸인데 단도리를 잘 하고 있어야지."

"허, 고마운 말씀이네. 공적비 끝나고 기말시험 다가오니 학교가 조용하네. 해가 지기 무섭게 주임들도 달아나기 바쁘고."

"애나 수고는 김 선생이 했지. 학부형 만나고 그놈아 면회도 가주고."

"알아주서 고맙소. 우리 정 주사가 알아주몬 학교가 다 알아준 거지."

"너무 좋아하지 마라. 그놈아가 김 선생 대학 후배라메? 그래서 내가 그나마 참아준다. 지 가족들 등골 빼서 좋은 대학 다니몬 뭐하노. 사상이 삐딱한데."

"허, 와 왔다리 갔다리 하노. 수고했다 해놓고."

"머리 조몬 뭐하노, 그 말이지."

정 주사가 다시 내뱉었다. 찌푸린 이맛살을 바라보다 김인철은 쌈장에 찍은 마늘과 고기를 배추 잎에 얹으면서 고개만 끄덕였다. 정 주사와 대화는 언제나 조금씩 어긋나고 튀지만 그래도 이야기 줄기는 놓치지 않고 잘 통했다. 김인철은 정 주사의 빈 잔을 채웠다. 살쩍이라고 하는 귀와 눈초리 사이에 흰 머리카락이 선명했다. 정 주사야말로 하상길 선생에게 떼쓸 것도 없이 공적비 사건 얘기를 조금이라도 해줄 수 있는 사람이었다.

서무주임의 귀라는 선입견 때문인지, 부친의 죽음에 빠져선지 놓치고 있었던 것이다.

"자식 잘 키워보겠다는 기 잘못일 수 있는가. 소 팔아 보내는 집도 많은데 장학금 받으니까 괜찮지."

"몇 년이나 계속 받았을까이. 그래, 막내놈도 대학 보낼란가?"

"아직은 모르지요. 누나가 둘인데 유복자라고 신경을 더 안 쓰겠소. 이성태 조부가 내한테 자기 아들이 보도연맹에 들어 죽었다고 그러더라고."

"손자놈 일 친 김에 자식 죽은 것도 외고 패고 했는가베."

정 주사가 젓가락으로 고기를 집으며 말했다.

"이 집 고기가 도축장 고기에 밀도살한 것도 섞어서 맛있단 다."

"밀도살한 거는 아무래도 신선도가 떨어질 껀데."

"소고기는 본래 상하기 직전 끼 맛있다 안 카나."

"그래요? 첨 들어보는 소리네."

"서울서 존 대학 다녔다고 다 아나."

잔을 들어 쭉 들이켜자 처음으로 칼칼한 소주 내음이 목에 퍼지는 기분이었다.

"성태 조부가 말이요. 손자놈이 예전에 있었던 어른들 일을 어찌 알고 공적비에 손댔는지 모르겠다고 아주 난망해하더라고."

김인철은 지나가듯 한마디하고는 고기를 듬뿍 집어 들었다. 아궁이의 장작불이 투툭 툭 소리를 내며 터져 올랐다.

"소고기에다 와 묵도 못하는 비석 돌을 갖다 붙이노."

"그렇게 됐소? 내가 한때 좋은 스승 찾아 한양 유학에다 도서관에 파묻혀 책도 많이 읽었지만, 진짜 선생은 언제나 자기 바로 옆에 있고, 지식은 산지식, 지 동네 사람한테 직접 듣는 기 최고란 걸 뒤늦게 깨닫고 있으이, 나도 참 한심하다."

"고향에 찾아와도 그리던 고향은 아니로다, 카는 최갑석이 노래가 있다."

"국민학교라도 고향서 나와야 부를 수 있는 노래지."

"난리가 선생이고 책이란 말은 못하제?"

"어따, 첨 듣는 명언이네."

"난리가 나서 누가 빨갱이인지 밝혀지고 추려졌단 말다."

"아, 그 말이라면 명언은 아이고 주장이지. 근데 그게 공적비 내용하고 무슨 관계고, 그 대학생이 친일한 건 빼고 애국지사라 쓴 게 맘에 안 들었겠지."

"친일 안 하고 출세하고 부자된 놈 있으몬 여기 나와봐라 캐라. 친일도 하다 애국도 하고 그라는 기지."

정 주사가 말했다. 그렇게 열띤 목소리도 아니었다.

"그 말도 아주 틀린 말도 아이겠다. 사람이 시류 따라 살 수도 있지."

"그라고 사립학교는 이사들이 이사장을 뽑는데 그 이사도 사람이 늘 바뀌는 거 아이가. 그걸 모르이 무식하거나 억지거나 둘 중 하나지."

이희태가 불만을 품었던 여천중학 설립 이야기였다.

"허, 개인적 불만에 충동적 행동이라고 지적하신 교장선생님보다 훨씬 낫다."

"그라고 친일 소리 하지만 그때는 오만 놈들이 어른 한번 만날라꼬 줄을 섰다. 그런 놈들 중에도 세상 바뀌니까 어른 손가락질 하는 놈이 있었으이 웃기도 안 하지."

"수암어른이 그때 뭘 했는데 줄을 서서 찾아왔다 말고?"

"경남도회라고 거기에 선거로 한 번, 도지사 임명으로 한 번, 두 번 했지. 그 말고도 이런저런 이름이야 절로 따라 붙은 거고."

"도 의회 의원 말인가베. 그때도 도 의회가 있었구나."

"그 자석이 마을 간에 싸운 거를 알고 한 짓이니까 개인적 불만이 맞지."

"그래, 묵은 쌈이 있었구나."

"몸살을 소주로 뗄 끼가. 두 병이다."

"정춘식표 불고기가 입에서 살살 녹는데 술병이 가만히 서 있을 수 있나?"

김인철은 새 소주 뚜껑을 땄다.

"어데, 어른 함자에 상표를 붙이노."

"나중에 상표 등록해서 떼돈 벌 때 내 생각 하소. 그래, 어쨌든 전쟁 때 삼산면에서 마을 사람들끼리 한판 붙었다는 소리구나."

"한판 붙어?"

정 주사가 김인철을 바라보았다. 일렁이는 불빛 때문인지 문득 낯선 표정이었다.

"인자 시마이다."

"그래 오늘은 그만하자."

"앞으로도 시마이다, 뭐 좋은 일이라꼬 자꾸 할 끼고."

"하기사."

김인철은 편하게 말했다.

얼마 뒤 정 주사가 일어날 때 김인철도 창고 밖으로 따라 나왔다.

"술 냄새 풍기고 어데 갈 끼고. 내가 가서 단도리할게."

도서관에 가서 아이들을 보내고 불을 꺼야 했다.

"공적비까지 살펴야 하이 그놈아 땜에 일복이 터졌다."

정 주사 말에 김인철은 보안등까지 세워줘서 밝고 좋지 뭐, 라고 한 마디 던지려다 "수고하소." 하고 말았다.

김인철은 어둑한 운동장으로 들어서는 정 주사를 바라보았다. 작은 키에 헐렁하거나 약간 커 보이는 옷차림, 첫날의 인상이 여전했다. 정 주사에게는 따라다니는 말도 많았는데 키가 150이 된다 안 된다부터 재단 빽이 보통이 넘는다는 소문까지 그 폭도 컸다.

김인철은 찬 하늘을 쳐다보았다. 조각구름이 살얼음같이 가벼워 보이고 별들도 또렷했다. 몸은 가볍게 떨렸지만 밤공기를 마시는 마음은 상쾌했다. 여산에 대해 제대로 알아본다고 해서 뭐 그리 괴롭고 신상에 해로울까. 내일은 또 다른 심경이 들더라도 지금은 편한 마음이었다. 난리가 선생이고 책이라는 정 주사의 말이 떠올랐다. 며칠 전 술집에서 처음 보는 이들에게 나도 여산 사람이라고 밝혔으니 난리통의 여산도 제대로 알아야 할 것이었다.

3

하상길 선생의 당숙인 하동찬 교장은 나름 여산의 저명인사였다. 훌륭한 교육자이기도 하지만 전쟁 때 근무하던 학교의 학적부를 집으로 옮겨 안전하게 보관한 일로 유명했다. 여산은 시내에 몰려 있던 시청과 군청을 비롯한 여러 관공서의 서류들이 소실되어 재작성하는 데 애를 먹은 곳이었다.

"교사들이 고지식한 거지요. 위에서 피란 가지 말고 직장 사수하라니까 시키는 대로 한 건데 그 덕에 학적부는 더러 건졌지."

응접실에 앉은 뒤, 하 교장은 먼저 자신을 따라다니는 후광에 대해 겸손하게 요약했다. 평범한 얼굴인데 코허리가 반듯하게 서서 기운이 맺혀 보였다.

"근데, 우리 수학 선생이 내를 과하게 홍보한 모양인데, 김 선생 궁금증을 제대로 풀어줄 꺼라고 기대는 마시오. 중요한 건 이참에 나도 기억을 한번 정리해보면서 누군가에게 전해야겠다는 생각을 하게 되었단 거요. 그나저나 집사람이 시골에 내려가서 차 대접밖에 못 하는 것부터 이해하시고."

"시간 내주신 것만으로도 고맙습니다. 그리고 제가 하상길 선생과 동갑이니 낮추어 말씀하시는 게 저로선 편합니다."

하 교장은 그저 편한 웃음만 보냈다. 하상길이 약속만 잡아주고 빠진 데다 하 교장의 사모님까지 출타 중이라 집에는 둘뿐이었다. 서양풍의 응접실 유리창 너머 마당과 뜰에 내린 오후 햇살이 풍성했다. 탁자에는 일제 보온통과 같이 땅콩과 대추가 사발에 담겨 있었다. 김인철은 생강차를 한 모금 한 뒤 말했다.

"제가 맡은 반 학생의 친형이 학교 설립자 공적비를 훼손해서 뜻하지 않게 삼산면에 사는 그 가족들을 만났더랬습니다."

김인철은 이희태의 조부와 본인에게 들은 이야기를 요약하고는 듣고 싶은 얘기까지 전했다.

"조카에게 대강은 들었지요. 김 선생이 삼산면에서 일어난 일에 관심을 가지게 되었다는 건데, 그 관심이나 궁금증이 미묘한 것이라는 게 문제지요."

"제가 그들에게 들은 말이 맞다 틀리다를 확인하려는 게 아니라 그냥 이야기 자체를 알았으면 하는 겁니다."

"허허, 그래 말이요. 이야기 내용이 말하기 어려운 거라요. 하다 보몬 자칫 잘못 말할 수 있고 오해를 살 수도 있으니 조심스럽다는 거요. 물론 뭐가 옳다 그르다 그런 판단도 함부로 할 수 없는 기고."

"네에. 무슨 말씀인지 알겠습니다."

"내가 40년 교편 잡으면서 여산서만 30년을 근무했는데 시내 빼고 여천군에서 일곱 개 면을 다녔더군. 근데 우연인지 뭔지 해방되던 그해에 삼산면 삼산국민학교에 발령을 받았더랬소.

거기서 3년 있다 시내로 들어서 육이오를 맞았는데, 그 시기가 나름 긴박하고 중요한 시기가 되어버렸더라고요. 내가 요새 이리저리 자료도 모으고 기억도 되살려 적어두고 있소. 여기저기 짤막한 수필 몇 편 쓴 거는 그냥 그때그때 시류에 맞춰 쓴 글이고."

"제가 때를 맞춰 하상길 선생한테 청을 넣었나 봅니다."

"허, 그리되나. 참, 김 선생도 여산이 고향이라고 들었소만,"

하 교장이 김인철에게 눈길을 건넸다.

"네, 여산서 나고 자랐습니다."

"아버님 고향은 여산이 아니시고?"

"네. 합천이십니다."

"이웃이네. 본관은?"

"김해 김가입니다."

"집은 부산이라고 들었소."

"네, 어렸을 때 나가 고등학교까지 부산서 다녔습니다."

하 교장은 상대방의 근본을 알아가는 전형적인 질문을 하고 있었다. 이른바 보학(譜學)이라 불리는, 족보를 통해 그 사람의 근본을 아는 데 능한 위치에 있는 사람이었다. 하 교장같이 여산 토박이면서 친교가 너른 사람이라면 인근 어느 군(郡)의 면(面)만 알아도 김해 김씨네들이 동족부락을 이루고 있는 마을이 어딘지를 쉬 알아낼 수 있었다. 김인철은 갑자기 목이 막히듯 답답했다. 상세히는 몰라도 아버지가 그렇게 번듯한 집안 출신이 아니란 것 정도는 짐작하고 있기 때문이었다. 한 모금 마신 생강차가 매콤하게 목을 적셨다. 외가가 여천군이라든지, 가족관계든 뭐든 말을 덧붙여야 할 것 같기는 하지만 이상하게 입이 떨어지지 않았다.

"서울서 출판사에 있었고 기자생활도 했다던데, 여기 와서 서울 생각이 더러 안 나요?"

하 교장이 말머리를 돌렸다.

"네에, 한 번씩 나기도 하는데, 기사 마감에 안 쫓겨서 그런지 학교생활도 좋다 싶습니다. 하하."

김인철은 마음을 편하게 가지자 했다. 가족 이야기가 나오면 있는 대로 하면 될 것이었다.

"왜, 학교도 성적제출 날짜는 정해져 있지 않소. 늦게 내는 선생님들도 늘 정해져 있고. 허허."

"네, 그렇군요."

잠시 뒤 하 교장이 김인철에게 물었다.

"보련이 뭔지는 아시오? 그 대학생 부친이 보도연맹에 들어 죽었다고 했으니 그거부터 알아야지."

제대로 이야기가 시작되고 있었다.

"네에. 들어보았습니다."

종로경찰서와 대중지 기자를 들먹이던 형사의 목소리, 서옥주의 얼굴이 차례로 떠올랐다.

"좌익 전향단체로 만들었는데 전쟁 나면서 가입자들이 많이 상했다고, 그렇게 압니다."

하 교장은 고개를 끄덕이며 눈길을 마당으로 두며 천천히 말했다.

"삼산면의 이씨네들이 그기에 많이 들었다 캐요. 보도란 말이 대한민국 국민으로 품어서 이끈다 뜻이니까. 그기 든 사람들 소집되어 반공 교육받고 그랬더랬는데 갑자기 전쟁이 나니까, 한꺼번에 많이 죽었지요. 그라고 여산엔 형무소까지 있어놔서 더 많이 다쳤지."

하 교장이 잠시 뜸을 들이다 말을 이었다.

"1945년에 해방된 뒤 나라 세우는 일로 좌우가 싸운 건 아실 거고. 그게 일제시절하고 연결되어 있으이 복잡하게 되고, 전쟁까지 나서 사생결단이 된 거다. 우선 그렇게 틀을 짜놓고 삼산면 애길 해야 진도가 잘 나가겠소."

하 교장이 본격적으로 이야기를 펼쳤다.

삼산면에서 대표적인 사족(士族)으로는 행정기관이 모여 있는 면소재지를 중심으로 동박(東朴), 서이(西李), 남최(南崔), 북신(北愼)이라는 말이 있을 정도로 밀양 박씨와 전주 이씨, 경주 최씨, 거창 신씨를 꼽았다. 서로 통혼도 하는 사이지만 집안의 위세나 재산을 두고는 눈에 보이지 않는 경쟁심이 잠복해 있기도 했다. 특히 명덕리에 집성촌을 이룬 박씨와 영화리에 둥지를 튼 이씨는 근동이 알 정도로 불편한 관계에 있었다.

"앞으로 내 얘기에 면과 리가 자주 나올 건데 거기에 바탕을 두고 이야기가 벌어지니 제대로 아는 게 도움이 되오. 도시의 동에 해당하는 면이 농어촌 지역행정의 근간이라 할 수 있소."

하 교장이 도시에서만 자란 김인철이 못 미더운지 보충설명을 잠시 했다. 일제 때 조선총독부는 '조선면제(朝鮮面制)'로 지방행정제를 정비했다. 도(道) 아래에 군(郡), 군 밑에 면이 열댓 개, 면에는 또 그만한 숫자의 리가 있었다.

"이 리가 동족마을을 이루는 근간이에요. 물론 마을에 따라 타성도 섞여 살고 하지만 명덕 하면 밀양 박씨, 영화 하면 전주 이씨, 그렇게 통했어요. 뭣보다 예전 노인분들 중엔 면 소재지에 서는 오일장에나 오가다 돌아가신 분들도 많았으니 면과 리라는 곳이 그분들께는 세상 그 자체이기도 했을 꺼요."

김인철은 "네에." 소리를 후렴 삼아 명덕리와 영화리 두 집안 이야기를 채근했다.

"윗대로 거슬러 묘지 문제가 있다고들 했소."

두 마을 간 통혼이 있었던 시기, 이씨네로 시집온 박씨 집 여자가 먼저 사망하자 이씨네 집에서 풍수 말을 좇아 처가 마을 어름에 산소를 썼다. 물론 산주인 처갓집의 허락을 받고서였다. 그러고 십여 년 뒤 처가 쪽에서 이장 요구가 있었다. 묘를 쓰고부터 박씨네 집안에 우환과 악재가 몇 차례 들었는데 그게 출가외인이 들어와 누웠기 때문이라는 것이다. 이씨네 집에서는 한번 쓴 산소를 옮기는 일은 없다며 버티고 그게 당사자 간의 다툼을 넘어 마을 간 대립으로 번졌다는 얘기였다.

좀 더 가까운 시기의 사단을 들기도 했다.

이씨 집안의 누군가가 조선 말 세도가였던 김병국의 모친과 처조카가 된다며 서울 나들이가 잦아, 박씨 집안에서 그에게 인

사 청탁을 했지만 들어주지 않아 시비가 있었다는 것이다. 매관
매직이 심할 때라 있을 수도 있는 일이었다. 불화설 중 또 하나
는 단발령 조처에 대한 의견 차였다. 관망하거나 반대에 가까운
이씨네들 입장을 박씨네들이 조소하고 소재지에서 상투를 잡
아끄는 낯 붉히는 일까지 발생했다.

"위정척사를 갖고 말하몬 이씨네가 그쪽이고 개명을 갖고 얘
기하몬 박씨네가 그쪽인 셈이요. 결국 박씨네는 신교육을 빨리
받고 이씨네가 늦은 건데, 그게 일제 때 두 집안의 위세나 위상
을 정한 셈이 되고 이런저런 사건이 개입되면서 좌우로까지 나
뉜 게 아닌가 싶어요."

　삼산면은 위치상으로 여천군의 다른 여러 면으로 둘러싸인
데다 여산시로 들어가는 길목에 자리했다. 여산시가 동남쪽에
치우쳐 있는 반면, 여천군 내 대부분 면들은 서북쪽에 모여 있
어 불편한 점이 많아 삼산면 소재지가 나름 중개지 역할을 하
고 있었다.

"여천중학도 그래서 삼산에 세워졌어요. 해방되고 급하게 말
들이 돌아 여천군 유지들이 십시일반 돈을 모아 해방 다음 해
에 개학을 했더랬지요. 어려울 땐데도 학교가 선 게 신기할 정
돈데 박증국 씨가 적극 나섰다캐요. 일제 때 친일 과오 지울라
고 그런다는 말이 돌 정도로 말요. 그런데 그 재단이 박증국 씨
호를 따서 수암재단으로 변경되었어요. 그 전에는 여천군 북서
쪽의 진산이라 부르는 벽방산을 딴 벽방재단이었지."

"교장선생님, 삼산국민학교도 그렇고 여천중학도 여러 유지들이 세웠군요."

김인철은 잠시 공적비 글을 떠올렸다.

"그렇지요. 일제 초기, 삼산면에 간이 공민학교를 세울 때 설립위원이 여럿이었겠지요. 그 공민학교가 지금의 삼산국민학교 전신이지. 그런 식으로 공립이 된 곳이 많소."

하 교장이 입을 한 번 다신 뒤 말을 이었다.

"중학이 문제라몬 문제겠는데 아까 말한 대로 학교 재단이 바뀐 거요. 그리고 그건 박증국 씨가 힘이 있었다는 소리가 되는데 그 사람은 해방되고 일찍부터 이승만 박사의 독립촉성회에 들고 자유당 사람이었어요. 고등학교부터는 박증국 씨가 전적으로 땅과 자금을 댄 거로 아요."

"그러니까 학교를 독식했다는 말도 박증국 씨에 대한 반감에서 온 것이겠습니다?"

"허허. 그리 생각할 수 있지."

"근데 처음 이야기하셨던 삼산면 두 집안 이야기는 웃대 어른들 얘기로 끝난 것이 아니잖습니까? 해방되고 육이오전쟁으로 이어지면서 자라는 아이들에게까지 영향을 미쳤으니까요. 이희태란 대학생 말로는 국민학교 다닐 때 차별도 받고, 운동회 날 두 마을 어른들이 싸우는 걸 봤다고. 그런 게 쌓여 공적비에 손 댄 것이니…."

"그게 걱정이지요. 그 대학생이 머리도 좋고 똑똑하다면서요. 우리 수학 선생 말로는 질량 불변의 법칙이라고 그러던데. 변하지 않는 것은 변하지 않는다고, 한번 정해진 게 잘 안 바뀌지요. 박증국 씬 5·16 뒤에는 민주공화당에 들면서 계속 권세를 따라 다녔어요."

"네에…."

공적비에 정치인이라고만 적어놓고 경력이 없더라는 말을 하려는데 하 교장이 입을 가리고 하품을 했다. 안경을 벗으며 손수건도 찾았다. 피곤한 것이다. 삼산면 두 집안 이야기를 구체적으로 듣기는 무리였다.

"네, 혹시 저한테 학적부 사연이 담긴 수필을 보여주실 수 있습니까? 또 다른 글들도 한번 읽어보고 싶습니다만."

그때 응접실 밖 마당으로 여자가 보였다. 코트를 입은 젊은 아가씨였다. 아가씨가 유리 너머 응접실을 보며 반가우면서도 긴장된 표정을 지었다.

"막내요."

하 교장이 말했다. 잠시 뒤 현관문 열리는 소리가 나더니 응접실 문 앞에서 아가씨가 하 교장에게 인사했다.

"아버지, 잘 계셨습니까. 손님이 오셨군요."

아가씨가 김인철에게도 가벼운 목례를 보냈다. 김인철은 의자에서 급히 일어났다.

"응, 이제 오나. 인사 나누어라. 여천고등학교 김 선생이시다."

"처음 뵙습니다. 김인철이라고 합니다."

"네, 하전희입니다."

얼굴이 까무잡잡하고 키가 큰 편이었는데 활달한 기운이 느껴졌다.

"상길 오빠가 이야기하신 분이시군요."

하전희가 말했다. 미소가 시원해 보여 김인철은 마음이 편안해지는 듯했다. 하전희는 다시 한번 목례를 하고 돌아섰다.

"통영중학에서 교편 잡고 있소."

하 교장이 말하면서 자리에서 일어났다.

"잘 쓴 글은 아니지만, 잠시 기다리시오."

*

하 교장이 건넨 책은 일반 교육잡지와 기관지 등 모두 5권이었다.

하숙집으로 돌아온 김인철은 빠르게 읽었다. 글들은 전쟁 때 학적부를 옮긴 이야기 외에는 교육현장과 교육자의 자세, 취미 생활에 관한 것이었다. 김인철은 글을 읽는 동안 하전희의 얼굴이 떠올라 앞 부분을 몇 번이고 다시 찾았지만 기분은 무척 좋았다. 「집 뒷마당에 학적부를 묻은 사연」은 교육 기관지에 실려 있었는데 오래전에 나와 종이 질도 좋지 못하고 활자가 다소 조악하고 거칠었다.

삼팔선에서 시작된 전쟁이 7월 중순부터 여산에서도 공공연한 사실이 되었다. 미군과 국군이 하동 방향으로 갔지만 얼마 지나 여산으로 후퇴했다. 여천군의 서쪽에 적군이 들어왔다는 말이 돌기도 하면서 피란민들이 몰려든 시내는 어수선하고 인심이 극도로 나빠졌다. 미군이 여산을 포기할 거란 소문이 공공연히 돌기도 했다.

교사인 내 경우 중요한 것은 관의 지시였다. 여산시청과 여천군청, 그리고 여산경찰서에서는 여산 사수와 직장 사수를 고수했다. 공무원뿐 아니라 지역 유지나 유명 인사들까지도 피란을 허락하지 않았다. 내가 아는 병원 원장은 소하물 차를 대절하여 병원 기기 등 짐을 싣고 떠나려는데 경찰이 와서 상부의 명령이라면서 막았다. 다른 사람들은 떠나는데 나는 왜 못 가게 하느냐, 나는 민간인이다고 항의하자, 경찰관은 "선생님같이 학식이 높은 의사님이 떠나면 민심이 더 혼란스러워집니다. 만에 하나 후퇴를 하게 되면 우리가 미리 알리겠습니다."고 말했다.

하지만 여산이 함락되기 직전 시장과 군수, 경찰서장 등 주요기관장들 모두가 사라졌다. 경찰은 물론 일반 공무원들 대부분이 그랬다.

7월 28일로 기억하는데 근무하는 학교로 나가 보니 텅 비어 있었다. 뒤에 들은 바로는 북한군이 들어오기 하루 전날까지 수업을 한 학교도 있었다. 일부지만 그래도 교사들만이 직장 사수를 끝까지 한 것이다.

텅 빈 교무실에 혼자 앉아 있자니 학적부 생각이 났다. 며칠 전 주임회의에서 학적부 보관 문제가 나왔지만 결론은 내지 못하고 우물쭈물하다 오늘에 이른 것이다. 그때 나온 이야기가 학교가 군대에 징발당할 거라는 것과 폭격이었다. 학교에는 교장관사도 방공호도 없었다. 그때 마침 학교 소사이자 비품관리를 하는 양 주사가 교무실에 들어섰다. 천군만군을 얻은 기분이었다. 그 대신 교무주임인 내가 모든 책임을 져야 한다는 엄중한 사실도 받아들여야 했다.

양 주사가 어디서 리어카를 구해 왔다. 우선은 학적부를 비롯한 출석부 등의 서류를 시내에서 보면 변두리인 내 집으로 옮기기로 했다. 양 주사가 앞을 끌고 내가 뒤를 밀었다. 역사가 오랜 데다 학급규모도 커서 부피가 만만찮았다. 길 가는 사람들과 집이나 가게 앞에 나와 동태를 살피는 사람들이 우리를 눈여겨보았다. 호기심을 넘어선 눈길들이 무슨 귀중품을 옮기는 거로 보이는구나 싶어 마음이 조급해지기도 했다. 해만 지면 피란을 떠난 빈 집이나 불 꺼진 가게들에서 물건을 훔쳐가는 일이 비일비재하고 있었다.

반 시간 조금 안 되어 집에 도착했다. 두 사람의 몸은 땀투성이었다.

궤짝을 비워 학적부를 넣고 이불장에 넣어보았지만 마음이 편치 않았다. 걱정하는 나를 지켜보던 아내가 사람들을 불러서라도 뒷마당 담 밑에 묻는 게 좋겠다는 말을 했다. 폭격으로 돌담이 무너져도 오히려 더 안전하리란 것이었다. 마침 그때 친하게 지내는 이웃들이 얘기를 듣고는 삽을 들고 와주었다. 그래서 학적부는 다시 궤짝과 이불, 장독들에 나뉘어 땅속으로 들어갔다.

아내 말대로 시내에 떨어진 폭탄 여파로 땅이 울려 돌담까지 무너졌지만 학적부는 제 모습대로 학교로 옮겨졌다. 국군에 이어 경찰이 들어온 뒤였다.

감정을 자제하면서 사실을 좇아 쓴 글이었다. 무미건조하지만 학적부가 보관된 과정만큼은 눈에 보이듯 명료했다. 김인철은 책을 얼른 덮지 못하고 한 대목을 다시 찾았다. "호기심을 넘어선 눈길들이 무슨 귀중품을 옮기는 거로 보이듯 싶어 마음이 조급해지기도 했다. 해만 지면 피란을 떠난 빈 집이나 불 꺼진 가게들에서 물건을 훔쳐가는 일이 비일비재하고 있었다." 부친 때문에 그 대목을 다시 읽은 것이다. 길에 나와 무엇인가를 살피는 사람들의 눈길은 호기심을 넘어 경계와 탐욕, 공격성으로 빛났을 것이니, 물품을 옮기는 아버지 가게는 진작부터 표적이 되었을 터였다. 더구나 아버지는 일본인 점포를 인수받으면서 몇몇 사람과 척을 지고 있었다.

밤이 되면 동네는 담을 넘는 그림자들로 어지럽고, 문이 걷어차이고 창문이 뜯기고 유리창 깨지는 소리로 움츠러든다.

김인철의 눈에 아버지 모습이 퍼뜩 떠올랐다 사라졌다. 그는 한참이나 눈을 감았다 떴다. 펼친 페이지를 덮는데 이번에는 하전희의 얼굴이 떠올랐다. 제대로 보았다는 기억도 확실치 않은데 가지런한 하얀 치아까지 보이는 것이었다. 칙칙한 단색의 잡지 표지에 그녀의 얼굴을 놓아보니 하 교장의 글까지 아주 잘 쓴 글처럼 여겨지기도 했다.

*

하 교장과의 두 번째 만남은 정확하게 일주일 뒤 토요일 오후에 있었다. 하 교장 부인은 역시 출타 중이었고 생강차 대신 매실차가 나왔는데 맥스웰 커피 병과 커피잔이 따로 준비되어 있었다.

김인철은 돌려주는 잡지와 같이 첫날처럼 최상품 백삼 한 통을 사 들고 갔다. 하숙집 주인에게 물어 여산서 가장 크고 신용 있다는 인삼집에서 구입한 것이었다.

"허, 인사가 지나치오. 저번 한 번이면 됐지, 이야기 값을 너무 후하게 쳐주는 거 아니오? 고맙소. 막내가 커피를 마실 수도 있다고 단단히 일러서 이렇게 준비했소."

하 교장이 말하는 막내는 하전희였다. 김인철은 귓불이 달아올라 얼른 한마디 했다.

"커피 잔이 오래돼 보입니다."

하얀 바탕에 감청색 꽃무늬가 그려진 잔과 은색 받침이 클래식해 보였다.

"이게, 일제요. 이건 새것이지만 그 사람들이 사용했던 괜찮은 세간들도 더러 있소. 해방 직후에 집이랑 점포도 사사로 넘겼지만 값나가는 살림살이도 내놓았거든요. 진짜는 토지랑 공장이지만."

"일제 때 여산에도 일본인들이 많이 살았습니까?"

"시기에 따라 다르지만 제법 살았어요. 학교를 비롯한 관공서에 철도랑 도립병원, 그리고 직물공장을 많이 했어요. 자기네들끼리 제이의 경도-교오또라고 자부하기도 하고. 그래, 커피를 한잔하시려나?"

"네."

하전희가 준비한 커피를 보고만 넘길 수는 없었다. 그는 빨간 뚜껑을 열어 알커피를 담았다. 잔에 두 스푼을 담고 보온통 물을 부었다. 카네이션 프리마는 한 스푼, 설탕도 한 스푼을 넣고 저었다. 구수한 향이 퍼져 올랐지만 커피 물은 그리 뜨겁지 않았다.

"교장선생님이 쓰신 학적부 이야기 읽어보니 국군과 경찰 후퇴 전에도 혼란스러웠던 모양입니다."

김인철은 빨리 하 교장이 해줄 이야기로 들어가고 싶었다. 적산(敵産)이라 부르던 일본 사람 재산 소유를 두고 일어난 일은 부친을 연상시켰고, 혼자 얼굴을 붉힌 하전희 생각도 지금은 털어버리고도 싶었다. 그런데 하 교장은 또 제자리를 맴돌았다.

"막내가 김 선생이 소설을 쓰려나 보다고, 그래서 내게 그때 이야기를 들으려 하는가 보다고 말했소. 그래서 내가 국문학과 나왔다고 다 소설 쓰는가? 그랬소. 허."

"네에, 그럼요. 말씀드린 대로 제가 맡은 반 아이에 관한 거라 무슨 일인지나 알고 싶어 찾아 뵌 겁니다. 하전희 선생님 상상력이 틀린 겁니다. 하하."

"소설이 소재가 중요할 건데, 난 『이성계』랑 『조선총독부』를 재미나게 읽었소."

"네에, 김성한 씨랑 유주현 씨가 잘 썼지예."

하 교장이 소설 제목까지 언급한 것이 김인철에게는 생존 인물이 생생하게 살아 있는 이야기를 소설로 섣불리 쓰면 안 된다는 말로 들렸다.

"후퇴 전에 혼란스러웠지요."

하 교장이 말길을 다시 찾았다.

"내가 쓴 글에도 나오지만, 피난 가는 사람들이 늘자 경찰이 개인병원 하는 의사부터 주요 인사들 피난이 민심을 부추긴다고 막기도 하고."

"네에, 교장선생님도 그랬으니 남은 분들도 많았겠습니다."

"그렇지요. 나도 잠시 시골로 피했다가 시내로 돌아와서 조마하게 지냈어요. 그런데 정작 혼이 난 건 수복 뒤지. 적 치하에 있은 것하고 피란 간 것하고가 하늘과 땅 차이가 난 건데, 그걸 그때 우찌 알았겠소. 피란 가지 말고 남아라 할 땐 언제고 적 치하에 남았다고 닦아세우니 무슨 놈의 그런 이치가 나나! 공직에 있는 사람 중엔 복직이 안 돼 오래 고생도 하고 그랬어요…."

하 교장은 그 정도에서 입을 다물었다. 그리곤 잠시 뒤 "그래, 그건 그렇고 저번에 하던 얘길 해야지."라면서 말머리를 돌렸다.

"삼산면 박씨네와 이씨네 집안 얘기 잠시 했지요? 내가 삼산 국민학교 있었단 말도 했을 끼고. 오늘은 그때 이야길 할게요. 모든 사단이 해방되고부터 났는데 내가 그때 거기 있었으니까."

하 교장이 이야기를 시작했다.

1945년 8월 17일 오전 9시, 일본이 항복한 이틀 뒤 학교에 교

사들이 모였다. 교장을 포함한 일본인들은 어젯밤부터 교장관
사에 모여 지내고 있었으니 조선인 교사 아홉 명이 학교에 나
왔다는 말이 옳을 것이었다.

"이제 우리는 떠나게 되겠습니다."

교장의 첫마디였다. 침통한 표정과 목소리였다. 교장은 작은
체구에다 머리까지 짧게 쳐서 아이들 사이에선 고슴도치나 밤
송이로 불렸는데 말수는 적은 편이었다.

교장은 물론 모여 앉은 누구도 입을 열지 않아 분위기가 더
무거웠다. 하동찬은 해가 한참 밀고 들어온 창문을 바라보았
다. 언제 왔는지 당번 아이들이 고구마 밭에 물을 주고 있었다.
일본제국이 미국과 전쟁에 돌입하면서 운동장 담을 따라 밭을
일구어 작물을 재배하고 있었다. 산에서 송진을 채취하고 집집
마다 쇠붙이를 거두는 걸 보면서도 패전을 예측 못한 자신이
부끄러웠다. 그러면서 하동찬은 방금 교장이 한 말을 새겨보았
다. "떠납니다"나, "떠나게 되었습니다"가 아니라 '되겠습니다'
라고 했던 것이다. 일본말을 잘못 알아들을 리는 없었다. 몇 년
전부터는 아예 일본어를 상용하게 되어 있었다. 좀체 본마음을
드러내지 않는 사람들이라 겸손하면서 완곡한 표현법이 발달
했다 해도 지금 상황에서는 좀 이상한 말투였다.

자기들이 원해서 떠나는 게 아니고 상황이 그렇게 되어서 떠
난다, 는 뜻으로 들렸다. 그때 연장자인 조선인 교사가 "걱정이
많으시겠습니다."라고 인사했다.

"사모님 건강이 걱정이네요."

그 선생이 다시 말했다. 교장부인은 늑막염을 앓고 있었다.

"고맙습니다. 요즘 들어 차도가 있으니까 큰일은 없을 거라 생각합니다."

그다음 이야기는 방학이 끝나가는 학교운영에 관한 것, 그리고 날씨, 교통 등이었다. 하동찬이 기억하는 한, 일본인 교사들 입에서 회포나 지금의 심정 토로, 앞으로 자신들의 일정이 어떨 것이라는 말은 없었다. 그리고 조선인 교사들의 감회나 특별나게 돌출된 발언도 없었다. 교장에 대한 불만이나 일본인에 대한 적개심은 머릿속에 없었다고 해야 할지, 설령 누군가 그런 울분이 솟았다 해도 이런 자리에서 털어놓아서는 안 된다는 판단으로 참았을 수도 있었을 것이다.

어쨌거나 조선인 교사들로서는 아, 이 사람들이 귀신이나 짐승 나라라고 불렀던 미국과 영국에게 패해서 우리땅에서 물러나는구나라는 상념, 그리고 일본인 교사들도 딱 그만큼, 내가 조선에 나와 살다 전쟁에 져서 떠난다는 사실만 확인한 그런 시간이 된 셈이다.

"마지막 자리니 나도 한마디 했지."

하 교장이 옛날을 더듬듯 목소리가 촉촉했다.

"무사히 잘 가시고 건강하세요, 그렇게. 무사히 가란 말은 여산서 부산까지 나가 배를 타야 하니 고생도 하고 위험도 할 수 있으니까 한 말인데. 근데 그 사람들 손가락 하나 안 다치고 자기 나라로 돌아갔으니, 좀 우습게 됐단 생각이 한 번씩 들었어요."

항복 방송이 난 지 사흘 만에 삼산에 살던 일본인들은 여산시로 떠났다. 지금으로 치면 파출소 격인 주재소 주임까지도 탈 없이 떠났다. 나라를 뺏기고 일본인 치하에서 갖은 차별을 받고 고생을 한 것은 물론, 자식과 남편들이 바다 건너 멀리 징용까지 나가 생사를 모르는데 그 짓을 행한 일본인들은 손가락 하나 안 다치고 떠난 것이다. 서부 경남 일대에 살던 일본인들은 그렇게 일단 여산시로 모였다가 시일을 두고 찬찬히 부산으로 갔다. 미군이 상륙하기 전까지 치안은—적어도 3·8 이남에서는—일본군 손에 의해 안정적으로 유지되었다.

"그동안에 아까 말한 대로 재산도 넘기고 물건도 내다 판 거야. 조선 사람들, 아니 우리나라 사람들끼리 서로 싸우고 그랬지. 그러니 내가 무탈하라고 한 말이 우습지도 않은 거지, 허."

김인철은 귀가 아니라 얼굴이 조금 달아오르는 느낌이었다. 일본 사람 가게를 인수 받으려고 싸운 사람 중에 제 아버지도 있습니다. 김인철은 침을 꼴깍 넘기고는 다른 말을 했다.

"저도 들은 소리가 있습니다. 잡지사 있을 때인데 어느 필자분과 식사를 하다 해방 이야기가 나왔었는데, 그때 일본인들 중에 우리말 배우는 사람들이 더러 있었답니다. 계속 남아서 살 수 있을 것이라 생각했다는 겁니다. 그리고 상당수는 본국으로 돌아갔다가 얼마 뒤 돌아와서 자기들 재산을 챙길 수 있을 거라고 보관증을 써주기도 했다고. 그러면서 남북이 달랐다고, 45년 8월 15일 당시 일본인들이 어디에 살았는지, 삼팔 이북이냐 이남이냐에 따라 생사가 결정되었다고 그러시더라고요."

"그랬을 거요. 만주서 3·8선을 넘어온 일본 여자분이 쓴 수기도 있으니까."

그들은 그렇게 무사히 돌아가고 머리 터지는 싸움은 우리 사이에서 일어났다. 삼산면의 박씨 집안과 이씨 집안 이야기가 본격적으로 나올 차례였다.

*

고였다가 넘칠 물이 제방을 넘지 않을 수는 없었다. 한쪽이 막히면 다른 쪽이 뚫리기 마련이었다. 해방 직후 싸움은 조선사람, 그것도 같은 이웃 마을 사람들 사이에서 일어났다. 삼산면 장대리에서 가장 큰 마을은 장대마을이었다. 그곳은 영화리로 넘어가는 길가의 민촌(民村)으로 여러 성씨들이 섞여 살았는데, 벼슬이라고 할 수 있는 이장은 박씨들이 주로 해왔고 해방 당시에도 그랬다. 우선 사촌형제 넷을 징용 보내 셋은 뼈만 돌아온 집안 사람들이 이장 집에 들이닥쳤다.

방에 있던 이장이 나왔다.

"이놈의 자석, 도망도 안 치고 빤빤하게 집구석에 앉았네!"

몰려온 가족 중 하나가 고함치자 이장이 "시킨 대로 한 내가 무신 죄고? 면서기, 면장 우에 일본놈이 있는데."라고 받았다.

"뭐, 시킨 대로 했다고? 그래서 우리 집만 골랐나!"

"니 집 내 집이 어데 있노, 내려온 명단대로지."

"명단대로라? 이름이 그냥 내려오나, 올리는 놈이 있어야 내려오지."

"허, 사무도 모리면서 와 이라노."

"머라? 사무를 몰라? 그래 니는 잘 알아서 니거 형제 조카는 한 놈도 징용 안 나갔나?"

"이런 자식하고 말로 해가 안 된다!"

다른 가족 하나가 이장을 발로 찼다. 뒤로 물러나는 사람에게 주먹이 날고 주저앉은 그에게 발길질이 이어졌다. 이장 집 삽짝 앞에는 벌써부터 이웃들이 몰려 있었다. 그때 구경꾼 중 누군가가 말했다.

"그래갖고 안 돼요! 때려서 분만 풀 끼 아이고, 부역자는 법으로 징벌을 받게 해야 돼요."

지나가던 영화리 이씨 집안 사람이었다. 피해자 가족 중 하나가 피투성이가 된 이장을 일으켜 세우며 말했다.

"관에서 길 내고 둑 쌓는다고 사람 부르는 그 부역 말고 또 있는가베. 어렵은 말 하나 배웠네. 일본놈 좋은 일 시킨 이런 자석을 부역자라 카는구나. 그래도 이런 놈한테는 주먹이 먼저 다!"라면서 힘대로 뺨을 쳤다.

소식이 퍼졌는지 곧이어 다른 피해 가족까지 달려오고 어려운 말을 했던 사람은 떠났다. 구경꾼들은 이웃마을의 유식한 사람에게 잠시 눈길을 두었는데 왼발을 조금 절었다.

그날 저녁, 이장은 멍석말이를 당했다. 동사 앞에서, 타작할 때나 잔치할 때 쓰는 큰 멍석에 이장을 둘둘 말아 발로 밟고 일렬로 서서 굴렸다.

장대마을에서 일어난 멍석말이 소식은 다음 날 삼산면 소재지 마을은 물론 명덕에도 퍼졌다. 박씨네들 집성촌 열두 마을 중에서 중심은 종갓집이 있는 명덕이 아니라 박증국 씨가 사는 금정이었다. 장대리 이장의 형 되는 이가 명줄만 붙은 동생을 살피고 달려간 곳도 금정이었다.

　그는 자기와 같은 항렬의 동네 사람들을 붙잡고 저걸 보고 넘길 수 있느냐고 호소 반, 울분 반을 토했다. 그가 한 말 속에는 한마디 거들고 간 이씨 동네 사람 얘기도 빠지지 않았다. 여론이 돌아 정자나무 아래 남자들이 열 정도 모였다. 그때는 명덕 사는 이장까지 얼굴을 보였다. 모든 눈이 그에게 쏠렸다.

　"우리가 장대리로 몰려가서 우짤 기고. 동네 쌈 할 거가? 주재소도 텅 빘는데."

　"순사들이 있으몬 내가 그부터 뛰어갔지 여 오겠소?"

　피해자 형이 식식거리며 항의했지만 이장 말이 그대로 결정처럼 되어갔다. 사람들에게는 동사 앞에서 멍석말이를 당한 것이 마음에 걸렸지만 당장 몰려가 싸울 수는 없었다. 여러 말들이 나왔다.

　"치안대 만들어진다고 소재지의 종환이가 들어간다 카더라."

　"그래. 그런 데 빠지몬 안 되지."

　"영화 사람이 와 지나가다 한 마디 거들었을꼬."

　자리가 파할 때 누군가가 말했다.

*

"해방 뒤고, 정세 흘러간 거는 3·8 이남, 남한 전체가 다 비슷했어요."

하 교장이 숨을 돌리고 천천히 말했다.

"여산도 마찬가지로 건준이라고 건국준비위원회, 그리고 한 발 더 나간 인민위원회가 섰지. 그다음부터가 문젠데, 미군정이 인민위원회를 좌익이라 규정하고 불법화하고, 그기에 대한독립촉성회를 중심으로 한 우익이 결집해서 좌우로 나뉘고 삼산면 두 집안도 그렇게 엉킨 거요. 내가 삼산서 이씨 집안 사람 중에 면서기 하는 분을 다시 만났어요. 예전 근무지에서 알고 지냈는데 내 집사람하고 그분 부인 친정이 같은 마을이라 더 친했지. 글쎄 그 양반이 바로 이웃 면에 와 있었어요. 본가가 삼산이다 보니 공휴일 앞뒤로 한 번씩 얼굴을 봤지요. 이름이 이석균 씨라고 밀양 양잠학교 출신이요."

"양잠이라면?"

"누에고치 아시오? 비단도 그 실로 만드는데 일본사람들이 산업으로 여기고 고등보통학교를 밀양에 세웠어요, 경남에선 여산농고랑 명문이었소."

하 교장이 차 한 모금으로 목을 적시고는 이야기 줄기를 찾았다.

"학교 선생들이 전근을 다니니 사람을 많이 아요. 제자부터 학부형, 공무원을 비롯한 그 지역 사람들까지 알게 돼요."

"네, 그러시겠습니다."

"직접 겪고 본 것도 있지만 들은 것도 많지요. 사례라 카나. 그런 거."

"네, 실제로 일어난 여러 가지 예들 말씀이시군요."

가슴을 탁 치는 말이라 김인철은 소리까지 조금 높였다. 하 교장이 그런 이야기를 줄줄이 해줄 수 있는 사람이라는 생각이 새삼 반가웠다.

"앞서 금정마을 박씨들 모인 자리에서 나온 얘기대로 삼산면에 치안대가 만들어졌어요. 그게 해방 뒤 가장 먼저 생긴 자생 조직이요. 주재소 일본주임은 물론 우리나라 순사들도 도망을 가버렸으이 그 혼란기에 일종의 치안공백이 생긴 거 아니겠소, 일단은 면소재지 사는 젊은 사람들 중심으로 짜였는데 첨부터 다툼이 있었대요. 누구는 되고 누구는 안 되느니, 어느 마을 사람이 많이 들어갔니 어쩌니. 친일 전력 문제에다 문중 간의 세력다툼까지 겹친 거지."

치안대장이 이씨 집안에서 나왔다. 일제 때 농민조합 등에서 활동하면서 치안유지법 위반으로 검거되기도 했던 사람이라 이의가 없었다. 치안대에는 박씨도 여럿 끼었지만 곧 빠졌는데 삼산면 경방단 단장으로 악명이 높았던 인척을 체포 1호로 했기 때문이었다. 경방단은 본래 화재와 수재를 막기 위해 만든 자치단체였지만 해방 몇 년 전부터는 경찰 외곽조직처럼 위세를 부렸다. 거기에다 그 자는 애먼 사람들을 밀고하고 음해하면서 사익을 취해 왔었는데, 그의 뒷배는 경남도청에 근무하는 동생이었다.

치안대는 면민들의 원성이 쏠린 박씨 단장을 붙잡아다 면사무소 앞에서 조리돌림을 했다. 그래도 삼산에서 첫째가는 부역자로 꼽자면 박증국 씨였지만 여산 집에서도 보이지 않은 지 오래였다. 큰아들이 경찰이라 부자가 같이 잠적했다는 말도 돌았다.

얼마 뒤 삼산면에도 인민위원회가 만들어졌다. 면치고는 빠르게, 그것도 민심에 기반을 둔 제대로 된 조직이었다. 그렇게 된 연유는 영화 이씨네들 중에 인물들이 더러 있었기 때문인데 그 대표적인 이가 '여산공산주의사건'으로 3년 옥살이를 하면서 건강을 잃고 죽은 이철재였다. 그는 3·1 만세로 첫 옥고를 치른 뒤 청년운동부터 여러 사회운동을 주도한 여산의 지도적 인물이었다.

"그분이 이석균 씨의 가까운 집안 어른이요. 근데 이철재 씨 영향인지 집안에 사회주의자들이 여럿 나오고 그게 영화 이씨네의 어떤 선택이 되었소. 무슨 얘기냐 하면, 그 시국에는 정치적, 이념적 선택이 가족 따라 집안 따라 갔다는 거요. 어른이라 해야 되나, 똑똑한 인물이라 해야 되나. 그런 사람 따라 갔다는 소리요. 인민위원회 위원장은 이석균 씨 재당숙, 칠촌아저씨 되는 분이 했소. 일제 중반에 삼산면장을 두 번인가 했다는데, 그 집이 어찌 보몬 당시 이씨네의 중심이었던 거요."

하 교장이 해방 당시 시골 사람들의 정치사회적 입장 선택이 친족을 우선시하는 한국적 특수성으로 이루어졌음을 강조했다.

여산에도 미군이 들어왔다. 1945년 가을이었다. 미군정 부대가 여산에 자리 잡고 경상남도 서부 지역을 관할했다. 미군이 진주했다는 것은 행정조직, 무엇보다 경찰이 제자리를 잡았다는 뜻이었다. 삼산 지서에도 경찰 다섯 명이 왔다. 제복도 그대로고 사람도 두 명은 8월까지 근무하던 자였다. 지서장과 치안대장의 만남이 면사무소 면장실에서 있었다. 면장과 인민위원회 위원장이 배석한 자리였다. 보복을 중단하고 새 질서마련에 협조하기로 하고 치안대는 뒤로 물러나기로 의논이 되었다.

경찰이 제대로 움직이기 시작한 것은 10월 10일, 남한 전 지역의 인민위원회를 불법화한다는 미군정청장관의 발표가 있고부터였다. 그동안 삼산에도 치안대는 유명무실해가는 대신 지서에서 외곽조직을 만들어가고 있었는데 그 바탕은 박씨 집안의 청년들이 중심이 된 명덕청년회였다. 해방 직후 장대리 이장과 삼산 경방단 단장이 조리돌림을 당한 뒤 자체적으로 문중 사람들을 지켜야 한다는 중론에 따라 생겼던 조직이 수면 위로 올라온 것이다. 이름을 아예 삼산면을 대표하는 삼산청년자치회로 바꾸고는 공적 위상까지 확립해갔다.

11월 초, 그들이 처음 조진 사람은 해방 직후 장대리 이장이 낭패를 볼 때 지나가다 한마디 거든 영화 사람이었다. 보복을 하자면 멍석말이를 주도한 사람들을 족치는 게 순서일 텐데 표적을 다르게 한 것이다. 화살을 다른 데로 쏜 것은 '부역자'란 말 때문이었다. 명덕 박씨네들에게 국가에 반역하는 일에 가담하거나 편든 사람이라는 뜻의 부역자란 말은 살 떨리는 소리가 아닐 수 없었다.

삼산청년회의 첫 표적이 된 사람은 영화에서도 미미한 소작농 아들이었다. 몇 집 안 되는 그 집안 사람들은 영화에서 '들어온 이씨'로 통했는데 4대조 때쯤 타지에서 들어왔기 때문이었다. 수백 년 된 집성촌에도 시절 따라 흘러들어 온 종씨들이 있기 마련이었는데 대개는 살기가 팍팍했다. 그 집도 그랬다. 그는 살림도 빈한하고 다리까지 불편해서 소학교를 다니다 말았지만 기억력 하나는 비상했다. 해방되기 전 어느 날, 그는 공출에 앞장서는 면사무소 촉탁 근무자들과 경방단원들을 두고 마을 사람들이 뒷담화를 하는 자리에 있었다. 그리고 그때 들은 "저놈의 자석들, 나중에 남의 나라 놈들한테 빌붙어먹은 부역자 소리 들을 걱정도 안 되나!"라는 말을 장대마을 이장집 삽짝에서 기억해낸 것이다.

왼발이는 면사무소 앞에서 삼산청년자치회 사람들을 만났다. 면사무소에서 부른다는 통지를 받고 나선 걸음이기에 그들을 지나치려 했지만 청년회 한 명이 지서부터 가야 한다면서 그의 허리에 팔을 둘렀다. 끌려가는 것 같기도 했지만 보기에 따라서는 아는 사람과 같이 걸어가는 것처럼도 보였다. 그의 허리를 김아 쥔 사람은 웃음까지 띠고 있었다. 그들은 지서를 그냥 지나쳐 뒤편 창고로 끌고 갔다. 그가 문 앞에서 고함을 쳤지만 외마디로 끝났다.

청년회 사람 중 하나가 어리벙벙해 서 있는 그의 정강이를 걸

어찼다. 하필 다리를 저는 왼다리였다.

"부역자는 징벌을 줘야 한다고? 이놈의 자석이 입 있다고 맘대로 씨부리나, 한번 더 씨부리봐라!"

주먹이 그의 얼굴을 치고 발로 왼발 정강이를 다시 찼다.

대꾸도 대항도 하지 않고 주저앉은 그를 매질까지 한 것은 청년회 사람 중 하나가 "무식한 니가 우찌 그걸 알 꺼고."라는 말을 뱉고부터였다. 그때부터 누구에게서 그 소리를 들었는지가 핵심이 되었다.

다음 날 오후 영화리 사람 하나가 똑같은 꼴로 잡혀 왔다.

"일본 사람 밑에서 일했다고 부역자몬 부역자 아인 놈은 독립운동가가?"

"갑자기 독립운동가는 와 나오노. 우리나라 사람들 괴롭히고 원성 사면서 악착같이 일제에 충성한 사람들한테 그런 말을 할 수도 있지. 그라고 무슨 시시비비가 있으몬 지서나 어디 관청에서 다룰 것이지 여기서 이라몬 안 되지."

청년회 사람과 잡혀 온 사람이 이런 말이라도 주고받을 수 있었던 것은 둘이 보통학교 동기였기 때문이다. 청년회의 명덕 사람은 왼발이에게 부역자라는 끔찍스런 말을 한 장본인 이름을 듣고도 보통학교 친구라는 생각은 하지 못했다. 얼굴을 보니 가깝지는 않아도 그만하게 뛰놀았던 사이였다.

"그라몬 장대리나 여기서 사람 잡아 돌린 거는 어디 관에서 했나!"

명덕 친구는 그렇게 내뱉고는 창고에서 나가버렸다. 그때부

터 처음으로 부역자 소리를 했다는 영화 사람에게 주먹과 발길
질이 시작되었다.

"이 새끼야, 니는 운동장 애국조례 때 일본천황한테 절 안 하
고 니거 집구석은 창씨개명 안 했나? 영화 이씨들은 왜놈 밑에
서 일 안 했나?"

그들은 쓰러진 영화 사람 위에 가마니를 덮고 자근자근 밟
았다.

같은 시각, 지서에 몇 사람이 불려왔다. 장대리 이장을 멍석말
이한 주도자들과 면소재지 마을에서 경방단장을 욕보인 데 앞
장 선 치안대 사람들이었다. 청년자치회에서 이씨 집안 두 사람
을 콕 찍어 구타한 것이 너무 눈에 띄는 일인 걸 알고 물 타기
를 한 것이었다.

그러면서 치안대장을 잡아들일 구실을 만들고 있다는 소문
까지 돌면서 면 전체의 인심이 흉흉해졌다. 며칠 뒤 삼산인민위
원회 위원장을 비롯한 인사들과 치안대장이 지서를 찾아 항의
하고 구속자 석방과 청년자치회의 사과와 해체를 요구했다. 면
사무소 마당과 지서 앞으로 지지자들이 몰려들었다. 미군이 좌
익성향을 명백히 해가는 인민위원회를 불인정한다고는 했지만,
지역에서는 여전히 지역민 대다수의 지지를 받고 있었다. 놀란
지서장은 그 자리에서 바로 구속자들을 풀어주었다.

하지만 삼산청년자치회는 건재했고 사과도 물론 없었다. 언
젠가는 이씨와 박씨 두 집안이 또 한판 붙을 거라는 말이 돌기
도 했지만 그 문제는 일단 수면 아래로 가라앉는 듯했다. 무엇

보다 정세가 변해갔다. 우익이 미군정의 지원과 이승만 박사 개인의 인기에 힘입어 조직을 정비하면서 〈독립촉성국민회〉가 발족했다. 때맞춰 농지개혁 말이 나오면서 지주들이 자신들의 입지를 지키기 위해 대거 참여하고 후원회 등 산하단체도 만들어졌다. 삼산면에도 독립촉성국민회 지부가 생기면서 우익이 세를 불렸다.

*

"3·8선 이남 남한땅에서 좌우 대립의 결정판은 말요. 아무래도 48년 5·10 선거지 싶소. 남한 단독정부 수립을 위한 제헌국회의원 선거."

하 교장이 이야기를 한숨 돌리듯이 천천히 한 마디씩 곱씹었다.

"그때 좌익 쪽에서는 총력을 기울여 반대투쟁을 했는데 앞에 말한 이석균 씨, 그 양반이 좌익이란 게 드러났거든. 글쎄, 난 까마득히 몰랐는데 남로당원이라고 그렇게 드러났지 뭐요."

"그러니까 숨겨두었던 비밀조직까지 다 드러낼 정도로 남조선노동당에서 적극 반대했다는 뜻이군요?"

"그렇지. 좌우 모두 삐라부터 테러까지, 전쟁이었어요."

김인철은 난리가 나서 누가 빨갱인지 드러나고 추려졌다는 정 주사 말이 생각났다. 그가 말한 난리에는 지금 하 교장이 얘기하는 해방 후 혼란까지 포함되어 있을 것이었다.

"투표 날이 5월 10일이라 5·10 선거라 불렀는데 학교선생님들도 되게 바빴지. 하여튼, 그때 그 사람은 여천군청에 근무했어요. 근무하는 데마다 사람 좋고 근실하다고 소문이 자자했지. 특히 콜레라가 돌 때, 그땐 호열자라고 했는데, 사람들이 막 죽어났거든, 그런데도 몸 아끼지 않고 헌신적으로 일했다고 칭송이 대단했지. 그때 내가 그 사람한테 직접 들은 이야기가 있어. 사람이 제일 무섭다는 건데. 세상이 딱 그럴 때였거든.“

하 교장이 말했다.

이게 뭐지? 불빛이라기에는 너무 흐리고 무언가 튀어오르는 형상도 보이는 듯했다. 이석균은 걸음에 힘을 주고 시야를 넓혔다. 산 밑의 도실마을을 벗어난 걸음으로 보아 고개턱에 이르기에는 아직 일렀다. 그때 다시 번뜻 불티가 흔들리다 사라졌다. 불빛을 확인하려는 마음과 이거 뭐지 하고 꺼리는 마음이 부닥쳐 걸음이 흔들렸다. 그는 전방을 주시하다 그 눈길을 하늘로 돌렸다. 먹장구름 속에 들다 말다 하던 달이 언제부터 나타날 기미를 보이지 않았다.

그때 바람이 일듯 눈앞이 흔들리더니 바로 앞에서 무언가가 폴짝 튀어올랐다. 머리가 뻐쩍 타오르고 온몸에 소름이 돋았다. 서늘한 냉기가 땀이 말라붙은 몸을 빠져나갔다. 몇 발짝 앞에서 회오리바람이 일면서 두 개의 구멍 같은 불빛이 눈을 찔렀다. 자신이 지금 헛것을 보는 게 아니라면 움직이는 것은 여시였다. 여우라는 말보다 먼저 머리에 들어온 여시가 그를 잠시 혼란에 빠뜨렸다. 둔갑이라는 말과 같이 정신 차리자는 생각이 같이 났다. 이름이 붙여지면 사람이건 물체건 그 이름대로 보이는 법이다. 놈은 폴짝대며 제비걸이를 하는데 눈에서 나온 광채가 같이 흔들렸다.

"그기 벅수를 넘고 재줄 부리면서 정신을 빼놓는 기라, 그냥 배꼽에 힘을 잔뜩 주고 고함 지르면서 가몬 된다." 그때 할머니 말씀이 떠올랐다. 멈추지 말고 간다, 배에 힘주고 고함이나 치면서. 걸음은 떼어놓았지만 고함은 물론 헛기침조차 나오지 않았다. 음, 음. 목에 찰떡 같은 가래가 붙은 기분인데 엉뚱하게도 입에서 흘러나오는 건 노래였다.

"버들잎 외로운 이정표 밑에 말을 매는 나그네야…" 아니, 백년설이 아니고 남인수 노래를 불러야지. 눈길은 여우의 움직임을 쫓으면서 입과 머리도 바쁘게 움직였다. 숨이 조금 찬 게 언제부턴가 걸음이 빨라지고 있었다. 뛰면 안 되지. 금방 지칠 테고 그때는 저놈의 여시한테 못 당해. 놈은 몇 걸음 앞에서 폴짝, 뛰다 공중제비를 한 번씩 돌기를 멈추지 않았다. 그러다 이번에는 길가로 붙어 멈추어 섰다. 머리가 삐죽 섰다. 걸음 폭을 그대로 지키자 어느새 자기 옆에 선 꼴이 되었다. 이제는 오른쪽 옆구리에 붙어 오는 꼴이었다. 남인수, 다음 토요일에는 부산에 가서 남인수 공연을 들을 계획이었다. 부산정거장 옆의 공회당에서 남인수 공연이 있다는 소식을 듣고 이것만은 놓칠 수 없다는 생각에 매달렸다.

"이 강산 낙화유수 흐르는 봄에 새파란 잔디 엮어 지은 맹서야…" 목소리가 조금씩 트이고 높아졌다. 노래 때문인가. 눈에서 떨어지지 않던 여시놈이 투두둑, 길 옆 풀 속으로 뛰어갔다. 서늘했던 옆구리가 예사로워지는 기분에 눈길을 돌린 길에는 불빛이 희뜩 멈추어 있었다. 곧이어 나뭇가지 흔드는 바람과 돌 구르는 소리가 섞이고 인기척이 났다. 소름이 돋고 머리가 다시 삐죽 솟으며 이석균은 저도 모르게 멈추어서고 말았다. 앞에서 움직이는 시커먼 물체는 어김없이 그를 향하고 있었다.

"뭐꼬? 멈춰!" 앞에서 사람 소리가 터졌다. 급한 목소리가 그쪽 역시 겁을 먹고 있는 모양이었다. 여우가 아니라 사람인데도 이석균의 몸은 더 싸늘해져갔다.

"사람이요, 재 너머 집에 가는 길이요!"

이석균도 맞받이 소리쳤다.

"그대로 서 있어!"

듣고 보니 반말이었지만 위세가 서려 있었다. 검은 물체가 가까이 다가왔는데 모자까지 쓴 복장이 경찰이었다. 그의 손에 들려진 장총이 이석균을 향해 있었다. 이석균은 여우 만나던 때보다 더 정신을 차려야 했다.

"혼자야? 이 밤중에 어딜 갔다 오는 거요?"

"혼자요. 유동면에 갔다가 오요."

"무슨 일로."

"호열자 때문이요."

"뭐, 호열자?" 주춤, 사내가 뒤로 물러나는 모양새를 보였다. 호열자로 매일같이 사람이 죽어가는 판이니 상대가 놀란 건 당연했다. 이석균은 총을 겨눈 채 함부로 대하는 사내의 겁먹은 모습을 보자 고소했다.

"그래, 호열자." 이석균은 호열자라는 말을 한번 더 내밀었다. 멀쩡하던 사람이 폭포수 같은 설사를 하고 몸의 수분이란 수분이 다 빠져 근육은 뒤틀리고 푸르텅텅해진 얼굴로 하루 밤새 죽는 괴질이었다.

"당신 뭐 하는 사람이요?"

"난 군청 후생과에 근무하는데 호열자 방역 살피러 유동면에 갔다 일이 늦게 끝났소."

이석균은 제대로 답했다.

"그래요? 그럼 유동서 자고 여산으로 나가야지, 이 밤중에 집이라니?"

"본가가 영화요. 내일이 일요일 아니요."

사내는 잠시 멈칫거리다 "이름이 어찌되요?"라고 물었다.

"이석균이요."

"영화 이씨군… 음, 아직 제법 가겠소."

상대는 그제야 총구를 치켜들어 어깨에 걸면서 뭔가 딴 말을 생각하는 듯했다.

"언제 또 봅시다. 난 유곡지서, 전이요." 하고 인사했다. 큰 덩치에 비해 얼굴은 강팔라 보였다. 어느새 달이 훤하게 나와 있었는데 이석균으로선 반갑지만은 않았다.

"여시가 한참 따라왔소. 그긴 총이 있으이 겁날 것도 없겠소만."

"그래요? 여시라니?"

상대는 무언가를 헤아리는 듯 잠시 있다 "무슨 소리가 나던데, 혹시 노랠 불렀소?" 하고 물었다.

"그렇게 해서라도 쫓아야지요."

상대가 이석균을 다시 바라보며 무슨 말을 할 것 같더니 "가소." 라는 말을 던지고 저 먼저 걸음을 뗐다. 여시 쫓는다고 노래를 불렀다는 대답이 싱거웠을까? 이석균은 사내가 하고 싶었던 말을 생각했다. 그나저나 총 먼저 겨누는 것부터 말본새 까지, 하나같이 불쾌했다. 여시놈한테도 진작 호열자라고 고함칠 걸 그랬나, 그 사람이 호열자라는 소리에 놀란 모습을 떠올리며 그는 마음을 풀어보려 애썼다.

머리 검은 짐승이 사람을 가리키는 말이라는 걸 언제 처음 들었을까? 어떤 자리에서 누구에게 들었는지 기억은 없어도 인간을 짐승과 같은 자리에 놓는다는 것 자체는 충격이었다. 지금이 딱 그런 시기이기도 했다. 해방되고 온갖 인간상들이 맨 얼굴을 드러내고 있었다. 이석균은 내심 불안했다. 한밤중에 재를 넘다 부닥쳤으니 너무나 뚜렷한 기억을 남긴 것이다. 여우에다 호열자 얘기까지. 하지만 정확하게 자신을 밝히는 게 자신의 보호책이었다.

호열자는 콜레라의 한자어로 호랑이 발톱에 물리는 것만큼 고통스럽고 무섭다는 전염병이었다. 1946년 5월, 중국에서 귀환동포들을 싣고 부산 부두에 도착한 선박에서 시작되어 전국을 휩쓸고 있었다.

"호열자가 돌아 사람들이 퍽퍽 죽어나갈 때, 사람들이 삼팔선 나뉜 것부터 시작해서 해방 값 톡톡히 치른다고, 그런 소리들을 했어요."

하 교장이 말했다.

"그나저나, 앞에 이야기한 대로 단독정부 세우는 선거가 마지막 쌈이 됐어. 이승만 박사하고 김구 선생도 그때 갈라서고 백범은 결국 암살까지 당했지. 48년 봄, 그해 난 여산 시내로 들어왔었는데 3월부터 국회의원선거 홍보가 일이었어. 누런 종이 한 장에 선거의 노래 악보 가사가 위에 있고 밑에는 학습용 표어가 나열되어 있었는데, 그걸 아이들한테 가르치고 다시 집에 가서 부모님께 알려드려라, 그런 전달식 교육이지."

하 교장은 표어를 기억하고 있었다.

"이 한 표로 나라가 독립하고, 국운이 좌우되며, 기권은 국민의 수치고 선거 방해는 독립 거부다? 그쯤 되지 싶은데."

"선거 노래까지 있었군요?"

"그랬지. 풍금 치며 가르쳤는데 한 줄도 기억이 안 나네. 그러면서 선거인 등록 독려 교육도 했어. 선거인으로 등록을 해야 투표권이 나오니까. 근데 그게 전쟁이야. 선거인등록 촉구 안내문 뒤에 이렇게 적어놨어.

〈선거등록을 않는 자는 적구(赤狗)요, 매국노요, 민족반역자로 볼 수밖에 없다.〉

그게 좌익한테 하는 소리지. 남북 통일정부를 세워야 한다는 말이야 옳겠지만 현실은 안 그랬으니 좌익으로선 결사적으로 나오고, 그러다 보니 이석균 씨 같은 사람도 노출되었겠지. 시절이 사람을 만들고 생사도 갈랐소. 그 부위이 뒤에 내 집사람한테 한 소리가 있어요."

이석균은 밀양 농잠학교를 나와 면서기가 되었다. 살림이 어느 정도 넉넉한 집인데다 성격이 활달하고 의협심도 강해서 주위에 사람이 모였다. 여산에서 가까운 의령군에 사는 친구 결혼식에 갔다가 돌아오는 길에 유리걸식하는 가족을 보고 호주머니에 든 돈은 물론 입고 있던 외투까지 벗어주었다는 일화도 있었다. 술김이라 해도 마음이 덥지 않고서는 할 수 없는 일이었다.

이석균이 언제 좌익에 빠졌는지를 두고 부인은 농잠학교 다닐 때 친구들과 어울렸다는 이야기를 했다. 옥고를 치르는 농잠학교 친구 가족과 병보석으로 나온 친구들을 돕는데 살림이 축날 정도였다는 것이다. 거기다 이철재를 비롯한 집안사람들 영향도 보태졌을 것이었다.

이석균 부친은 자식의 기질이나 씀씀이를 보고 서울로 올라가 공부를 더 하거나 취직하기를 권했지만 아들에게 여산은 떠날 수 없는 땅이 되어가고 있었다. 안전한 신분으로 활동할 수 있기에 조직으로서도 놓칠 수 없는 인물이었다.

48년 4월 중순 어느 날, 여천군 관내에서 선거와 관련해서 사고가 났다. 삼산면을 비롯한 7개 면사무소에서 선거등록 명부가 탈취된 것이다. 동시다발적으로 일어난 일이라 경찰의 대대적인 수사가 시작되었다. 삼산에 내려온 여산경찰서 수사 인력은 당일 오후 지서 순경들과 같이 영화리 일대로 들어가 이씨 집안 남자들을 대거 체포했다.

이때 이들의 길잡이가 되어 매타작을 퍼부은 사람들은 5·10 선거 직전에 경찰이 하부 조직으로 만든 단체의 단원들이었다. 경찰이 서류를 탈취한 용의자를 특정하지 않은 채 영화를 덮친 것은 이곳을 좌익의 온상으로 보고 있다는 소리였다. 그리고 이러한 인식에는 객관적 정보 외에도 명덕리 박씨 집안의 악감정에 기인한 과장도 일조를 하고 있었는데 지금도 바로 그런 경우였다.

"영화가요, 여천의 모스끄밥니다."

작전을 방불케한 체포가 끝나고 지서 마당에서 잠깐 동안의 휴식 때 돌격대 역할을 했던 단체의 우두머리가 내뱉었다. 해방 직후 명덕 박씨 중심의 삼산청년자치회에서 설치던 자였다. 모스크바를 러시아식 발음에 가깝게 한 것이며, 좌익의 온상지라는 비유가 썩 유식해 보였는지, 본서 책임자는 "그래, 소련 수도 모쓰끄바! 그 동네가 소굴이지 소굴!"이라고 보탰다.

열한 명이 지서로 끌려와 이틀 뒤에 네 명이 본서로 넘어갔다. 이석균 이름은 삼산이 아닌 다른 면의 체포자 입에서 나왔다.

그는 출근길 집 마당에서 체포되었다. 그의 팔을 잡아챈 사복 경찰 하나가 "어, 호열자 돌던 해, 밤중에 고개 넘다 만난 그 이석균이네!"라고 소리쳤다.

"허, 당신이 벅수 넘는 여시구나!"

이석균이 선거명부 탈취사건 뒤에도 도피를 하지 않은 것은 도피 자체가 자신의 죄를 무겁게 한다는 판단이었다. 신분이 노출된 바에는 재판과정에서 죄를 가볍게 하는 방법이 낫다는 것이었고 결과적으로는 그게 통해서 8개월 언도를 받았다.

"내가 두 가지 이야길 했지요? 48년 5·10 선거로 영화 이씨 집안사람들 당한 거 하고, 이석균 씨 체포."

하 교장이 김인철을 보았다.

"네. 그렇습니다."

"그라고 전쟁이 났지."

"아, 그러니 이석균 씨 같은 분은 보도연맹에 든 상태에서 전쟁을 맞았군요."

"그랬지. 49년 가을인가, 보련 가입 바람이 불었어요. 저번에 김선생이 그 단체 이야긴 안다고 했으니, 이석균 씨 이야기만 하지. 앞에서 그 부인이 내 집사람한테 했다는 얘기. 부인이랑 우리 집사람하고는 몇 해 전까지는 왕래가 있었거든."

하 교장이 차를 몇 모금 마신 뒤 말했다.

"이석균 씨도 당연히 보련 가입대상자지. 그런데 이 사람이 어디서 들은 말이 있었는지 한참 피해 다녔다 캐요. 일단 가입하면 그 딱지가 평생 붙어 다닌다든지, 그보다는 어떤 경우 결정적으로 불리한 증거나 올가미가 된다는 그런 말 말이요. 그 사람 옆에는 얼마든지 그런 정보나 의견을 줄 우익 친구들도 있었을 테니까. 근데 이석균 씨 부인 이야기가, 부산 사는 여동생 말, 딱 한마디 듣고 도피를 그만뒀다고 캐요."

하 교장이 '딱'이라는 음절에 힘을 주었다.

"여기저기 피해 다니는 중에 부산 여동생 집에도 몇 번 간 모양이지요. 그렇게 드나들다 하루는 둘만 있는 자리에서 여동생이 그러더래. "오빠, 우리 호야 아부지 입장도 생각해주이소." 여동생 남편이, 그러니까 이석균 씨 매제가 부산시청 공무원이었대요. 도피 중인 좌익 전과자인 오빠 땜에 남편이 낭패를 볼 수도 있는 거니까 조바심이 났겠지. 이석균 씨는 그 길로 일어나서 여천 집으로 왔대요. 그 뒤야 아는 대로 보련에 가입하고 전쟁 나고…."

"네에…."

김인철은 말을 맺지 못하고 유리창 너머 마당을 보았다.

한 사내가 등을 보인 채 대문 쪽으로 바삐 걸어가고 있었다. 사내는 어젯밤 동네 사람들의 눈을 피해 밤늦게 들어와 늦잠을 자버렸다. 눈을 뜨니 매제는 벌써 출근을 하고 누이가 아침을 차려 온다. 여러 가구가 사는 집에는 어린아이들 소리만 들린다. 철아, 호야. 아이들이 서로 이름을 부르며 좁은 마당에서 뛰놀고 있다. 오늘도 하루 더 누이 집에 묵어야 할 형편이다. 갓난아이를 업은 누이가 숭늉을 떠 와 개다리소반 위에 놓고 문가에 앉는다. 춥다, 와 그 앉노? 괜찮아예. 그가 말하고 누이가 받는다. 누긋한 보리누룽지가 쓴 듯하면서도 고소하다. 누이가 그를 부른다. 오빠. 응? 누이는 방바닥을 내려다보고 있다.

오빠, 우리 호야 아부지 입장도 생각해 주이소.

담배를 입에 물고 성냥을 꺼내던 사내의 손이 저고리 호주머니에서 얼른 나오지 않았다. 응. 사내의 입에서 신음이 흘러나왔다. 그러고 보니 사흘째 찾아오고 있다.

사내는 조금 뒤뚱거리며 일어났다. 호주머니에서 성냥을 쥐고 있는 오른손 때문이었다. 방 한구석에 놓인 내복과 세면도구가 든 가방을 쥐었다. 사내는 여전히 고개를 숙인 채 문가에 앉은 누이를 피해 창호지 문을 열었다. 아이들이 골목으로 나갔는지 좁은 마당은 비어 있다. 닫힌 건넛방에서 가래 끓어 올리는 소리가 바람을 타고 흘렀다. 사내는 고개를 숙인 채 누이 집 골목을 벗어나 대로로 나서서야 입에 담배가 물린 걸 알았다.

동생 집을 나온 이석균 씨는 여산으로 가는 기차를 타러 그때는 부산정거장이라 불리던 부산역에 갔을 것이다.

그리고 이석균 씨는 전차가 새마당 부산역에 들어서기 전에 직사각형으로 멀끔하게 생긴 부산공회당을 보며 감회에 젖었다. 해방된 다음다음 해 겨울에, 호열자와 당 조직 내 사정으로 놓친 남인수 공연을 기어코 보았다. 부산 공연이었기에 누이동생 부부와 함께였다. 맑으면서도 차가운 쇳내음 스민 고음 속에는 고단하거나 외롭거나 절망스러운 것들을 이겨내려는 다부짐이 담겨 있었다. 남인수가 〈울며 헤진 부산항〉을 부른다. 그 당시 가사대로.

울며 헤진 부산항을 도라다보는 연락선 난간머리 흘러온 달빛….

남인수는 어린 나이에 일본으로 건너가며, 높은 파도에 흔들리는 연락선 3등실 밑바닥에 구겨진 종이처럼 누운 수많은 부모형제들을 보았다. 애수 너머 희망은 전구공장이나 철공소에서, 제철소에서 몸으로 체득한 것이기에 진솔하면서 감격스럽다. 언제나처럼 새하얀 플란넬 양복에 나비넥타이를 멘 남인수가 무대에서 노래를 한다. 이석균 자신이 고개를 넘으며 떨리는 목소리로 불렀던 〈낙화유수〉 뒤에 이제 〈가거라 삼팔선〉이다. 아아 산이 막혀 못 오시나요, 강이 막혀 못 오시나요. 미국과 소련이 그은 삼팔선을 허물려는 생각 자체가 이제는 공산주의자의 표식이 되었다. 이석균은 남인수의 목을 빌려 한 소절을 더 부른다. 이제는 금지곡이다.

공연을 보고 나온 누이가 오빠 노래는 동네에서 알아주었다고 제 남편에게 말하자 매제도 한마디 보탰다. 형님, 제가 장가 한번 잘 왔습니다.

전차에서 내리며 이석균 씨는 누이동생을 이해하려 애쓴다. 방바닥에서 눈을 들어 오라비를 쳐다보지 못한 누이의 어깨라도 한번 토닥여주고 나오지 못한 게 애간장을 쓰리게 했다. 보도연맹에 드는 것으로, 분단의 철조망을 영구히 치겠다는 친일배로 똘똘 뭉친 이승만 지지자들에게 패배를 인정하는 게 된다면, 그리고 그것으로 끝난다면 기꺼이 전향하리라. 이석균은 부산정거장 매표소에서 여산행 기차표를 끊는다.

김인철의 상념은 하 교장의 탄식으로 깨졌다.

"이석균 씨가 그렇게 보련에 든 뒤, 전쟁이 나버렸어. 전쟁이. 이석균 씨며 뭐, 그런 사람들 싹 쓸려가 버린 거지. 우기에 큰산에서 쏟아지는 계곡물 같은 그런 물살에….”

"네에….”

김인철은 서옥주와 이희태를 생각했다. 서옥주는 아버지가 전쟁 나고 얼마 안 되어 지서에 간 뒤로 소식이 없었다고 했다. 손을 흔들며 대문을 나간 아버지라고 했던가?

"전에 공적비 훼손한 그 학생 아버지도 이석균 씨와 같은 영화 사람이었습니다. 그 사람도 해방 뒤, 무슨 사건에든 연루되었기에 보련에 들지 않았겠습니까?”

"그렇겠지. 아까 말한 대로 집안의 똑똑한 사람 따라가는 풍조였으니까.”

"집성촌이라는 촌락 형태가 개개인의 삶에 절대적인 영향을 미쳤군요.”

"적어도 삼산면 두 마을에서는 그랬다고 봐야지. 하지만 내가 지금 기억은 안 나는데, 한 집안에서도 좌우로 갈라서기도 했어요. 대가 내려가면 지파가 되니 어렵잖게 좌우로 갈리는 거지. 그리고 좌우로 나누어지지 않아도 그냥 월북한 형제 땜에 애먹는 사람들, 주위에서 더러 봐요. 전쟁 전에 올라가기도 했지만 전쟁 나고 인민군 후퇴할 때도 많이 올라갔어. 더 이상 고향 바닥서 살 수가 없게 된 건데, 결국은 보복 때문이야.”

하 교장의 이야기는 이제 전쟁 한복판으로 들어갔다. 물론 보복으로 얼룩진 삼산면에서 일어난 전쟁이었다.

*

국군의 후퇴와 더불어 남한 각 지역에서 국민보도연맹 가입자들과 형무소에 수감된 좌익정치사범들에 대한 처형이 이루어졌다. 여산에서도 그들에 대한 집단 학살이 있었다.

여산형무소 수감자들에 대한 처형은 여러 차례 여산 인근과 다른 지역에서 이루어졌으며, 면 단위 보련원들 처형은 여천군 관내에서 이루어졌다. 그 숫자가 몇천이었으며 유족들 대부분은 피붙이들의 주검을 거두지 못했다. 정확한 현장을 알기 어려웠으며 뒤늦게 찾아갔어도 구분할 수가 없었다. 한여름이었다. 멸치젓 담근 듯 문드러진 모습 앞에 유족들은 절규하다 혼절했다.

그리고 며칠 뒤 여산의 주인이 바뀌었다.

다급하고도 무자비한 보련원들 처형이 신호였다는 듯이 7월 말, 여산은 인민군에게 점령되었다. 전투부대가 곧장 전선으로 내려간 뒤 정치보위부 등 점령지역을 관리하는 기관들이 신속히 설치되었다. 하지만 민심이 더 빨리 움직여 자발적인 좌익조직이 치안공백을 메꾸고 새로운 권력기구들을 구성하기도 했다. 학살을 피하거나 은신 중인 구 남조선 노동당세력이 중심이 된 것은 당연한 이치였다.

얼마 지나지 않아 모든 기구와 조직이 여천군과 여산시에 마련되고 3 · 8선 이북에서 내려온 인민공화국 요원들이 주요기관의 장을 맡았다. 면 단위 인민위원회도 조직되었다. 삼산면에서는 살아남은 좌익인사와 명망 있는 인사들로 인민위원회가 만들어졌다. 삼산면인민위원회 구성이 여천군 내에서 손에 꼽힐 정도로 빠른 편에 속했던 것은 그만큼 원한 맺힌 사람들이 많다는 얘기도 되었다. 면사무소에서 열린 인민위원회 결성에 북에서 내려온 노동당원이 입회함으로써 세상이 달라졌다는 걸 직접 보여주었다. 더불어 북한식 조직에서는 서기 직책이 실세라는 사실도 알려주었다.

치안도 재빨리 자리를 잡았다. 여산경찰서는 여산내무서로 간판을 바꾸어 달고 북쪽 체제로 바뀌었다. 자위대와 치안대로 불린 하부조직은 지역 좌익들로 구성되었다. 치안이 확립되었다는 것은 곧 우익에 대한 보복과 응징이 시작되었다는 얘기였다.

삼산면 자위대는 우선 정부의 관변 조직인 대한청년단과 민보단에서 활약한 사람들을 체포했다. 그들 중 상당수는 2년 전 선거등록 명부 탈취사건 때 영화리에 들이닥쳐 무자비하게 폭력을 휘두른 자들이었다. 또한 그들 중에는 불과 한 달 전, 지서에서 보련원들을 소집, 체포하는 데 앞장 선 이들도 끼어 있었다.

북에서 내려온 사람들은 그들을 반동세력, 반동분자라고 부르면서 인민재판을 통해 징벌할 것을 지시했다. 생소한 용어들이었지만 말이 중요한 건 아니었다. 피해를 입은 쪽에서 피해를 가한 자들을 공개적으로 처벌할 수만 있으면 되었다.

'반동세력'에 대한 첫 인민재판이 피해자가족을 비롯한 상당수 주민들이 참석한 가운데 면사무소 앞 너른 터에서 열렸다. 수령이 오래된 느티나무와 팽나무 두 그루가 9월 초 오후의 땡볕을 얼마만큼 가려주었다. 삼산인민위원회 서기와 군복을 입은 북에서 온 정치보위부 사람 하나가 의자에 앉고, 자위대 대장이 진행을 맡았다. 대장이 체포된 이들의 이름과 소속 단체명을 말하고 죄과를 밝혔다. 애국인사를 탄압하고 죽음에 이르는 데 일조했으며, 주민들에게 무고와 폭행, 갈취 등을 일삼았다는 것이 공통된 내용이었다.

이번에는 인민위원회 서기가 일어나서 그들에게 말했다.

"지금 말한 사실에 항변하거나 변명할 끼 있으몬 말해 보시오."

고개를 숙이고 있던 사람 중 하나가 얼굴을 반쯤 들고 "우에서 시켜서 한 거고, 대장도 도망가고 없는데 억울하요."라고 중얼댔다.

"이놈아, 변소 옆 거름더미에 죽창 쑤셔서 사람 잡아간 기 시켜서 한 거가? 우리 형님 살리내라, 이놈아!"

피해자 가족 중 누군가가 소리쳤다. 그와 같이 "저놈들 당장 죽이라, 죽이삐라!"는 고함들이 터져 나왔다.

잠시 뒤 자위대장이 호명했다.

"이 자들 중 민보단장 김민식과 대청 행동대장 박창걸…."

일곱이었다.

"지금 호명한 자들은 그 죄가 무겁고 명백하기에 극형에 처하는 기 어떻습니까?"

지목된 사람들이 고개를 번쩍 치켜들고, 호명되지 않은 자들은 고개를 더 깊이 처박았다. 둘러선 군중 속에서 누군가가 "옳소!"라고 고함쳤다. "옳소, 그럽시다!" 몇몇 소리에 전염된 듯 사람들은 목소리가 하나가 되면서 박수까지 치기 시작했다. 잠시 뒤 자위대부대장 중 하나가 이름을 다시 부르자 자위대원들이 호명된 사람들 하나하나씩을 일으켜 한쪽에 줄 세웠다. 마지막으로 호명된 사람이 부들부들 떨며 쓰러지려 하자 누렇게 변색된 일제 때 국민복 저고리를 입은 자위대원이 재빨리 자기 어깨로 그자의 팔꿈치를 치켜세워 옆으로 끌어냈다. 그 장면에 사람들의 시선이 모였다. 끌려가는 사람과 끌고 가는 사람의 발이 잘 맞지 않아 같이 엎어질 듯 위태로워 보이기도 했는데, 자위대원의 왼발 걸음이 온전치 못한 것도 원인이었다. 누군가의 입에서 "왼발이, 저 친구"라는 말이 나오다 들어갔다. 순경들이 쓰던 카빈소총을 어깨에 걸친 자위대원들이 앞뒤에 서자 행렬이 움직였다. 긴 행렬은 밭과 고랑으로 경계를 친 학교 뒤 돌담을 타고 건천이라 부르는 개천으로 향했다. 어지간한 장마 아니면 물이 차지 않는 천으로 한 구비만 돌면 험한 산벼랑이었다.

하지만 총소리는 구비를 돌기 전에 났다. 끌려가는 사람들의 걸음이 처지면서 자위대원들과의 몸싸움이 있자, 그대로 한, 두 명씩 바닥에 밀어뜨려 눕혀놓고 총을 쏜 것이다.

이튿날, 삼산면 내에서 우익인사 가족들에 대한 동시다발적인 체포와 폭행이 있었다. 본인들이 부재한 가운데 일어난 일이니 한풀이 보복인 셈이지만 자위대원 가운데도 보도연맹으로 희생된 가족이 있었으니 법이나 이성이 개입될 여지는 전혀 없었다.

그리고 그게 끝이 아니었다,

보련 유족들의 심사는 여전히 불편했다. 공개재판 형식으로 몇 명을 처형하고, 도망친 본인 대신 그들 가족을 폭행해도 풀리지 않는 한이 보련 유족들에게는 있었다. 표적으로 삼은 자들은 하수인이자 개개인에 지나지 않는다는 자각이 그들을 못 견디게 했던 것이다.

거의 매일같이 면사무소에서 회의가 열렸다. 북한식 체제가 잡히고부터 인민위원회 위원장은 칭병불출하고 있었다. 달라진 세상을 감당키 어렵다는 개인적 판단 때문이었지만 상황에 아무런 영향을 주지는 않았다. 회의 참석자들은 인민위원회와 자위대, 그리고 지서에 해당하는 분주소의 실무자에 해당하는 자들이었다. 인민위원회에서는 서기와 조직동원책, 자위대에선 부대장 중 한 명, 분주소에서는 소장이 고정으로 참석했다.

이들 중 세상이 달라졌음을 확연히 보여주는 사람이 인민위원회 조직책과 자위대 부대장이었다. 그들은 북에서 내려온 사람들이 직접 선발한 자들로 머슴과 소작 농민이었다. 소위 무산자 계급을 대변하면서 달라진 세상을 보여주는 역할을 제대로 수행하는 실세였다. 보련 유족들도 자주 참석해서 자신들의

견해를 밝혔다.

그날은 "그놈의 자식들 가족 족쳐갖고 될 끼 아이고 좀더 근본적인 걸 해야지."라는 소리가 나온 뒤 이야기가 이승만대통령까지 올라갔다.

"제일 웃대가리가 이승만이지, 장관이 시키고 그 밑에 누가 해도 그기 다 이승만이 시킨 거 아이요."

"국부라꼬 치받던 놈들이 문제지. 그놈들이 지거 일제 때 죄지은 거 덮어주고 계속 권세 잡을 수 있게 이승만이를 대통령 만든 거 아이가. 일제 때 경찰 한 박증국이 아들놈이 지금도 도경 간부하고, 친일 악덕지주 지 애비는 지 애비대로 떵떵거리고 살고. 그런 놈들이 보도연맹 만들어 옭아매 놓고 지거는 발 뻗고 잔 거지. 안 그렇소, 응?"

"하모, 정파적으로 말하몬 이승만 똥구멍 빨아 생명줄 연장하고 호의호식하는 국민회놈들을 조져야지, 그놈들이 정당으로 치몬 이승만 정당이지."

오가는 말을 듣던 인민위원회 조직책이 한마디 했다.

"그 사람들 모두 악덕 지주놈들, 아이요."

"그렇지."

자위대 부대장이 나서 그동안 듣고 배운 말들을 제자리에 넣으면서 간결한 주장을 펼쳤다.

"가난한 인민들 피를 빨아먹은 국민회 반동들이야말로 새로운 세상, 공화국의 적이요!"

164

다음 날 삼산면 국민회 회장을 비롯한 국민회 우익인사들에게 소환명령이 내려졌다. 사실 삼산면에서 맨 웃대가리 '반동'은 여산 바닥에서도 몇 손가락 안에 드는 박증국이었다. 하지만 여산 시내 집에 머물던 박증국은 이미 피란을 떠났으니 삼산면 국민회 회장이 표적이 되었다. 게다가 그는 박증국과 가까운 친척이라 어느새 대리인 격이 되어 있었다.

하지만 국민회 회장 소환에는 문제가 있었다. 자리보전 중인 병인이었던 것이다. 봄부터 여산 시내 병원에 드나든 사람을 두고 꾀병으로 몰아붙일 수도 없었다. 자위대 대장을 비롯한 인민위원회 몇 사람이 그의 소환과 재판에 난색을 표했다. 하지만 북에서 내세운 조직책과 부대장이 물러서지 않은 데다 보련 유족들의 뜻 또한 완강했다. 인민위원회 위원장과 집안으로 걸리는 영화리 유족은 나서지 않았지만 다른 마을 유족들을 이길 수가 없었다. 거기다 무상몰수에 무상분배라는 북한식 토지개혁이 곧 실시된다는 말이 돌고 있어 대다수 소작, 빈농들의 묵시적 지지가 뒤를 받치고도 있었다.

두 번째 인민재판 날짜가 정해졌다. 하루 전에 미리 구금되어 있던 국민회 회원들이 면사무소 앞마당으로 끌려나오고, 잠시 뒤 삼산면 국민회장이 도착했다. 아들 둘이 교대로 업고 십 리 길을 걸어온 것이다. 땀에 젖은 아버지와 아들이 그늘 밑에 앉혀졌다. 지게에 지고 온 보료 위에 아버지가 앉고 쓰러지지 않게 등을 아들 하나가 받쳤다. 회장은 병에 시달려 얼굴이 축나고 여위었지만 의식은 뚜렷해서 자위대 부대장이 신원을 확인하고 직책을 말하자 고개를 끄덕이며, "그래, 그래. 맞다."고 받았다. 부대장이 죄과를 말하고 처벌에 대한 결의를 구했다. 첫 번째 재판에 비해 일반 주민들 참여가 적어 자위대와 분조소에서 소재지 사람들을 급하게 불러 모아 이십여 명이 되었다.

"극형에 처해야 합니다. 왜놈들 간에 붙었다 미제놈하고 이승만이 쓸개에 붙은 반동들 아닙니까?"

"옳소! 무산대중, 인민의 적 도당들입니다."

"그래도 선별해서 합시다."

시선을 모은 자는 와우리 자위대 대장이었다.

"국민회 회원에다 악덕 지주라 캐도 이 사람들 죄질도 서로 다른데 같이 몰아서 처리해가 됩니까? 그건 좀 문제가 있다 생각됩니다."

그는 일제 때 인도네시아로 징용 갔다가 해방되고 1년 반 만에 돌아온 사람이었다. 그는 자기 마을 출신 국민회 회원을 직접 호송해 왔지만 인민위원회가 마을 사람들 의견을 묻지 않고 일방적으로 내린 결정에는 불만이었다.

"그라모 우짜잔 말이요?"

부대장이 그에게 물었다.

"죄질을 구분해야지요."

말이야 맞을지 몰라도 진행이 더디고 어려울 것이었다. 이런 일은 모인 사람들이 흥분해 있을 때 해치워야 한다는 걸 부대장부터 잘 알고 있었다. 재판을 진행하는 주체들은 주체들대로, 군중들은 또 그들대로 여러 표정들이 오가며 침묵이 흘렀다. 그

동안 고개를 숙이고 곁눈질로 진행을 살피던 체포당한 자들의 기색과 기척이 표 나게 바뀌었다. 퍼지르고 앉은 자는 엉덩이를 들고, 쭈그리고 앉은 자는 반쯤 일어선 자세였다.

"좀 더 말해보소."

부대장이 와우리 대장을 재촉했다.

"원칙을 말한 겁니다. 오늘 재판이, 마을 유지 행세하면서 반대파 사람들 사지로 몰아넣은 죄를 묻자고 하는 거 아입니까?"

모두가 고개를 끄덕였다.

"그렇다고 이 사람들 죄와 원성이 같을 수는 없을 것이니 경중은 따져야 하는 기 옳다 싶습니다. 그런 경중은 자기 마을 사람들이 잘 알 것이고, 또 무슨 조직이든 직책이 있는 거니까, 그런 걸 생각해봐야 하지 않겠습니까."

어느새 사람들 눈길이 국민회 회장을 향하고 있었다. 아이구, 하는 탄식과 같이 국민회 회장이 난장 치듯 두 팔을 젖히며 뒤로 눕고 아들까지 쿵하고 자빠졌다.

"이 자리서 다 따질 수는 없으이 오늘은 회장을 대표로 재판에 넘깁시다."

진행을 맡은 부대장이 서둘렀다.

"하필이몬 아푼 사람인데요."

군중 중의 누가 말하자 사람들이 고개를 끄덕이며 난처한 표정을 지었지만 추가 발언은 없었다. 부대장이 와우리 회장을 보았지만 그는 입을 열지 않았다.

"어쨌든 우리가 지금 와우리 대장 말처럼 마을 유지 행세하면서 반대파 사람들 사지로 몰아넣은 놈들 죄를 묻자고 모인 거 아입니까?"

지켜보던 인민위원회 조직책이 나섰다.

"그렇다면 개인 누가 아이고 이승만의 주구가 되지요. 와우리 대장 말처럼 원칙이 우선이고 조직에는 직책이란 기 있으이 회장은 그냥 개인 누가 아인 거지요."

"옳은 말이네."

그 소리에 따라 여기저기서 그래, 그래, 라고들 말했다. 곧바로 부대장이 삼산면 국민회 회장에 대해서만 사형을 처하도록 하는 게 어떠냐고 묻고, "옳소!" 소리가 뒤따랐다.

미리 대기하고 있던 자위대원들이 국민회 회장에게 다가갔다. 그 사이에 재판을 받던 사람들이 먼저 지서로 옮겨가고 참석자들도 흩어졌다. 대원들과 탈기한 아버지 옆에 붙어 앉은 두 아들 사이에 눈길이 오갔다.

"가야지."

먼저 대원 하나가 말했다.

"가자니까."

"업고?"

아들 중 하나가 말했다.

"그래야지."

손등으로 눈물을 훔친 아들이 등을 내밀고 다른 아들이 아버지를 안아서 그 등에 업혔다. 자위대원 둘이 앞서고 그 뒤로 아버지를 업은 아들과 빈 지게를 진 아들이 서고 자위대원 셋이 뒤를 따르는 행렬이 만들어졌다. 맨 끝에 선 자위대원은 절뚝발이였지만 조금도 처지지 않고 보폭을 같이했다. 행렬은 면소 뒤 논길로 곧장 빠져 야트막한 산길을 향했다. 9월 초 땡볕이 누런색이 막 들기 시작하는 벼와 물이 배인 잘박한 땅을 데웠다. 걸음을 뗄 때마다 더운 공기에 숨이 턱턱 막혔다. 산길 입구에서 아버지를 업은 아들이 잠시 걸음을 멈췄다. 아버지가 입은 모시 저고리와 아들이 입은 삼베 저고리가 땀에 착 달라붙어 아들이 다시 아버지를 추켜 업었다. 뒤따르던 면바지에 긴소매 셔츠를 입은 아들이 교대를 하자고 지게를 벗었지만 아버지를 업은 아들이 고개를 흔들었다.

산모롱이를 돌자 산길 오른편으로 바위 두 짝이 덩그러니 서고 그 밑으로 좁지만 구석진 공터가 있었다. 앞서 가던 자위대원이 뚜벅 걸음을 멈추었다. 아버지를 업은 아들이 무춤하게 멈추었다가 이내 걸음을 뗐다. 한 걸음이라도 더 걸어가는 게 등에 업힌 부친의 가쁜 숨소리를 듣는다는 생각이 들었던 것이다. 같이 섰던 지게 진 아들도 뒤따랐지만 뒤에 선 자위대원이 지게를 붙잡아 세웠다. 아버지를 업은 아들도 끌리다시피 제자리로 돌아오고 잠시 뒤 지게를 벗은 아들이 아버지를 뒤에서 껴안아 흙바닥에 앉혔다. 아들 둘은 누가 먼저랄 것도 없이 쓰러질 듯 비스듬히 앉은 부친에게 절을 올렸다. 엎드려 흐느끼는 형제는 자위대원에 이끌려 현장에서 떨어졌다. 길 모롱이까지 십여 걸음 되돌아 오는데 너네 없이 걸음이 무거워 한참 걸렸다. 얼마 뒤 총소리가 빵빵 났다.

그렇게 치러진 삼산면 국민회 회장 처형은 곧 여산 일대에 알려졌다. 여론이랄까 민심이 극도로 나빠졌다. 여산내무서 간부가 삼산면으로 내려와 조사를 하고 간 뒤 자위대장이 물러나고, 회장만 처형하자는 식의 주장을 처음 폈던 와우리 대장은 여산내무서에 잠시 구금되었다가 풀려났다. 하지만 재판을 주도한 부대장과 조직책의 건재가 말해주듯 그 일이 우익인사들의 처형을 멈추게 한 것은 아니었다. 처형 판결문을 간단하게 작성해서 내무서에 전달하는 형식만 추가되었을 뿐이었다.

보련가입자들에 대한 대학살이 우익인사에 대한 보복을 가져왔다면 차후에 또 다른 보복이 없을 리 없었다. 아무리 북쪽에서 부산 함락이 코앞이라고 선전을 해대도 승패가 결판난 건 아니었다. 그런 이치에 대한 짐작이 지금 보복을 가하는 쪽 사람들 머리나 마음에 있다 해도 진행 중인 일이 멈추어지지는 않았다. 당한 원한이 너무 컸던 것인데, 거기에는 북쪽 정권의 정책적 판단도 개입되어 있었다. 그들은 삼산면 국민회 회장 처형 뒤 법적조처를 강조하면서도 자생적 좌익 치안조직을 완전히 장악하거나 자신들의 명령을 강제하지는 않았다. 그들에게 국민보도연맹 유가족을 비롯한 여러 사람들이 제각기 품은 우익에 대한 원한은 이승만과 남한 정권에 대한 적대감을 조장하기에 더없이 좋은 자원이었던 것이다.

*

여산 시민들이 전세를 살필 수 있는 길은 여러 갈래였다. 물자 운반이나 도로복구 등에 직접 동원된 사람들의 목격, 여러 곳에 설치된 야전병원의 모습, 미군의 폭격 빈도 등이었다. 전선에서 인민군 주력부대가 여산시로 후퇴한 것은 인천상륙작전이 있은 지 며칠 지나서였다.

불과 두 달 만에 세상이 또다시 바뀌려 하고 있었다.

삼산면은 인민군이 진격해 올 때도 그랬듯이 후퇴할 때도 길목에 놓여 있지는 않았다. 여천군에서 여산으로 나가는 길목이었을 뿐 전선과는 관계가 없었다. 거기에다 모든 정보와 명령이 여산 시내에서 전해져 왔기에 인민군 후퇴 소식도 시내보다 하루라도 늦을 수밖에 없었으니 그만큼 다급한 상황이 되었다. 후퇴 지시는 노동당 여천군당에서 내려왔다. 점령 하에서도 과거 남조선 노동당 계열이 조직의 기본 줄기를 이루고 있었다는 소리였다. 하지만 후퇴가 말 그대로 단순할 수가 없었다. 인민위원회와 자위대 등에서 핵심적으로 활동했던 사람들의 선택은 쉬울 수 있지만 그렇지 못한 사람들이 문제였다. 조직에 든 사람과 들지는 않았지만 동조하고 협력했던 사람들은 자신이 판단해서 스스로의 운신을 결정해야 했다.

자위대 사람들은 대부분 떠났다. 무기를 들고 우익 사람들을 다치게 했으니 남아 있을 수가 없었다. 왼발이도 그들을 따라 숙소로 쓰던 국민학교 관사를 떠났다. 떠오르는 해를 본 것은 여천군과 이웃 군의 경계지인 마루턱에서였다. 걸어오는 동안 조모와 부모, 형제가 눈에 밟혀 괴로웠다. 자위대에 들어가는 문제를 두고 부친과 다투었던 일이 어제같이 선명했다.

"니가 안 나서도 다른 사람들이 니 당한 거 갚아준다. 표가 나서 좋을 끼 뭐 있노. 제발 집구석에 붙어서 농사나 도와라. 난리가 나도 논에 심은 모는 자란다."

"남한테 와 미룹니꺼, 내 일은 내가 해야지예. 그라고 한 손이라도 거들어야 나뿐 놈들 징벌이 빨리 끝나지예."

"우째서 무서븐 말만 골라 하노? 시상 어지러울 때 표띠 한분 낸 기 두고두고 남는다. 지발 나서지 마라."

"표띠야 진작 났는데 뭐예."

왼발이에게 표시는 양편으로 나뉜 싸움에서 어느 한편에 서는 것이면서 동시에 저는 발이 시선을 끈다는 뜻이었다. 자위대에 들겠다고 했을 때도 관계자들이 떨떠름한 표정을 지었지만 몇몇은 바뀐 세상이 그에게 인간적 해방감을 준다는 생각도 했다. 집안의 일가 형님뻘인 자위대장이 그런 이들 중 하나였다. 하지만 그는 국민회 회장 재판사건으로 물러난 뒤 사라졌다. 모두가 제 갈 길을 가는 것이었다. 왼발이는 너무 밝고 강한 아침 해를 보며 손으로 눈두덩을 훔쳤다. 가족과 고향을 떠난다는 실감에 눈물이 난 게 아니라 눈이 부셔서라고 고집하고 싶었다.

그와 동료들은 이웃 군에서 다른 비정규군 부대들과 합류해서 큰산으로 들어갔다. 왼발이는 사람들에게 거기까지 기억되었다.

와우리 자위대장은 남았다. 인공치하에서 감투를 쓴 데다 국민회 회장재판에 개입한 게 마음에 걸렸지만 죄를 달게 받고 가족을 건사하는 쪽을 택한 것이다. 그는 대한청년단원들에게 붙잡혔다. 지서는 이미 잡혀온 사람들로 북새통이었다. 그는 조사받기 전부터 명덕리 출신 대청 사람들에게 많이 맞았다. 거기까지는 각오를 하고 피하지 않았을 테지만 삼산면 국민회 회장 처형의 주모자로 몰리는 데는 모골이 송연하지 않을 수 없었다. 자기가 매긴 죄명은 관여 정도였는데 주모자라니. 국민회 회원들을 죄질에 따라 처리해야 한다는 주장이 이런 결과를 낳았으니 기가 찰 노릇이었다.

다음 날 그는 여산경찰서로 이송되었다. 이곳도 구금된 사람들로 넘쳐나 그는 경찰서 뒤편 길가 공터에 쳐진 커다란 군용천막에 수용되었다. 몽둥이를 든 청년단들이 기세 좋게 경비를 서고 있었다. 추석 며칠 전이라 저녁까지는 따스했지만 밤이 되자 추워졌다. 대부분 핫바지에 허술한 저고리를 걸친 입성이라 오돌오돌 밤새 떨었다. 경찰서 안에서는 물론 천막에서 십여 걸음 떨어진 창고에서도 비명소리가 끊이지 않았다. 그래도 어느 시간대는 아주 적막할 때도 있었다. 이름이 불리지 않은 사람들은 쪼그리고 앉아 언제 자기 차례가 올지 조마조마하고, 조사받다 두들겨 맞고 온 사람들은 넉장거리로 누워 있었다. 그러다 무슨 말이라도 오가고 조금이라도 부시럭거리면 그쪽 천막 위로 몽둥이가 사정없이 들이쳤다. 비명소리와 같이 그 부분 천막이 폭삭 주저앉았다.

와우리 자위대장이 경찰서 안으로 불려 왔을 때 터진 머리에서 흘러내린 피가 옷에 말라붙어 있었다. 경비병 하나가 이 새끼들 심심하게 왜 이리 조용해, 라면서 난데없이 두들긴 몽둥이를 피하지 못한 것이다.

"조사도 받기 전에 와 이렇노? 몽둥이 한 방에 허무하게 가서 되는가, 니놈 한 것처럼 재판을 해서 보내야지."

담당 경찰이 내뱉고 뒷자리의 주임이 와우리 대장인 걸 알고 한마디 거들었다.

"재판 가게 되면 재밌겠다. 판사가 참작을 해줄지 말지."

주임이 그 말을 한 것은 어제 오후, 와우리 국민회 사람이 찾아와 그의 선처를 부탁했기 때문이었다. "하이튼 좀 다르게 취급해 주이소." 자식을 살려달라는 자위대 대장 부친이 사정을 해서 걸음을 한 것이라지만 실은 동네 사람들 입과 눈이 무서워서였다. 누구 덕에 살았는데 모른 척 뒷짐 지고 앉았단 말이냐는 여론이었다. 그런 부탁에도 불구하고 이렇게 재미 삼아 내려친 몽둥이에 머리가 깨졌으니 무색하다 말이 괜한 건 아니었다.

*

그리고 몇 달 뒤 명덕리 박씨네 마을에서 이상한 사건이 났다.

전선은 여산에서 까마득히 먼 함경도와 평안도에서 펼쳐졌지만 큰산과 그 인근 산들에는 지역 유격대와 소수의 잔류 인민군들이 버티고 있었다.

11월 초순 밤이었다. 명덕리 금정마을로 들어오는 초입 여러 곳에 납작납작한 초가집들이 오륙 호씩 웅크리고 있었다. 대대로 박씨네들 땅을 부치면서 그 집일을 거들며 사는 타성바지들 마을이었다. 그런 집 중에서도 외딴집에 사내 셋이 스며들었다. 한 명은 망을 보는지 삽짝에 몸을 숨기고 두 칸짜리 큰방에 사내 둘이 들어섰다. 주인 남자는 일어나다가, 아녀자는 누운 채로 입이 틀어막혔다.

"조용히 하소. 안 그라몬 다치요."

사내가 속삭였다.

"박증국이 집에 오늘 잔치했지요?"

주인 남자는 고개를 끄덕였다.

"박증국이 지금 집에 있지요?"

사내가 다시 묻자 집주인이 다시 고개를 끄덕였다.

"같이 갑시다."

입이 풀리면서 칼끝이 주인 남자의 눈앞을 오갔다. 주인 남자는 발밑에 벗어둔 옷을 허둥지둥 다시 껴입었다. 한 시간이나 잤을까? 하루 종일 큰마님 팔순잔치에 시달리고 막 자리에 누웠는데 이게 무슨 날벼락인가. "서방 안 다칠라몬 우째야 되는지 알제?" 여자의 입에서 손을 떼며 다른 사내가 속삭이며 이불을 머리까지 덮었다.

방에 들어섰던 사내들은 동행시킨 집주인을 가운데 끼워 앞서고 집 밖에서 파수 보던 사내가 뒤따랐다. 사내들은 밖으로 데리고 나온 주인 남자의 키가 너무 작아 속으로 놀라기도 했으니 끼워 간다는 말이 과하지도 않았다.

주인 남자는 사내들 보폭에 맞추면서도 걸음을 뗄 때마다 생각 하나씩을 했다. 산에서 내려온 사람들이다. 주인어른을 해치려고 왔다. 주인어른이 금정마을에 왔다는 것은 알지만 집이 어딘지는 모른다. 그러니까 자기를 앞세운 거다. 그럴까. 그 대목에서 왜 하필 자기인지 조금 자신이 없기도 했다. 끼인 남자는 이상하게도 방에 들어온 둘보다 뒤따르는 사람에게 어깻죽지라도 잡힌 듯 신경이 쓰였다. 마을에 들어서자 바람을 타고 개가 짖었다. 초승달도 구름에 들어 길은 어두웠다. 그렇구나, 사내는 흠칫 고개를 돌릴 뻔했다. 경덕이놈이구나. 주인 남자는 뒷골이 서늘했다. 열흘 전이 삼산 장날이었다. 오랜만에 제대로 선 장에서 술 한잔 걸치고 집에 왔더니 마누라가 경덕일 못 봤냐고 물었다. 경덕인 여산 시내 사는 오촌 조카였다.

"못 봤는데. 그놈의 자석이 우찌 왔던고?"

"면소에 일이 있어 왔다면서 당신이 없어 그런가 선걸음에 갔소."

"싱거븐 놈이네. 그래 별일은 업꼬?"

"야. 다 잘 있다 카대요."

마누라가 한마디 더 보탰다.

"집을 쑥 둘러보드이 하나도 안 변했네. 그라면서 금정 큰어른 집은 회나무서 두 번째 길이지예? 그래요. 내가 그래, 있던 집이 어데 가는가 하고 말았지요."

마을에 같이 살던 띠동갑 사촌형은 해방되기 전에 시내로 나갔다. 평소부터 명덕 박씨 동네서 소작 부치는 걸 두덜대다 나

간 것인데 그때서부터 왕래가 뜸했다. 경덕이가 벽돌 찍는 일을
한다지만 오래전에 들은 얘기였다.

이 자식이 야산대에 들었구나. 집주인 남자의 머릿속에 앞뒤
도 없이 그 생각이 박혀들었다. 그 추측이 맞다면 조카놈은 지
금 길잡이 노릇하고 있는 것이었다. 마을에 들어서고 집주인 남
자가 어두운 하늘로 솟은 회나무를 지나 두 번째 길로 들었다.
그리고는 얼마 뒤 커다란 기와집 대문 앞에 섰다. 사내 하나가
끼워 온 집주인 남자를 보며 여기? 라는 뜻으로 대문을 손가락
으로 가리키자 그가 고개를 끄덕였다. 뒤따라온 사내가 어느새
담을 넘고 있었다. 안에서 쪽문이 열리고 권총을 꺼내든 사내가
바람처럼 뛰어들었다. 옆구리에 칼을 대고 있던 사내가 주춤댈
때 집주인 남자가 고함쳤다, "불이야! 불!" 어두운 길로 내빼며
그가 다시 소리쳤다. "불났다! 불!"

다음 날 여산경찰서 서장이 지프를 타고 금정마을에 왔다. 지
서장이 사랑채 축담 밑에 기다리고 서 있는 키 작은 남자를 소
개했다.

"이 친굽니다."

"큰일 했네. 그래, 이름이 뭔가?"

"정춘식입니더."

"어르신의 후덕함이 자네 머리를 팽팽 돌게 했나 보네."

서장은 방에 앉은 박중국이 듣도록 목소리를 높였다.

조선노동당 여천군당에서 박중국 처형을 결정했다. 그들 세

력이 건재하다는 사실을 알리면서 민심을 각성시키는 계기가 필요했고 거기에 합당한 인물이 박중국이었다. 군당에서는 명덕리 출신 대원 한 명까지 끼워 처형조를 보냈지만 결과는 실패였다. 어젯밤, 빠개지듯 머리를 굴리며 금정마을에 들어선 정춘식은 두 번째 길을 꺾을 때, 재산은 크게 줄었지만 집채만은 번듯한 박중국의 친척 집을 찍었다. 주인 영감이 병석에 누운 지 몇 해가 되는 집이기도 했다.

김인철은 지금 정 주사 이야기를 듣고 있었다. 실감은 안 나지만 엄연한 사실이었다, '난리가 선생'이란 말이 그에게는 딱 맞는 말이고 무얼 이른다는 뜻의 '신고'라는 말도 불편하기 짝이 없을 것이었다.
김인철이 무어라 할 말을 찾는 데, 하 교장이 마무리 지었다.
"산에 든 여천군당이 무서운 짓을 많이 했어요. 경찰 가족은 물론이고 군경들에게 부역자라고 손가락질한 사람들, 특히 산에 같이 올라갔다가 하산해서 군경에 협조한 자와 그 가족들을 철저하게 응징했어. 지리에 밝고 동조자 구하기도 쉬웠겠지만 너무 모질게 했어. 그때 기억이 지금도 여산 사람들 머릿속에 남아 있다고 봐야 할 끼요. 하여튼 그때 박중국 씨 사건이 전쟁 이야기의 클라이막스지. 그담부터 여산의 좌우익전쟁은 사실상 끝난 거고, 그쪽에 가담한 사람들 당한 얘기만 남지만 그것까지 할 건 없을 꺼고."

4

하 교장은 끝내 여천고등학교 '정 주사'라는 말을 입에 올리지 않고 긴 이야기를 마쳤다. 정 주사가 학교에 근무한다는 사실을 알든 모르든 누굴 특정할 것까지는 없다는 판단이었을 것이었다. 김인철은 그런 짐작을 하며 "어려운 얘기 해주셔서 고맙습니다."라고 인사했다. 응접실 벽장시계를 보니 6시에 가까웠다.

"사모님이 시골 계신다니 저녁은 밖에서 드시지요. 아직 하전희 선생님도 안 오시고⋯."

"아, 막내는 친구 결혼식이 있다고 오늘 부산 갔소. 제 고모 집에서 잘 꺼요. 그라몬 나가서 김 선생 사주는 밥 먹을까. 잠시 기다리소."

하 교장이 자리에서 일어났다. 김인철은 어느 식당으로 가느냐보다 하전희가 지금 부산에 있다는 말을 되새겼다. 부산 집에 자주 가보지 못한 것, 어머니 얼굴, 그리고는 다시 하전희가 보였다. 친구 결혼식장에서 그녀는 무슨 생각을 했을까. 그런 자리에서 자신의 결혼을 떠올리는 건 자연스런 일일 것이었다.

"나갑시다. 날이 좀 춥겠지."

하 교장 말에 김인철은 속내를 들킨 듯해서 얼른 마루로 나왔다.

초밥집에서 하 교장은 청주를 아주 맛있게 마셨다. 식사를 마칠 때쯤 하 교장의 지인들을 만나 자리가 수선스러웠다. 그렇지만 "김 선생은 다시 서울로 갈 거요? 교편을 계속 잡으려면 집이 부산이니 거기서 시험을 한번 쳐보시지."라는 하 교장의 말은 또렷하게 머리에 남았다. 부산에서 공립학교 교사가 되라는 뜻이었다. 하 교장 조언의 진의가 무엇이든 그로서는 하전희와 연관지어 새기고 싶었다.

그날 밤 김인철은 하 교장이 이야기해준 여러 장면들 때문인지 쉬 잠들지 못했다. 잠깐 잠에 들었다 어느 순간 눈을 말똥하게 떴다. 한여름에 보도연맹 사람들이 무더기로 죽었고 얼마 안 있어 우익 사람들이 죽었다. 여름이란 말에 매달리자 왜 지금 잠들지 못하고 뒤숭숭한 마음인지 알 것 같았다. 자신의 아버지도 그 여름에 죽었다는 기억을 억제하고 있었기 때문이었다. 어머니 말이 생생했다. "여름 아이가. 음력 6월 한여름." 김인철은 어린 자식이 되어 아버지를 내려다보는 꿈을 꾸었다. 꾸었다고 생각했다. 얼굴이 보이지 않는, 남자라고 짐작되는 사람을 보고 있는 꿈이었다.

*

"학생들 두발 단속하는 선생님 머리 길이가 장발에 가까운데, 괜찮습니까?"

하전희가 김인철에게 말했다. 김인철은 스카프를 쓴 하전희에게 시선을 두다 바람에 날리는 자기 머리를 한번 쓰다듬었다.

"장발 단속도 미니스커트처럼 여름에 해야 어울릴 것 같지 않습니까? 겨울인데 좀 봐줄 겁니다."

지난 10월, 퇴폐풍조를 조장한다는 이유로 남성의 장발과 여성의 짧은 스커트를 엄단하겠다는 정부의 발표가 화제였다.

"이발소 가기 싫어하시지요? 그래도 키가 크셔서 잘 어울려 보입니다."

"아, 네. 하 선생님 칭찬까지 들었으니 앞으로 장발단속은 무시하겠습니다."

"호호. 책임은 안 집니다."

김인철과 하전희는 강가의 여산성터 길을 걷고 있었다. 바람은 불었지만 초겨울치고는 포근한 주말 오후였다. 둘은 약속이나 한 듯 옅은 밤색과 베이지색 바바리코트를 입었는데 날씨에 어울리는 차림이었다.

김인철은 하 교장을 만나 지난 시절 얘기도 들었지만 앞으로 일어날 수도 있는 어떤 가능성도 엿보았다. 가능성이니 설령 백일몽이라 해도 탓할 바 없었다. 지나간 시간보다 지금 시간을 붙잡는 게 백번 현명했다. 통영중학교로 낸 시외전화는 쉽게 하전희에게 연결되었고 데이트 신청도 받아들여졌다.

여산강가를 4킬로 정도 에두른 여산성터는 버스종점 부근에 술집과 식당, 그리고 음악다방들이 모여 있어 데이트 코스로 최적지였다.

"김 선생님이랑 전 두 가지가 같아요."

하전희가 다시 말했다.

"두 개나 같다니요?"

"여산 출생에 교사 경력이죠."

"허, 앞에 건 그렇다 쳐도 뒤에 건 좀 부당하다 싶네요. 제가 하 선생님보다 대학 학번이 빠른데 교직 경력이 같다니. 뭐, 사실이 그렇다면 대학 졸업 동기가 아닌 걸로나마 위로 삼아야겠습니다."

"그렇지예? 제가 여산대 우리 학과 졸업생들 만나면 어깨에 힘을 좀 줍니다. 일 회 입학에다 일 회 졸업이니까."

"남학생들로선 억울합니다. 군복무 때문에 일 회 졸업을 놓쳤을 테니."

김인철은 하전희가 여산대학을 나왔다는 사실이 가까이 다가왔다. 자기가 가르치는 학생들이 가장 많이 가고 싶어 하는 대학이었다. 단과대학이기는 하지만 집에서 다닐 수 있는 데다 학비가 싼 국립이었다.

"서른 명 입학해서 아홉 명 졸업했는데 남학생은 딱 한 명, ROTC였어요. 여학생들도 휴학하거나 그만두고 그랬으니."

"잠깐, 일 회로 죽 나간 데다 졸업하던 해에 바로 발령까지 받았군요?"

국립대학 사범계열 학과를 나오면 졸업 성적대로 공립학교 발령을 받았으니 성적이 매우 우수했다는 소리였다. 그는 한 걸음 더 나갔다.

"제가 다른 사람들로부터 재원이라 소리 듣는 분 옆에 서 있는 거 아닌지 모르겠습니다."

"호호, 제 입으로 차마 그기까지 말할 수 없어 참았는데, 알아주시다니 고맙습니다."

"허, 제가 점수 좀 땄습니다."

즐겁게 그 말을 하면서 김인철은 서옥주를 생각했다. 하전희와 같이 있는 동안 진작 떠오를 이름이었다. 나란히 걸어가는 하전희가 다시 보였다. 서옥주에 비해 키도 크고 몸집도 크다. 나이도 적고 머리도 좋은 데다 무엇보다 집안이 너르다. 그 대목에서 김인철은 멈칫, 이 무슨 약아빠진 발상이며 궁상이냐 싶었다. 김인철이 서옥주를 털어내자, 때맞춰 하전희가 그를 바라보았다.

"교사 경력이 저하고 같다고 억울해 하시는데 사실 따져 볼게 있습니다. 우리 집안 오빠들은 여동생들한테 군대 갔다 온 남자를 사귀라고 세뇌를 하는데 김 선생님 학번으로 보면 얼마 동안 다른 직장 다니다가 교사 하시잖아요. 학군단도 아니고 어째 바로 졸업했어요?"

"허, 이거 야단났네. 지금 와서 이력서 구술하기를 그만둘 수도 없고."

잠시 뒤 김인철이 덧붙였다.

"전 면제를 받았습니다."

"면제요?"

하전희가 되물었다.

"첨 듣는 낱말처럼 그러세요? 친척 오빠들 중 면제받고 군에 안 간 사람도 있을 텐데."

"글쎄, 잘 모르겠는데."

"그래도 신체검사에서 불합격 받아서 면제 받은 건 아니니까 안심하십시오. 갑종 합격인데 집에 남자가 저 혼자라 어머니를 돌보아 드리라고 정부가 명령해서 안 간 것이니, 안 간 게 아니라 오지 마라 해서 못 간 겁니다. 제가 이래 봬도 2대 독잡니다. 허허."

재미나게 말한다고 했지만 하전희는 웃지 않았다.

"선친께선 육이오 때 돌아가셨습니다."

김인철은 정확하게 말했다.

"아, 네. 그러시군요."

하전희는 당황한 기색이었다.

"제가 일 회 졸업생 자랑하다 괜한 질문을 한 거 아닌지 모르겠습니다."

"뭘요. 특별난 것도 아닌데."

김인철은 수월하게 답하고는 생각했다. 그래, 아버지가 전쟁 때 돌아가셨다는 게 무어 그리 대순가.

"네에, 제 친척 중에도 아저씨가 군에 가셨다 전사하시고 혼자 사시는 아주머니가 계세요. 그리고 할아버지랑 삼촌이 동시에 돌아가셨다는 친구도 있고요."

"뭐, 저 위로한다고 그러실 필요 없습니다. 참, 제가 교장선생님 뵙는 게 소설 쓰려나 보다고, 하 선생님이 전에 그렇게 말씀하셨다고요?"

"아버님이 그 말까지 하셨구나. 국문과 나오셨으니까, 그리고 상길 오빠가 김 선생님이 출판사랑 잡지사에서 일하셨다고 미리 일려주었으니까 제가 한마디 보태본 겁니다."

"잘 하셨습니다."

사실이 그랬다. 하 교장을 만난 뒤 그 자신이 뚜렷하게 한 일은 퇴근 후 책방에 자주 들렀다는 거였다. 물론 하전희가 한마디 었었다는 소설 때문은 아니었다. 서점에서 신간들을 뒤적이며 시간을 보낸 것은 책도 읽으면서 그동안 풀어질 대로 풀어진 자신의 생활을 다잡아보려는 노력이었다.

"실망을 시켜드려 미안합니다만, 전 그냥 책 읽는 게 좋아 국문학과에 갔습니다. 학교 교지 편집하면서 기사부터 이런저런 글 쓰는 그 정도로 자족했지 창작과는 거리가 멀었습니다."

"수필이 있잖습니까? 에세이."

"그렇죠. 교지에도 한두 번 썼습니다. 그래도 대학 다닐 때는 시, 소설만 창작으로 여긴 데다 수필도 그때로 끝이었습니다."

"언제 다시 쓰실 기회가 안 오겠습니까."

"글쎄요. 그런데…."

김인철은 화제를 바꾸었다,

"집에 선생님이 몇 분이십니까? 하상길 선생이 내게 교장선생님 소개하면서 그 집에 하 선생이 여럿이다, 그랬던 기억이 나서 말입니다."

"호호, 수학 선생 하 선생 집도 그러면서…. 제 집에는 오빠 둘에 언니 둘인데 짝지 둘도 모두 교사입니다."

"허. 교장 선생님이 막내 사위까지 교사로 보시려는지 저보고 부산에 가서 시험을 보라고 귀뜸을 하셨습니다."

김인철로서는 내친김이었다.

"아버지가요?"

하전희가 걸음을 멈추며 소리쳤다. 마주 오던 남녀가 싱글거리며 지나갔다.

"김 선생님 혼자 진도를 맘대로 빼시네. 아니, 교과서가 아주 다르니 진도를 혼자 빼든 말든 제가 신경 쓸 건 아니지만…."

"하하, 말씀 잘 하셨습니다. 과목은 달라도 진도는 학기에 맞춰야 하지 않습니까. 그렇지예?"

하전희가 달아오른 얼굴을 펴며 웃었다.

"서로 다른 이야기를 해도 결국은 같은 이야기가 될 거라는 말씀을 에둘러 하시는구나."

"교장선생님 말씀은 교사를 계속할 생각이면 부산 시내 공립으로 가서 해라 그 말씀이었겠죠?"

"계속 강조를 하시니 김 선생님도 뭐, 후보에 넣겠습니다. 사실 제가 요즘 선을 보고 있으니까."

하전희가 참았다는 듯 빠르게 말했다.

"정말 따끈따끈한 뉴습니다."

김인철은 놀란 표정을 지었다. 저번에 하전희가 친구 결혼식으로 부산 갔다고 했던 하 교장 말이 기억났다. 혹시 그 주말에도 맞선을 보거나 이미 선본 남자를 다시 만났을 수도 있다는 생각까지 들었다. 김인철은 지나치게 신경을 쓰는 자신에게 놀라 속으로 웃으며 그 이야기를 농으로 던져볼까 하는데 하전희가 말했다.

"근데, 뉴스 하나 더 드릴까요?"

"네, 또?"

하전희가 웃으며 김인철을 보았다,

"우리 학교 젊은 남선생 한 분이 사표 내고 서울의 대기업으로 갔어요. 경상남도 안에서 뱅뱅 돌아야 하는 시골 교사가 무슨 희망이 있겠냐면서, 서울로."

"아, 서울!"

과장되게 탄성을 질렀지만 서울이란 말을 들으니 갑자기 가슴속에서 열기가 났다. 하 교장을 만난 뒤 타성에 빠진 자신을 돌아보는 중인데 딸까지 자기를 자극하고 있는 기분이었다.

"나도 대우나 삼성으로 가야만 여산대 과학교육학과 일 회 졸업한 선생님을 모시고 갈 수 있다? 이거 고민이네. 넥타이 매는 체질이 아닌데, 서울서 교사를 해야 하나?"

"어머, 제가 숙제까지 드렸네. 재밌다!"

하전희가 즐겁게 웃었지만 김인철은 잠시나마 진지해졌다.

산책 뒤 둘은 강이 내려다보이는 경양식집에서 식사를 하고 술을 마셨다. 하전희는 맥주를 한 잔도 채 마시지 않았다. 본래 술을 잘 마시지 못하는 데다, 객지에서 직장생활을 하면서 아예 마시지 않는 버릇을 들이다 보니 술맛을 모르겠다고 했다.

대학 다닐 때 이야기를 같이 나누다 고등학교 얘기도 하게 되어 김인철은 가족 소개까지 했다. 하 선생 가족에 비해 너무 싱겁다고, 사족까지 달았지만 하전희는 무얼 따로 묻지는 않았다.

김인철이 말을 많이 하면서 화제가 이리저리 옮겨갔다. 하전희는 김인철 입담에 자주 웃으며 재밌는 분 같다는 말을 몇 번이나 하고, 김인철은 그에게 고집쟁이 막내 기질이 어디에든 꼭꼭 숨어 있을 거라고 농을 던졌다.

9시가 되자 그들은 택시를 타고 강가를 떠났다. 어둡기도 하고 비포장 도로 구간이 있어 차가 흔들렸다. 자연스레 몸이 기울어 닿기도 했다. 김인철은 어느 순간 하전희의 손을 잡았다. 보들하고 따스했다. 하전희는 잠시 뒤 손을 빼내고 반듯하게 앉았다.

*

새로운 일주일이 시작되었다.

하전희와는 다음 약속을 잡지 못하고 헤어졌다. 택시에서 내려 김인철이 바로 두 번째 데이트 신청을 했지만 하전희에겐 선약이 있었다. 김인철은 그 소리를 들으면서 그럼 부산 집에나 가자는 생각을 했다. 한동안 모친을 보지 못하기도 했지만, 갑자기 여산서 할 일이 없어진 듯 허전한 마음이 앞섰다.

그렇게 부산행을 염두에 두고 있던 금요일 오후에 전화가 왔다.

전화기를 건네준 교감이 웃으면서 "아가씨 목소린데."라고 했다. 서옥주였다. 김인철은 조금 놀랐다. 서옥주가 여산에서 전화를 한 것이다.

"동생 면회 왔어요. 훈련 마치고 학성 비행장으로 배속되었대요."

여산에 인접한 학성에는 공군 비행장이 있었다. 면회시간은 토요일 정오부터라고 했다.

약속장소를 정하고도 김인철은 잠시 멍한 기분에 빠졌다. 그동안 그는 〈월세계〉 이상신과 대학 친구 결혼식 등으로 서울에 몇 번 갔지만 서옥주를 찾지는 않았다. 그녀도 첫해에 학교로 안부 전화를 한 번 한 뒤로는 연락이 없었다. 기이한 것은 서옥주가 여산 땅에 왔다는 말을 듣고서 그 자신이 아주 예사로이 이곳에서 살고 있다는 실감이었다. 그런 자각은 서울에 갈 때 지인들에게서 한 번씩 듣는 "어째 그런 시골서 사니?"라는 말과는 차원이 다르게도 다가왔다. 그는 '서옥주가 내게 아주 구체적인 존재구나'라는 생각까지 하면서 다방 계단을 올랐다.

서옥주는 수수한 겨울 옷차림으로 신문을 읽고 있었다. 눈으로 웃으며 인사를 나누고 앉는데 서옥주가 보고 있던 신문 얘기부터 했다.

"이 주간지, 판형은 좀 촌스러워도 내용은 괜찮네요."

그녀는 타블로이드판으로 나오는 〈주간한국〉을 보고 있었다. 서울에서는 자주 읽었지만 여산 내려온 뒤로 보지 못한 주간지였다. 반가움 때문인지, 오래 묵힌 기억까지 사진 보듯 되살아났다.

"한국 최초의 주간지지. 첫 호 톱 기사가 뭐였는지 알아?"

서옥주가 눈을 빛냈다.

"자랑할 것 없는 나라, 세계 제일은 가을 하늘!"

"재밌네. 아니, 대단하네요!"

"그렇지. 표지가 하늘에 초점을 맞춘 시골 풍경의 흑백사진이었지 싶은데. 기사도 좋고, 초기에는 판매 부수가 상당했을걸."

김인철은 주간지를 들어 잠시 살피다 내려놓았다. 기다리고 있었다는 듯 서옥주가 말했다.

"재밌어요? 서울엔 잘 오시지 않나 봐요."

"둘 다 사실인 듯하네."

"어머, 누구 이야긴데 듣고 보니 그래요? 제삼자연 하는 거, 별로 안 변하셨네."

"그렇잖아. 누가 매일 그런 걸 확인하고 사나. 이야기가 나와야 그런가 하는 거지. 교사 생활이 재밌다기보다 편하겠지. 교재연구 한번 하면 네 번 다섯 번 우려먹지, 거기다 방학까지 있고."

"서울엔 정말 잘 안 오시나 보네."

"정말이라고? 그래, 자주 안 갔어. 요지는, 내가 서옥주에게 연락 안 했다는 거지?"

"핵심은 아니고 포함 정도는 되겠죠."

서옥주는 웃음을 띠고 김인철은 맥없이 대답했다.

"그래, 그렇게 됐네. 나가지."

식사를 하고 맥주집에 앉자 서옥주가 말했다.

"사는 모습은 똑같네요. 사이먼과 가펑클의 〈엘 콘도 파사〉 음악이 나오는 다방부터 크라운맥주 파는 술집까지, 오가는 말씨만 아니면 서울하고 다를 바가 없어 보이네요."

서옥주가 맥주병을 들어 김인철의 빈 잔에 부었다.

"맥주는 서울 영등포 공장에서 만드는 오비나 크라운이지만 땅콩과 오징어는 그래도 생산지라도 다르겠지. 여산에도 강가 모래밭에 땅콩 농사를 많이 한다는데."

"그래도 안주 종류는 같잖아요."

"대통령은 한 사람이 계속하고, 맥주 공장은 둘뿐, 안주는 땅콩에 오징어니까 맥주집도 같아야지. 하긴 안주는 한치도 있고 쥐포도 있어."

"뭘, 엉뚱한 걸 같다 붙여요. 한치는 알겠는데 쥐포는 뭐예요?"

"학성 아래 바다에서 많이 잡히는 쥐치란 고기로 만든 포야. 쥐고기라고도 부르는데 쥐처럼 입이 작고 못생긴 데다 살도 거의 없어. 그동안 버리거나 사료로 쓰다 말려서 먹어보니 괜찮았던 모양이지. 술안주로 인기가 제법이야. 한번 먹어봐?"

"지금은 별론데."

서옥주가 김인철을 한참 바라보며 덧붙였다.

"난, 내년 2월에 졸업해요."

"응? 졸업? 만년 휴학생이 마침내 졸업을 하는구나. 축하해! 축하!"

김인철이 잔을 들었다.

"애먹이던 막내는 군대서 인간 만들어 줄 꺼고, 외동딸은 이제 직장 나가 돈 벌 테니 기찻길 옆 오막살이집에 볕이 쩽하네."

서옥주는 들던 잔을 내리며 남자를 서글픈 눈으로 바라보았다.

"축하치곤 품격이 너무 없네요. 농인지 진담인지 경계가 애매한 당신 특기도 여전하시고. 왜, 진지해지는 게 무서워요?"

"대통령 삼선하는 사이에 잘 살아보세 구호도 낡고 말았구나. 좀 실감나게 얘기한 건데 너무 나갔다면 미안해."

서옥주는 침묵하고 김인철은 바빠졌다.

"이런저런 당신 가족의 변화들이 6·25를 멀리 보내고 있다는 소리니 좋은 거잖아. 내가 요즘 팔자에 없는 6·25 공불 하고 있긴 하지만."

김인철은 뜻하지 않게 공적비 사건과 하 교장과의 만남까지 얘기했다.

"왜, 팔자에 없어요."

듣고 난 서옥주가 힐난조로 말했다.

"르포든 논픽션이든 그런 정도는 쓸 수 있는 사람이 교사로 왔을 때 맞춤해서 그 대학생이 사고를 쳤는데요. 글을 써서 잡지사에 보내보세요. 상금도 타고 문단에 데뷔도 하고."

"오, 이런."

김인철이 탄식했다.

"대중잡지 월세계 기자와 투고독자로 만난 사이라는 걸 잊지도 않고 내게 복수를 하는구나. 허 참, 교장선생님의 스물다섯 살 막내딸은 내가 소설을 쓰려고 제 아버지를 찾아오나 보다 그랬다지만, 현장 취재작가가 내 체질에 맞을지도 모르지."

김인철이 들뜬 양 떠들었다.

"그렇잖아. 묻힌 이야기가 얼마나 많아. 시국이 험하니 정치적으로 예민한 것은 무조건 피하고, 야담이랑 르포랑 경계의 담을 타는 거지. 내가 당신 말대로 경계가 애매한 사람이니까 그런 건 잘할 거잖아. 여기서 가까운 큰산의 자칭 도사님들부터 숨어든 사람들의 사연. 또…."

"너무 나가지 마세요. 국어선생님."

서옥주가 나섰다.

"여산 와서 심심했나 보군요. 육이오 이야기하는 걸 싫어했던 사람이 애써 찾아가서 듣다니."

서옥주가 손에 잡은 안주를 내려놓고 술잔을 두 손으로 감싸 잡았다. 잔은 차가웠지만 마음은 달아올랐다. 남자를 향한 서운함과 그리움, 열고 싶은 마음과 닫고 싶은 마음. 다가가고 싶은 만큼 또 멀어지려는 마음이 그녀를 흔들었다.

"여산이 좋다 나쁘다 그런 수준이 아니고, 당신 팔자에 있는 것 아니에요? 교장 선생님 따님도 덤으로 만나고. 좋으시겠어요."

"내 심사를 여지없이 후벼 파서 읽어주시네. 근데 왜 덤이야, 딸 만나는 핑계로 교장선생 찾아 간다는 소릴 하지."

김인철은 굳이 하전희 이야기를 피하고 싶지 않았다.

"여산 와서 내가 서울에 살 팔자라는 걸 제대로 알게 됐는지도 몰라."

그렇게 입을 열고는 뜸까지 들이듯 한 템포 쉰 뒤 말했다.

"대기업 입사시험을 칠까 봐. 딸이 과학 선생님인데 시골학교 교사는 싫다면서 내게 자기를 붙잡는 방법까지 일러주더라고."

"운동경기 중에 한 사람이 여러 종목을 섞어 하는 게 있잖아요. 승마, 펜싱, 수영, 또 뭐 더 들어가는."

"근대 오종?"

"교사 다음에 대기업 사원이면 사종경기 선수는 되겠네요. 앞서 몇 군데 거쳤으니."

"이런. 호기심을 지나 질투까지."

"질투라니, 무슨 착각까지 함부로."

"함부로는 심하고 자유로 해줘."

김인철은 서옥주와 마주 앉아 있는 게 점점 편해졌다. 그런 감정이 약간은 놀랍고 쑥스럽기도 했지만 사실이었다. 오랜만에 정을 주고받았던 사람을 만났다는 것이 이유겠지만, 서옥주에게만 할 수 있는 말을 하고 있기 때문이기도 했다.

"아까 심심하냐 했지만, 시간은 잘 갔어, 수업하다 소풍 가고 시험 몇 번 치면 1학기, 그렇게 또 2학기. 저녁엔 선생들과 가끔 화투 치고 술 마시고 그냥 되풀이되면서 물처럼 흘러가는 거지. 근데, 공적비사건부터 육이오 얘기 듣는 요즘은 시간이 출렁이는 것 같아. 퇴직 교장선생 이야길 들으면서 너무 몰입해서인지 어떤 사람의 얘기는 내 눈에 영화 장면으로 그려질 때가 있으니 별일이지."

그의 눈앞에 누이동생 집을 허둥지둥 나오는 이석균 씨의 참담한 모습과, 어디론가 바쁘게 달려가는 왼발이가 언뜻 보였다.

"여산이 무슨 소명을 주는 듯 말씀 하시네."

서옥주가 남자를 가만히 바라보았다.

"허, 얘기가 눈덩이처럼 부푸네. 싫으면서도 빨려드는 뭐가 있잖아. 그쪽으로 가면 피곤해진다는 걸 알면서도 끄떡끄떡 걸어가는 것 같아 싫다는 거지. 누구도 모르게 혼자 죽어갔던 내 아버지도 만나고, 뭐 그런 거."

그리고 아주 나지막하게 내뱉었다. 시펄.

김인철이 잔을 들며 급하게 말했다.

"어, 그만해. 오랜만에 만났는데."

놀란 표정의 서옥주가 무슨 말을 하려다 말고 술잔을 들었다. 주위 사람들의 이야기 소리도 들리고 스피커에서 흘러나오는 노래도 들렸다. 배호의 〈돌아가는 삼각지〉였다. 노래가 좋은데다 얼마 전에 요절까지 해서 화제를 모으고 있는 가수였다.

"여산서 서울 용산 노래를 듣네. 〈안개 낀 장충단 공원〉도 불렀지?"

남자 말에 서옥주는 고개만 끄덕였다. 다른 노래도 생각났지만 지금은 한 소절이라도 제대로 듣고 싶었다. 그 가수가 서른도 못 살았다는 안타까움이 더해 목소리가 슬프게 폐부를 찔러왔다. 그리고 제대로 가슴이 아픈 건 여산 이야기를 하다 욕을 내뱉은 자기 앞에 앉은 남자였다. 신음처럼 뱉은 혼잣말은 분명 욕이었다. 남자는 왜 여산으로 내려와 20년 전의 전쟁 이야기에 빠져 있을까.

노래가 바뀌고도 둘은 침묵했다.

서옥주는 남자가 피워내는 담배 연기를 바라보았다. 연기는 높게 퍼지는 듯하다 이내 사라졌다. 서른을 못 산 사람은 보름 전쯤 신장염으로 타계한 조숙했던 가수만이 아니었다. 서옥주 자신의 아버지도 그랬다. 동생은 유복자였다. 아버지란 말을 한 번도 해보지 못하고 자란 동생이 장성해서 군인이 되고 내일 면회를 간다.

"요즘도 어쩌다 한 번씩 아버지 뒷모습을 봐요."

누구에게도 한 적이 없는 말이 편하게 나왔다.

"무슨 계기가 전혀 없기야 할까마는 느닷없다 싶을 때도 많아요. 지금 든 생각인데, 아버지 소리를 한 번도 못 해보고 자란 동생은 아버질 어떻게 떠올릴까? 몇 장 남은 사진이 설마 떠오를까요? 안 보면 멀어진다잖아요. 엄마도 아버질 잊고 싶어서 멀리 서울로 갔을 테고."

서옥주가 잠시 뒤 흐트러진 자기 마음을 간추렸다.

"당신도 여산을 떠나요. 무슨 기억이라도 남아 있을 이곳에, 전쟁 이야기까지 찾아 들으며 왜 스스로를 괴롭혀요? 서울이 아니면 부산으로라도 가세요."

김인철이 서옥주의 눈길을 붙잡았다.

"서울로 갑시다, 그 소리는 못 하네."

"내가 왜 못 해요. 나로선 서울이 뭔가 부담스러워서 떠난 것 같으니까⋯. 잡지사 문 닫고 당신이 다른 직장을 제대로 찾아보기나 했는지, 그런 생각이 한 번씩 들 때가 있다니까요. 기다렸다는 듯이 여산으로 달려간 것 같고 그게 나 때문인가, 그런 마음이 왜 없겠어요."

서옥주는 자기의 뒷말이 맘에 들지 않았지만 쏟은 물이었다. 김인철이 목소리를 높였다.

"허, 공군 신병 면회를 오면 엄마가 오지 왜 누나가 와서 조용히 잘 지내는 소도시 선생님 심리 상담을 하고 있나. 뭐, 다른 이야길 해. 당신 이야기. 졸업하면 뭘 해? 당연히 서울서 살거고."

서옥주는 남자가 도망친다 싶었다.

"당신 따라 여산 올까 하는데?"

"육이오 이야기나 하면서 살자고?"

두 사람은 실소를 터뜨린 뒤 한참 동안 침묵했다. 팝송이 흘러나왔다.

"언제까지 이런 식으로 애길 해야 돼요?"

"돌 지고 올라가는 시지포스처럼 살까 봐? 누구는 그 친구가 현대인의 참모습이라면서? 그 형벌을 즐기는 게 복수라는 말도 있고."

"그만해요."

서옥주가 잠시 침묵하다 말했다.

"난 졸업도 하지만, 교회에도 나가요."

"교회? 아까 여산 애길 하며 소명이라 했지? 사명감이란 말도 있는데 소명이란 말을 할 때 눈치챘어야 했나. 근데 어느 쪽? 신부님도 있고 목사님도 있는데?"

"결혼해서 자식 낳고 사는 목사님이 좀더 인간적이다 싶어서.

뭐, 나가나 말다 그래요."

"곱빼기로 인간적이네. 나가다 말다 하는 것이야말로 인간적이지. 새벽기도 나가고 열성적으로 그러지 마. 두 팔 치켜들고 울면서 통성기도 하는 서옥주를 떠올리기는 싫으니까."

"걱정이 아니라 비아냥이네요."

"종교는 제 발로도 찾지만 대개는 누구 따라가잖아. 포교는 그쪽 사람들의 의무사항이니까."

"아주 고해를 받아내시네요. 친구가 가장 무난하겠네, 그것도 고등학교 친구가."

서옥주는 자존심이 조금 상했지만 남자와 헤어진 뒤 자신의 모습을 떠올렸다.

그녀는 김인철과 헤어진 후 한참 헤맸다. 그녀에게 남자와의 이별은 가족으로의 복귀를 뜻했다. 남자의 성격처럼 덤덤한 가운데서도 따뜻하게 보낸 시간이었음을 절실하게 알아간 것이다. 방황 중에 자주 만난 여고 친구가 교회로 인도했다.

서옥주 자신이 가끔 경상도 말을 쓰듯이 이북 사투리를 쓰는 친구였는데 어느 날 동대문 시장 버스정류장에서 만나 다시 친해졌다. 친구 역시 대학에 적을 두고 일과 휴학을 되풀이하고 있었다. 어느 날 친구가 "야, 옥주야. 내 따라 교회 한번 가자. 니 맘이 좀 떠 있는 것 같아서 하는 소리다. 말씀도 듣고 여러 사람도 만나고 분명 새로운 경험이 된다. 일단 나가보고 계속 나가든지 그래라."라고 했다.

독립문 부근에 있는 교회는 담임목사가 편하고 신자들도 별스럽지 않았다. 친구가 본 대로 자신의 맘이 떠 있었는지 뜻밖에도 세례까지 받았다. 일사천리였으니 그게 신앙일지도 몰랐다. 그리고 열렬함은 거기까지였다.

그 무렵, 그녀의 어머니, 백번집 주인이 제대로 한마디 했다.

"딸이라서 그런지 니가 좀 다르다. 나도 니 어릴 때 잠시잠시 성당도 나가보고 예배당도 나가봤지만 쏙 빠지지는 않더라. 죽은 니 아버지 좋은 세상 가서 자식들한테 복도 주고 내 맘도 편케 해주소 하는 그런 내 맘이 너무 빤해서 그랬겠지. 니가 교회 가는 게 그래. 허전한 거 아니니? 헤어진 남자 땜에 구멍 난 거 때우러 갔으면 열렬할 수가 없지. 하느님이 헤아린 게 아니고 니가 헤아린 거라 괜찮다. 그러다 또 불이 붙을지 아나. 믿음이니까."

물론 서옥주는 자신의 어머니가 했던 말까지 남자에게 하지는 않았다. 하지만 김인철이 말했다.

"신심도 사랑이니까 불이 붙었다 식었다 그러겠지."

서옥주는 웃었다. 종교를 두고 하는 말에는 일정한 패턴이 있구나 싶었기 때문이었다.

"내가 친구에게 갑자기 열중하다 보니 목에 찼나 보다고 좀 쉬어야 할까 보다고 했더니, 친구가 그래요. 그래. 그 말이 맞겠다. 난 어렸을 때부터 믿어서 그런지 그런 느낌은 없었다고."

"그렇겠지." 김인철이 목소리를 높였다.

"그래도 하느님은 공평도 하시지. 종교를 아편이라고 탄압하는 공산당한테 쫓겨 피란 내려온 우익 집 딸이 아버지가 좌익에 물들었던 집 딸을 교회로 이끌도록 역사하셨으니 말야."

"우익이라니, 그 친구 집이 월남했다고 그런 말을 해요? 당신은 정말, 왜 모든 걸 그런 식으로 갖다 붙여요? 악취미예요? 아니면 자해하는 거예요?"

"왜? 대화의 맥을 짚었는데."

"어디에든 육이오고 좌우면 그게 편집증이지."

김인철은 서옥주를 편하게 바라보았다.

"진단을 잘하시네, 오늘부터 주치의로 모실게."

"내가 왜? 가까운 여산에서 찾아보세요, 아까 교장선생님도 계시고 여선생도 있던데."

"허, 솔직하게 털어놓은 걸 무기로 쓰면 되나. 하여튼 내가 항복이야, 백기투항."

한참 뒤 서옥주가 말했다.

"불편한 거 다 걷어차고, 생각해도 소용없는 거 다 잊고, 오직 앞만 보고 사는 게 그렇게나 어려울까? 그런 마음부터가 잘못이고 죄인가?"

그가 할 수 있는 답은 금방 떠올랐다. 그럴 리가. 하지만 김인철은 바로 말하지 못했다. 독백이라고 넘기고 싶을 만큼 무겁게 다가왔던 것이다. 서옥주가 남자의 얼굴을 가만히 바라보았다. 남자는 여자의 눈길에 침묵하다 천천히 고개를 끄덕이며 말했다.

"그럴 리가 없지."

말하고 보니 서로 주어라고 할 수 있는 단어를 빼놓고 있었다.

그날 밤 김인철은 서옥주와 섹스를 하며 그녀는 물론 자기까지 빠뜨린 행복이란 말, 행복하게 사는 게 그리 무서워! 란 말 대신 서울로 가야지라는 소리를 몇 번이나 했다.

"떠나야지. 이 년이나 있었으면 오래 있었지, 오래."

3장

큰산을 두 개로 만들려는 사람들

1

어디에든 끈질긴 사람은 있기 마련이다.

여산시 예술단체기관지인 〈여산예술〉 편집위원인 미술가 나경삼 씨가 그랬다. 축제 때 발표된 시 한 편을 씹어오다 오늘 편집회의 때 또 들고 나왔다. 큰산의 대규모 철쭉 군락에서 시작된 산악축제에 문화예술 공연이 뒤따르고 책자까지 발간되었는데 거기에 실린 시 한 편을 문제 삼았다.

편집회의가 끝나기 무섭게 나경삼 씨가 준비해 온 책을 참석자들에게 돌렸다.

"30쪽입니다. 여기, 이 줄. '된비알 오르는 한 걸음'하고 '계곡의 물소리 님들의 귀에도 울리리' 이 구절 말입니다. 이게 도대체 누구 보고 하는 말입니까?"

편집위원들은 나경삼 씨를 바라보거나 책에다 눈을 두었다.

김인철이 문제 삼는 시를 읽고 있는데 나경삼 씨가 말했다.

"이건 공비 보고 하는 소립니다!"

도끼로 나무 찍듯 목소리가 쩍 갈라졌다.

"토벌대는 높은 산이나 봉우리에 오르지도 않았습니다. 어데서 총알이 날라올지 모르는데 겁 없이 올라갑니까?"

김인철은 빠르게 읽었다.

우리가 찾은 산 고운, 남명이 들었던 산, 오늘 핀 저 철쭉 그 날도 피었으리. 오천 년 역사가 휘둘러도 넉넉한 삼백 리 허리, 그 품속 칠백 둘 봉우리 다른 사연 안고 오르고 내린 이들, 나무로 꽃으로 바람으로. 된비알 오르는 한 걸음 모여 핏빛 진달래로 피어나고 심원의 계곡물 넘쳐 님들의 귀에도 울리리.

나경삼 씨가 말을 이었다.

"7부 8부 능선 타는 놈들은 공비지 군경 토벌대가 아니었어요. 7, 8부 그 높이가 가장 험하고 눈에 안 띄니까 놈들이 그런 데로만 다녔다 캐요. 절름발이도 토끼처럼 뛰다녔는데,"

김인철은 깜짝 놀라 나경삼 씨를 바라보았다. 절름발이란 말에 삼산면 이씨 동리의 왼발이가 생각났던 것이다. 나 씨가 계속했다.

"토끼 말이 나왔으이 생각나는데 토벌작전 명이 쥐잡기였대요. 쥐잡기 작전!"

몇몇이 웃었다.

"쥐잡기? 새마을 운동할 때 쥐잡기가 아니고."

"견벽청야가 아니고? 최덕신 장군이 사단장 아니었나."

누군가가 제대로 말했다.

"그건 50년 서울 수복 후 초기에 한 거고, 본격적인 작전은 백선엽 대장이 1군단장일 때 백야전전투사령부를 만들어서 했어요. 남부군이고 뭐고 그놈들 그때 다 박살났다 캐요. 재밌잖아요, 쥐잡기!"

나경삼 씨의 발언을 다른 편집위원이 보증했다.

"우리 나 화백 말이면 맞는 기지, 형님이 토벌대 현장 지휘자였잖아."

집안에 경찰이나 군인이 있었다는 소리였다. 고개를 끄덕이던 사람들의 시선이 김인철에게 모였다. 문제 작품에 대해 의견을 말해보라는 뜻이었다.

"행사시 아닙니까."

김인철은 우선 그렇게 시작했다.

"행사시란 게 좀 과장되고 목소리가 크니까, 그런 걸 감안한다면 이 정도 널뛰는 거는 넘어갈 수 있지 않나, 그렇게도 보여집니다."

"허, 그래. 시가 본래 비약이 심하지, 과장도 심하고."

누군가 김인철의 말을 거들고 다른 이들이 고개를 끄덕이자 나경삼 씨가 "널뛰었다, 카는 그 말씀에 넘어가드립니다."라며 웃었다.

김인철이 말 나온 김에 물었다.

"그런데, 큰산 두고 하시는 말씀이 아주 실감 납디다. 말씀 중에 나온 절름발이가 혹시 누굴 특정해서 한 건가요?"

나경삼 씨가 고개를 갸웃거리다 답했다.

"그냥 부상자를 그렇게 불렀다는 거겠죠. 어디 기억나는 사람이라도 있습니까?"

"삼산면 영화에 왼발이라 불린 사람이 있었다고 들어서 여쭌 겁니다."

왼발이는 이석균 씨와 같이 하 교장에게 들은 이야기 중에서 가장 또렷하게 머릿속에 남은 이름이었다.

"아, 거기가 여산의 모스크바라 안 했습니까."

나경삼 씨가 대뜸 말했다.

"맞아, 삼산. 김 교수님 학교 설립자도 그기 출신이지. 박씨 이씨 두 집안이 싸웠다는데 지금은 이씨 살던 동네가 설렁하다고 들었어."

여산문인협회 부회장이 거들고 나섰으니 두 마을의 사연은 여산 바닥에서 어지간히 회자되고 있다고 봐야 할 것이었다. 김인철은 공적비 사건이 났을 때 담임을 맡았던 이성태 생각이 났다. 이성태는 사건 난 이듬해 부산으로 전학을 갔다. 누나들이 자리를 잡아 이사를 간다고 했다. 김인철이 조부 안부를 묻자 성태는 "서로 모르는 곳에 가는 기 맘 편타고." 같이 간다고 답했다.

"부상당한 놈들이 한둘이었겠습니까. 여산 포로수용소에 잡혀온 놈들 중에 성한 놈 찾기 어려웠다는데."

"수용소요?"

하 교장에게서 듣지 못한 이야기였다.

"임시 수용소라 불렀다고도 하는데, 하여튼 거기에 큰산 포로들하고 낙동강 전투 포로들하고 섞여 있었다는데 삼산면 그 친구도 살았다면 거기로 왔을 수도 있겠지요. 하긴 전라도 쪽에서 잡혔으면 그쪽으로 갔을 끼고."

듣기에 따라 싱거운 답이었다. 하지만 나경삼 씨는 다른 말을 준비해놓고 있었다.

"팔팔올림픽 특수 경기가 건설이니 무슨 경제 쪽만 있은 기 아이고 문학예술 쪽에도 불었잖아요. 월북한 빨갱이 작가들 해금에다 이번엔 빨치산 수기까지 번듯하게 나오고."

"그 재밌는 말이네. 팔팔 특수 경기를 예술계에서도 봤다고? 예전에는 좋게 말해줘도 야산대니 산사람이라 불렀는데 언제부턴가 빨치산이야. 그게 러시아말로 유격대, 그런 뜻이라며? 나 화백 말하는 그 책도 '큰산 빨치산 수기', 그렇게 제목 위에 썼던데."

누군가 말했다.

"그래, 읽었어요? 난 안 읽어봤는데. 그 사람 기억을 믿을 수가 있나."

"읽기는 뭐하로 읽어, 책 광고가 그렇다는 거지."

김인철은 모인 사람들 중 그 책을 읽은 사람이 자기뿐이 아닌가, 하는 생각이 퍼뜩 들었다. 물론 책에는 그가 전해 들었던 왼발이 이야기는 없었다. 〈큰산 수기〉라고는 하지만 큰산을 중심으로 한 전투가 1948년 여순사건 뒤부터 시작된 데다 지역도 넓고 조직이나 부대도 여럿, 그 범위가 광범위했다. 그러니 필자가 자신이 속한 부대와 이동하면서 만난 사람들을 중심으로 쓴 책이니 이야기가 한정적일 수밖에 없었다. 무엇보다 인적사항은 기십 명 부대 내에서도 본인의 직속상관 말고는 누가 어떤 사람인지를 몰랐다고 저자 자신이 명확히 써놓고 있었다.

"소설도 아닌 이런 책이 번듯하게 나올 수 있으니 세상 많이 달라졌다."

문인협회 부회장 말에 이어 누군가가 말했다.

"큰산이 귀가 간지럽겠다. 안 그래도 도로 내는 불도저 소리랑 땅값 올라가는 소리로 시끄러운데, 거기다 그때 빨치산 모습이 이랬소 하는 수기까지 나와 또 시끄러우니까."

참석자들이 웃었다.

"그래도 큰산이 하나지 어디 두 개가 되겠습니까."

갑갑하게 앉았던 김인철이 한마디 보태 웃음이 더 커졌다.

"김 교수님은 말 한마디가 촌철살인일 때가 많네."

나경삼 씨가 말했다.

"부동산 바람이야 어때요. 큰산을 두 개로 만들라는 사람들이 있다는 게 문제지. 보도연맹 아시지요? 6·25 때 이리저리 죽었는데 그 유족들이 4·19 뒤에 벌떼같이 일어나서 야단치지 않았습니까. 보이소마는, 민주화 됐다고 이제부터 또다시 살살 살아날 게 한 두 개가 아닐 겁니다."

김인철은 잠시 멍했다. 좀 전에 기억한 이성태 형제만 아니라 자신부터 유족이었다. 한 번도 얼굴을 보지 못했지만 '쌀 두꾸 머리 서부자'는 엄연히 자신의 장인이었다. 이긴 자가 왜 불안할까? 그런 생각으로 김인철은 나경삼 씨를 멀거니 바라보았다.

*

김인철은 여산을 떠나지 않았다. 여산에서 서옥주와 재회하던 날 밤에 서울로 가야지 서울로, 했던 말이 허공에 뜬 것이다. 공적비 사건에 대한 궁금증을 내보였을 때 곧 떠날 사람 취급하던 정 주사도 실없이 만들었다. 김인철이 여산에 눌러앉은 게 그 자신의 선택이기는 했지만, 그런 변곡점을 만드는 데 결정적인 역할을 한 사람은 서옥주와 하상길이었다.

김인철과 서옥주는 부부가 되었다.

둘의 결혼은 서로 익숙한 쪽을 택한 결과였다. 김인철 입장에서는 하전희에게 공을 들인다는 게 그의 스타일이 아니라는 것도 결정적인 이유가 되었다. 좋은 집안에 안정된 직업까지 갖춘 하전희를 마음에 두지 않은 바는 아니지만 노력하기는 싫었던 것이다. 그것은 실패하지 않고 자존심을 지키는 오래된 그의 체질 문제이기도 했다.

반면, 서옥주는 남자 하나를 보고 결혼한 셈인데 그런 결정 속에 여산에 계속 산다는 전제는 물론 없었다. 그들은 결혼 직후에는 당장이라도 서울로 돌아갈 기세였지만 마땅한 직장이 잡히지 않았다. 그러는 사이 아이들이 연년생으로 태어나고 얼마 뒤에 김인철은 대학교수가 되었다. 일찍이 일류대 출신인 남편이 소도시 사립고등학교 교사로 썩기는 아깝다는 생각에 젖어 있던 서옥주가 대학원 진학을 강권했지만, 일등 공신은 하상길이었다. 이미 박사과정 중이던 그도 김인철에게 "맨날 보는 선생들 말고" 다른 사람들과 술을 마셔보라는 말로 대학원 이야길 했다. 그리고 기다리고 있은 듯이 '수암전문대학'이 문을 열었고 같이 지원해서 임용까지 된 것인데, 거기에는 하상길의 도움이 컸다. 교사들 사이에서 떠돌던 말대로 문교부 간부인 숙부가 거든 것인데 하상길은 "내가 김 선생 이름도 슬쩍 얹었지 뭐."라고 지나가듯 말했다. 하 선생은 3년 만에 수암대를 떠나 여산대학교 통계학과로 갔지만 지금껏 서로 잘 지내고 있었다.

김인철은 교수에다 '문인'이라는 지위까지 덤으로 얻었다. 수암대의 유일한 교양국어 교수다 보니 대학신문 주간을 맡게 되면서 여산 문인들에게 원고 청탁을 하는 입장이 되었다. 일은 거기서 끝나지 않고 청탁받은 문인들이 김 교수님도 수필 한편 우리 잡지에 주세요라는 소리를 들으면서 어느새 문인이 되어버린 것이다. 오래전에 여산 성터를 걸으며 하전희가 일러주던 대로 수필을 다시 쓸 기회가 그렇게 온 셈인데, 그는 거부감 없이 받아들였다. 필력은 이미 갖추었으니, 물이 들어왔을 때 노 젓는다는 기분이었다.

김인철은 여산 지역의 문학이나 예술모임에 자주 얼굴을 내밀었다. 판이 좁아 처음엔 답답했지만 거기에도 곧 익숙해져 갔다. 그러면서 하나 확인한 게 있다면 6·25 이야기가 자주 소환

된다는 사실이었다. 현안을 이야기하다가도 불쑥 그 시절 이야기가 나오고 결정에 영향을 미치기도 했다. 그때마다 어김없이 큰산이 등장하곤 했다.

편집회의를 하고 있는 지금도 딱 그런 형국이었다. 김인철 자신도 예외는 아니었다. 이야기가 나온 김이다 싶어 그는 속에 있던 말을 꺼냈다.

"저번에 친구들과 큰산에 올랐는데 상봉 일대가 노조 깃발로 덮였더라고요. 그걸 보고 제가 생각한 게 큰산이 몇 개의 얼굴일까 그런 것이었습니다."

그의 머릿속에 그날 모습이 스펙터클 영화의 한 장면처럼 그려져 있었다.

그날 등산은 부산에서 온 옛날 고3 시절 친구들과 함께했다. 일행은 비교적 사람들이 잘 다니지 않는 갓봉길로 올랐다. 정상까지 2킬로 정도 남았을 때던가, 무슨 소리가 하늘을 타고 웅웅거렸다. 하늘이 흐리고 바람이 세차 걸음을 재촉하며 몇 개 봉우리를 타고 넘었는데 소리가 점차 가까워졌다. 그리고 정상이 바라보이는 마루에 올랐을 때 놀랍게도 그 소리의 진원지가 바로 그곳이었다. 상봉 아래턱부터 헤아릴 수 없는 색깔의 등산복이 무더기 무더기로 움직이고, 바람에 펄럭이는 깃발이 다시 일행을 덮었다. 가까이 다가갈수록 노래와 함성은 하나의 덩어리에서 다른 덩어리로 옮겨가며 그칠 줄을 몰랐다. 어느 지점에선가 일행은 멈추어 섰고 한동안 입을 열지 못했다. 놀라움과 무서움이었다. 그런 감정에서 채 벗어나지 못하고 있는데 갑자기 모든 소리가 사라졌다, 그렇게 잠시, 엄청난 함성이 산을 흔들었다. 우리 노조 만세! 민주주의 만세! 동시에 일행 중 누군가의 입에서 "어, 씨펄." 하는 욕이 튀어 나왔다. 자동화된 반응같이 빨랐다. 지치고 짜증나는 상태에 빠져 있던 김인철 자신도 욕지기가 목구멍 끝까지 차올랐다.

"얼마 뒤 정신을 차리고 친구들이 한마디씩 했어요. 그동안 얼마나 억눌렸으면 저렇게 터져 나오겠느냐부터, 민주화가 저런 괴물 같은 모습이몬 전두환 때가 낫다 소리 나오지 하는 말까지. 그리고 하산해서 막걸리 한잔하며 제가 그랬습니다. 큰산은 그대로고 사람만 바뀐다고."

몇 사람이 그렇지요, 자연과 인간의 문제지. 라거나 여산 예술인들의 영원한 소재야. 그런 소리 뒤에 나경삼 씨가 말했다.

"노동조합 만세가 또 다른 총성이지요, 뭐."

이념인지 신념인지, 큰산이 꼭 필요한 사람이 있구나. 김인철은 맥주잔을 들어 우선 자신의 입을 막았다.

2

편집회의를 했던 그날도 김인철은 만취해서 귀가했다. 결혼 후에도 혼자 지내던 시절처럼 꾸준히 술을 마시는 데다 주사도 한 번씩 부려 서옥주를 힘들게 했다. 김인철은 아파트 입구에서 미터기와 상관없이 택시기사가 제시한 요금을 지불하고 내렸다. 시내 외곽이라 웃돈을 주어야 택시를 탈 수 있으니 생활도 불편했다. 결혼 후 아파트만 벌써 세 번째였다. 서옥주의 부동산 투자가 손해 보는 일은 없었지만 잦은 이사가 피곤한 건 사실이었다. 집도 넓어지고 자식도 잘 자라지만, 나이가 들어간다는 어쩔 수 없는 허전함도 커져가고 있었다.

김인철은 산책로를 따라 천천히 걸었다. 어지간하면 술내도 지울 겸 집까지 걸어가는 버릇이 생겼다. 사나이- 우는 마음 그 누가 아알랴- 갈대의- 순정…. 노래를 흥얼거리다 그는 순정, 순정하고 외었다. 아내와 싸우다 여러 감정 섞인 말들을 듣곤 하지만, 최근의 이 한마디만은 불쑥불쑥 가슴을 후볐다.

작년 가을이었다. 김인철은 올림픽 특집호로 증면된 〈여산예술〉에 "자랑할 게 가을 하늘밖에 없다던 나라, 대한민국에서 올림픽이 열렸다"라는 제법 자극적인 제목의 산문을 발표했다.

김인철 부부에게 9월에 개최된 88서울올림픽은 개막식 날 수만 관중의 침묵 속에서 굴렁쇠를 굴리던 아이도, 누구누구의 금메달도 아닌 모스크바 필하모니 공연으로 기억되었다. 올림픽 개최 기념으로 소련의 대표적 교향악단이 내한공연을 한 것이다. 소련이 어떤 나라인가. 세계 최초의 사회주의 국가, 제2차 세계대전 뒤로 미국과 세계를 양분한 대국, 해방 직후 3·8선 이북을 점령하고 북한을 지원하는 적성국가의 우두머리 국가 아닌가. 그 나라의 최상급 교향악단이 오는 것이니 호기심이 넘치고도 넘쳤다.

서옥주는 용케도 부산공연 표를 하상길 부부 것까지 4장 샀다. 남편을 전문대 교수로 만든 장본인이었으니 이런 격조 있는 인사를 놓칠 수가 없었다. 하상길이 여산에서 명문가이듯이 그의 처가도 나름 행세하는 집이었다. 유치원을 두 곳이나 운영하는 하상길의 부인도 사람이 좋아 부부끼리 그런대로 편한 자리를 자주 가지고 있었다.

그날, 그들은 서옥주가 운전하는 승용차를 타고 공연이 열리는 부산을 오갔다. 보습학원을 시작하고는 미니버스까지 몰지만 그 전부터 서옥주는 운전하기를 좋아하고 잘했다. 저녁 공연 시작에 맞춰 부산 가는 차에서 김인철은 뜻하지 않게 이석균 씨 이야길 하게 됐다. 오늘, 편집회의에서 이름이 나온 왼발이와 같은 이씨 집안 출신으로 공무원을 했다던 사람이었다.

그 사람 이름이 떠오른 것은 여러 정황이 맞아떨어져서였다. 시작은 하상길에게 하 교장 안부를 물은 것이었다. 그러자 일제시절에 남인수 노래를 들으러 부산까지 갔다던 이석균이 떠올랐다. 여산의 모스크바로 불리던 영화 출신인 데다 그가 좋아했던 가수 남인수가 여산 사람이기도 했으니 화제가 될 조건은 충분했다.

"지금 우리는 모스크바 필하모니 연주를 들으러 명문학원 서원장 소나타를 타고 남해고속도로를 쌩쌩 달리지만, 1947년이던가, 경전선 기차를 타고 부산서 열린 음악회에 갔던 여산 사람이 있었습니다. 이름은 이석균, 노래를 좋아하던 멋쟁이 군청 공무원. 가요 황제 남인수 노래를 듣기 위해서. 그것도 부산 사는 누이동생 부부까지 불러서."

"무슨 얘긴데, 서두가 변사처럼 절절해."

뒷자리의 하상길이 거들었다.

"바로 하 선생 당숙 어른께 들은 이야기지."

김인철은 나름 간략하게 이석균 씨 이야길 했다.

"근데 그 누이가, 그렇게 다정하고 이뻤던 여동생이 해방 뒤 좌익이 되어 피신 중인 오라비에게 의절을 선언한 거야. 호야 아부지 생각해서 발걸음을 끊어 주이소, 그렇게. 매제가 부산시청에 근무하고 있었거든. 그 길로 오빠는 자수를 하고, 육이오 나고 희생되었다는, 그런 이야기입니다."

모두들 짤막하게 한마디씩 하고는 다른 화제로 넘어갔다.

모스크바 필하모니 연주는 흥분으로 시작되어 열광으로 끝났다. 여산으로 돌아왔을 때는 자정이 지나서였다. 하상길 부부를 집까지 데려다 주고 돌아올 때 서옥주가 말했다.

"당신, 아까 부산 내려갈 때 이석균이라는 사람 얘긴 왜 해요?"

"응?"

"하 교수 부부를 초청해서 가는 그런 자리에 어울리지도 않고, 또 생각이 나서 얘길 한다 해도 간단하게 하고 말지. 변사흉내 내면서 신파로까지 만들어요?"

"삼류 연극으로 만들었다고? 무거운 이야기라서 가볍게 돌리려고 하다 보니 그렇게 된 건데."

서옥주가 할 말은 또 남아 있었다.

"내 생각 했어요? 당신 입에서 금방이라도 내 장인도 말야 그 사람과 같은 좌익이었어, 하는 소리가 나올까 내가 얼마나 조마조마했는지 알아요?"

김인철은 헐겁게 항의했다.

"내가 그런 말까지 할 꺼라고 걱정하다니, 좀 심하네."

"심하다고요? 자기 기분대로, 분위기 따라 오버하고, 그런 걸 당신 자신만 모르지? 그리고 한 번씩 생각이나 해봐요? 왜 당신이 하 교장이란 분께 육이오 이야길 듣고자 했는지? 처음 그때의 자기 진정성을?"

김인철은 답을 못했다. 자신이 너무 가벼웠다는 자책이 들지 않을 수 없었다. 그러면서도 '이야기를 해서 과거를 털고 갈 수도 있지.' 하는 반발심이 들기도 했다.

그런데 그는 연주회에서 돌아온 날 밤에 받았던 비난과는 결이 다른 비난을 또다시 들어야 했다.

음악회에 다녀온 뒤에 잡지 〈여산예술〉이 발간되고 그걸 서옥주가 재빨리 하상길 부인에게 한 부 보낸 뒤 가진 저녁 자리였다. 공연을 공으로 보았으니 하상길 부부가 저녁을 산 셈이었다. 하상길 부인이 "옛날 주간지 표지하고 우리가 본 공연하고를 엮어 이야기를 하시다니 문학하는 분이 다르긴 다르네예." 라고 인사를 했다.

"저희가 여산서 다시 만났을 때, 다방에서 〈주간한국〉 창간호 표지 이야기를 하지 않았겠습니까. 모스크바 필은 올림픽이란 떡국에 고명 올린 격이고."

김인철은 자기 글을 애기하는 게 쑥스러워 빨리 넘어가고 싶었다. 그런데 서옥주가 모스크바 필 한국 공연의 의미를 다시 꺼냈다.

"사실 생각해보면 우리가 음반으로 듣는 연주도 모두 서방세계 교향악단 일색이었잖아요. 뉴욕 필하모니, 베를린 필하모니, 뭐 런던 심포니 오케스트라까지. 연주자도 첼로하면 카잘스, 바이올린 하면 아이작 스턴이나 메뉴힌, 피아노는…."

집에 있는 레코드들이거나 녹음 테이프였다.

"어마, 그렇네예."

하상길 부인이 서옥주 말을 받았다. 부부가 만날 때마다 느끼는 거지만 김인철은 아내의 서울 억양이 불편했다. 여산 말을 섞어 써도 되련만 꼬박꼬박 서울 억양이었다. 김인철은 아내가 음악 이야기를 그만했으면 하고 말머리를 돌렸다.

"결국은 그동안 편식했다는 거네."

편식이란 말을 꺼내놓고 보니 가장 가까운 게 음식이었다.

"난 결혼한 뒤로 계속 편식하고 있는데 뭘 그래. 음식이 만지는 사람 손에 달렸지, 뭘 물어보고 하나. 우리 집엔 생선보다는 고기, 김치도 젓갈보다 새우젓."

그쯤하고 말았으면 될 텐데 한마디를 더해서 서옥주 마음을 긁어버렸다.

"그날, 중앙동이지. 그 다방에서 만났을 때 주간지 말 꺼내갖고 제 맘이 동요된 건 확실합니다. 바로 사랑한다고 외치고 싶어서 어디로 달려간 게 편식의 시작인 줄도 모르고, 참."

다 같이 웃고는 말았지만 끝이 아니었다.

집에 들어서자마자 서옥주가 그의 면상에다 대고 쏘아붙였다.

"순정도 없는 사람 같으니!"

싸우면서 여러 감정적인 말들이 오가지만 처음 듣는 말이었다.

"순정이 거긴 왜 들어가?"

"그런 한순간도 가슴에 담지 못하고 마구 말해! 지금은 짜릿하지도 않지만, 서울에서 첨 만났을 때도 그렇고… 그런 몇 순간은 깊이 새겨야 하는 거 아니에요?"

김인철은 멍했다.

"그런 자리에서 호텔 달려갔다는 말이 나와? 품격도 없이."

"우스개도 못해? 당신이 잘난 척 교향악단 이야기하니까, 내가 화젤 돌리려고 하다 보니 그렇게 된 거지. 어디 그 사람들이 그런 데 취미가 있나? 모스크바 필하모니에다 비창 연주한다니까 한번 가본 건데 그것도 모르고 말야."

"취미가 있고 없고를 떠나, 그 얼마를 못 참아서 쏘아붙이고 그래? 부부간에도 겸양이 있고 배려가 있는 거지."

"오늘 여러 소리 듣네. 여러 가지 들어. 당신도 김 원장 따라가다 가랑이 찢어진다는 말도 들어봐."

"내가 무얼 따라간다고 또 그 말을 해!"

서옥주는 남편이 하상길 부인을 들먹일 때마다 발끈했다.

"뭐, 그만해, 그만합시다. 순정도 없는 남자가 뭐 할 말이 있나."

김인철은 언제나처럼 제멋대로 종전을 선언하고 자기 방 문을 열었다.

"시작도 맘대로 끝도 맘대로!"

서옥주가 그의 뒤통수에다 쏘았다.

서옥주는 남편으로부터 '모임' 말을 한 번씩 들었다. 자기가 어울리지 않는 모임에 나가고 있다는 것이었다. 거기에는 하상길 부인의 도움이 따른 데도 두어 곳 있었다. 사교육 금지가 풀린 뒤 보습학원을 연 서옥주로서는 적극적으로 발을 넓힐 필요가 있었다. 사회활동도 하면서 학원경영에도 도움을 받자는 것이었다. 남편이 장소에 따라 듣기 거북해하는 서울 말씨도 학부형 상담 때 도움이 되기도 했다.

김인철이 변하듯 서옥주도 변해갔다. 어쩌면 그 속도와 폭은 훨씬 빠르고 넓었다. 모난 듯 깔끔한 성격도 아이 낳고 몸이 불어나는 것처럼 서서히 둥글둥글 원만해져갔다. 거기다 교회에 다시 나가고도 있었기에 남편의 '어울리지 않는 모임'이란 말 속에는 은연중 교인들과의 모임도 포함되어 있었다.

김인철은 순정이라고 곱씹으며 106동 입구에 들어섰다. 갑자기, 모스크바 필이 6월에 두 번째 내한공연을 한다는 보도가 생각났다. "소련친구들이 아주 한국 돈맛을 봤구나. 돈맛을 봐. 서옥주에게 그 얘길 하며 약이나 올릴까." 김인철은 중얼대며 엘리베이터에 올랐다.

집에서 그를 맞은 사람은 큰아들이었다,

"이제 오세요. 엄만 주무세요. 동생도."

큰애를 처음 보는 사람들은 얼굴이며 체격이 친탁을 했다지만 성격은 젊었을 때 제 엄마 쪽이었다. 사내치고 깔끔하고 아이치곤 조신했다. 말씨까지 제 엄마를 닮고 있었다.

"응, 그래."

자정이 가까워오면 아내는 자기 방에서 좀체 나오지 않았다. 술 취한 모습을 보기 싫다는 뜻이었다.

"그만 공부하고 너도 일찍 자거라."

늦게 귀가할 때마다 하는 소리를 하고 김인철은 자기 방으로 조용히 들어갔다.

*

다음 날, 오전 10시가 되기 전에 서옥주는 큰아이를 차에 태우고 교회로 향했다. 지금 아파트로 옮긴 뒤 겪는 불편은 그녀도 마찬가지였다. 자식들 통학부터 자신이 매일 나가는 학원, 그리고 교회까지도 멀었다. 하지만 중요한 것은 교육청 연수원과 새로 신설되는 과학고등학교가 들어온다는 정보가 정확했다는 사실이었다. 결혼생활에서 뚜렷한 변화를 꼽자면 김인철의 대학으로의 이직과 서옥주 자신의 학원운영에 더해서 순조로운 부동산 투자도 포함될 수 있었다. 하지만, 가장 큰 변화는 다시 시작한 그녀의 신앙생활이었다.

사실, 학교를 모두 서울서 다닌 그녀로서는 여산 바닥에 친구도 지인도 없었다. 그런 걸 알고 여산살이를 시작했지만 생각밖으로 생활은 협소하고 무미했다. 남편이 잔정이 없는 건 알았지만 가정적이지도 않고 자기를 위한 배려, 예를 들면 부부 동

반 자리나 친목모임 같은 데 신경을 쓰는 체질도 아니었다. 하상길 선생 부부와의 만남은 예외라기보다는 남편들이 미리 만든 플랜의 하나 같은 느낌이었다.

그러므로 결혼 초, 그녀의 생활반경은 집과 임시직 사서로 일하는 여산대학교 도서관으로 좁혀져 있었다.

직장이라 해도 열댓 명 남짓이었다. 그런데 인연이 닿는 사람은 몇백 명 중에서 나오는 게 아닌지 도서관으로 새로 옮겨온 행정직원 오순하가 눈에 들어왔다. 기혼자에다 나이도 비슷했다. 푼푼한 체형과 수더분한 얼굴, 거기에 어울리는 촌스러움마저 엿보였다. 하지만 보기와는 달리 그녀는 매사에 적극적이고 주관이 뚜렷했다. 하상길의 부인처럼 남편들이 가운데 있다는 불편함도 없는 데다, 일본으로 징용 간 부친을 어려서 잃었다는 점에서는 동질감을 갖기도 했다. 오순하가 교회에 나간다고 했지만 그 이야기가 더 번지지는 않았다.

서옥주가 일을 그만둔 것은 정규직 채용에 한번 떨어지고서였다. 종합대학이 되면서 건물 짓는 게 급했는지 도서관 사서 충원은 늘 뒷전이었는데 모처럼의 기회를 놓친 것이다. 거기다 여산대 도서관학과 졸업생들이 나오기 시작한 데다 자신은 기혼자였다.

서옥주는 집에 들앉아 아이들을 키우고 살림을 하면서 우울증에 시달렸다. 정식 사서가 되지 못하고 나온 아쉬움에다 여산이란 델 왜 왔는지 하는 그런 후회까지 가슴을 채웠다. 여산에서 보낸 시간들이 안개에 푹푹 묻혀 사라지는 기분이었다. 자기 판단에도 공허감이고 무력감, 의욕상실이었다. 병원에도 다니고, 남편도 애를 썼다. 영화를 보다 투정을 부리는 아이들 때문에 중도에 나오기도 하고 주말에는 교외로, 무엇이든 일을 하는 게 도움이 될 거라는 조언도 했다.

그런 상태에서 어느 날 오순하를 만났다.

"몸은 어떻노? 약은 안 먹지?"

"수면제만 가끔. 무어든 일을 해야 할까 보다."

"그래, 사람 만나고 움직이는 게 좋다고 안 하나."

그 자리에서 오순하는 교회 이야기를 하고 서옥주는 과외수업 이야기를 했다,

"사람 만나는 데는 교회만 한 데가 없다. 그러다 보면 마음 평화도 찾게 되고."

그리고 덧붙였다.

"난 중학교 때 한 이 년 어머니 따라 한 번씩 나가다 그만뒀는데 아, 글쎄 그때 만난 머스마가 예배 마치고 나오다 발을 헛디딘 울 엄마를 집에 모시고 안 왔나. 그게 인연인지 그렇게 결혼도 하고 교회도 나가고 그리 됐다. 천연동 천연교회다."

그러면서 자기는 어머니 덕에 남편 만났지만 어머니는 죽은 아버지 땜에 교회 나가서 가족을 건사했다고 털어놓았다. 오순하 세 남매가 어렸던 어느 날, 모친 꿈에 남편이 나타나 자기를 이끄는데 버선발로 따라 나가보니 예배당 앞이었다. 그 길로 모친은 마을에서 제일 가까운 교회를 다니기 시작했다. 시아버지는 시어머니를 닦달하고 시어머니는 며느리를 꾸짖고 달랬다.

하지만 교회 출입은 멈추지 않았다. 누구 말도 듣지 않았다. 시아버지가 먼저 손을 들었다. 근동에 전쟁으로 혼자된 여자가 장날에 읍에 나갔다가 눈 맞은 남자와 도주했는데, 시부모 앞에 남은 건 졸망졸망한 손자 셋이라는 말을 듣고서였다. 오순하 모친은 그 뒤 여산 시내로 나와 교회를 옮긴 뒤 집사까지 되었다.

"부름 받았네."

듣고 보니 달리 말할 수 없는 사연이었다. 또 그만큼 끌리는 이야기이기도 했다. 자기가 서울서 교회에 다녔다는 말도 자연스럽게 하게 되고, 오순하가 나가는 교회가 자신이 잠깐 다닌 교회와 같은 교단이면서 여산에서 오래되고 규모가 크다는 사실도 알았다.

오순하 다음에 서옥주가 말했다.

"뭐든지 해야 한다는 건 나도 알아. 일로 말하자면 과외를 해 볼까 해. 서울서도 경험이 있으니까."

사실, 결혼할 때부터 친정은 물론 시집으로부터도 경제적 지원은 없었다. 남편의 월급 하나로 내 집 마련이 하세월일 것이고 자식 교육도 걱정이었다.

"그래라. 교회도 도움이 된다. 필요한 엄마들 있는지 알아볼게."

"그래?"

서옥주는 오순하를 통해 자신의 내면 깊이 잠복해 있는 신앙의 불씨를 보았다. 거기다 우울을 털고 살림에 도움이 되는 일

과도 관련된 얘기까지 나눈 셈이었다, 더구나 그때 집에서 시작
한 과외수업은 공부방을 지나 학원 개설로까지 나아갔으니 서
옥주로서는 잊을 수 없는 대화이기도 했다.

　하지만 그 당시 긴요한 문제는 남편에게 자기 뜻을 알리는 것
이었다. 의논은 아니더라도 알리기는 해야 했다. 그녀는 단호하
게 자기 의사를 전했다. 이야기를 듣고 남편은 한참 난감해하
더니 "내가 반대하고 말고의 문제는 아닌 것 같네."라고 했고,
그녀는 "그렇지요. 그게 서로 편치요."라고 답했다,
　"난 서울서 잠깐 다닌 걸로 끝난 줄 알았는데 그게 아니구나.
당신이 퇴직하고 요즘 힘든 건 아는데, 그렇다고 교회에 사람
만나러 나가는 것만은 아닐 테니 뭔가 땡기는 데가 몸 어딘가
에 있었던 거지. 디엔에이 같은 거."
　"뭐, 전쟁 때문이라는 거예요? 내가 우울증 때문에 교회 간다
는 말 듣기 싫어서 다른 걸 불러내는 거예요? 글쎄, 외로운 구
석이나 간절함이나 그런 건 진작부터 있었겠지. 표를 내든 안
내든, 알게도 모르게도."
　서옥주는 전쟁 때 잃은 아버지를 두고 하는 얘기다 싶어 그렇
게 대꾸했다.
　"그런 결정인자야 육이오 겪은 한국사람들 몸에 상당수 깊이
박혀 있겠지. 그리고 살다 보면 정신적으로 힘든 시기가 있을
수 있는데, 그렇다고 그걸 모두 신앙으로 풀고 이겨내려고는
않지."

"그럼?"

"응? 그냥, 그냥 넘어가는 거지."

김인철은 뒷말을 붙이지 않았다.

"그게 당신 말의 전부라면 별말도 아니네. 성철 큰스님 말씀이 아니라서."

서옥주는 가볍게 넘어가고 싶었다. 부부는 성철스님으로 유명해진 산은 산이요 물은 물이로다, 라는 말까지 입에 올리지는 않았다.

"예수님 따르려는 사람이 스님은 와 끌어오는데? 그보다 걱정도 좀 된다."

"무슨?"

"예수님만 사랑하고 난 덜 사랑할까 싶어서."

"그 사랑은 다르지. 어쩜 당신을 더 사랑할지도 모르지."

김인철이 하고 싶은 말을 했다.

"당신 성격에, 너무 빠질까 싶어서. 무엇이든 제대로 하는 성미잖아."

"이상해지지는 않지."

"하여튼."

"하여튼, 뭐?"

"바꾸려고 하지 마."

서옥주가 애매하게 알았어, 라는 표정을 짓자 김인철이 덧붙였다.

"습속."

관습과 풍속이 합해진 단어였다.

"뭐, 그럴 거까지야 있겠어요."

서옥주는 자기 믿음을 남편에게 알리는 게 중요했기에 수월하게 답했다. 뒤에 일을 앞당겨 걱정할 건 없었다. 뜻이 있어 처음이 이루어지듯 뒤에 일은 뒤에 이루어질 것이었다.

남편이 머뭇대다 말했다.

"이게 약속이야 계약이야?"

"무슨 그런 말까지 해요."

"글쎄, 그런 말이 떠오르네. 당신이 신앙을 갖겠다는 것은 어떤 면에서 그 신앙의 절대자, 신과 계약을 맺겠다는 거잖아. 그런데 내가 당신하고 나누는 이야기는 부부로서 인간으로서 하는 거지. 그게 약조든 무엇이든 이길 수 있을까 싶기도 하고."

"차원이 다른 것 아닌가…."

"그러니까…."

서옥주도 김인철도 살짝 불안했다. 그게 무엇인지, 확실하지 않기에 불안은 더 넓고 깊이 두 사람의 마음에 남았다,

그 불안은 얼마 뒤 실제의 모습으로 나타나기 시작했다.

김인철은 아내의 신앙이 혼자만의 것으로 끝나길 바랐지만 서옥주는 그럴 수 없었다. 아이들 문제부터 부닥쳤다. 서옥주는 아이들이 초등학교 고학년이 되자 교육에 도움이 되는 교회 행사에 참석시켰다. 김인철에게는 그게 믿음을 갖게 하려는 첫 과정으로 보여 아예 첨부터 막았지만 뜻을 이룰 수는 없었다. 결

국 아이들 자유의사에 맡기기로 해서 큰아이가 세례까지 받는 거로 끝났다. 하지만 한 집에서 부대끼며 사는 가족이다 보니 경계가 그어지고 매듭이 지어질 수는 없었다.

지난 3월, 개학 뒤 일요일에도 그랬다. 서옥주와 큰애가 교회에 가려고 차비를 할 때였다.

"매일같이 밤늦게 공부하는 애를 일주일에 하루, 자고 싶은 잠이나 더 자게 안 하고 무슨 교회고!"

김인철은 큰애가 감기 뒤로 몸도 축나 보여 하루라도 쉬게 하자는 뜻이지만 서옥주에게는 간섭으로 들렸다.

"점심 먹고 친구 만나거나 저대로 쉬지요."

"그렇다 해도 엄마가 말릴 수도 있지."

"당신 걱정이 뭔데 그래요? 성적이라면 공부는 애가 하는 거고, 건강도 그렇지. 나도 거들고 잘하고 있어요."

서옥주는 예배 보러 가는 길에 목소리를 높이기 싫어 그쯤했다. 그러면서 눈길이 거실 한쪽으로 갔다. 작년 연말에 가까이 지내는 장로 분이 십자가를 선물했다. 유명 목공예가가 만들었다는 그것은 색채도 없는 맨살 나무로 미술작품에 가까웠다. 크기도 적당해서 거실 한쪽에 걸어도 무난할 것 같았다. 하지만 "작품이라 생각하고"라는 그녀의 말은 남편으로부터 "작품은 무슨, 내가 싫어."라는 말로 돌아왔다.

그런 서운한 마음이 남아 있었는지 큰아이의 건강 걱정이 교회출입에 대한 간섭으로 들렸다. 현관으로 내려서기 전에 한 마디 할까 망설이는데 큰애가 가방을 어깨에 메면서 말했다.

"걱정 마요, 아버지. 감기 걸렸을 때 제대로 쉬었잖아요. 힘들고 성적 떨어지면 내가 안 가지. 학교에서 농구도 하고 운동해요. 작년에 주일예배 한 번도 안 빠지고 여산대학에 톱한 누나도 있고 서울의 좋은 대학 간 형들도 있어."

아들은 보습학원 원장인 엄마를 도우려는 듯이 성적이 우수했다.

"그런 통계도 내나? 그래도 일주일에 하루쯤은 이불 속에서 뒤척이고 그렇게 하는 게 정신건강에 좋지."

"차에서도 졸지 않는 애보고 그런 소릴 왜 해요?"

서옥주는 신발을 신으며 한마디 하고 말았다. 뾰족한 말을 하지 말아야지 하면서도 지켜지지 않는 게 부부 사이였다. 새로 산 가죽 단화는 처음이라 그런지 아직 편하지 않았다. 서옥주는 평소에도 자신의 가정생활이 갑갑한 신발을 신고 있는 듯한 느낌을 자주 가졌다. 결혼 직후부터 살림도 전적으로 자기가 맡아 살고 아이들 교육도 자기 주장대로 시키고 있었다. 합가를 하지 않았으니 시어머니에게 신경 쓸 일도 없고 언제부터인가는 돈이 크게 부족하지도 않았다. 가장 불편한 게 지금과 같은 남편의 간섭이었으니 신앙이 혼자만의 것이 아니라는 소리이기도 했다. 남편에게 종교를 갖겠다고 이야기를 나누면서 살짝 들었던 막연한 불안이 이런 문제 때문이었을까? 자신의 종교적 입장에서 남편과 작은 아이를 교회로 이끄는 일은 사명이자 기쁨이지만, 지금처럼 인내와 기대에 숨이 차오르는 것도 사실이었다.

서옥주는 후면 미러로 아들을 찾았다. 아들은 여전히 문제집 푸는 데 열중하고 있었다. 큰아이를 볼 때마다 한 번씩 돌아가신 부친이 떠올랐다. 닮아서라기보다 보여주지 못했기 때문이란 걸 스스로 알고 있으니 결국은 안타까움이었다. 어쩌면 번듯하게 가정을 꾸리고 자식을 잘 키우는 것이, 흰 양복저고리를 어깨에 걸치고 돌담으로 사라진 궁휼한 아버지를 위하는 길이라는 생각이 자신의 마음을 떠난 적이 없었는지도 몰랐다. 교회에 다시 나가겠다고 했을 때 남편이 했던 디엔에이 하는 말도 억지는 아니라는 생각이 되살아나고 있었다. 교통신호가 바뀌었다. 급정거를 하고 그는 급히 기도했다. 어느덧 교회가 가까운 도심지 사거리였다.

3

5월 첫 주 화요일, 김인철은 교무회의에 참석했다.

그날 교무회의 주요 의제는 5월 마지막 주에 개최될 축제였다. 교무위원은 교무, 학생, 기획부장과 각 학과 학과장으로 이루어져 있었지만 김인철은 학보사 주간교수 자격으로 부정기적으로 참가하고 있었다.

학생부장이 개괄 설명을 한 뒤 보충 말이 오가다 지난주에 발생한 부산의 4년제 대학 사건이 입에 올랐다. 도서관에서 농성 중이던 학생들과 경찰의 충돌 과정에서 일어난 화재로 경찰 여러 명이 사망한 사건이었다.

"학생들이 한동안 주춤한다 싶었는데 뒤늦게 큰일 냈지요. 우리도 여러 가지 경우의 수를 생각해 두어야겠습니다."

학장이 입을 열자 교무부장부터 학과장까지 여럿이 말을 보탰다.

"타 대학 학생들 출입을 줄이는 방도가 있는지, 그런 걸 생각해봐야 할 것 같습니다."

"연합 서클 아이들을 잘 살펴봐야 할 것 같습니다."

"여론이 워낙 좋지 않다는 걸 학생들도 알지 않겠습니까. 물론 경우의 수는 열어놓고 긴장해야지요."

경우의 수라는 말을 학장이 즐겨 쓰다 보니 교수들 입에서도 자주 나왔다.

"여학생들 보러 오는 남학생을 어찌 막습니까. 원래부터 학교 홍보는 축제 때 여학생들이 다 시킨다니까요. 우리 학교 다닐 때부터 내려온 정설이에요"

서울의 유명 여자대학을 졸업한 음악과 학과장 말에 웃음이 터졌다.

"문구를 하나 만들어서 보도자료에 넣겠습니다. 수암대 인근 상가들, 수암대 미녀들 보러 모여들 외부 남학생들로 기대 커! 라고."

김인철이 제때 후렴을 넣고, 웃음이 다시 터졌다. 회의가 끝났다. 다른 학과장들이 재미난 발언을 한 음악과 과장에게 다가가 인사했다. 무거웠던 회의 분위기를 일시에 깨트린 그녀는 재단 이사장 막내딸이었다. 학교에는 이사장 가족이 여럿 있었다. 이사장 큰아들과 사위 둘은 교수, 작은아들은 재단사무국 국장이었다.

족벌체제를 두고 교수들의 뒷담화가 없을 수 없었다. 옹기종기 모여 있다 쌈 난다는 말부터 학교가 여러 개니 하나씩 나누면 된다는 실없는 방안 제시까지 이런저런 얘기였다. 그런 말도 아주 친한 교수들끼리 눈치를 봐가며 할 수 있을 정도로 학교는 폐쇄적이었다. 수암재단은 어느새 여산에서 가장 큰 사학으로 발전했지만 중·고등학교에서는 교사 채용과 교비 사용을 두고 말썽이 끊이지 않았다. 사업을 하던 이사장 둘째 아들이 학교일을 보면서 심해졌다고도 하고, 이사장 마음이 변했다는 말에, 사립학교가 본래 그런 거라는 맥 빠지는 소리까지 있었다.

본부 건물에서 나온 김인철은 도서관으로 향했다.

도서관 건물 3층 귀퉁이에 학보사가 있었다. 그는 연구실보다 더 많은 시간을 여기서 보냈다. 건물 C동 3층, 교양과라는 팻말을 단 방이 그의 연구실이었다. 그 방에는 여자상업고등학교 야간에 다니는 근로학생과, 하루에 열 번 이상 전화가 걸려오는 영어담당 교수, 상담전공 교육학 교수가 함께 있었다. 학보사에 주간교수 방이 따로 있지는 않았지만 칸막이를 한 제법 너른 공간이 연구실보다는 훨씬 나았다. 학생 기자들은 신

문 발행 기간 외에는 거의 오지 않고 장학금을 받는 편집장만
이 강의시간 외에 앉아 있었다. 그러므로 화장실이 멀고 북향이
라 여름에 덥고 겨울에 춥다는 걸 불평할 수는 없었다.

　김인철의 방은 벽면을 꽉 채우고 있는 책장에다 탁자에 흩어
진 책들로 어수선했다. 도서관 사서 출신 부인 서옥주가 두 번
이나 학교에 와서 목장갑을 끼고 정리를 해주고 스티커까지 붙
여주었지만 그때뿐이었다. 그는 서옥주가 잔소리를 할 만큼 책
을 수시로 샀다. 1971년이든가, 하 교장과 하전희를 만날 때부
터 드나든 여산서점이 단골이었다. 김인철이 쓰는 용돈의 대부
분은 술값과 책값이었다.

　장서도 국문학보다 다른 분야 책이 훨씬 많았다. 교재 연구
없이도 학생들을 웃기고 울려가며 강의를 잘 할 수 있다는 것
은 넘어가더라도, 박사학위 준비를 위한 전공서적이나 논문집
에 손이 가지 않는다는 것이 김인철의 딜레마였다. 그는 만년
조교수였다. 처음에는 승진, 그거 뭐 하고 넘어갔지만 같은 해
에 전임강사로 발령받고 임용된 선생 중에는 벌써 부교수가 나
오고 있었다. 전임강사부터 정규직 교수이기는 하지만 직급은
따로 정해져 있었다. 가령 전임강사와 교수를 일반 공무원으로
치면 주사와 서기관, 또는 경사와 총경 그런 데 해당한다고도
할 수 있었다.

　승진을 위해서는 박사학위도 받아야 하고 논문도 써야 하는
데 아무것도 이루지 못하고 있었다. 미적대다 3년 전에 박사과
정에 들어갔지만 논문 주제도 정하지 못한 채 시간만 보내고

있었다. 논문 글은 논리가 기본인데 체질부터 그랬지만 그동안 머리나 손이 논리적 사고에서 한참 동떨어져 버린 것이다.

김인철은 의자에 앉았다. 책상 위에는 자신의 수필집 교정지와 같이 신간 잡지 한 권이 놓여 있었다. 어제 오후, 흥분 속에서 읽었던 잡지였다. 1986년 민주화 바람을 타고 창간된 진보 성향의 월간지로 마침 국민보도연맹사건을 다루고 있었다. 경남 어느 지역의 민간인학살 사건을 탐방 형식으로 밝히고 있는데 아내 서옥주의 고향은 아니었다.

잡지에는 ○○군에서 행해진 보련가입자들의 처형과정이 상세하게 서술되고 있었다. 유족과 목격자의 증언은 물론 총을 맞고 구사일생으로 살아난 사람들과 학살 장소 사진이 실려 있었다. 김인철은 1960년 민주당 장면 정권 때 결성된 유족회가 사체를 발굴하고 합동묘를 조성하면서 진상규명을 요구하다 이듬해 5·16 뒤 군사정권 하에서 용공 반국가단체로 몰렸다는 사실도 제대로 알게 되었다.

유족회가 언젠가 다시 만들어지겠구나, 라는 생각이 절로 났다. 〈여산예술〉 편집회의 때 나경삼 씨가 말했던 "민주화 됐다고 다시 살살 살아날" 것 중 하나임은 분명했다. 오래전, 서울의 종로경찰서가 떠오르고 흰 양복을 단정하게 차려입고 집 담을 따라 내려가던 아버지 모습을 얘기하던 젊은 서옥주도 보였다. 하 교장에게 들었던 여산 지역 보련 가입자들의 주검을 두고 '젓갈 담듯'이라고 표현한 말이 생생해 담배를 또 한 대 피웠다. 서옥주에게는 당연히 잡지 이야기를 하지 않아야 했다. 뒷날 유족회결성 소식이 있을 때 어떻게든 알게 될 것이었다.

　그는 잡지를 책상 모서리로 밀어놓고는 교정지에 시선을 모았다. 두 번째 수필집을 준비 중이었다. 그때 전화기가 울렸다.
　"교수님….."
　님 자가 늘어지는 게 교양과 근로학생이었다.
　"으응."
　"총무과에서 부고가 왔는데, 전직원 정춘식 부인상입니다."
　"저언 직원. 정춘식?"
　김인철은 전과 직원을 떼서 발음하며 다시 확인했다. 여천고등학교에 같이 있다 대학으로 옮기고 퇴직한 그 정 주사였다.
　"맞아예."
　"읽어봐라."
　김인철은 책상 위의 탁상일지에 주소와 발인 날짜, 장지를 받아 적었다. 공원묘원이라는 말이 귀에 쏙 들왔다. 얼마 전 부친 산소가 있는 공동묘지를 개발한다고 이장공고가 나서 어쩔까 궁리 중이었다. 때맞추어 부고를 들은 것 같고 오랜만에 정 주사를 보겠구나 하는 마음에 반갑다는 생각이 들다, 상처한 사람 두고 이게 무슨 망상인가 싶었다. 마누라 같은 교인이라면 당장 기도로 잘못을 빌 일이었다.

　정 주사는 정년을 하고도 별정직으로 2년 더 있다 학교를 떠났다. 수암대학 개교 때 경력직으로 입사한 행정직원 중에서 몇

236

사람이 그렇게 연장을 했으니 혼자만의 특혜는 아니었다. 정 주사는 방호주임을 했다. 소방과 경비 일이었다. 학교에서 어쩌다 만날 적마다 반갑고 살가웠다. 처음 몇 년은 한 번씩 술도 마셨지만 시일이 지나면서 경조사 때만 얼굴을 보게 되었다. 그렇지만 김인철에게 정 주사는 언제나 1970년 2월, 처음 만났을 때 가졌던 민병대원의 모습이었다. 물론 걸음걸이도 느려지고 깊어 보이던 이마 주름도 살이 오른 얼굴로 묻혔지만 그 인상이 지워지지는 않았다. 정 주사를 생각하면 겨울방학으로 텅 빈 학교, 불쑥 나타나서 어딘가 엇갈리는 말을 나누고 재빨리 사라지던 뒷모습, 첫날 박힌 인상이 떠올랐다. 거기에다 하동찬 교장에게 들은 이야기가 겹쳤기 때문에 부대장을 구한 민병대원 이미지로 착색되어 지속되는지도 몰랐다. 물론 그런 장면도 예전에 보았던 외국영화들이 겹치고 짜깁기되어 스스로 만들어 낸 것일 터였다.

*

정 주사와의 관계에서 가장 큰 전환점은 전쟁 때 자신이 세운 '공'에 대한 이야기를 직접 듣고 김인철이 자기 얘기도 했을 때였다. 그것도 수암대 개교와 관계되었으니 인연이었다.

역시 여천고 재직시절 김인철의 숙직 날이었다.

"다음 주에 다른 학교 간다."

정 주사가 말한 학교는 그 당시 한창 캠퍼스 조성 중이던 수암전문대학이었다. 처음 듣는 이야기라 놀랍기도 했지만 김인철은 퉁명스레 답했다.

"곧 나갈 낀데 뭐라 말하노."

"나가니까 하지."

"하하, 그래요."

김인철은 웃었다.

"그래도 인사는 극비 아닌가."

"공사판에 경비로 가는 기 비밀이가. "

"결근 며칠 했다고 쫓아낸다 말은 아닐 꺼고, 선발대로 가니까 필수요원이란 소리고 능력을 인정받은 거니 좋은 거네."

"필수고 인정이고 진절머리 난다."

정 주사는 일주일이나 입원을 했다가 퇴원했다. 그때야 나온 소리지만 지금까지 병가는 처음이라 했으니 결근 자체가 화제였다.

김인철은 소식을 들은 날 바로 퇴근길에 병문안을 갔다. 머리와 이마를 꿰매고 누운 정 주사는 시큰둥했다. 부인으로 보이는 이는 고개만 까딱하고 병실을 나가버렸다. 어찌 다쳤느냐, 경과가 좋으냐 통상적인 말을 붙여 보았지만 정 주사는 "곧 나갈 낀데 뭐하러 왔노." 그 말만 하고 아예 눈을 감아버렸다. 김인철은 그냥 나오기도 뭐해서 한마디는 했다.

"나가긴 나가지, 계속 누어 있을 끼요? 그리고 병원에 누어서 폼 잡는 사람 처음 보네. 우쨌든 성해서 나오소."

문으로 걸어가는데 "나가거든 보자."라는 정 주사 말이 들렸다.

그때 한 약속을 지킨 셈이었다. 김인철은 학교재단으로부터 인정을 받았다는 말에 진절머리 난다고 응수한 게 흥미로웠다.

"허허, 진절머리 나도록 한 놈한테 머리가 깨졌구나. 그래서 병문안 갔던 사람을 문전박대하고."

"국어순화에 앞장설 국어 선생이 어른한테 머리가 깨졌다이."

그때 중국집 배달이 왔다. 김인철이 문을 열고 나가 돈을 치르고 음식과 술을 방으로 들였다. 정 주사가 술도 마실 수 있다고 해서 고량주를 넉넉하게 시켰다.

"행동은 순화가 됐구나. 결혼도 하고 여산 사람이 되더니 날로 발전한다."

"여산 사람이라고 다 이라는가. 사람이 괜찮으니까 하지. 자, 기념으로 한 잔."

"그래, 기념."

빈 속에 술부터 털어 넣고 젓가락이 탕수육과 라조기로 각각 갔다. 그리고 다시 한 잔씩을 마시면서 몸에 뜨거운 기운이 돌았다.

"기념이다."

정 주사가 오른쪽 이마를 손으로 문질렀다. 새끼손톱만 한 흉터가 난 곳이었다.

"이사장 어른 구한 거는 알 끼고."

정 주사가 말했다. 첫마디부터 특유의 건너뛰기와 상대방 무시였다. 이사장 어른은 현재의 이사장 부친을 가리키니 설립자 박증국이었다.

"그때 산에서 내려온 놈 셋 중에 하나가 조카라. 원수 덩어리가 될라고 그랬는가 이 자석이 이틀 된가 붙잡혔어. 제대로 올라갔으몬 내 혼자 짐작만 하고 끝날 일일 낀데."

원수가 된 건 사촌 형이었다.

"내가 그놈아를 경찰로 넘겼나, 지가 빨갱이 되고 잡혀서 그렇게 된 거지. 바까서 생각하몬 우찌되노? 내가 그날, 바로 어른 집 대문에 갔으몬 내가 죽지."

조카는 옥살이를 하다 병사했다.

"내 입장이 어땠겠노. 그것도 여산 바닥에 딱 붙어 살면서, 니는 얼마나 잘 사나 보자. 그라이 내 똥에서 구린내가 나겠나."

조카가 감옥에 있을 때 영치금 하라고 돈도 얼마 보내주고 집에 도울 일이 있으면 형편만큼 도왔다.

"내가 억만금을 받았겠나. 논 몇 마지기 받고 학교에 들온 거밖에 없다."

정 주사는 거기서 입을 닫고, 술을 한 잔씩 주고 받고 나니 남은 건 흉터가 생긴 사단뿐이 되었다.

"숙모상 소식 듣고 인편으로 부조만 하고 말다 내 혼자 걸음했다. 마누라는 말렸지만 나이가 들은 건지 가고 싶었거든. 그 심정 알겠제. 국어 선생이니까. 그래서 내가 털어놓는 기고."

처음엔 상가에서 할 수 있는 말이 몇 마디 오가다 이미 반술이 된 사촌 형이 소주병을 날렸다.

"망인 산소 이야기하다 죽은 조카 말이 끼들었는데 산소를 안 쓰고 산골 했거던. 그 참에 그 양반이 나를 딱 꼬나보더이 없는 놈이 있는 놈한테 붙어서 평생 잘 살아라, 그라면서 소주

병모가지를 잡는거라. 막 일어날라는데 눈이 번쩍하데."

"그동안 피하던 사람을 만나러 간 것 보면 나이가 들긴 들었네요."

"첨이지. 그동안 인사할 끼 있으몬 인편으로 하고."

"대한민국답네. 한국다워. 숙모 초상이니까 간 거 아이요. 그런 거 잘 챙기는 기 우리나라 사람들이지. 영화나 소설 같으몬 화해도 했을 낀데. 한 잔 받으소."

다시 술이 돌았다. 식어가는 계란탕을 두 숟가락이나 먹은 뒤 김인철이 말했다.

"인자부터 똥에서 구린내 날 끼요. 썩은 속이 어데 가겠소만 그래도 이마나 한 번씩 만지면서 셀프 위로하소."

"셀프?"

"어어, 우리말로 지 쪼대로요."

웃고 나서 김인철이 말했다.

"난 말이요. 똥냄새가…."

"음식 앞에서 와 이라노."

"오는 기 있으면 가는 것도 있어야지요."

분위기에 빠진 건지 말이 쉬 나왔다.

"지금은 모르겠는데, 나도 한동안 구린내 솔솔 나는 똥을 못 눴소."

그날 밤, 김인철은 정 주사에게 그렇게 부친 얘기를 꺼냈다.

"전쟁 때 이리 죽고 저리 죽었다지만 누구한테 왜 죽었는지 모르는 것도 참 불편하데요. 그걸 안다고 뭐가 어찌 되는 건 아니라 해도 알았으면 하는 게 사람 본심 아니겠소. 뭣보다 아버지가 그렇게 돌아가셔서 맘이 아플 때가 더러 있다는 말을 하고 싶은 거요."

듣고 난 정 주사가 한마디 얹었다.

"그놈의 난리가 오만 사람 후비파고, 참 오래도 간다."

*

첫날이라 그런지 상가는 한가했다.

정 주사는 빈소 옆 방에 있다가 김인철을 맞았다. 마음의 준비를 미리 하고 있었는지 예사로우면서도 양복 차림이며 태도까지 뭔가 어정쩡해 보였다. 나이 든 배우자 장례에 가장 애매한 위치의 사람이 바로 몇십 년 맨살을 비비며 살아온 당사자라는 사실도 아이러니했다.

"선산이 아니고 공원묘지요?"

궁금했던 장지를 물어보자 정 주사가 시외에 새로 생긴 무슨 공원묘원이라고 했다.

"촌에 누가 있나, 없다. 골짝에 혼자 누어 있으몬 뭐하노. 사람들 속에 섞여 있으몬 덜 외롭고 좋지."

"다 나왔는가베요."

"그렇지. 똥구멍까지 다 아는 동네에 뭐 할라꼬 있을 끼고. 그라고 요새 젊은 사람들이 농사지을라 카나. 장가가기도 어렵다는데."

"하기야, 그렇지요."

고향에서는 똥구멍까지 다 안다는 말에 몇 년 전 정 주사에게 소주병을 날린 사촌 형 된다는 사람 생각이 났다. 남의집살이한 흔적 지운다고 여산 시내로 나갔다는데, 이젠 정 주사 자신도 고향과 작별하고 있었다. 고등학교 재직 시, 공적비 사건으로 기억에 남은 이성태 학생 가족의 부산 이주가 떠올랐을 때 정 주사가 따지듯 말했다.

"그라고 니도 나도 산소를 석물로 처바르고 어찌나 잘 꾸미는지, 없는 놈은 조상한테 죄 지은 것 같고 기가 죽는다."

"석물요?"

"그래."

정 주사는 여산 일대에서는 옛날부터 있는 집이나 없는 집이나 묘소에 석물을 잘 쓰지 않았는데 언제부턴가 봉분에도 병풍석을 두르고 있다고 덧붙였다.

"공원묘지도 아파트분양 받듯이 분양을 받으이 큰 평수 작은 평수 여럿이긴 해도 거기서 돈 있다고 폼 잡아봐야 얼마나 잡겠노. 우쨌든 벌초 안 해도 되고 세사, 속 편하다."

"세상에서 제일 속 편한 장소라 하니 나도 그리 옮겨볼까?"

김인철은 부친의 산소 이장 이야기를 했다.

"그기가 결국 개발 되는가베. 심심하몬 한 번씩 말이 나오더이."

"난 그기가 시립인 줄 알았소."

"오래되고 규모가 커서 시에서 관리를 대행해준 거지 시립은 무슨 시립이고. 화장장도 데모 땜에 못 짓는 여산인데…. 진작에 전두환이 때 지았으몬 됐을 낀데 지금 지을라 카이 되나.”

“그땐 못할 끼 없었다? 설마 그때가 그리운 건 아일 끼고.”

“여도 데모, 저도 데모, 요새 되는 기 있나. 해방 직후하고 비슷하다.”

“민주화가 되었으니 좀 시끄런 거지, 해방 때하고는 다르지요.”

“그땐 죽자 살자 싸웠는데 똑같으몬 큰일나구로. 그래도 결국은 좌익 우익 쌈 아이가.”

“허, 큰산이 하나냐 둘이냐 소리 또 나오겠네.”

나경삼 화백 생각이 났다.

“큰산이 와 나오노.”

“큰산에 부동산 바람 분 지가 언젠데 아직도 그때 죽은 사람 두고 니 편 내 편 한다는 거지.”

“그 산하고 이 산하고 같은가.”

“그럼 두 개네요.”

“와 그렇게 따지노. 김 선생이 두 개로 만들고 싶은가베.”

“내가요?”

김인철은 깜짝 놀랐다.

“그냥 놔두몬 되지.”

“이래저래 따지고 들면 두 개가 된다, 그 말씀이네.”

“그냥 놔주라.”

“그래, 그럽시다.” 김인철은 순순히 물러났다. 말하기에 따라 자기도 나경삼 씨와 다를 바 없을 수도 있을 것이었다.

"허, 여천고 숙직실서 소주 마시며 참스승은 가까이 있다, 한 말이 지금까지도 유효하네."

"나는 기억도 안 난다."

정 주사가 주름에 묻힌 눈을 깜박였다.

"다시 공원묘지로 돌아갑시다."

김인철은 부친의 산소 얘기를 했다.

"이장 공고가 났으몬 윤사월 기다릴 것도 없겠네. 이장은 본래 손 안 타는 윤달에 한다지만 이런 일엔 그런 거 따질 수 있나."

"그렇지요. 올해까지 하라는데."

"산소라는 기 묻힌 그 자리에 가만 있다 흙 되고 풀 되는 기 최곤데 그리 안 될 때는 안 되는 대로 조처를 해야지. 공원묘지에 한번 가보라모. 우선은 여산서 가까바야 할 거 아이가."

"부산에는 안 되나? 딸이 둘이나 사는데."

김인철이 웃으며 말했다.

"아들 따라가지, 딸 따라가는 법이 아이지."

"혼이 있다는 건 믿는가베요?"

"아이몬 너무 싱겁지. 부모 자식 간인데."

"천륜이란 말씀이네, 허허…."

잠시 뒤 정 주사가 말했다.

"고민해보라모. 참, 하상길 선생은 잘 있나?"

"그럼요. 걱정이 뭐 있을 사람입니까."

"김 선생은 걱정이 뭐 있노. 여산 사람 되이 교수도 되고, 문학가도 되고."

정 주사가 빙긋이 웃었다.

"고맙소, 고마워. 백운인가 청운인가 공원묘지에 모시는 게 괜찮아 보이네요. 근데, 나중에 나도 가게 될라, 겁난다."

김인철이 웃자 말귀를 알아들은 정 주사가 빙긋이 따라 웃었다.

"와, 나랑 밤에 만나 소주 한 잔씩 하몬 좋지."

그때 문상객들이 들어섰다.

"담에 봅시다."

김인철은 일어섰다. 정 주사가 손을 내밀어 잡았는데 수북하게 도톰했던 손등도 좀 빠지고 악력도 예전만 못했다.

4

그 뒤 한동안 김인철은 부친의 산소 이장에 골몰했다. 정 주사가 했던 말이 절로 따라왔다. 영혼이 없다면 싱겁다고? 하기야 혼백이 없다면 죽은 자는 땅에 묻혀 썩어가는 물질에 불과할 것이었다. 자신은 지금 아버지의 죽음, 어떻게 사망했는지, 아무도 모르게 당신 혼자서 감당한 죽음을 괴로워하다 이제는 몸을 누인 자리를 생각하고 있었다.

그는 정 주사에게 들은 공원묘원의 시내 사무실에서 평당 가격과 절차를 알아본 뒤 셔틀버스를 타고 현장엘 갔다. 입지조건이나 시설들이 그만하고 괜찮아 보이는 자리들도 많이 남아 있었다. 이참에 모친 것까지 두 기를 마련해야 했다. 그는 날을 잡아 부산 가족들과 의논했다. 전화는 어머니부터 누이들까지 세 번 냈지만 대답은 하나, 알아서 하라는 것이었다. 싱거운 답이지만 외아들이면서 여산 사는 그가 결정할 일인 건 확실했다. 그때 마침 감기 기운으로 이틀째 집에서 쉬고 있는 아내가 거실로 나왔다.

"무슨 전화가 그리 길어요, 남, 전화도 못 쓰게."

"으응. 참, 이야기 좀 합시다. 하다 보니 당신한테 제일 늦게 알리게 됐지만."

서옥주가 소파에 앉자 김인철은 이장 이야기를 꺼냈다.

다 듣고 난 아내가 말했다.

"어머님이나 시누들하고 의논한 대로 하세요. 나야 뭐 의견이 있을 게 있나요. 제일 늦게 알릴 일이구만 뭐."

아내가 부친 산소에 간 건 단 한 번, 결혼하던 해 추석이었다. 그날은 어머니가 인사하러 가자고 먼저 나섰다. 명절 때 여산 집에 와도 산소는 찾지 않던 어머니였으니 첫 인사에 방점이 찍힌 고부간의 성묘였던 셈이었다.

그는 아내에게 이장 말을 최대한 늦추었다. 산을 몇 개나 밀어 마련한 묘원에서 장인어른이 떠오른 건 자연스러웠다. 죽은 자를 위한 이리 넓은 터도 있는데 몸 하나 뉠 한 뼘 땅도 갖지 못하고 구천을 떠도는 혼백이라니, 안타까움이 새삼 가슴을 저몄다. 단순해서 절실하고, 또 그래서 이번 부친의 이장 문제에서 아내의 심사를 다치게 할까 조심스러웠던 것이다.

"그래, 그건 그렇고. 장모님도 준비는 해 둬야 할 텐데."

김인철이 나름 아내를 배려해서 한마디 했다.

"엄마? 때가 되면 오빠가 연락하겠지요."

아내가 예사롭게 말했다.

"그래, 그렇겠지."

산소를 두고 예민한 건 자기 혼자였다. 김인철이 담배를 한 대 피울까 하고 일어나는데 현관문이 열리면서 아이들이 들어왔다. 같이 학원 차를 타고 오는 것이었다.

"두 분이 다정하게 앉아 무슨 말씀 속삭이십니까?"

작은놈이 먼저 말을 붙였다. 성격이 활달한 편이었다.

"속삭인다고? 허, 그래 보이나?"

김인철이 말했다.

"할아버지 이장 얘기한다. 산소 옮기는 거 말이다."

"무덤을 옮긴다고? 그라몬 귀신 나오는 거 아이가? 월하의 공동묘지!"

"무슨 소릴 하노."

김인철이 한마디 했지만 작은 놈은 "엄마, 라면!"이라고 제 할 말만 하고는 방으로 들어가 버렸다.

"산소도 옮길 수 있는 거예요? 할아버지 산소를 왜 옮겨?"

큰놈이 물었다.

"사정이 생기면 옮기지. 예전부터 자리가 안 좋다고 판단되면 후손들이 옮기기도 했어. 할아버지 계시던 곳은 도시개발이 되니까 옮겨야 돼."

"앞에 건 미신 아닌가?"

"왜? 명당이란 말이 있잖아. 조상을 잘 모셔야 자손이 잘된다고 믿는 건 평범한 진리지. 제사는 기본이고 산소에도 신경을 쓰지. 관심이 지나치니까 문제가 생기는 거지 그 자체가 나쁠 게 있겠나."

"결국 추모의 문제잖아요."

서옥주도 한마디 했다.

"제사만이 추모의 유일한 방법인지, 그런 생각도 할 수 있는 거 아닌지 몰라."

그러고 서옥주는 부엌으로 갔다. 김인철도 그 자리에서 이야기를 더 이어갈 수는 없었다. 아이들이 식탁에 앉자 서옥주가 그를 불렀다.

"당신도 오세요. 과일 잡숫게."

"아버진 땅콩에 맥주지." 작은애가 눈으로 웃었다.

"갖다주면서 그리 말해라."

김인철은 알밤 먹이는 시늉을 하며 자리에 앉았다. 하루가 다르게 자라는 자식들을 보면서 새삼 가족이란 말이 실감 났다. 서옥주가 캔 맥주와 잔을 내왔다.

"할아버지가 술을 잘 자셨나? 술은 유전이라던데 나도 기대된다."

"기대할 걸 해야지. 무슨 술이냐."

아이들이 말했다.

"남자는 술도 세야 한다더라. 우리 담임이 그라는데 사업상 무슨 거래를 하거나 협상 막판에는 술집에서 한다더라. 아, 우리는 어머니 쪽도 있으니까 외할아버지도 봐야겠네?"

작은애가 무슨 술 소리냐는 표정을 하고 있는 제 엄마를 보았다. 얼른 답이 없자 큰아이까지 제 엄마에게 시선을 주었다.

"할아버지도 잘 자셨지."

서옥주는 술을 마시고 흥얼거리며 마당에 들어서던 아버지 모습을 떠올렸다. 손에 찬거리나 주전부리를 들고 웃는 모습은 하나의 장면일 텐데 따로 분리되어 보였다. 정지방이라 부르던 부엌에 딸린 작은 방이 있었다. 정지와 큰방 사이의 그 방에는 봄에 심을 각종 종자나 씨, 곶감과 고구마를 썰어 말린 빼때기 등을 두는데 술을 담은 병과 단지들도 거기에 있었다. 솔잎이나 매실로 담은 가양주였으리라. 서옥주는 오랜만에 아주 쉽게 몇십 년 전으로 돌아갔다는 사실에 놀랐다. 가양주라는 말에는 살림을 시작한 뒤로 그런 걸 지금껏 한 번도 담아본 적이 없다는 사실에 또 한번 놀랐다. 남편이 찾지도 않았지만 자신이 무심하거나 기피한 것도 사실이었다.

"야, 그라모 나도 좀 세겠다. 형은 안 좋나?"

둘째가 제 형을 보았다.

"분수를 넘으니 문제지. 안 마시고도 사는 사람 많다더라. 담배도 그렇고."

"모범생이네. 범생이. 후후."

"까불지 마."

"술 담배 잘하는 게 무슨 자랑이냐."

서옥주가 나섰다.

"당신 보고 동오가 닮는 거지. 콜레스테롤 수치가 높게 나왔다면서요? 담배 니코틴이 혈관을 막는대요."

직장 건강검진 때 나온 결과를 기억하고 하는 말이었다.

"허, 왜 이래. 우리 다른 얘기 하자."

김인철이 헛웃음을 터뜨리자 큰애가 말했다.

"근데 할아버지 두 분이 어째 육이오 때 다 돌아가셨어요? 난 어렸을 적에 할아버지 손잡고 가는 친구들이 부럽기도 했는데."

"아이구, 방에서 담배 피우고 가래 왝 뱉고, 그런 할배 땜에 못 살겠단 아이도 많다." 작은놈 말에 김인철은 "그런 집도 있겠지."라고 입을 떼고는 좀 있다 덧붙였다.

"전쟁 때니까 많은 분들이 돌아가셨지. 집마다 사정이 다 다를 테고."

"외할아부지 산소는 어데고? 서울이가?"

작은놈이 물었다. 그때 마침 서옥주는 과일을 더 가지러 일어서 있었다. 등을 돌린 아내가 그대로 걸음을 옮기는 걸 보고 김인철이 말했다.

"서울은 엄마가 어려서 이사를 간 거고 외가는 시골이지."

그리고 망설이다 덧붙였다. "할아버진 그 선산에 계시고."

다시 자리에 앉은 서옥주는 작은애에게 "동오 넌 왜 교회 안 가니? 이젠 형하고 같은 고등부에 들어야지."라며 화제를 바꾸었다.

"집에서 보고 학교서 보고, 학원서 보는데 또 보라고?"

작은애가 눈을 제법 크게 뜨며 항의했다. 올해 고1이 된 작은
애는 추첨 결과 제 형과 같은 학교를 다니게 되었다.

"그게 다 변명이지."

서옥주가 잠시 뒤 남편을 향했다.

"당신도 교회 나갈 생각 없어요?"

"으응? 내친김에 하는 말이요? 맞든 아니든 그래도 할 말이
있고 안 할 말이 있지. 오늘 갑자기 왜 이래."

김인철은 어깨를 뒤로 제치며 뒤로 물러앉는 자세를 취했다.
조금 전에 제사만이 추모의 유일한 방식이냐고 했던 말까지 떠
올랐다.

"이야기가 나왔으니 하는 거죠. 따로 당신 붙들고 말하기가
어디 쉽나요."

"아니, 종교를 너무 쉽게 생각하는 거 아니야? 그게 쉬운 문제
가 아닐 텐데."

"동기부여야 있지요. 그렇다고 그게 대단한 무엇이 작동하는
건 또 아닐 거예요. 요즘엔 생활 속의 믿음이지."

서옥주는 마지막 말에서는 목소리를 한껏 낮추었지만 하고
싶은 말까지 기어이 하고 말았다.

"이야기가 좀 넓혀지긴 했지만, 어쨌거나 조상 추모를 꼭 제
사로 해야 해요? 사실 난 제수 음식 손대기 싫어요."

"허, 왜 이래요. 산소 옮기는 의논만 한 건데 당신 말대로 다
른 데로 너무 빠졌네."

그러곤 슬며시 화까지 나서 한마디 더 얹고 말았다.

"이장 이야기가 갑자기 해방구가 되었네, 그래."

작은애가 나섰다.

"해방구가 해방 더하기 구니까 해방 구, 그 말이죠? 엄마가 그동안 갇혔다가 해방 구역으로 내빼는 거네, 재밌다. 근데 어데 갇히고 어데가 해방구인가 그기 문제네."

"엄마가 자주 말했잖아. 문제 속에 답이 있다. 그걸 알아야지."

큰애가 제 동생 말을 받았다.

"애들이 지금 무슨 소리 하는 거냐, 그만해."

서옥주가 나섰다.

"왜? 서로 대화하면서 배우는 거지."

김인철이 말했다. 그는 큰애를 보고 말했다.

"그래, 넌 엄마가 한 말씀의 뜻을 알겠구나."

"그게."

큰애가 제 엄마와 아버지를 살짝 한번 바라보았다.

"제 생각엔, 제사가 그냥 돌아가신 사람을 추모하고 기억하는 예식이 아니고 엎드려 절도 하고 하니까 신으로 모시는 거다. 그게 문제라고 엄마는 생각하시는 거죠. 성경에 하나님 말고는 섬기면 안 되는 게 율법이니까."

큰애가 천천히 자기 뜻을 분명하게 밝혔다.

"엄마는 그래서, 그런 믿음을 갖고 계시는데 할아버지 산소 이야기가 나오니까 그동안 혼자 갈등하시던 걸 꺼내신 거 아이겠습니까."

서옥주의 가슴에 은혜와 은총의 뜨거움이 차올랐다. 열은 차오르지만 감기기는 싹 가시는 기분이었다. 김인철도 기분은 좋았다. 자식이 조리 정연하게 제가 아는 생각을 표현했으니까 말이다.

"그래, 말은 정확하게 했다. 근데 그 생각이 절대적으로 옳다고 할 수 있느냐라는 문제는 남는다. 유교식으로 조상을 섬기는 걸 두고 왜 기독교 율법이 나오나? 하늘 저편에 있다고 믿는 하느님은 신이니까 절대적인 존재이긴 해도 종교와 문화풍속이 다르면 다른 걸 인정하고 존중해야지. 아버지 생각은 그렇다."

"무슨 말을 그렇게 해요?"

순간 서옥주는 참아야 한다 싶었다. 자식들 앞이었다. 얼른 마음을 가라앉히고 다른 톤으로 고쳐 말했다.

"어느 쪽이 옳고 그르다 할 문제는 아닌 것 같네요. 전 신앙인이니까 교리를 따르고 싶다는 거예요. 그래서 말을 꺼낸 거고. 동오나 당신에게 교회 가자 말한 것도 내 모자란 마음이 넘쳐한 것이니 이해하시고 오늘은 이 정도로 합시다."

김인철은 속이 다시 뒤틀렸다.

"아빠, 아부지."

제 아버지 속을 들여다본 듯 작은애가 불렀다.

"왜에?"

"토론, 토론이니까. 교수님하고 원장님이 싸우몬 안 됩니다!"

작은놈이 생글, 눈웃음을 쳤다. 김인철은 "그래, 나도 지위와

품위가 있지."라며 웃고 말았다. 습속 말은 꺼낼 수도 없었다. 그럴 것이었다. 인간인 부부간의 약속이 신과 맺은 계약을 앞설 수는 없는 노릇이었다. 김인철은 자기 생각에 빠져, 있지도 않은 아이들의 외조부, 그 자신에게는 '쌀 두꾸머리 서부자'로 익숙한 장인어른의 산소 말을 수습할 기회는 없었다. 서옥주 역시 그랬다.

5

아버지는 뼈 몇 점으로 수습되었다. 우리 몸에서 가장 뒤에까지 남는 흔적이 제 몸의 일부이면서 살아서는 볼 수 없다는 사실이 새삼스러웠다. 흙속에 근 사십 년 묻혀 있던 그것들은 밖으로 나와 한지에 싸여 종이 박스에 담겼다. 유골이 아주 잠깐 볕을 쏘였다든가 엷은 미색 한지가 포근해 보였다는 생각이 언뜻 들었다. 유해는 제 자리를 지키고 육탈도 잘 되어 있었다. 묫자리가 만만찮은 게 서너 뼘만 떨어져도 물이 나고 흙이 쓸린다고 했으니, 그 난리 통에 쓴 산소라는 걸 감안하면 백번 고맙고 감사한 일이었다. 그는 산역꾼들이 세워놓은 대나무 가지에 건 새끼줄에 만 원권 몇 장을 기분 좋게 끼워 넣었다.

김인철은 유골함을 안고 도로 쪽으로 한참 걸었다. 부산서 누이동생이 운전해 온 차가 산길 한쪽에 서 있었다. 그는 유골함을 트렁크에 흔들리지 않게 고정시킨 뒤, 앞자리에 탔다. 누나 내외가 뒷자리에 앉자 승용차는 출발했다.

"일이 잘 진행된다."

"네, 새 산소까지 한 시간 정도 걸립니다."

매형 인사에 김인철은 답했다.

"김가 셋에, 당신만 한씨네."

"어째, 아버지까지 넷이지."

누나 말을 동생이 받았다. 차가 조심스레 경사로를 내려갔다.

"막내는 기억이 별로 없을 끼고 동현이 애비는 아부지가 어찌 기억되노?'

누나가 말했다. 맞추기라도 한 듯 삼 남매가 삼 년씩 터울이 졌다. 김인철은 "글쎄"라고 입을 뗀 뒤 "늘 바쁘게 왔다 갔다 하시던 모습."이라고 답했다.

"그렇제. 부지런한 기 재산이었던 거지. 남보다 가게 문 일찍 열고 늦게 닫고. 엄마가 한 번씩 그랬다. 발이 그리 빠르니 세상도 그리 빨리 베렸다고."

"아버지 말도 요새는 잘 안하시데."

누이동생이 말했다.

"우짜다 하는 기지 달아놓고 할 끼가."

어머니는 여동생 아이들을 키워주던 뒤끝으로 같은 아파트 단지에 이웃해 살고 계셨다.

공원묘지에 도착하자 인부들이 광을 파놓고 기다리고 있었다. 지난 5월에 정 주사와 얘기했던 곳이었다. 광에 뚜껑이 열린 나무 널이 놓여 있었고 산역꾼 하나가 내려가 보자기에 든 유골을 널에다 머리부터 발까지 인체 모양대로 갖추어 놓았다. 좁은 공간 속에서도 몸놀림이 날렵했다. 넓은 한지와 무명베를 덮고 덮개가 닫혔다. 삼 남매는 광 옆에 쌓인 흙을 삽으로 조금씩 떠서 뿌렸다. 곧이어 산역꾼들이 빠르게 구덩이를 채웠다. 아버지는 그렇게 다시 땅속으로 들어갔다. 평토제도 지내고 달구질도 했다. 대나무에 새끼줄을 매달아 땅에 꽂아놓은 것도 일반 장례와 똑같았다. 이번에는 매형까지 돈을 꽂았다. 무덤이 되려면 아직 일이 남았다. 가족이 떠난 뒤 산역꾼들이 봉분을 만들고, 옆 공터에 놓인 상석과 〈학생부군 김해김공영호지묘〉라고 새긴 비석을 놓을 것이다.

김인철과 매형은 비석을 세워 앞면은 물론 가족의 이름이 새겨진 뒷면까지 꼼꼼하게 살폈다. 왼쪽 옆면에는 음력 1915년 9월 8일-1950년 6월 6일이 한자로 새겨져 있었다. 김인철은 묘지를 구입하면서 받은 〈묘지사용승낙서〉를 기억했다. 1989-125, 3블록 나-18호, 아버지가 세상에 남은 서류상 흔적이었다. 죽음이 허무하기에 자취는 더욱 분명해야 한다는 관념이 박혀 있었는지 몇 번이고 읽어본 숫자였다.

자리를 떠나기 전에 어머니 자리 앞에 서서 묘역을 둘러보았다.

"앞이 트이고 좋네."

"산에 올리왔으이 당연하지."

"돈까지 많이 주고 올라왔는데 그래."

삼 남매는 한마디씩 하며 웃었다. 비용은 삼등분해서 마련했다.

"동현이 애비도 나중에 여기로 오면 되겠네."

누나가 생각난 듯 말했다.

"그렇겠지요. 내가 와야 아이들이 할아버지도 찾게 될 테고…."

김인철은 뒷말을 흐렸다. 부친의 이장은 잘 끝났지만 김인철로서는 무거운 짐을 안고 있었다. 아내와 이야기를 나누다 만 기제사 문제였다.

일행은 남해고속도로가 가까운 음식점에서 늦은 점심식사를 했다. 닭요리를 잘하는 집이었다.

"학원 한다고 그리 바빠서 우짜노."

음식을 주문한 뒤 누이동생이 기어이 한마디 했다. 김인철로서는 일이 있어 매제가 빠진 게 반가울 만큼 아내의 불참이 신경 쓰였다.

"형편대로 해야지."

매형이 한마디 거들었을 때 음식이 나왔다. 갖은 야채로 볶은 도리탕이 먹음직스러웠다. 김인철은 소주병을 들어 매형 잔에 붓고 매형이 그의 잔을 채워주었다. 맥주는 누나 잔을 채웠다.

누나가 잔을 들며 말했다.

"이번 기제사는 다 모여야겠다."

김인철은 정말 큼직한 돌을 등에 지고 앉아 있는 심정이었다. 이장 이야길 하다 서옥주가 제수 음식 만지기 싫다고 한 말이 머리에 되살아났다. 그때 자신이 어중간하게 봉합했던 건 이장을 앞두고 동티라고 날까 봐 조심스런 마음도 있는 데다, 이

때만 지나가면 아내의 마음도 바뀔까 하는 기대도 있어서였다. 하지만 서옥주의 성미로 보면 없던 일로 넘어갈 것도 아니었다. 차분하면서 자발하는 타입이었다. 아내와 이야기는 또 해보겠지만 지금 부친 이장 일로 피붙이들이 모였으니 말이라도 내보는 게 옳다 싶었다.

"근데, 아버님이 자리 옮기고 제삿밥 못 잡숫는 거 아인가 모르겠습니다."

세 사람이 그를 바라보았다. 누나는 젓가락을 내려놓았다.

"무슨 소리고?"

"그냥 얘긴데, 동현이 엄마가 교회 나가거든요. 이장 이야기 하던 끝에 제살 안 모시면 안 되나, 제수 음식 만지기 싫다, 그러더라고요."

"교회 나간다는 얘기 첨 듣는 거 같은데."

"제사 때 표도 안 나던데."

자매가 동시에 말했다.

"어디 외고 패고 할 문제는 아니니까, 그렇게 지내온 거죠."

"본래 친정서 믿었던가? 어렸을 때 믿었으면 뒤에 살아나는 경우도 있다 카더라."

"그건 아닌데. 결혼 전에 잠시 나가다 말았다는데 다시 나가겠다 해서 그래라고 하지 뭘 어쩔 수 있나요."

김인철이 맥없이 말했다.

"우쨌든 간에 울 아부지 큰일이네. 산소 옮기고 무슨 일이고? 그런 집들이 더러 있다더라마는 그 일이 우리한테도 닥치다이,

참."

"한 번 더 찬찬히 말로 해보라모."

누나가 말했다. 매형은 입을 다물고 있었다. 김가 셋의 문제, 처가 문제에 감 놔라 배 놔라 할 게 아니란 것 정도는 아는 양 반이었다. 그래도 김인철은 자형을 보고 변론 삼아 털어놓았다.

"교회 나가겠다 할 때 제가 습속은 바꾸지 말아 달라, 그 말 은 부러지게 분명히 했습니다."

자형이 그의 빈 잔에 술을 부어주고는 한마디 했다.

"처수씨 스스로도 맘대로 되는 기 아이니까 그렇지."

"의논을 더 해볼게요."

김인철이 얼른 말했다. 이야기를 거두어들일 사람도 꺼낸 자 신이었다.

"육개장 주문하자. 김가들 회의에 한씨 양반 배고프다. 당신, 육개장 좋아하잖아요."

누나가 말했다.

"요새는 육개장 하는 집이 잘 없데. 돼지고기 삼겹살 굽어 묵 는 집만 늘고."

"고사리 다듬어야제, 대파, 양파, 갖은 야채에 양념장까지, 손 은 많이 가고 돈은 안 되니까 그렇지요."

"말하는 거 들으이 집에서 해줄 맘은 없는가베. 허허."

산소 이장 마무리는 누나 부부가 나누는 육개장 이야기가 되 었다.

*

　부친의 제삿날은 거실 달력에 적혀 있었다. 〈父 기일〉, 김인철 자신의 필체였다. 가족 공용 알림장이라 할 수 있는 그곳에 유일하게 직접 쓰는 칸이었다. 잊지 않고 챙겨야 할 다른 날짜들은 아내 몫이었다.

　김인철은 기제사 날짜가 다가오면서 달력에 눈길이 자주 갔다. 그러면서 산소 이장 뒤끝인지 장인 기일 날짜도 눈에 크게 보였다. 돌아가신 날을 정확하게 알 수 없어 집 나간 이튿날을 기일로 한다는데 부친과 열흘 정도 상간이었다. 결혼 직후 몇 번 참례하다 거리가 머니 어쩔 수 없이 둘 다 빠진 지 오래였다. 언제부턴가 아내는 제삿날이나 장모 생일 정도만 전화로 인사를 하고 있었다. 생각이 거기까지 미치자 김인철은 살짝 맥이 빠졌다. 그런 아내에 비해 자기는 너무 자기 일, 부친을 내세우는 건 아닌지.

　부친의 기일은 하루하루 다가오고, 김인철은 다급했다. 토요일 오전, 둘만 있을 때 그가 말을 꺼냈다.

　"아버님 기일이 다가오는데 어쩔 생각이요?"

　준비한 녹차를 마시며 한참 뜸을 들이더니 서옥주가 입을 뗐다.

　"전에 애들 있을 때 얘기한 대로, 그랬으면 해요."

　"안 지내겠다는 건 당신 입장인데, 지내야 되는 나는 우짜요? 교회에 나가더라도 습속을 바꾸지 않겠다고 했고 또 그대로 해오다 갑자기 이러니 참 답답하네."

"나도 힘들어요. 그렇지만 지속할 수는 없다는 게 제 오래된 생각이에요. 당신이 습속을 바꾸지 말라 했을 때 자신 없이 그러마라고 했지만, 그동안 믿음의 일치를 이루지 못해 괴로웠어요."

아내가 다시 교회에 나가겠다고 했을 때 김인철은 그녀의 성격까지 들먹이며 깊이 빠질까 싶어 걱정했던 기억이 생생했다.

"믿음에 정도란 건 없는 거지?"

김인철이 말했다.

"이 정도에서 그치자, 넘치는 게 아닌가, 그런 거."

"어려운 말이네요."

서옥주가 머뭇대다 덧붙였다.

"믿음에 비교가 가당찮기는 하지만 내가 평균치를 넘는 건 아니에요."

"그런 말까지 해야 하는 당신도 속상하겠지만 이러는 나도 답답하네. 봄에 말이요. 아버지 산소 옮기고 모였을 때 혹시나 해서 누나와 동생에게 당신 이야길 했어. 교회 나간다는 것하고 제사 말까지."

서옥주는 그 말을 듣는 순간 발가벗긴 듯하면서도 홀가분했다.

"미안해요. 당신 혼자만의 문제가 아니니까."

"나도 제사 말고 다른 추모형식을 생각할 수 없으니 갑갑해."

더 얹고 싶은 말은 분명 있는데 잡히지가 않았다. 그와 같이 이 정도 얘기하고 말아야 한다는 마음이 조급하게 들었다. 그는 한숨을 삼켰다. 화를 내고 자존심을 상한다고 해결될 문제가 아니었다. 서옥주도 입을 닫았다. 침묵이 값질 때가 있는 법이다. 부부는 가만히 있었다. 얼마 뒤 서옥주의 뜻이 통했는지 김인철이 벌떡 일어났다. 우선 바깥공기라도 마셔야 살 것 같았다.

서옥주가 잠바를 걸치고 현관으로 걸어가는 남편을 불렀다. 침묵하는 동안에도 생각에 몰입해 있었던지 그녀의 눈은 젖어 있었다.

"여보. 난 우리 가족으로 늘 감사해요. 그뿐이에요."

김인철은 서옥주의 눈물을 보았다. 신심이든 인간적 감정이든 아내가 울고 있었다.

"응, 알지."

김인철은 답했다. 오래전, 둘째를 낳은 뒤였다. 아내가 자기에게 정관수술을 권했다. 〈딸, 아들 구별 말고 둘만 낳아 잘 기르자〉 구호가 내걸린 예비군교육장에서 수술 신청을 하면 바로 보건소로 데려가던 무렵이었다. 물론 김인철은 예비군교육장에서 손을 들지는 않았지만 정관수술은 받았다. 아내가 중절수술을 두 번이나 받고서였다.

"여보. 아버지 두 분께 손주 하나씩 안겼잖아. 그러면 됐지. 그래서 난 아버질 편하게 보냈다고 여겨서 좋아."

그때 아내가 한 말이 고스란히 기억났다. 또한 지금 분명히 하고 싶은 말도 생각났다.

"당신 맘을 왜 몰라. 우리가 다시 여산서 만났던 날 당신이 말했잖아. 불편한 거, 소용없는 거 다 잊고 앞만 보고 살겠다는 마음이 그렇게 어렵고 잘못이냐고? 난 그때 그 말이 당신 본심이고 희망이었을 것이라 생각해. 살면서 나도 그 말을 한 번씩 되새기며 이해하고 나대로 맞추어 가도록 애도 쓰고 그랬어. 물론 당신 맘에 차지는 못하겠지만 뜻은 그랬다는 거야. 그런데, 지금 제사를 두고 어쩌다 말이 나왔지만 그것 때문만은 절대 아니고, 그냥 살면서 그때 말을 되새길 때가 있어 하는 말이야."

서옥주가 지나치게 경제적으로 욕심을 내거나 아이들을 챙기고 교회를 내세울 때, 친정이나 시가 일에 무심해 보이고 그런 일로 다툴 때였다.

김인철은 숨을 가다듬고 말했다.

"어쩌다 그때 말을 생각할 때 빠짐없이 따라 떠오르는 게 뭔지 알아? 행복이란 말이 빠졌다는 거야. 당신도 그랬고 나도 대답이라 해야 할지 몇 마디 했을 때 그 말을 뺐다는 기억이 나는 거야. 그것도 요즘, 뒤로 올수록."

"아, 여보!"

서옥주가 탄식했다.

"그럴 리가 있어요? 거기다 무슨 의미를 찾고 그래요."

"그러니까…. 살아오면서 그 말을 뺀 게 무슨 깊은 뜻이 있는 양 여겨져서야 되겠어? 그래선 안 될 거 아니야."

"그럼요. 우리가 행복하지 않은 건 아니잖아요."

서옥주는 말을 멈추었다. 행복이 뭔진 몰라도, 라는 말이 이어질 것 같아서였다. 김인철도 더 말하지 않았다. 여기서 끝내고 밖으로 나가야 했다. 본래 그렇게 하려다 잠깐 멈춘 것이었다. 행복하지 않은 건 아니지 않느냐의 진위를 따지는 것보다는 바람을 쏘이며 화를 삭이는 게 훨씬 급하고 중요했다.

*

"내, 이리 될 줄 알았다."

"뭐가, 이리 될 줄 알았다 말고? 아이디어는 내가 냈는데."

부엌에서 제수 음식을 장만하는 김인철의 동생과 누나가 한마디씩 했다. 진한 탕국 냄새가 거실로 흘러들었다. 김인철은 거실 소파에 모친과 앉아 있었다.

"좋은 의견 냈다고 서로 자랑하나."

두 손을 단전 아래 모으고 가만히 앉았던 모친이 한마디 했다.

"아부지도 딸들이 만든 음식이 맛있다 카지."

"나중에 니거 아부지 오시거든 물어보라모."

"참, 아부지가 집에 찾아오실란가? 여산하고 부산이 길이 얼마고?"

"엄마 집인데 못 찾아와? 이쁜 부인 집인데."

"자들이, 무신 소리 하노."

모친과 누이들이 주고받는 말을 들으며 김인철은 머쓱하게 앉아 있었다. 우습다고 웃을 수도 없는 처지였다.

김인철은 오전 일찍 집을 나서 고속버스 터미널로 갔다. 지금 사는 동네로 이사한 뒤 차부라고 불렀던 구도심 속의 시외버스

터미널은 가본 지가 오래였다. 여천고등학교 교사시절에 이성태 학생 가족과 만났던 시간은 먼 과거가 되어 사라진 것이다. 김인철로서는 어디서 무슨 버스를 타느냐가 중요한 건 아니었다. 제사를 부산 어머니 집에서 모시게 되었고 운전면허증이 없기에 대중교통을 이용해야 했다. 거기다 평일이라 자식 하나도 동행하지 못하고 혼자였다.

"애비 니는 와 불퉁하이 앉았노."

아들 기색을 읽은 모친이 말했다,

"요새는 남자가 여편네 이기기 힘들다. 살림도 그렇고 자식 키우는 데도 주장 내기 어려운데, 예배당 가는 거는 우짤 도리가 없다. 결혼하고 살다가도 나가는데 전에부터 나갔다카몬 그동안 잘 참았구마는."

"허, 참."

김인철은 할 말이 없었다.

"우리 엄마 쿨하네. 우리 살았을 때 제사 모시고, 뒤에는 또 그때 가서 우찌 되겠지, 그리 생각해라."

누나가 혼잣말처럼 덧붙였다.

"무교라서 사람들도 무르나. 완전 항복이네."

"싸울 수가 없는데 무르몬 어떻고 야무몬 뭐하노. 내 위에 동서 친정 아부지가 며느리 등살에 교회 나가는데, 일요일 아침에 구두 신을 때마다 '내가 집구석 평화를 위해서 가준다.'고 꼭 한마디 한다 안 하나."

누이동생 얘기를 듣고는 모친이 짜증을 냈다.

"듣기 싫다. 그만하고 말아라."

김인철은 일주일 전에 여산 집의 제사상과 제기를 정성스레 싸서 천일화물로 어머니 집에 부쳤다. 새로 사는 데 드는 돈도 돈이지만 눈에 안 띄게 해주는 게 올케 마음을 편하게 한다는 누나 조언을 따라서였다.

9시 조금 지나 제사를 모셨다. 여산서 지낼 때보다 제관이 더 많았다. 자갈치시장에서 사 온 조기와 문어, 홍합도 올랐다.

"음식 보고 아부지가 부산인 걸 확실히 아시겠다."

"여산서 바다가 얼마라고."

"문은 쪼끔 열어났제. 시작하자."

몇 마디 오간 뒤 김인철은 향을 피우고는 일어나 재배를 하며 제사의 시작을 알렸다. 장성한 누나집 조카 둘이 제상 좌우에 붙어서서 술을 치고 잔을 받았다. "아버지 취하시겠다."는 누나 말처럼 제관이 많아 퇴주잔이 자주 올랐다. 축문은 매제가 읽고 밥 잡숫는 동안 전기불을 끄고 무릎을 꿇고 앉았다.

"숭늉 갖고 오소."

잠시 뒤 매형이 부엌에 대고 말하고 모두 일어나 재배하고 철상했다.

"물밥은 안 하제?"

매형이 김인철에게 물었다.

"네. 안 했습니다."

"됐다, 그라모 소지만 올려라."

제사 절차는 지역마다 집안마다 조금씩 달랐다. 사소해 보이지만 민감하게들 따졌다.

큰조카가 상 옆으로 다가가 한지에 쓴 신위(神位)를 뗐다. 오후에 김인철이 쓴 지방이었다. 현고 학생 신위. 자기가 쓴 글이 다시 보였다. 죽은 영혼이 잠시 의지한 자리를 보고 절을 한 게 귀신에게 절을 한 거란 말이지. 소지로써 제사는 끝났다. 죽은 자는 다시 자기 자리로 돌아갔다.

"내가 너무 많이 나섰제?"

제사 절차에 서툰 아들들을 거들며 한 마디씩 한 매형이 김인철에게 말했다.

"무슨 말씀이십니까, 아닙니다."

"남자 모자라는 기 처갓집 제사에 가서 참견한다는데 말야."

"형님도 참, 무슨 말씀을…. 음복하시야지요."

매제가 퇴주를 모은 주전자를 들며 말했다.

김인철은 기분 좋게 음복을 하고 매형과 매제, 조카들에게도 술을 한 잔씩 권했다. 제사를 부산까지 들고 온 걸 창피하다고 새겨봐야 자기 우사일 뿐이었다. 육이오 난리 통에 돌아가신 아버지는 이장에 이어 또 이렇게 한 바퀴 돌아 자리를 찾아가고 있었다. 김인철은 그런 사정과 형편을 제대로 들여다보는 게 차라리 의미 있다고 자신을 다독였다.

6

9월 하순 어느 날 서옥주가 입원했다. 학원 통학버스 기사가 몸이 아파 쉬는 날, 대신 운전을 하다 2톤 트럭과 부닥친 것이다. 학생 세 명도 입원을 하는 큰 사고였다. 김인철이 병원으로 달려갔을 때 잠든 아내 옆에 학원 직원과 여성 한 명이 같이 있었다. 직원이 뇌진탕에 갈비뼈가 세 개 부러지고 찰과상을 입었다고 먼저 알려주었다. 옆 사람은 오순하였다. 그녀가 "뇌진탕은 치료를 며칠 받으면 괜찮을 거랍니다."라고 덧붙였다.

"네, 다행이군요. 집사람에게 오 선생님 존함은 자주 들었습니다."

김인철은 처음 보는 그녀에게 인사했다.

"원장님이 학교에서 애들 태워 오다 서오사거리서 사고가 났답니다. 학원으로 전화가 와서 제가 두 분께 연락했어예."

직원의 설명에 이어 오순하가 말했다.

"다른 병실에 학생들이 있는데 교수님이 인사를 하는 기 어떻겠습니까? 지금은 학부형들 맘을 편하게 하는 게 중요할 상 싶은데."

"인사를… 알겠습니다."

방을 나서기 전에 오순하가 요약 설명했다.

"보험에 대인, 대물이 다 들어 있으니 병원비는 걱정 안 하셔도 됩니다. 아이들 모두 외상이라 하니 그나마 다행인데, 학원에서 최선을 다하겠다는 말씀 정도, 오늘은 우선 그 정도로 말씀하시는 기 좋겠습니다."

중학교 남학생 둘과 여학생 하나가 병실 두 곳에 누워 있었다. 김인철은 학생들에게 상태를 묻고 위로의 말부터 한 뒤 학부형들에게 명함을 건네며 깍듯이 인사했다. 여학생 방에는 학교 담임선생까지 와 있었다. 김인철은 완치까지 최선을 다하겠다고 거듭 말했다. 학부형들이 떨떠름하게 "예에…" 하고 인사를 받았다. 큰 부상이 아니어서 그런지, 첫날이라 따질 걸 제대로 정리를 못한 건지 불만을 노골적으로 털어내는 이는 없었다.

아내의 병실로 돌아가며 오순하가 "교수님 명함 덕을 봅니다."라고 말하고 김인철은 "오 선생님이 명문학원 고문이십니다."라며 같이 웃었다.

그렇게 해서 오순하를 여러 번 만나게 되었다. 김인철이 첫날 농담 삼아 했던 학원 고문이라는 말이 틀리지 않게 그녀는 여러 도움을 주었다. 저녁마다 학원에 나가 원장 역할을 할뿐더러 사고 수습에도 큰 도움을 주었다. 알고 보니 모두가 교회 사람들의 손을 빌리고 있었다. 사고 조사에는 여산경찰서에 근무하는 교인이 있었고, 자동차보험과 학원 운영에 필요한 몇 가지 보험도 교회 사람 회사에 들고 있어 처리가 원활했다. 가장 가깝게는 병원 수간호사가 여러 편리를 봐주고 있었다. 교인들의 잦은 병문안까지 살피다 보니 '생활 속의 믿음'이란 아내의 말에 수긍이 갔다. 자신에게 믿음을 권하면서 했던 말이었다.

토요일 오후에 오순하까지 셋만 병실에 있었다. 서옥주는 뇌진탕으로 인한 어지럼증도 가시고 그로 인한 후유증도 없었다. 남학생 둘은 나흘 만에 퇴원하고 가슴뼈를 다친 여학생이 입원 중이었다.

첫 화제는 입원하면서 서옥주가 걱정했던 시골집 매입 문제였다. 여산 사람들의 로망 중 하나가 큰산 인근에 별장을 갖는 것이었는데 그녀도 거기에 편승했다. 마침 맞춤한 집을 찾아 가격을 절충하던 중에 교통사고가 난 것이다.

"어제 중개소에서 전화가 왔어. 집주인이 가격 내릴 의향은 없다면서 할 건지 안 할 건지만 알려달라는데."

서옥주가 누구에게 하는 건지 애매하게 말을 꺼냈는데 "제일 부동산에서? 입원한 사람을 깝치몬 우짜노."라고 오순하가 먼저 대꾸를 했다. 시골집 매입 일을 잘 아는 눈치였다.

"내가 그랬지. 퇴원은 해야 일을 볼 거 아니냐고. 그러니 당장 퇴원 날짜를 물어보네. 참."

"싼 편도 아니다. 시골집은 사고팔 때 집값은 안 치니까 결국 땅값인데, 건축비 좀 들었다고 그 평수에 너무 비싸게 부른 거다. 시간 내기 어려버서 그렇지 더 찾아보몬 그 정도야 또 만나지."

"당신이 한 번씩 다녀보면 될 텐데."

서옥주가 김인철을 쳐다보았다.

"나중엔 젤 많이 가 있을지도 모르는데."

"그렇다면 내가 나서보지 뭐. 전망 좋고 손 안 보고 바로 들어가는 번듯한 집이면 되지. 가격이 좀 비싸서 그렇지 어려울 거 있나."

오순하가 웃으면서 말했다.

"교수님은 가만히 계시는 기 났겠습니다. 집도 눈치가 있어 사람따라 비쌌다 쌌다 합니다."

"지금 바람이 계속 갈까? 벌써 몇 년째잖아."

"큰산이 원체 이름값이 있잖아. 교통은 어차피 좋아질 거고, 경제가 좋아질수록 세컨드 하우스 구매욕도 늘지."

"당신은?"

서옥주가 남편을 불러들였다.

"오 선생님 의견이 맞겠네. 큰산에다 별장이란 말까지 들어가면 뭔가 있어 보이잖아."

"뭐야? 진지하게 얘기하는데."

"말 그대로야. 좋다는 거지."

"그래, 시골집 마련은 부부 한쪽에서 반대만 않으면 성사되는 거지."

오순하가 사이에 들었다.

김인철은 몇 달 전, 편집회의 때 나경삼 화백에게 큰산이 하나지 두 개가 아니라고 했던 자신의 말이 떠올랐다. 거기다 오랜만에 만난 정 주사에게까지 한마디 얹었다가 두 개로 만들려는 장본인으로 지목받아 크게 한 방 먹은 기억도 났다. 아내가 큰산 자락 어디에 시골집을 마련해도 큰산은 하나라고 말해야 할 것이었다. 김인철은 담배가 피우고 싶은데 오순하가 그를 붙잡았다.

"교수님. 앞에 말한 대로 경제는 좋아지는데 나라가 와 이리 혼란스럽습니까. 전교조 문제에다 북한 방문까지. 수암에서도 몇 분이 해직되었지예?"

"아, 네. 그렇다고 들었습니다."

화제가 갑작스레 바뀌어 당황스럽긴 했지만 맨 마지막 말에는 일단 대꾸할 수는 있었다.

〈전국교직원노조〉는 5월에 결성되었다가 8월에 1500명이나 해고되었는데 그 과정과 결과가 마치 대형 태풍이 모든 걸 휩쓸고 간 형국이었다. 해직자의 절대 다수는 공립학교에서 나왔다. 사립에서는 인사권을 쥔 재단에서 결성부터 적극적으로 막은 데다 결성이 되었다 해도 중도 탈퇴자가 많아 해직까지 간 숫자는 적었다. 여산에선 그가 한때 근무했던 여천고를 비롯한 수암재단에서 여러 명의 해직자가 나왔다. 그로선 껄끄러운 화제라 입을 닫고 있는데 오순하가 방북 얘기로 건너갔다.

"북한 방문도 문젭니다. 무슨 유행처럼 목사님도 가고 여대생도 가고. 거기다 신부님까지 그 대학생 마중 나가고. 이래도 되는가 모르겠습니다."

"그래 말이지."

서옥주가 호응했다.

"뭣보다 남북이 대치 중인 우리나라에 교사노조가 말이 됩니까? 걱정하는 사람들이 많습니다."

오순하가 전교조 얘기로 돌아갔다.

"글쎄요. 민주화라는 물꼬가 터졌는데 물이 어디 정해놓은 대

로만 흐르겠습니까. 워낙 오랫동안 틀어막아 놓았으니 반작용
이 당분간 계속될 수도 있겠죠. 지금이 전환기라 해야 하나, 그
런 때인가 봅니다."

김인철은 그렇게 말했다.

"그렇다 해도 너무 시끄러우니까 걱정입니다. 제가 교수님 붙
잡고 너무 물색없이 나섰지예?"

"네?"

김인철은 깜짝 놀랐다. 한참 더운 물이 나오다 갑자기 찬물이
쏟아지는 샤워기 밑에 선 기분이었다.

"아닙니다. 의견 아니겠습니까. 걱정하는 사람들의 생각."

오순하가 무슨 말을 하고 싶은지 안다는 듯이 "우리 교인들
도 그렇고 주위에서 그런 분들 많습니다."라고 했다.

생각해보니 아내가 다니는 교회가 보수 성향이 짙은 교단 소
속이었다.

"네, 그렇군요. 그나저나 물색없다는 말을 오랜만에 들어봅니
다. 허허."

김인철은 급히 병실 밖으로 나왔다. 자기 성격이나 말버릇으
로 볼 때, 그 자리에 계속 있다가는 물색없는 사람들이 세상 어
디에나 있으니까 그런 말이 생겼겠지요, 라고 내뱉을까 겁이 났
던 것이다.

퇴원 말이 나오고 있던 어느 날 꿰맞춘 듯이 목사가 병문안을
왔다.

"오, 말씀만 듣던 교수님을 뵙습니다."

까만 머리가 염색한 표를 너무 내고 있었지만, 평온한 기운을 주는 눈빛에 단정한 용모였다. '맞춘 듯이'라는 생각이 든 것은 이틀 전에 오순하가 지나가듯 목사님이 날짜를 놓치시려나라고 말을 꺼내며, 교수님 계실 때 오셔야지라고 했기 때문이다.

"네, 와주셔서 고맙습니다."

"교수님, 성경이 문학입니다."

목사가 말했다.

자신이 글을 쓴다는 걸 알고 꺼낸 말이겠지만 김인철로서는 기습적으로 들렸다.

"아, 예."

그는 정신을 가다듬었다.

"문학의 원류라는 말씀이신군요. 요샛말로 하면 원조라고, 문학개론 책에 적힌 대로 가르칩니다."

음식점 간판에 '시골 된장찌개 원조'식의 광고용 문구가 유행처럼 번지고 있어 그 말을 썼는데 아무도 웃지 않았다.

"길가의 풀꽃도 절로 피지 않듯이 서 집사님 변고가 어찌 변고로 끝나겠습니까. 교수님을 교회로 이끄는 역사가 되었으면 합니다. 교수님 문학작품도 융숭해지고 집사님 믿음의 반석도 더 강건해질 겁니다."

"찾아주셔서 정말 고맙습니다. 여기 계시는 오 선생님이랑 다른 교회 분들 도움에 감사드립니다."

답하기 어렵거나 하고 싶지 않으면 제끼거나 넘어가는 수밖에 없었다.

"쾌유와 치유의 기도를 올리겠습니다."

목사가 환자의 침대 쪽으로 한 걸음 옮기자 동행한 교인들과 오순하까지 테두리를 만들었다. 김인철은 뒷걸음치며 조금 물러났는데 아내 서옥주는 보이지 않고 둘러선 사람들 등만 보였다.

"하나님 아버지, 아버지를 경배하는 서옥주 성도에게 닥친 고난을 거두어 하루빨리 건강한 일상으로 돌아가게 해주십시오."

김인철은 병실 밖으로 나갈 수는 없고 해서 그대로 서 있었다. 절대 믿음을 기반으로 한 다른 세상이 있는 것이고 그 세상에 속한 사람들이 아내를 포위한 채 자기 곁에 있다는 실감이 긴장과 불안으로 다가왔다.

기도를 마치고 돌아선 목사가 김인철을 향해 말했다.

"언제 가족 분들 모두 나란히 앉아 찬양 드리는 모습을 기다리겠습니다. 서 집사님 믿음에 동참하신다면 교수님 가족이 더 큰 은혜와 축복을 받으실 것입니다. 주님은 언제나 더 주시는 분이십니다. 김 교수님과 이야기 나누실 교수님들이 저희 교회에 많이 계십니다. 새로운 공동체의 일원이 되시어 더 번성하고 축복받는 신앙의 삶을 영위하시길 기도하겠습니다."

일문일답이 아니어서 차라리 낫다고 해야 할까, 김인철은 "네에." 하고 답해주었다.

모두 돌아가고 아내와 둘만 남았다. 좁은 병실에 그토록 많은 사람들이 모였다는 게 놀라울 정도였다. 서옥주는 침대에서 내려와 의자에 앉았다. 화장기 없이 맨얼굴의 아내가 예쁘게 보였다.

"당신을 겨우 다시 찾은 기분이네."

"싫었구나."

"싫고 좋고를 떠나 솔직한 심정이야. 사는 사람은 우리 둘인데 꼭 그렇지 않다는 기분이었어. 서옥주도 서 원장도 아닌 서 집사라 부르니까 영 어색하고."

"병문안이니까 여럿이 오신 거고, 목사님은 교회식으로 불러야지 어떡하겠어요."

"더 높은 차원이라니까. 목사님이 새로운 공동체의 일원이 되라 하셨잖아."

"그런 말씀 당연히 하시지."

"근데 축복 소릴 너무 자주 하시더라. 우리 집이 사례들 중 몇 순위에 드나 싶더만."

"은혜는 귀에 안 들어오고 그 말만 들와? 가족이 무탈하게 잘 사니까 맞는 말이지."

"상부상조의 은혜는 이번에 나도 제대로 받았지만, 그래도 구원과 속죄가 기독교 신앙의 중심 아닌가?"

"같이 가야지요. 당신도 질문하고 회의하면서 시작해봐요."

"어어, 나온 김에 해본 소리니 날, 제발 그대로 둬."

부부는 그 정도로 끝냈다. 서옥주는 어차피 장기전이고 김인철은 수많은 단기전 중의 하나라는 생각이었다.

4장

시골집 마당에 자라는 풀 같은

1

　자신과 무관하다 싶은 세상일이 본인은 물론 가족 일이 될 수도 있다. 김인철은 올 여름 들어 그런 경우를 당하고 있었다.

　학생부장에게서 온 전화가 시작이었다. 학장이 학보사 일로 찾는다는 얘기였다. 〈수암대학보〉라는 제호로 발행되는 대학신문은 분기별로 연 4회 나오는데 2학기에는 9월 말과 12월 초가 발행일이었다. 발행날짜도 한참 남은 데다 아직 방학 중이라 왜 지금 부르냐고 묻자 학생부장이 "여산대학교 교재 문제 때문인지…."라고 뒤를 흐렸다.

　전화를 끊고 그는 옷을 갈아입었다. 한 바퀴 걸어 땀을 흘려야 몸이 가벼워질 것이었다. 시골집에 혼자 머물 때면 제법 많은 양의 반주를 마시고 있었다. 운동화를 신고 현관문을 열자 바람이 살랑거리며 처마의 청동 풍경이 맑은 소리로 울렸다. 해는 뜨겁고 산과 하늘이 눈부셨다.

20여 호의 임곡마을은 독립가옥이 드문드문 이어지다 산길로 접어들었다. 아내가 기어이 마련한 시골집은 그런 집 중 한 채로 대지와 전답 합해 150평 규모였다. 큰산이 거느린 수많은 능선과 지능선 중 하나에 매달린 뒷산은 숲은 숲대로, 수량이 풍부한 개울은 또 그들대로 제자리를 하고 있었다. 몇 년 전 아내가 교통사고로 입원하면서 놓친 집 뒤로 여러 곳을 둘러보고 정한 곳이었다. 거기다 미루어오던 운전면허증까지 땄으니 환경이 사람을 바꾼다는 말도 틀리지 않았다.

여산대 교재 때문에 학장이 부른다니. 김인철은 산길로 들며 학생부장 말을 곱씹었다. 그가 알고 있는 여산대학교 교재 문제는 다소 단순했다. 8월 초에 경찰과 검찰이 〈한국현대사회의 이해〉라는 교양교재의 내용이 이적표현물이라며 집필교수들을 조사 중이라는 정도였다. 그것도 고등학교 친구들과 해외여행을 마치고 돌아와 밀린 신문을 뒤적여 정리한 내용이었다. 그로선 텔레비전 밤 9시뉴스와 신문 1면에 톱뉴스로 처음 보도되기 시작했을 때의 숨 가쁜 열기를 체감하지 못했다. 게다가 귀국하고 '도망치듯' 시골집으로 왔기에 그 뒤의 진행사항도 제대로 알지 못하고 있었다. 도망치듯이라는 말이 절로 머리에 떠오른 것은 한밤중에도 켜두는 교회의 십자가 네온사인 불빛을 피해 왔기 때문이었다.

여산 집으로 돌아가는 것도 그렇지만 학교 나갈 생각을 하니 짜증부터 났다. 얼마 남지 않아 더 금싸라기 같은 방학이 날라가는 데다 학보 발행 자체가 되풀이되는 스트레스였다. 2년제 다 보니 학생기자들의 기사작성 능력이 떨어지는데다 일 년 정도 열심히 가르쳐 무얼 제대로 안다 싶으면 졸업이었다. 4년제 처럼 간사 제도가 없다 보니 하나부터 열까지 그의 손을 거쳐야 했다.

김인철은 빠르게 걸었다. 이왕 흘릴 땀이니 제대로 흘리고 싶었던 것인데 그건 어쩌면 내일 맞닥뜨릴 학교 일에 대한 심리상 태가 감안된 것일 수도 있었다. 학교에 교양국어 교수는 여전히 그 혼자였고, 신문사 일은 국문학전공 선생이 맡아야 한다는 학교 측 고정관념도 그대로였다. 짜증낸다고 빠져나갈 수 있는 일이 아니었다.

"김 교수, 아직 방학 중인데 불러서 미안하다."

김인철이 의자에 앉자 학장이 살갑게 말을 붙였다.

"이번 학보를 특집으로 해서 조금이라도 당겨서 내자. 명색이 국립대 대학교수라는 사람들이 학생들에게 그렇게 편향된 사상을 심어줘서 되겠나."

"맞습니다. 교육상 꼭 필요한 일입니다."

"소련이 넘어진 판에 마르크스주의 이론이라니 말이 됩니까."

동석한 교무부장과 학생부장이 거들고 나섰다. 두 사람은 교수들 사이에서 '좌 성달 우 상수'라고 불렸는데 야당시절부터 김영삼대통령의 최측근이라는 '좌 동영 우 형우'를 빗댄 것이었다.

"여산대학교 교재사건을 특집으로 다루자는 말씀이십니까?"

"그렇지. 뭐 어려울 끼 있나?"

떨떠름한 기색이라도 읽었는지 학장이 김인철을 살폈다.

"다른 대학 문제인 데다 이미 일반 언론에서 충분히 보도를 했는데 굳이 우리가 다룰 필요가 있겠습니까. 거기다 원고 구하는 일도 어려울 테구요."

"김 교수님, 여산대 교재사건이 아니라 국가보안법 위반 사건입니다."

교무부장이 끼어들더니 한마디 더 얹었다.

"거기다 우리 재단을 공격한 사람들이 쓴 책이기도 하고요."

"공격요?"

"그러니까 내 말은…."

교무부장이 자신이 내뱉은 공격이란 말을 수습하고 있는데 학장이 나섰다.

"그렇게까지 말할 건 없고. 우리 지역 교육계에서 일어난 중요한 일이니 팔짱 끼고 구경만 할 수는 없다는 거야. 학생들에게 올바른 대한민국 역사, 정확한 분단 현실을 인식시켜 줘야지."

"맞습니다. 여산대가 다른 대학도 아니고 여산에 있기 때문에 민감한 것입니다. 학생들 사이에 친구, 동창도 있고 동아리나 무엇으로든 연결되어 있으니 교육상 필요한 일입니다."

학생부장 뒤에 학장이 서둘렀다.

"그래, 특집 이야긴 그 정도로 하고 제작날짜 얘기하자. 외부 원고 받는 것 때문에 걱정되면 그건 내가 맡을게. 이번 여산대 문제에 관심 있는 전문가들이 얼마나 많은데, 어려울 것 없다."

경영전공인 학장은 여산 출신으로 대구의 종합사립대학에서 오래 근무한 사람이었다.

"내일부터 시작하면 9월 둘째 주에는 나오겠지?"

"너무 급합니다. 1면 기사 취재도 해야 되고 특히 4면 문예면이 어렵습니다. 교수님들 글이나 외부 원고도 촉박하니까…."

잠시 침묵이 흐르는데 교무부장이 나섰다.

"학장님, 학교 홍보물로 하는 게 좋겠습니다. 판형이 짜여 있어 바로 쓸 수 있지 않습니까."

"너무 단순해 보이지."

학장 말은 이번 신문이 여산대 교재 문제를 다루기 위해 냈다는 뒷이야기를 듣기 싫다는 뜻이었다. 교수들 사이에서 '꾀돌이 영감'으로 불리는 학장은 작고 가벼운 체구만큼 머리가 재바르게 돌아가는 사람이었다. 꾀라는 말이 가볍게 보일지는 모르지만 꾀 옆에 계책, 계책 뒤에 계획이란 단어가 따라다닐 것이었다.

"김 교수, 4면이 문예면이니까 이렇게 하면 어떻겠노."

학장이 의견을 냈다.

"교양국어 시간강사 한 분을 불러서 책 소개나 작품 해설로 채우도록 해보지. 김 교수는 특집 관련 사설도 써야 하니 그렇게 하자."

"네?"

모든 걸 미리 정해놓고 자신을 불렀다는 걸 안 이상 김인철은 어느 지점부터 그래, 흘러가는 대로 가지 뭐, 하는 심사가 되어

갔지만 사설 말에는 정신이 번쩍 들었다,

"외부 인사들이 교재의 잘못을 설명하고 비판까지 충분히 하고 있는데 굳이 사설까지 쓸 거 있겠습니까?"

"무슨 소리고? 특집이니까 사설에서도 다루어야지."

김인철은 얼른 제2전선을 폈다.

"논설위원제도가 있으니 그 순서대로 하는 게 좋겠습니다. 저는 그 분야 전문가도 아니잖습니까."

"문학하는 사람이 세상사를 다 알지 않고 우찌 글을 쓰노? 힘들겠지만 학교 일 아이가."

이야기는 그렇게 끝났다.

김인철은 학장실을 나오면서 사설 쓸 고민은 뒤에 두고 '재단을 공격한 사람들이 쓴 책'이란 교무부장의 말에 사로잡혔다, 작년에 토호비리 척결 사정 바람이 불었다. 정부의 사정기관에서 부정부패 척결에 나섰는데, '토호'라는 옛 맛이 나면서 낯선 용어를 쓴 것은 지역에서 힘깨나 쓰며 사리사욕을 채우는 기득권 세력을 대상으로 했기 때문이었다. 그때 여산 지역에서 전국교직원노조와 민주화를 위한 교수회라는 단체에서 학교법인 수암재단을 비리사학으로 콕 찍어 비난하는 성명을 발표했다. 그러니 교재 집필 교수 중에 그 비난성명에 관여한 교수가 있다는 소리였다.

문제의 교재를 본 적이 없으니 그가 할 수 있는 '공격'이란 말에 대한 해석은 우선 그 정도 선이었다. 중요한 건 언론에서 크게 떠들다 한풀 꺾였다고 여긴 여산대 교양교재 문제가 구경만 하다 지나갈 일이 아니라는 깨달음이었다.

가장 먼저 여산대학교에 재학 중인 작은아들과 이과대 교수 하상길 생각이 났다. 〈한국현대사회의 이해〉란 문제의 교재가 아들놈에게 있을 수도 있었고, 집필 교수에 대해선 하상길에게 물어볼 일이었다. 대학원 다니며 알고 지내는 국어국문학과 교수들보다 만만할뿐더러 여산 KBS에 근무하는 친구 강인구와 같이 만날 수 있기 때문이었다.

무슨 작전이라도 펴는 듯했지만 순서가 그랬다. 어차피 할 일이라면 무얼 제대로 알고 해야 기분이라도 가벼울 것이었다.

아들 혼자 집에 있었다. 제 엄마에게 방학 내내 놀러 다닌다는 꾸중을 듣고서 며칠 집을 지키고 있었다. 얼굴이 새카맣게 탔으니 어지간히 나돈 것이다.

"자숙이냐 휴식이냐?"

"2학기 준비지요. 교수님도 준비하는데 학생도 해야지."

김인철이 시골집에서 돌아와 학교에 나간 걸 두고 하는 답이었다.

"강의 준비가 아니고 전국적으로 유명해진 여산대 교양교재 공부해야겠다."

"한국현대사회의 이해?"

아들이 금방 알아들었다.

"근데, 그 과목을 왜 문제 삼는지 모르겠네. 아이들이 다 그래요. 몇 년째 교양필수 중에서 최고 인기를 누리고 있거든."

"응. 인기과목이라니 국제통상학과 학생인 김동오도 들었나 보구나. 국제적으로 놀지 않고."

"우리 걸 알아야 세계도 보인다. 그게 준비한 답입니다. 근데 아버지가 왜 그 책을 봐?"

김인철은 아들에게 학보 특집 이야기를 할 수는 없었다.

"하도 유명하다니 한번 만나보려는 거지."

"하긴 문인이시니까 한국현대사를 제대로 아셔야지. 그리고 우리 교수님들 편도 좀 들고."

"편을 들어?"

"네, 경찰이 교수님들 잡아갈 거래."

"허, 딱하구나."

그 교수들도 딱하지만, 그들을 공격하는 신문을 만들어야 하는 그 자신도 딱하긴 마찬가지였다.

"그냥 저한테 배우세요. 제가 비뿔 받았으니까."

그 과목 학점을 B플러스를 받았다는 소리였다.

"책만 주는 거로 하자. 책 제목대로라면 나도 산증인이겠다. 근데, 넌 2학년이 되더니 성적표도 안 보여주는구나."

"장학금은 못 받아도 펑크 나고 그러지 않으니 걱정 마세요."

아들은 제 할 말을 하고는 얼른 자기 방으로 달려갔다. 재수를 해서 대학에 간 작은 아이는 공부를 아주 열심히 하는 체질은 아니었다.

　그날 저녁부터 김인철은 책을 천천히 읽어나갔다. 교재답게 여러 교수들이 나누어 쓴 공동저서였다.

　책 전체의 기본시각을 제시하는 1장은 사회과학의 두 흐름과 한국사회과학의 흐름, 한국사회를 과학적으로 보는 방법을 소개하고 있었다. 부르주아 사회과학과 마르크스 사회과학이 두 개의 흐름이자 방법론이었다. 요지는 세계적으로 자본주의의 모순이 증폭되고 있는 이 시대에 자본주의 질서 유지에 봉사하는 부르주아주의로 그 모순을 해결할 수 없다는 것, 문제를 해결할 수 있는 방안은 마르크스주의 이외에는 아직 나오지 않고 있다는 것이었다.

　그럼 소련 해체와 동유럽 사회주의 체제의 붕괴는 어쩌고? 하는 김인철의 물음에는, 그게 마르크스주의의 오류에 있다고 보는 것은 속단이며 자본주의의 승리라고 보는 것은 더욱 순진한 생각이라고 써놓고 있었다. 허! 이 양반들. 김인철은 생각했다. 마르크스 '마' 자만 나와도 경기 일으키는 나라에서 대단하구나, 대단해. 민주화가 여러 사람들 바쁘게 만들었다 싶었다. 그가 보는 문학잡지의 시나 소설도 한때는 현실문제를 많이 다루었다. 그동안 막혔던 표현의 자유가 사회성이 강하고 주제가 뚜렷한 글들을 쓰게 했던 것이다.

　문장도 굳은 가래떡 썹듯 딱딱하고 낯선 용어에 숨이 막히던 1장에 비해, 뒤에 줄지어 선 주제별 이야기는 그런대로 잘 읽혔다. 그 자신이 학교에서 배웠거나 경험한 시대사를 다루고 있어 친숙감까지 들었다. 오래전 하 교장에게 집중해서 듣고 그 자신의 어린 시절이 묻어있는 6·25 전후부터, 1960-70년대 산업화와 80년대까지의 독재 통치, 그리고 90년대 김영삼 정부의 성격까지 규정하고 있었다.

그래서 문제는 '지금'이었다. 정부도 국민도, 민주화는 물론 경제적으로도 풍부하고 글로벌한 시대에 살고 있다고 믿고들 있는데 그게 아니라는 주장이었다. 책은 우리 사회의 불평등과 모순을 하나하나 되짚어 주면서 그게 구조적 모순에서 비롯된다고 말하고 있었다. 구조적이란 말은 쉬 바뀌지 않을 거란 뜻인데, 기존의 틀로 이익을 보는 기득권 세력이 현실정치를 움직이고 있기 때문에 그렇다는 것이다. 그런 걸 지적하는 책이 일반서적도 아닌 대학교재였으니 문제라면 문제였다.

김인철은 책을 덮고 생각했다. 읽었으니 총평이 있어야 할 것이었다. 우리 교수님들 편들어 달라던 아들놈 말도 생생했다. 그 자신의 지식과 사회적 신분, 그리고 경제적 의미에서의 계급에서 볼 때 책의 주장은 멀어지려는 마음과 다가가려는 마음의 줄다리기 같았다. 오래전 큰산 등반 때 노조 깃발과 함성 앞에 섰을 때의 이중적 심정 같기도 했다. 그러면서 밖으로 드러난 외투는 칙칙하지만 속에 입은 양복이나 내의는 말끔하다는 그런 비유도 떠올랐다.

김인철은 어쩔 수 없이 서옥주와 서울 종로경찰서를 걸어나오던 그 치욕의 가을밤을 떠올렸다. 칙칙폭폭 동요 빌려 철길가 사람들 인정이 훈훈하다고 연기 피운 건, 경찰이 제 애비 죽였다는 소리 하기 위해 분칠하고 화장한 거야! 형사는 그때 이적행위란 말까지 했다. 서옥주의 글 한 줄이 이적 표현이라면 지금 그가 읽어낸 교재는 통째로 이적표현물 혐의를 덮어쓰고 있었다. 30여 년이 지나도 달라진 게 없다니, 그는 무섭고 허탈했다.

그래서인지 독후감은 큰산으로 끝났다. 큰산 철쭉제 시를 두고 씹어대던 나경삼 화백이 떠올랐던 것이다. 그 사람이나 법을 다루는 사정 당국에게 이 책은 큰산을 두 개로 만들려는 사람들이 쓴 게 틀림없었다. 김인철은 또 그렇게 어쩔 수 없이 자기 스스로 큰산을 두 개로 만들고 있었다.

*

며칠 뒤 김인철은 하상길과 강인구를 만났다. 〈한국현대사회의 이해〉 집필 교수 두 사람에 대한 강제 구인 이야기가 재차 나오고 있을 때였으니 사건에 대해서 정말 제대로 알아야 했다.

"별 볼일 없는 교양국어 선생을 왜 방학 중에 불러?"

인사를 나눈 뒤 하상길이 물었다.

"내가 수암대 신문 주간이잖아. 여산대 교재 문제를 특집으로 넣어서 학보를 근사하게 낼 모양이지."

"허, 그 재밌네."

강인구가 눈을 빛냈다. 오래전, 여천고등학교에서 공적비 사간이 났을 때 하상길과 같이 만났던 강인구였다. 그는 몇 년 뒤

개국한 여산 KBS로 옮겨와 셋이 잘 지내고 있었다.

"남의 대학 교양교잴 갖고 왜 거기서 야단이야?"

하상길이 물었다.

"수암전문대가 친정집인 걸 싹 잊고 거기라니. 4년제 못 가고 여태 거기 있는 사람 듣기 불편하다."

김인철은 우선 하상길에게 타박부터 놓고 말을 계속했다.

"여산대 교재 문제를 타산지석으로 삼겠다는 거지. 그 과목이 학생들에게 최고 인기 과목이었다면서? 그러니 남의 대학 아이들이 수상스런 교수들 만나 잘못된 길을 저렇게 떼거리로 몰려가고 있으니 우리 학생들은 그 길에 휩쓸리지 않게 하겠다! 편향된 역사관 수정."

"그런데 속은 다르다?"

"수암을 공격한 교수들이 쓴 책이라는 거지,"

"필진 대부분이 작년에 수암을 비리사학이라고 성명서를 발표한 민교협에 들어 있지."

"그리고?"

"이과대하고 사회대가 산 하나 너머 있으니 너무 많이 묻지 마."

"허, 캠퍼스 너르다 자랑하나."

"민교협 회원 숫자도 다르다, 그 소린데 그건 이번 사건에 대한 관심도도 다르다, 그런 뜻이기도 할 테고."

강인구가 나섰다.

"허, 기자직 떠나 한직으로 돈 지 오래면서 촉은 여전하시네.

하여튼 경찰에서 구인하겠다니까 집필 선생들이 집에도 못 가고 학교에서 숙식하고 있대."

"이번 여산대 교재사건이 어떻게 해서 터졌느냐? 거기에 수암이 관여한 것 아니냐, 그런 추측성 말들이 있어."

강인구가 다시 말했다.

"응, 오늘 밥값 술값은 내가 다 내지."

김인철이 서둘렀다.

"지진 말이요. 땅 갈라지는 지진. 그게 그냥 갑자기 한순간에 나는 게 아니라면서? 나기 전에 여러 징조가 있다더니 이번 일도 신부님 총장 발언부터 수암재단의 원한까지 쫙 깔려 있었구나."

"수암전문대 학장이 괜히 남의 대학 교재 문제 갖고 우리 문인교수를 흥분시켰구나."

"자, 정리해 봅시다."

강인구가 나섰다.

"지난해 YS정부가 지역 토호세력 사정이라는 칼을 뺐고 그 힘을 빌려 여산의 정의파들이 수암을 비리사학 재단이라고 비난했다. 수암이 여산 교육계에서 대표 비리사학으로 손꼽힌 건 오래지만 전교조 탄압으로 부동의 일위를 굳혔다. 토호 소리 들으려면 학교만 갖고 안 되지. 건설사와 운수회사 사업체 비리까지 한 그물에 담아야 대표적인 척결 대상이 되는 거지. 거기다 수암은 설립자 친일 전력부터 지금 아들 이사장의 일제 때 경찰 경력까지 치명적 약점을 갖고 있으니 과녁을 피할 수 없었다… 그렇게 되는 거지."

"누가 붙였는지 토호사정이 뭐야, 조선시대도 아닌데. 기득권이지, 비리 기득권 세력 사정. 자, 목을 축이고 찬찬히 밟아갑시다."

김인철이 먼저 맥주잔을 들었지만 강인구는 하던 말을 계속했다.

"이제 신부 총장이 등장해야겠지. 대학생 데모는 계속되고, 대통령이 이름깨나 있는 대학교 총장들을 불러 같이 걱정을 하는데 그 분이 학생 지도부에 김일성의 주체사상을 추종하는 주사파가 있다는 폭탄 발언을 했다! 그리고 나서 얼마 뒤 검찰이 지방 국립대학 교양교재 한 권을 이적 표현물이라고 콕 집어 공안 바람을 일으켰다."

"기다렸다는 듯이, 라는 말이 들어가야 실감이 나지. 그것도 몇 년 동안 잘 사용해오던 책을 갑자기 위험하고 나쁜 책이라고 찍었다!"

"근데, 청와대 점심 자리에 다른 큰 대학교 총장들도 앉았는데 하필 사제복 입은 그 사람이 왜 나서?"

하상길이 지난 일을 짚었다,

"그때도 그런 말이 있었겠네. 보수 성향의 신부니까, 그 말만 하고 넘어가야 되나?"

김인철 뒤에 강인구가 천천히 말했다.

"이번 교재 문제에 검찰이나 안기부, 이런 데서 따로 움직였다는 말도 있긴 한데…. 글쎄, 지금 이 자리에서 중요한 것은 그 어느 틈서리에 여산의 정의파들에게서 우사당하고 이를 갈아온 수암재단이 있다는 거지."

"신부 총장 발언과 관계없이 쑤시고 다녔다는 말일 수도 있겠네."

하상길이 말했다.

"가만!"

김인철이 왼손바닥으로 이마를 딱 쳤다.

"우사도 우사지만 경험에서 나온 자동반사 아닌가? 전에 여천고등학교 공적비 사건도 있고, 그 훨씬 전에, 45년 해방 말이지, 그때 호되게 당한 경험이 몸에 익어서 나오는 자기 보호 본능. 물론 육이오전쟁도 빠질 수 없고."

"친일파, 과거사청산 얘기구나."

강인구가 얼른 알아들었다.

김인철의 머릿속에 하 교장에게 들었던 삼산면 두 마을 이야기가 바삐 오가는데 강인구가 천천히 말했다.

"해방 뒤, 그땐 민족주의 열풍이 엄청 거세게 불었겠지. 그때부터 반민족자들 처벌 시도가 있었지만 남한에선 제대로 안 됐지. 일제 때 경찰 간부들부터 고위 관료들까지 고스란히 제자리로 돌아와 국가권력을 장악했으니 될 수가 있나. 그렇지만 사실은 수면 밑으로 가라앉은 거지 완전히 끝난 건 아니잖아? 시절 따라 정세 따라 언제든 수면 위로 올라올 수 있는 문제지. 그러니까 그 사람들로선 겉은 몰라도 속으론 조마조마 겁이 날 수밖에 없는 거고…. 수암이 딱 그런 경우겠네. 여산의 정의파들한테 한 방 얻어맞고 호시탐탐 기회를 노리다 이번에 역공격을 한 거다. 그렇게 정리할 수도 있겠네."

"그 사람들이 불안에 떨었는지 그냥 지겹고 귀찮게 여긴 건지 그건 좀 더 알아봐야 되고, 과거사 문제니까 역공격보다 역청산이란 말이 더 그럴듯하구만."

얼른 한 마디 보태고 고개까지 끄덕이던 김인철이 말했다.

"근데, 역공격까지 나왔으니 지금 이야기가 어디로 흘러가야 되느냐 하면… 여산의 정의파들이 정부의 사정 바람이 똥바람인 줄 모르고 그기에 올라탔다는 소리가 되잖아? 그건 심하지, 그렇게 되몬 안 되는 건데 참."

"아까는 화두 깨친 스님처럼 이마까지 치더니 이번엔 꿍꿍 앓고 야단이네. YS도 청와대 비서들하고 장관들만 갖고 '학실이' 맘대로 안 된다는 소리 아니가. 토호 척결도 흐지부지, 전두환이 패들도 흐지부지."

하상길이 YS의 확실히 발음을 흉내 내며 거들었다.

"하긴, 대통령은 5년 하고 나가지. 정치권력은 움직이지만 관료조직은 영원하다는 거지. 특히 공안조직은 일거리를 계속 찾아내면서 자기 존재를 확인하는 거고."

"생각해보면 말이지." 강인구가 말했다.

"우선은 문민정부란 말이 뭐야? 군인들 내몰았다는 거야. 문민이라 해도 보수 진보 따라 정책기조가 다른데 YS는 본인부터 그렇지만 삼당합당이란 보수 등에 올라타서 대통령이 된 사람이야. 그다음은 이번 여산대 문제로 더 좁혀 보면 올 2월부터 진보 쪽으로 저기압 전선이 계속 머물고 있었다고 말 할 수 있 겠네. 김영삼과 만나기로 한 김일성이 갑자기 죽은 것부터 조문 파동까지 계속 흐리고 비 내렸잖아. 대한민국에선 남북 문제가 국면을 뒤집는 덴 최고니까. 남북정상회담 깨지고 조문을 가느 니 마느니 쌈 붙은 게 보수 기득권 쪽으론 더없는 기회네, 바둑 으로 치면 꽃놀이패가 생긴 거고."

"그렇지. 무슨 사건이고 이야기든 남북 대치가 나오면 무게 가 확 더 나가지. 근데, 조문 파동에 주사파 소동까지 움직일 동 (動) 자 집안의 이웃을 찾아보니 반동이란 친구가 있네. 저기압 전선이 아니라 반동 바람이 분 거고 그 친구들 꽃놀이패를 쥔 게 아니라 반동 짓을 한 거네."

"무슨 겁나는 말을 하노."

"허허. 국어사전하고 백과사전 찾아보면 되지."

"응. 사회변화에 역행하여 구체제를 유지하고 회복하려는 것 도 반동이지."

강인구가 정리하고, 김인철이 신을 냈다.

"학보에 교재 특집 한다 해서 내가 자식놈한테 한국현대사회 의 이해란 책을 빌려 읽었어요. 남북 대치 말이 나왔으니 드는 생각이 뭐냐 하면 민주화요, 민주화. 87년 6월 뒤로 어쨌든 조 금씩이라도 민주화가 되고 있는 게 사실일 텐데 그 책 집필 교 수들이 그걸 더 빨리 당기고 싶었거나 너무 믿은 것 아닌가. 기 득권 세력이 호시탐탐 노리는 게 용공 색깔 바람인 줄 모르고 말야."

"춘래불사춘이라는 건데 그 사람들이 색깔 바람을 모를 리가 있나. 해야 할 일이라 생각했을 수도 있지."

강인구가 받았다.

"김 교수가 아까 조선시대도 아닌데 토호가 웬 말이냐 했잖소. 조선시대 식으로 이번 사건을 말하자면 이리되겠네. 지역 유림 한패가 태평성대 기미도 보이는 데다 국정교과서 행세하는 기존 책으로 아이들 가르칠 수 없다 하고 새로 책 한 권을 냈다. 세상 돌아가는 형세가 여의치 않아 언로를 조금 열어주고 배가 아프던 한양의 사족과 의금부에서 그 책을 보고는 이놈들 아직 아니다! 하고 혼쭐 내려는 그런 꼴."

"사림과 훈구로 해도 되고."

"그럼 이게 사화가 되네, 사화!"

"여산 사화!"

김인철이 얼른 말하고 담배에 불을 붙였다.

"허, 이 사람들 잘도 짜 맞춘다. 남의 집에 불난 거 구경하니 재밌는 모양이지."

하상길이 말했다.

"불?"

김인철은 재떨이에 놓은 성냥불이 사그라드는 걸 바라보았다.

"만약에 수암이 쑤시고 다녀서 여산대학교를 전국에 알리는 데 일조를 했다면, 그게 어찌 되느냐? 누군가, 남이 불이야 소리 쳐줘서 살아놓고는 이번엔 자기들이 여기 불났소, 고함친 꼴이구나."

"그건 또 무슨 소리고?"

하상길이 김인철을 보았다.

"응. 하고 보니 뭐가 뭔지 나도 모르겠네. 해우소 가서 정리 좀 해갖고 올게."

김인철은 화장실을 가기 위해 일어났다. 방문을 열고 홀 쪽으로 내려서는데 같은 학교 교수 넷과 얼굴이 마주쳤다.

"아, 여기서 뵙네요."

"네. 오셨군요. 저흰 먼저 갑니다."

서두르듯 그들은 출입문으로 향했다. 음식점 벽이 여닫이식이니 옆방 소리가 들릴 수도 있었다. 바로 옆방은 아닌 것 같았지만 그들이 먼저 자신의 존재를 알고 있었다는 느낌은 확실했다. 모두 상경계열 교수로 학장과 가까운 사람들인 데다 재단 이야기를 했다는 사실이 환기되며 은근히 신경이 쓰였다. 여천고등학교부터 인연을 맺은 정 주사 생각도 더욱 뚜렷해졌다. 방에서 기다리는 두 사람에게 불 이야기를 어느 선까지 하지? 마주친 교수들이 다시 눈에 밟혔다.

2

수암전문대학 신문 제작은 9월 둘째 주 발행을 목표로 신속하게 진행되었다.

무엇보다 2, 3면을 가득 채울 외부 원고가 예상 밖으로 일찍 들어왔다. 〈학문의 자유를 넘어선 교양교재의 문제점〉과 〈대한

민국의 정통성을 부정하는 계급주의 교수들〉이라는 자극적 제목이었다. 학장이 근무했던 대구지역 대학교 교수가 앞의 글을 쓰고 전직 서울 소재 신문사 논설위원이 뒤의 글을 썼는데, 둘다 일간지에 이미 실린 내용과 판박이였다. 사설을 쓰기 위해 도서관에서 빌려온 신문들을 책상 한쪽에 펼쳐두고 있는 김인철로선 똑같은 문장까지도 여럿 찾아낼 수 있을 것 같았다.

머리가 아픈 건 남의 글이 아니라 자기가 써야 할 글이었다. 교재를 읽은 감상을 독후감으로 쓰라 해도 도망칠 텐데 논리를 갖춘 사설로 써야 한다니 짜증이 불같이 솟았다. 대한민국에서 마르크스의 '마' 자부터 알레르기 반응을 일으킨다는 걸 몰랐단 말인가. 신경질은 우선 집필 교수들을 향했다. 몇 년째 잘 쓰고 있는 교재를 새삼 시비 삼은 공안 당국과 그 사건을 2년제 대학 신문에 까발리겠다는 학장에게는 욕을 한 바가지 퍼붓고 싶은 심정이었다. 수암재단은 뒤에 생각났다. 재단이 공격을 받았다! 좌 성달, 교무부장이 했던 '공격'이란 말이 새삼 귀를 맴돌았다. 내가 지금 복수전의 최전선에 서 있구나!

사표를 내는 한이 있어도 사설은 못 쓰겠다고 학장실로 달려가지 못할 바엔 어쨌거나 끝내야 했다. 어지러운 생각으로 혼자 널도 뛰고 그네도 뛰는 통에 숨이 찼지만 "첫 문장만이라도"를 외치며 김인철은 볼펜을 들었다.

다음 날, 학장이 학보 제작을 직접 챙겼다. 그가 끙끙대며 쓴 사설까지 마무리가 된 글들을 다 넘기고 오후에 학장을 만났다. 자리에 앉자마자 학장이 닦달했다.

"김 교수, 사설이 뭐꼬? 일반 신문 사설은 그 신문사 입장을 대변하는 거고 학교 신문 사설은 학교 입장을 담는 거지. 그렇잖아?"

"일단은 그렇습니다만."

"일단이 어데 있노, 다 맞지. 새로 써야겠다."

"네?"

"오만 언론들이 맑스사관에 따라 계급혁명을 가르치는 교수들이라고 하는데 우리 사설은 그런 말은 한 마디도 없이 그냥 사건의 전개과정만 나열하다 뒤에 가서 책도 문제가 있지만 학문의 자유도 존중되어야 한다, 양비론으로 발을 빼잖아. 비판을 제대로 해야지. 외부 기고문의 논지하고 같이 가야지 따로 가서야 되겠나?"

김인철이 쓴 논설은 보수와 진보 언론의 대척점에 있는 신문의 주장을 적당히 섞어 쓴 것이었다. 꾀를 부린 것인데 학장이 한 수 위였다. 그는 변명했다.

"비판은 외부 필진이 제대로 했으니 사설은 좀 누그러뜨려도 되겠다 싶어서 그렇게 썼습니다."

"그럼, 김 교수가 쓴 이 사설이 우리 학교의 학생과 교직원 입장가? 고치라 마! 내가 편집인이고 발행인이란 소리까지 해야 되겠나. 응?"

숫제 겁박이었다. 김인철은 언짢으면서 난감했다. 다른 말은 없었으니 김인철이 쓴 사설만 꼬나 읽었다는 소리였다. 속이 끓었다.

그래, 한 십만 부 찍어서 여산시내 가가호호마다 다 돌려라.

"제대로 내보자."

김인철의 마음을 읽기라도 한 듯 학장의 목소리가 부드러워졌다.

"학교를 생각해야지, 학교."

그 말이 김인철에게 재단을 생각하자 재단으로 들려왔다. 실제로 교수들에게 월급을 주고 승진을 시켜주는 사람은 학장이 아니라 이사장, 학교법인 수암학원 이사장이었다. 알겠다 하고 얼른 일어나자, 김인철의 몸이 먼저 말했다. 그런데 학장이 그를 찬찬히 살피는 눈길로 붙잡아 앉혔다.

"김 교수."

"네."

"요새, 동문들은 자주 만나나? 신학기가 시작됐으니 곧 한번 보겠구나?"

"네, 그렇겠습니다."

대학동문은 다섯 명으로 모두가 후배들이었다.

"김교수는 여천고등학교 있다 대학까지 왔제."

새삼스런 얘기인데 학장은 답이라도 듣겠다는 양 뒷말을 하지 않았다. '대학에 왔지'가 아니고 '대학까지'라고 했으니 오감해하라는 뜻이었다.

"예, 그렇죠."

"그러이 재단에 관심을 더 가져줘야지. 지가 똑똑해서 교수된

줄 아는 물정 모르는 후배들하곤 다르지. 여산 바닥이 좁다이. 재단이 어려웠을 때도 그렇고, 지금도 교수들 중에 재단 이야기 하고 다니는 친구들도 있는데 그래서 되겠나?"

김인철은 이것 봐라, 하면서도 고개는 자동으로 끄덕여졌다. 사설을 새로 쓰겠다고 말하고 일어서자 하는데 학장이 그의 어깨에 짐 하나를 더 얹었다.

"참, 김 교수 학위는 어짜고 있노?"

"써야죠."

"한 살이라도 더 먹기 전에 끝내. 승진도 그렇지만 통계에도 잡히지."

박사학위를 빨리 따서 학교평가에 불이익을 주지 말라는 소리였다. 김인철은 항복하는 기분으로 "사설을 고쳐 써보겠습니다." 내뱉고 발딱 일어났다. 그제야 며칠 전 하상길과 강인구와 가졌던 저녁 자리, 그날 마주친 상경계열 교수들 얼굴이 떠올랐다. "김인철이 밖에서 재단 이야길 하고 다닙디다. 여산대 교재 사건하고 섞어서 말입니다." 그 친구들이 학장에게 그렇게 말했을 수도 있었다. 교무 학생부장을 뺀 독대도 말조심하라는 경고를 보내기 위해서 아니겠는가?

김인철은 입이 말랐다.

신문 원고가 든 봉투를 들고 학보사로 돌아오니 학생 편집장과 시간강사인 최 선생이 와 있었다.

"학과 기사는 다 됐나?"

"관광경영은 기사는 있다 해놓고 안 오네예."

편집장이 말했다.

"관광경영?"

"연락 한 번 더 해보고, 내일까지 안 주면 그냥 마감해."

머릿속에 그날 식당에서 마주쳤던 그 학과 교수 얼굴이 떠올랐다. 이런. 김인철은 고개를 흔들었다. 꾀보에게 걸려들면 안돼. 그냥 새 학기 시작되었다고 동태를 살피는 거지.

"예. 근데, 4면 광고는 우짭니꺼?"

"응?"

"4면 광고를 아직 못 구했습니다."

대학본부나 총학생회 등의 공지사항 외 상업 광고는 학생기자들이 학교 인근의 업소들을 다니면서 받아오고 있었는데 그걸 못 할 형편이었다.

"우리 편집장 단골 맥주집하고 식당으로 채우자."

긴장감과 화딱지를 그는 우스개로 눌렀다.

"교수님 두 분 단골집도 하나씩 넣지예, 하하."

"저번 호에 했던 게 있을 꺼 아닙니까? 그걸 그대로 쓰면 되지요."

최 선생이 말했다.

"그거 괜찮네, 지분을 인정해주니 공평하고, 허허."

"저번에 정한 대로 시, 소설 해설 원고를 다 썼습니다. 시는 이육사의 절정이고, 소설은 에밀 아자르의 자기 앞의 생입니다. 보셔야죠."

"뭘 봐. 수고했소, 딴 거 없으면 이걸로 편집회의 끝."

김인철은 다시 쓸 사설보다 학장 말에 더 신경이 쓰이고 짜증이 솟았다.

담배를 두 대나 거푸 피우고는 맘을 다잡았다. 손에 잡히지 않는 근심 걱정보다는 사설 한 줄이라도 쓰는 게 나았다. 양비론이 아니고 한쪽에다 독박을 씌우고 끝내자. 펼쳐놓은 신문에서 첫 문장으로 맞춤한 한 줄을 찾고 있는데 문득 부역이란 말이 떠올랐다. 해방되고 며칠 뒤, 공출과 징용에 앞장선 마을 이장을 두고 부역자는 법으로 징벌을 받게 해야 한다고 말한 윈발이란 이름도 생각났다. "이건 달라!" 그는 깜짝 놀라 외쳤다. 국민에게 의무로 지우는 노역할 때의 그 부역이야. 그러니까 월급 주는 직장에서 내게 시키는 일. 연말에 영업사원이 목 달아맨다는 목표 달성의 노역!

*

그날 밤, 김인철은 서옥주에게 말했다.

"서 원장, 내 명문학원에 갈란다."

목구멍이 포도청이라 내가 이 짓을 한다고 마음 다진다 해서 사설이 줄줄 써지지는 않았다. 기분이 더러워서 더 쓰기 싫었다. 그는 최 선생을 다시 불러 술을 마셨다.

"요즘 새로 생긴 학원 땜에 위기감을 느낀다며? 스타강사 영입이 답이야."

"갑자기 무슨 소리예요?"

"못 해먹겠다."

서옥주는 긴장했다. 매일같이 학교에 나가면서 짜증을 부려 무슨 일인지 물어보니 학교신문 이야길 했다. 그래서 지금 하는 생뚱한 말도 스트레스 때문이라는 걸 금방 알아챌 수 있었다. 어쨌거나 우스개로 넘겨야 했다.

"위기는 무슨 위기예요. 학원이야 늘 새로 생기지. 명문학원이 아무나 오는 덴 줄 알아요? 학생들 앞에서 공개수업해서 통과 안 되면 어쩌려구."

"그래, 명문학원 원장이 누군데. 그래도 준비는 해야지. 내가 명강사 자신 있어. 아, 지금 바로 이육사의 절정이란 시, '매운 계절의 채찍에 갈겨 마침내 북방으로 휩쓸려 오다'로 시작하는 시 있잖아. 그 작품으로 공개수업 해볼까? 육사 선생의 시를 감히 수암대학신문 특집호에 땜빵으로 앉힌 것도 사죄할 겸해서."

말로 그치지 않고 김인철은 베란다 쪽 창으로 나갔다. 창밖으로 교회의 십자가 불빛이 어른거렸다. 그는 소파에 앉은 서옥주를 향해 돌아섰다.

"이 통유리 창이 칠판이에요, 학생 여러분."

"저이가 정말? 그만둬요."

서옥주가 일어서는데 김인철은 시작했다.

"오늘은 이육사 절정이지. 4연으로 된 아주 짧은 시. 절창은 짧아서 절창! 자, 누가 읽어 볼까?"

하늘도 그만 지쳐 끝난 고원

서릿발 칼날진 그 위에 서다.

시를 단숨에 외운 다음 김인철이 말했다.

"자, 여기 칠판 봐요. 전체 4연이지요. 전통 시로 생각하면 뭐가 떠오르죠? 기승전결. 전통 한시의 구성법, 그렇게 답해야지. 자 그다음. 북방, 고원, 상실, 무지개 이 단어는 뭐냐? 시적 화자, 즉 주체자가 처해 있는 상황이야."

"여보, 제발 저리 가요."

서옥주가 김인철의 손을 붙잡았다.

"내가 딱 그 상황에 있다니까,"

"알아요, 알겠어요. 좀 있으면 동오 들어올 텐데 이러면 안 돼요."

"알았다고? 내야 서옥주가 알아주면 됐지."

하지만 그는 여산 바닥이 좁다느니, 재단 이야기하고 다니는 교수, 운운했던 학장 얘기는 하지 않았다. 아내에게까지 걱정 끼칠 것도 아니지만 말이 씨가 된다는 말도 은연중 두려웠다.

다음 날 김인철은 사설을 빠르게 고쳐 썼다. 한쪽 눈은 꼭 감고 다른 눈은 크게 뜨고 써나갔다. 그 자신이 교재를 읽었을 때 가졌던, 외투는 칙칙해도 양복과 내의는 의외로 깨끗하다는 생각 중 양복과 내의는 안 보이고 외투만 본 것으로 했다. 집필 교수들과 학술단체가 주장하는 표현과 학문의 자유에는 눈을 꼭 감고, 교수들이 방법론으로 삼은 계급론에 바탕을 둔 마르크스 이론이 남북 대치라는 특수한 국면의 우리 실정에 얼마나 위험한 것이냐는 주장에는 눈이 째지라 크게 떴다.

이 신문 저 신문에서 베끼고 짜깁기하고 나니 두 눈이 같이 아팠다. 아픈 건 자존심이고 쓰린 건 위장이었다. 그래서 그는 자기에게 말했다. 그래, 난 계급주의자다. 소시민. 지질한 쁘띠 부르주아지면 어때, 살아가는 거지.

3

김인철은 7시 30분 시간에 맞춰 아파트 관리사무소 2층에 도착했다. 매달 마지막 주 목요일 저녁에 입주자 대표회의가 열렸다. 휴가철이라고 8월을 건너뛰는 바람에 두 달 만이었다.

"반갑습니다."

"어서 오이소."

인사가 오가며 106동 팻말이 놓인 책상 앞 의자에 앉자 관리사무소 소장이 다가와 회의 참석자 명부를 내놓았다. 이름을 쓰고 사인을 하자 소장이 회의비가 든 편지봉투를 내밀었다. 두 사람이 저녁 먹을 만한 금액이었다.

"오늘 1동하고 9동이 못 오신다고 위임했으니 오실 분은 다 오셨습니다. 회의 시작하겠습니다."

잠시 뒤 입주자 대표회의 회장이 개회를 선언했다. 책상 위에 놓인 회의자료 첫 장에는 큰 글자로 보고사항, 토의사항, 기타로 나뉘어져 있었다. 관리소장이 7월 의결 사항에 대한 후속저

리와 그동안에 일어난 일들을 보고했다. 103동 층간 소음문제
는 여전히 진행 중이라는 말에, 3동 대표가 "밑에 집에서는 아-
들도 뛰고 개도 뛴다는데 웃집에서는 마흔 평에서 뛰몬 얼마나
뛴다고 그리 야단이냐고 코웃음을 친답니다."라고 보태 웃음이
터졌다.

보고사항 2번은 테니스장 임대 종료에 따른 후속조치였다.
테니스장 임대 문제는 관리를 맡은 테니스 코치에게 임대를 허
용한 게 불법이라는 데서 시작되었다. 회원제로 운영하면서 주
민들 이용이 제한되고 외부 사람들이 다수를 차지하는 데 대한
민원이 있어오다 바로잡아가는 과정이었다.

신축 교회문제는 제일 마지막에 적혀 있었다.

소장은 동대표들과 같이 앉지 않고 회장석 뒤편의 소파에 앉
았다가 발언할 때마다 나왔다. 처음부터 그렇게 해왔던 모양인
데 진행에 어려움이 있는 건 아니었다.

"7월 회의 때 나온 교회 건은 공문을 보냈는데 아직 아무 답
이 없네예."

소장도 뒷말을 보태지 않고 참석자들도 말이 없었다. 문제를
제기한 동은 6동 7동 8동이었다. 두 동 대표가 김인철에게 잠깐
눈길을 주었다. 김인철이 뜻하지 않게 동대표를 맡은 것은 테니
스장 문제처럼 입주자 대표회의의 부실한 관리 운영 때문이었
다. 하던 사람들이 계속해서 그렇게 됐다는 것인데 장기수선 충
당금을 바닥낸 도색공사가 부실로 밝혀지면서 전임 회장이 도
망치듯 이사하는 일까지 벌어지기도 했다. 때를 맞춘 듯 교회

문제까지 불거져 김인철은 빠지지 않고 회의에 참석하고 있었다. 번거롭고 불편한 일에는 몸을 사려왔으니 발등에 불이 떨어졌다고 봐야 할 것이었다.

"뭐라고 써서 보냈습니까?"

김인철이 소장에게 물었다.

"귀 교회의 십자가 네온사인이 당 아파트 거주 주민들의 야간 생활과 숙면에 방해가 된다는 민원이 있으니 조처해 주십시오. 그거지예."

저번 회의에서는 교회에 공문을 보내기로 했을 뿐 구체적 내용이나 형식까지 정한 건 아니었다. 대부분의 안건도 그렇게 처리하고 있었다.

"우리가 보낸 공문을 받았는지, 교회에다 전화는 한 번 해보셨습니까?"

"전화는 안 했습니다. 뭘 따지는 것 같이 보일까 해서…."

마르고 키가 큰 소장이 뒷말을 흐렸다. 교회를 상대한다는 사실 자체가 부담스럽다는 뜻으로 보였다.

"따지는 기 아이라 공문을 받았는지 안 받았는지를 물어보는 긴데 뭐 어때서예. 하나를 끝내야 다음 일을 할 꺼 아입니꺼."

7동 대표가 다그쳤다.

"맞는 말씀이라 생각합니다. 내용을 좀 더 구체적으로 해서 한번 더 보내는 게 어떻겠습니까?"

김인철은 그렇게 말하고 회장을 비롯한 대표들을 바라보았다.

"그래 주이소. 커텐을 계속 치고 살 수도 없고, 짜증이 얼마나 나겠습니까."

7동 대표에 이어 8동 대표도 나섰다.

"이번엔 문구를 좀 상세하게 해갖고, 우리 6동 교수님이 쓰시든지."

김인철은 "공문인데 뭘예."라며 얼른 발을 뺐다.

다른 동 대표가 천천히 말했다.

"교회가 종교시설이니까 특수하긴 하지예. 그러니까 소장님도 전화하기 어렵다는 거 아니겠습니까."

다른 대표들은 아무도 발언하지 않았다. 교회로부터 받는 피해가 없어서인지 지금처럼 특수한 시설이라는 인식이 박힌 건지 첨부터 말을 아꼈다. 회장이 여전히 가만히 있는 걸 보고 김인철이 다시 나섰다.

"저번에도 비슷한 말들이 오간 걸로 아는데, 간단하게 접근하입시다. 밤 12시 넘어까지 켜놓는 네온사인 땜에 생활이 불편하다는 것, 그거 아입니까. 일단 답은 받아봐야 그쪽 입장이 무언지도 알고 그다음으로 넘어갈 수가 있지예."

김인철은 흥분하지 말아야지라고 되뇌며 거기서 멈추었다. 같이 해야 할 일이지 혼자 나선다고 될 일이 아니었다.

"참, 소장님. 앞에 공문, 등기로 보냈습니꺼?"

7동 대표가 물었다.

"예? 그냥 일반우편으로 보냈습니다."

"받았는지 안 받았는지도 모르고, 전화하기는 꺼끄럽고, 진행이 하나도 안 됐다 아입니까? 집값 떨어진다는 말도 나온다 말입니다. 내가 이 말은 안 할라 캤지만."

7동 대표의 음성이 높아졌다. 시선들이 모이다 슬며시 흐트러졌다.

"진행이 안 된 건 아이고⋯."

소장이 더듬댔다.

"그랄끼 아이고."

8동 대표가 물었다.

"근거가 남아야 할 문서 발송은 어찌한다 그런 규정이 있을 꺼 아이라요? 등기도 있고 내용증명이 필요할 때도 있을 껀데."

"그기 정해진 기 있는 건 아이고 사안에 따라 판단하지예."

소장이 답했다.

"이거는 내용증명으로 보내야 합니다. 그래야 교회도 중요한 문제란 걸 인식할 꺼 아입니까?"

8동 대표 말에 김인철도 바로 찬성 발언을 했다.

"몇 번을 보낼 수 있는 것도 아니니까 이번엔 야무지게 그렇게 하는 게 좋겠습니다."

침묵이 잠시 흐른 뒤 "내용증명까지야."라고 다른 동 대표가 말을 꺼냈다.

"무슨 사건도 아닌데 그럴 거 있겠습니까? 뭣보다 교회이지 않습니까."

역시 교회가 특수한 위치에 있다는 걸 염두에 둔 말이었다.

"그게예."

7동 대표가 말했다.

"우리 동 피해 주민 한 분은 고발 이야기까지 합디다. 수면방해, 정서 뭐라더라? 이기 열 집, 스무 집 일이라 캐도 결국은 우리 아파트 일이니 시작할 때 제대로 해야 된다고 봅니다."

"어떻습니까?"

회장이 그제야 입을 열었다.

"손 들고 표결하기도 그렇고, 한번 더 공문을 보내보는 게 어떻습니까? 내용에 면담 요청을 넣고, 9월 입주자 대표회의 논의 사항이라는 것도 써넣고 해서 내용증명으로 보내는 거로?"

"좋습니다."

"그럽시다."

그런 소리가 나오고 몇 사람이 고개를 끄덕이자 회장이 교회 문제를 마무리했다.

올해 초, 길 건너 공터에 새 아파트단지가 완공되더니 그 끄트머리에 대형 교회 건물이 자리 잡았다. 교회는 신축 아파트단지로는 숲으로 등을 지고 김인철이 사는 아파트의 일부 동 정면에 들어선 모양새였다. 종교시설은 아파트 단지의 교육문화시설로 허가가 난다고 했다. 길 건너 교회는 부속유치원과 함께 지어졌으니 두 가지를 다 채운 셈이었다.

서옥주의 기대대로 1988년 입주 뒤 아파트 값은 계속 올랐다. 인근에 교육관련 시설과 관공서들이 오면서 아파트단지도 속속 들어섰다. 시내버스 노선이 늘고 택시기사들이 웃돈을 받는 일도 없어졌다. 신축 교회와 마주보게 된 6동을 비롯한 세

개 동은 미성아파트 12개 동 중에서도 풍광도 괜찮고 소음도 덜한 방향이라 인기가 있었는데 뜻하지 않은 일이 벌어진 것이다. 예배 시간대의 주차난은 그렇다 해도 밤에 켜두는 십자가 불빛이 문제였다. 2개 차선 100미터 조금 더 되는 직선거리에 5층 높이의 교회 십자가가 세워져 있었다. 7동 저층과 중간층 집들이 정면이라 했다. 하지만 불빛은 직선거리나 높이로 따질 일이 아니었다. 불빛은 정면만이 아니라 위에서도 밑에서도 옆에서도 보였다. 교회 이름이 세로로 적힌 십자가는 붉은 네온사인으로 밤새 빛을 발했다.

김인철이 사는 6동 10층에서는 약간 비스듬히 내려다보면서 빛이 베란다부터 거실과 작은방까지 슬며시 흘러들었다. 주택 지구에서는 생각지도 못한 일이 태연하게 일어난 것이다.

기타 토의사항까지 회의가 끝났다.

"저, 대표님들."

소장이 말했다.

"상가에 미장원이 새로 들어왔는데 떡하고 음료수를 보냈으이 잡숫고 가이소. 원장님이 인사한다고 밖에 계십니다."

곧바로 미용실 원장과 관리소 직원이 종이상자와 음료수 상자를 들고 들어왔다.

"잘 부탁드립니다. 은마 미용실입니다."

중년 여성이 인사를 하고 비닐봉지에 든 음식과 음료수가 책상 위에 빠르게 놓였다. 봉지에는 떡 외에도 과자와 빵도 담겨 있었다.

대표 한 분이 "서울 강남에 있는 아파트 이름 빌렸는가베."라고 말하고 원장이 "맞습니더. 최고급 아입니꺼. 맥주 드실 분은 말씀하이소."라고 했다.

김인철은 새로 출시된 보리음료수를 받았다. 그는 은마아파트가 얼마나 고급으로 호가 났으면 여산의 미용실 상호로 등장할까를 생각하며 병마개를 열었다. 원장은 여성 대표들과 몇 마디 나눈 뒤 회의실을 나갔다. 그때 10동 대표가 김인철에게 말했다.

"6동 교수님. 여산대 사건 말입니다."

김인철은 깜짝 놀랐다. 여산대 교재 문제를 특집으로 한 학교 신문을 낸 직후라 여산대학 말만 나와도 긴장이 되었다. 학생들도 대충 보고 내던지는 학보지만 그래도 누구 눈에 띌 수는 있었다.

"총장이 와 사표를 냅니꺼? 국립은 대통령이 임명한다는데 총장이 잘못한 것도 없는데 말입니다."

"총장 사표요?"

하상길과 강인구와 만나고 얼마 뒤 여산대 총장이 갑작스레 사표를 냈는데 여기서 그 얘기가 나온 것이다. 다른 동 대표들의 시선이 모였다. 미용실 개업 덕에 군것질을 하고 있는 데 마침 재미나는 구경까지 생긴 셈이었다.

"저도 잘 모르지만, 그동안 학내에서 일어난 일에 대해 책임을 진다는 뜻 아니겠습니까, 왜, 도의적 책임이라고 흔히 말하는 그런 거 아닐까요."

"사고 친 교수들은 그대로 있고 치다꺼리한 총장은 나가고, 무신 그런 일이 있습니꺼."

10동 대표가 재빨리 말했다. 자기 하고 싶은 말을 하려고 나를 끌어넣었구나. 김인철은 음료수를 한 모금 마셨다. 보리 향 나는 탄산수가 목을 자극했다. 김인철은 10동 대표를 좋게 보지 않고 있었다. 이번에 새로 꾸려진 동 대표 12명 중 3개동이 입주 때부터 말뚝으로 연임 중이라는데 10동도 그중 한 사람이었다. 장기수선 충당금을 바닥낸 도색공사가 부실공사로 밝혀지면서 다른 동 대표들 대부분은 물러났는데 태연하게 그 자리를 지키고 있었다. 일을 할 만한 사람들이 뒤로 빼는 틈새를 비집고 자신이 직접 동의서를 들고 다니면서 동 대표가 되었다고 했다. 여산대 문제에 대해선 김인철도 방금 말한 내용 말고는 더 아는 게 없었지만 저 60대 여성에게 여산대 교재 문제는 무엇일까, 궁금했다.

"근데, 10동 대표님이 그 문제에 관심이 많으신 모양입니다. 한참 떠들다 지나간 것 같은데."

김인철은 지난주에 여산대 교재 문제로 떡칠을 한 수암대 신문을 내놓고도 태연히 그런 말이 나오는 자신이 신기했다. 이게 반발이고 역공이지. 목구멍이 포도청이라 사설을 쓰기는 했지만 마음은 여전히 불편했다.

"국가보안법 위반사건 아입니까. 대한민국에서 그보다 중요한 사건이 있습니까? 그기 우리 여산서 일어났으니 시민들이 당연히 관심을 가져야지예."

확고한 주장을 갖고 있다는 걸 보여주는 10동 말이 끝나자 다른 대표가 나섰다.

"영장을 기각한 판사는 또 뭐꼬. 잡아너 놓고 수사를 해야지. 아-들을 베리놓라고 작정을 안 하고서야 우찌 계급 우짜고 할 수가 있노. 해방 후에도 좀 배웠다는 사람들이 빨간물 많이 들었잖습니까. 그리고 우찌 만든 종합대학인데 교수라꼬 내려와 갖고 지거들 맘대로 야단이고? 여산이 만만하이 보였던 모양이제."

숫제 보수 시민단체 대표급 발언 수준인데, 그 역시 연임을 하고 있는 동 대표였다. 그 사람의 입에 오른 계급이라는 말에 학보의 사설을 쓰고서 계급주의자라고 자인한 자신이 우습게 떠올랐다. 그런데 두 사람이 어찌 이렇게 죽이 잘 맞을까. 종합대학 승격이 여산 시민들의 숙원이었다 해도 집필교수들을 몹쓸 사람으로 몰아대는 기세가 자못 살벌해 보였다. 한양 사족들만이 꾀죄죄하게 보이는 시골 유림을 족치는 게 아니라 방귀깨나 뀌는 같은 고을 사람들도 기회다 하고 갓이랑 도포 벗기려 달려드는 꼴이구나. 훈장질하는 나도 배곯을까 그기에 가세하고.

문득 큰산 철쭉제 행사시를 씹던 나경삼 씨가 생각났다. 이긴 사람이 왜 불안해할까 했는데 그가 보여준 건 이긴 자의 통찰이었다. 뽑아도 다시 나는 풀 같은 문제일수록 눈에 띌 때마다, 땅 밖으로 나올 때마다 여지없이 밟아야 한다는 걸, 그것도 힘이 있을 때 찍어눌러야 한다는 걸 실현한 것이었다.

김인철은 입을 굳게 다문 채 책상 위 비닐주머니에서 빵을 꺼냈다. 자기 입에서 무슨 말이 나올지 몰라 얼른 틀어막아야 했다. 방귀 뀐 놈이 먼저 화를 내고 도둑이 제 발 저린다는데 자기 입에서 무슨 말이 나올지는 정말 몰랐던 것이다. 김인철이 뜯은 빵 봉지를 보니 입에 든 폭신하고 달달한 카스테라는 잘 알려진 기존 회사의 계열사 제품이었다. 이놈도 계속 해먹는 놈이구나. 순간 숨이 막히면서 재채기가 막 터져 나오려 했다. 그는 눈물을 쏙 빼면서 음료수를 마셨다.

집에는 그 혼자였다. 열어놓은 거실 베란다 문으로 부는 바람에 벽에 걸어놓은 달력이 살짝 흔들리고 있었다. 그는 관음죽과 남천, 교회 불빛 때문에 아내가 새로 산 잎이 넓은 떡갈고무나무, 그리고 큰아이가 대학에 가던 해에 꽃을 활짝 피운 군자란 등이 놓인 베란다로 나와 통 창문을 힘주어 닫았다. 먼지와 화분의 흙과 잔돌들이 레일에 끼어 문은 언제나 뻑뻑했다. 어김없이 오른쪽 지점에서 붉게 빛나는 교회 십자가가 내려다보였다. 엇비슷한 위치지만 십자가 형체는 그대로였다. 정면으로 마주하는 7동 건물과 거리가 얼마 있다 해도 공중에서 볼 때는 큰 차이가 없을지도 몰랐다. 세로는 길고 가로는 세로에 비해 짧은 철탑 십자가가 붉은 네온으로 훤하게 빛났다. 눈이 피곤할 정도의 빛이었다. 볼 적마다 무조건 달려드는 생각이지만 전깃불을 켜는 이유를 이해할 수가 없었다. 아무리 자기네 종교의 상징적 구조물이라지만 밤에도 전깃불을 켜가며 우리 교회 여기 있소! 라고 알려야 하나?

문득, 여산대학교 총장 사표 얘길 꺼내서는 하고 싶은 말들을 시원하게 내뱉는 연임 중인 동 대표들처럼 지지치 않고 "기득권이야, 우린 기득권이라고!" 주먹을 치켜드는 것같이 보였다.

4

김인철은 며칠 저기압 상태로 지냈다. 학보 일로 학장실을 나오면서 입술이 바짝 말랐던 그 기분이 계속되고 있었다. 해결책이 더딘 교회 십자가 문제는 혼자 어떻게 할 수 없는 것이라 해도 학교 문제는 혼자 독박을 덮어쓴 것 같아 압박감이 더 심했다.

신문제작은 끝났지만 여산 바닥이 좁다면서 재단 욕하는 교수 운운한 학장 말은 살아 있었다. 자기를 겨누어 했는지가 애매하니 속이 더 탔다. 그날, 식당 종업원에게 수암대 교수 넷이 어느 방에서 나왔는지를 물어보지 않은 게 후회되기도 했으니 기가 찰 노릇이었다. 학장이 사설을 다시 쓰라고 하면서 했던 말은 사실상 겁박이었다는 생각이 들 때는 속이 뒤집혔다. 그 순간에는 바로 학장실로 쳐들어가 목이라도 조르고 싶은 충동이 들기도 했다. 자신하고 아무 상관없는 여산대학교 교양과목 하나가 지랄같이 괴롭히고 있었다. 하지만 학장 목을 쥐고서 그날 니가 내 목을 조른 걸 사과하라고 하지 못하는 이상 죽은 듯이 지내는 수밖에 없었다.

그래서 오늘 대학동문들 회식자리에 가면서는 되도록 말을 아끼고 학교 얘기는 말자는 다짐까지 했다. 하지만 생각뿐이었다.

여름방학 보낸 얘기들 뒤에 수암대 신문 발간 말이 나왔다.

"이번엔 특집으로 낸다고 수고 많았겠습니다."

그가 최고 선배인 데다 공통된 학교 이야기라 자연스런 화제였다. 인사치레로 여기고 그만하게 넘어가면 되려만 어깨에 힘이 들어가고 말았다.

"외부 원고 받아서 양면에 장판 깔듯 깔았는데 뭐. 이 교수님, 김 교수님, 수암대 신문에 제발 글 한 줄 써주세요, 사정 안 하고 편했지 뭐."

웃음 뒤에 후배가 말했다.

"욕 마이 봤다, 그런 뜻으로 듣겠습니다. 선배님 말씀은 진위 파악이 어려워서 일단 거꾸로 새겨놓고 봅니다."

후배들도 장광설에다 삐딱한 그의 말버릇을 잘 알고 있었다.

"허, 연기설인지 카르마인지. 안 믿을 수가 없어. 글쎄 남의 학교 교양과목 문제에 내가 왜 끼어드나. 내가 수암대에서 교양국어 가르치는 거랑 여산대에서 대학원 다닌 데 엮여서 욕볼 줄은 진정 난 몰랐네야. 허, 참."

"하하. 임희숙 노래까지 나오고, 그 정도로 그만하시는 게 좋겠습니다."

"그래, 그러십시오."

모두들 이번 학교신문이 왜 여산대 〈한국현대사회의 이해〉 문제를 특집으로 했는지 잘 알고 있다는 소리였다. 학장이 귀를 세우고 있는 재단 이야기가 나올 리가 없었다. 같은 대학교 학부를 졸업했다는 인연으로 일 년에 몇 번 만나는 사이에 깊은 얘기가 오가기는 어려웠다. 하지만 얼마 전에 총장 사표가 반려된 여산대학교 이야기는 앞뒤 없이 섞여 나왔다.

"여산대 문제는 교육부의 총장 사표 반려로 한고비 넘긴 거지. 그 과목 폐강 문제로 집필 교수들하고 심하게 다투었다는데."

"그렇겠지. 폐강을 시킨 건 그 과목이 문제가 있다는 걸 학교에서 공식적으로 인정한 게 되니까 집필 교수들로선 당연히 반발할 수밖에 없지."

"여론이 안 좋으니까. 어쩔 수 있나."

"폐강 이야기가 나와서 하는 말인데, 법정 강의 시수가 안 나오면 학교에서 그 교수를 자를 수 있다던데."

여론에다 밥그릇 이야기까지 나오고 있었다. 김인철도 한마디 했다.

"둘 다 맞는 말일 거요. 내가 복에 없는 우리 아파트 동 대표가 되어 입주자 대표회의에 나가는데, 어느 분이 그래. 우찌 만든 종합대학인데 교수라꼬 내려와갖고 지거들 맘대로 야단이고? 여산이 만만하이 보였던 모양이제. 그렇게."

"아따, 선배님 기억력도 좋으시다. 말투까지 실감 나게 흉내내시는 거 보니 앞으로도 그 문제랑 인연이 점점 깊어지겠습니다. 하하."

"그건 정말 사양이야. 말 나온 김에 얼른 하나 합시다. 집필 교수 분들 말요. 우리 학교 신문을 안 봐서 천만다행이다 싶어. 어쩌면 보고도 월급쟁이 주간 교수가 불쌍해서 항의를 안 하는 건지 모르지만."

"백 프로 뒤쪽입니다, 뒤쪽!"

"자격지심이 과하면 병입니다."

김인철은 더 말이 많아졌다.

"수암의 다른 교수님들이 우리 대학 출신들 보고 정거장 손님이라는 소리 한다고 했지요? 얼마 있다 떠난다고."

"삼 년째 고정 멤버들입니다."

"그래요?"

소도시 전문대학이다 보니 대도시나 4년제로 옮겨가는 교수들이 많았는데, 아무래도 타지 출신과 서울 쪽 대학 출신 이직 비율이 높을 수밖에 없었다. 수암대는 보수도 약하고 승진도 더뎠다. 재단 자체가 비리 사학으로 찍혔듯이 모든 여건이 좋지 못했다.

"요샌 뜸했구나. 어쨌건 난 여산에 굳세게 남아 수암대 신문 말뚝 주간 하며 풍찬노숙하며 지낼 테니 여러분은 기회 되면 떠나라고. 떠날 때는 말없이라는 노래도 부르지 말고."

해놓고 보니 후배들에게 이직을 부추기는 발언이었지만 술이 잘 넘어가듯 말이 술술 나와버렸다. 후배 교수가 말했다.

"어, 오늘 노래방은 꼭 가겠습니다. 근데, 학보 만드느라 고생은 하셨지만 풍찬노숙은 좀 심합니다. 학원 원장 사모님에 큰 산에 멋진 별장도 있고, 거기다 여산이 고향이신데."

"큰산 가깝고 여산이 좋아지기 시작하는데 왜 자꾸 떠나라 하십니까? 저도 선배님처럼 큰산 밑에 땅이나 슬슬 보러 다닐까 하고 있습니다. 하하."

다른 후배까지 나섰다.

"재산 공개 당하면 안 되니까 풍찬노숙을 비바람 좀 맞고 잠은 집에서 자는 거로 바꿀게요. 그리고 권 교수는 다음 주말부터 나하고 땅이나 보러 다닙시다."

그날 노래방까지 가서 김인철은 즐겁게 놀았다. 한참 지나간 〈회전의자〉라는 노래를 찾아 부르면서 꾀보 학장을 빙글빙글 정신없이 돌리는 장면도 떠올렸다. 빙글빙글 도는 의자 회전의자에, 임자가 따로 있나 앉으면 사장이지. 2절에서는 사장을 학장으로 바꾸어 불러 직선으로 학장 뽑으면 발 벗고 뛰겠습니다, 라는 소리를 듣기도 했다. 김인철은 내가 실전에 강하구나, 이렇게 직접 부닥치면 아무 것도 아니지, 라고 혼자 외치며 호기를 부렸다. 내일 오후에 아파트 입주자회의 긴급 임시회의가 있다는 기억이 났지만 그는 중도에 일어나지 않았다.

*

다음 날 오후, 그는 몸을 추슬러 아파트 관리사무소로 갔다. 입주자회의 회장과 문제를 제기한 3개 동 대표와 주민들이 모인 자리였다. 소장이 먼저 말했다.

"다음 주 금요일 오후 6시에 만나겠답니다. 오늘은 3개 동 피해 주민들께서 오시겠다고 해서 같이 모셨습니다."

김인철은 같은 6동에 사는 아주머니와 눈인사를 나누었다. 6동에서 빛 공해가 심하다는 2호 라인 중간층 주민이었다.

　"시간도 아주 일방적으로 통보만 했는가베. 우쨌든 일을 못 봐도 가야지."

　8동 대표가 호주머니에서 수첩을 꺼내 날짜를 살피며 투덜댔다. 김인철은 수첩을 가져오지는 않았지만 금요일 저녁 약속은 떠오르지 않았다.

　"약속이 있어도 가야지예. 그런데 이 회의가 임시 입주자 대표회의가 아니고 무슨 성격인지 그것부터 알고 이야기를 하는 게 어떻습니까?"

　김인철이 앞에 놓인 생수를 반통 넘게 마신 뒤 회장과 소장을 보며 말했다.

　"그렇지예."

　은행원으로 퇴직했다는 회장이 고개를 끄덕였다.

　"이 문제가 임시회의 개최 건이 되는지 안 되는지 결정도 회의에서 정해야겠지만, 소장님이 대표님들께 전화를 내보이 다수가 아이라고 해서 해당 동만 모였습니다. 그렇다고 6동 대표님 걱정대로 입주자 대표회의가 이 문제서 빠지는 건 아입니다. 소위원회나 대책위로 여기고 논의를 하고, 필요하면 대표자회의에서 추인 받고 그렇게 할까 하는데, 어떻습니까?"

　먼저 김인철을 비롯한 동대표들이 고개를 끄덕이며 "그럽시더."라고 동의했다.

　"그럼, 주민분들 얘기부터 들어보입시다,"

"제가 한 말씀 드리도 되겠습니까? 전 7동 305홉니다."

기다렸다는 듯이 한 사람이 나섰다. 일흔은 족히 넘어 보이는 남자 분이었다.

"네, 하십시오."

회장이 고개를 아래위로 크게 끄덕였다.

"동 대표님들하고 관리사무소에서 수고해줘서 고맙습니다. 그래도 속도가 느려서 내가 교회에 직접 전화를 몇 번이나 했십니다. 불 좀 꺼달라고."

짧은 흰머리에 남색 긴 소매 남방 차림이 단정해 보였다.

"그라이 안 된답니다. 그 말뿐입니다. 아들 내외가 왔을 때 거실하고 안방에 비친 십자가 사진을 찍어 우편으로 보내면서 사정도 했는데 답은 그대룹니다."

"저도 한 말씀 드릴까예?"

8동의 아주머니가 나섰다.

"저는 비디오까지 찍어놨어예. 불빛 땜에 수면방해, 정서 불안이 온다고 전화했더이 그런 말씀 하시면 안 된다고 큰소리를 치는 거 아입니까. 비디오를 한 번 보고 말을 해라 카이 '그라몬 안 됩니다!', 똑같은 소리라요. 제가 시청하고 경찰서에 알아보이 저촉되는 게 딱히 없다면서 교회 일 아입니까, 이라는 거라요. 나설 수 없다는 말 아입니까? 답답하고, 화도 나고 그렇십니다."

"교회에 가서 누굴 만납니까? 이게 면책이나 면피 기회가 되몬 안 될 꺼라는 생각이 들기도 합니다."

김인철이 말했다.

"그렇지요."

7동 대표가 이어받았다.

"주민들이 직접 전화하고 사진도 보내고 하는 데다 아파트 명의로 내용증명을 보내놓으이 이제야 만나겠다는 거 아입니까? 대화했다 카는 그 구실 만들라꼬."

"사례가 어디 있을 꺼 아닙니까? 울화가 한 번씩 치밀어서 내가 겁이 납니더."

6동 2호 라인 아주머니가 말했다.

"시청하고 경찰에서 저촉되는 기 없다는데 사례가 소용이 되겠습니까? 근데 생각해보몬 그 말도 이상하지요. 교회가 새벽에 치던 종은 안 치는데, 와 저촉되는 법이 없는지."

소장이 틈을 내서 "교회 측에서 누가 나온다는 말은 아직 없습니다." 답했다. 그러고도 이런저런 얘기들이 오간 끝에 구체적 피해 사례와 요구 사항을 공문 형태로 만들어 전달하자는 것이 최종 결정이었다. 발언도 중구난방이 되어서는 안 된다며 반드시 해야 할 사람까지도 정했다. 김인철도 당연히 발언자 명단에 들었다. 꼼꼼하게 챙긴다는 것은 문제가 중차대하면서도 상대가 그만큼 강하다는 소리이기도 했다.

"우리가 무슨 군사작전에 임하는 것 같습니다. 허, 참."

김인철이 마른 가랑잎같이 바삭거리는 분위기를 바꾸어 보려고 한마디 했지만 아무도 웃지 않았다. 숙취가 되살아나는 듯 머리가 무거웠다.

"살다가 이런 문제를 당할 거라곤 꿈에도 생각 못 했습니다. 크리스마스나 그런 날 한두 번 켜는가 했지 내 집에 십자가 전깃불이 들어올 줄 생각이나 했겠습니까? 이기 시변이지 뭐가 시변입니까?"

70대 영감님이 말했다.

"돈도 많고 이름깨나 있는 신자도 있으니까 무서울 기 없는 거라예. 내 물어볼 꺼라요. 어느 나라에서 불 켜놓는지."

비디오를 찍었다는 7동 아주머니가 덧붙였다.

*

"여보, 오늘 저녁에 교회에 찾아갈 건데 뭐라 말하지?"

금요일, 아침 식탁에서 김인철이 서옥주에게 말했다.

"글쎄…."

"말 잘하는 교회 사람들하고 길게 이야기해서 이길 수 있겠나. 촌철살인, 제대로 찔러서 꼼짝 못하게 해야겠지."

"대화를 하러 가면서 무슨 무서운 말까지 찾아 해요?"

"그게 아인데."

욕실에서 나온 작은아들이 식탁에 앉으며 거들었다. 덜 마른 앞머리를 손으로 쓸어넘겨 머리카락이 몇 올 식탁에 떨어졌다.

"밥상 앞이다. 김동오!"

서옥주가 식탁 옆 탁자에서 티슈를 뽑았다.

"빨리 묵고 가야 된다."

숟가락을 집으며 작은애가 말했다.

"와 아침부터 덜렁대노. 준비성이 있어야지."

"거기서 그만. 또 서울 간 김동현이 나올라."

형과 비교하는 게 싫은 작은놈이 제 엄마 말을 막았다.

"살인 말이 들어갔다고 진짜 살인이 되나. 짧은 말로 감동시
킨다는 뜻이지. 교수 사모님이자 명문학원 원장님이 직역에 매
달리시다니."

"내가 왜 몰라? 단단히 벼르고 가면서 하는 말이니까 내가 그
러지."

서옥주는 남편에게 미리 생각해 두었던 말부터 했다.

"당신, 오늘 교회에 가선 불빛을 좀 낮춰달라고 해봐요. 그게
최선이라던데."

그리고 덧붙였다.

"사람들이 그래요, 그 정도가 최선일 거라고. 교회 입장에서
는 이런 문제가 처음도 아니고 아주 특별난 것도 아니라는 걸
염두에 두고 이야기를 풀어가야 하지 않을까 싶네요."

"그게 다야?"

"그렇지요."

"당신이 말을 아끼는 거 보니 해결책이 없다는 소리네, 참말
로 답답하네."

김인철은 타는 속을 식히기라도 하듯 물을 마셨다.

"당신, 오늘 그 자리에서 화내고 그러지 말아요. 같이 가는 분
들도 있으니 할 말은 다 나올 거 아니에요."

집 앞에 교회가 들어선 뒤 남편이 부리는 짜증을 보아온 데

다, 욱하는 성격에다 비꼬거나 농담조 말투를 아는 서옥주가
당부했다.

"발언 순서에 나도 들어 있어. 그런 것까지 다 정할 정도니 다
윗과 골리앗의 싸움이라는 걸 주민들도 아는 거지. 참, 남의 집
앞에 잠도 못 자게 불 켜놓는 것이 별난 일이 아니라면 뭐가 별
난 일인지 모르겠네."

"아부지."

이야기를 들으면서도 그새 밥그릇을 반 넘게 비운 아들이 제
아버지를 바라보았다.

"몸을 가볍게 하고 가셔야지요. 어깨 힘주고 펀치 날리다 팔
빠집니다. 권투 배우는 아이들이 그러던데. 흐흐. 그리고."

"밥이나 다 씹고 얘기해라."

"아이들이 그러는데, 수강생들을 경찰에서 부를 거라는데?"

"응?"

"〈한국현대사회의 이해〉 수강한 학생들을 부를 거래. 참고인
이라 카든가 뭐."

"그런 말이 있다고? 아직 수사 중인가 보다."

제 엄마 뒤에 김인철도 한마디 했다.

"수강생이 수백 명이라며? 다 부르는 건 아닐 테니 미리 걱정
할 거야 있나."

아이가 의자를 뒤로 밀며 일어났다.

"그렇지. 나, 첫 시간 있다!"

아들은 잠시 뒤 현관문을 열고 나갔다. 자기 할 말만 하고 뛰

쳐나간 것인데, 남편의 식은 국을 데워 온 서옥주가 말했다.

"동오가 동아리 회장은 맡아놓았다고 자랑 삼아 말하던데, 그게 좋은 일인가 몰라."

아들은 1학년 때부터 전통예술 동아리에 열심이었다.

"아이구, 체질인가 보다. 제 외할아버지가 사람 좋아하고 활동적이었다면서?"

"사교성이 있는 건 좋은 거지 뭐. 근데, 참고인이 되면 어떡해?"

"뭘 어떡해? 강의 내용에 대해 물어보면 자기 주관대로, 사실대로 말하면 되지. 그런데 그 친구들 학생들에게 교수들 불리한 증거 같은 거 찾아내려 하면 되나. 듣고 보니 기분 나쁘네."

"그 봐. 어려운 사건이잖아."

"말했잖아. 수강생이 수백 명이라고."

"그래도 걱정되지. 웬 평지풍파야."

문득 김인철은 같이 근무하는 후배 동문들을 만났던 날이 기억났다. 여산대학교 총장 사표를 두고 아파트 입주자 대표가 했던 얘기를 전했을 때, 누군가가 그에게 기억력도 좋다면서 교재문제와 인연이 점점 깊어질 징조라 했었다. 농담으로 한 말이었는데, 설마 그렇게 될까.

"참, 당신 교회에선 뭐라 그래?"

김인철은 생각을 멈추고 아내를 바라보았다.

"무얼? 국이 또 다 식겠네."

"시락국인데 어때. 동오가 얘기한 여산대 교재 문제 말야."

"뭐, 마르크스주의 입장에서 썼다니 그 말에 알레르기 반응을 보이는 건 다 똑같지. 그런데 왜 교회야?"

"교회가 그런 문제에 민감하잖아. 책에서 한국 기독교를 좋게 말하지 않았으니 이야기가 없을 수 없을 것 같은데? 저번 당신 입원했을 때 교원노조나 문 목사 방북에 대한 오순하 씨 얘기 들어 보니 아주 세더라고."

"교회가 반공 이데올로기를 조장하고 또 뭐, 노동과 물질 문제를 깊이 생각 안 해서 윤리적 책임감도 없다고 썼다면서?"

"틀린 말도 아니지."

"뭐라구요?"

"어쨌든 교회에서 이야기는 있었구나."

서옥주의 귀에 "제가 오늘 첫 마디를 놀랠 노 자, 이 말로 시작하고자 합니다."라는 담임목사의 말이 되살아났다. 여산대 교재 문제로 한참 시끄럽던 8월 중순 주일 예배 때였다.

"제가 방금 한 말은 우리 아이들이 쓰는 말이지요? 이 말이 가볍다면 가볍지만 현실감 있는 살아 있는 말이기도 한 것은 사실이지 않겠습니까. 제가 이 말을 꺼낸 것은 오늘 설교 주제가 바로 우리 아이들, 학생들을 위한 말씀이기 때문입니다. 여러분들도 놀래서 이야기를 나누셨던 그대로, 여산대학교에서 일부 교수들이 놀랍게도 우리 아이들에게 계급주의, 계급투쟁 이론에 근거한 책을 교재로 한국사회를 맘대로 재단하고 가봉해서 가르치고 있습니다. 여산대학교가 어떤 대학입니까? 교육도시 여산을 대표하는 전통 명문 국립대학입니다, 그 학교 학생들이 누굽니까? 우리의 귀한 자식, 내일의 우리 교회, 우리 여산, 영광스런 대한민국을 이끌어갈 귀한 대들보들입니다. 그 아이들이 지금 과학적이라는 미명으로, 더 정확하게는 자본주의 모순의 문제를 해결할 수 있는 유일한 방안이라는 기만적 이론을 내세우는 교수들로부터 마르크스주의의 계급주의 사상에 근거하여 우리 대한민국 역사와 사회를 배우고 있는 겁니다."

그리고 말이 건너뛰고 단하에서 아멘 소리가 흘러나오고, 서옥주의 귀에 설교가 다시 들렸다.

"저는 오늘 분명히 말씀드립니다. 저는 오늘 분명히 약속합니다. 저 이적 교수들로부터 우리의 교회, 우리의 주님을 지키겠습니다. 우리 국민을 지배계급과 피지배계급으로 양분시키는 무리, 반공 이데올로기, 반북한 이데올로기를 죄악시하는 친북 무리, 반공 이데올로기를 노동통제의 이데올로기적 수단으로 활용한 지배계급에 대해서는 관용적인 태도를 취하고 동맹관계를 맺었다고 왜곡하는 무리, 학문의 자유, 표현의 자유를 빙자해서 계급혁명을 선동하는 사탄의 무리로부터 우리의 아이들을 지키겠습니다."

기억에 빠져 있는 서옥주를 김인철이 불렀다.

"불편하게 생각하는 교인들도 많겠네."

"뭐, 그렇다고 할 수 있지요."

서옥주는 끝내고 싶었다. 이야기가 번지는 게 부담스럽기도 했지만 이렇게 식탁에 마주 앉았다가는 집 앞 교회 이야기가 다시 나올 것이었다. 아니나 다를까 남편이 불편한 기색으로 말했다.

"당신도 동오 방에 책 있으니 한번 읽어봐. 남의 집 앞에 밤새
불 켜놓는 독선이 어데서 나왔는지도 써놓았을지도 모르니까."

저녁에 찾아갈 집 앞 교회 생각에 다시 부아가 치민 김인철이
말했다. 서옥주는 얼른 일어났다.

"그만해요. 나, 나가야 해요."

"난 말야. 당신하고 종로경찰서에서 만났을 때가 생각나던데.
몇십 년이 지났는데 그때랑 지금이나 똑같잖아."

서옥주는 불편했다. 지난 일을 떠올리는 것도 싫은 데다 이런
식의 대화는 더욱 싫었다. 발만 한 걸음 더 나가면 싸움이었다.
교회 십자가 불빛으로 시작한 것이지만 금방 다른 데로 튀지
않았는가. 부부싸움이란 게 깎아도 또 자라는 풀같이 끝이 없
는 것이었다.

"뭘 한참 지나간 일을 돌이키고 그래요. 그만합시다. 나 빨래
하고 나가야 해요."

"지나갔다고 끝난 게 아니니까 하는 말이지."

남편 말에 서옥주는 문득, 빨래를 들먹이고 빠지려는 자신이
싫어졌다. 부부싸움만 자라는 풀 같을까.

"당신이 말하는 그 교재 문제 말이에요. 우리나라에선 완전하
게 끝날 문제가 아니니까 되풀이되는 거 아니겠어요?"

그리고 덧붙였다.

"임곡 집의 여름 잔디나 풀같이, 깎아도 자라고 또 자라는 그
런 문제."

"응, 풀?"

나경삼 씨를 다시 보게 했던 9월 입주자대표회의가 생각났다.

"이적 표현물 혐의니까, 하는 말로 용공 문제일 텐데 그 문제
는 끝나지 않을 거란 말이군. 허. 비유가 그럴듯하네. 그렇다고
언제까지 계속 가도 되나? 그럼 교회 십자가 불빛은? 그 문제
도 자라는 풀처럼 해결이 난망하다는 거야? 그러려니 하고 살
자?"

"몰라요. 그만합시다."

서옥주는 그대로 세탁기가 놓인 뒷베란다로 달려갔다.

서옥주로서도 신축 아파트단지 뒤편에 들어선 교회가 당혹
스러웠다. 분양 당시 6동과 7, 8동은 미성아파트에서도 가장 좋
은 위치였기에 느닷없는 변고였다. 따지고 들면 교통도 소음도
별 문제가 없는데 밤에 빛나는 십자가 하나가 문제였다. 남편이
나 주민들의 불평이 아니더라도 그 자신부터도 빛을 발하는 십
자가를 내려다보는 게 불편했다. 새로 선 교회는 그가 다니는
교회와는 교단이 달랐다. 그러기에 교회에서도 화제가 되지 않
아 아는 정보도 없었다. 뭘 안다고 해도 네온사인으로 빛나는
십자가에 대해 말할 게 없다는 것이 문제의 본질이었다. 왜냐하
면 그 자신이 다니는 교회도 밤에 불을 밝히기 때문이었다. 교
회가 세워진 시기가 아파트보다 오래다 아니다가 시비의 절대
기준도 아니었다. 건너편 교회는 교인 서옥주로서가 아니라 피
해를 보는 주민 서옥주로 대해야 했으니 자신에게 돌아오고 남

는 문제는 자책이었다. 교회가 들어선다는 걸 미리 알고 팔고 나간 집들도 있었다니 정보가 늦었고, 건축 중에도 우물쭈물하다 이사를 놓친 것이다.

교회가 완공된 뒤 남편은 불같이 화를 냈다. 그나마 서옥주에게 다행스런 건 시골집을 마련해두었다는 것이었다. 남편은 벼락치기로 운전면허를 따고 승용차까지 구입하고는 주말마다 시골집으로 달아났다. 거기다 자신이 고스란히 덮어쓸 비난을 입주자 대표회의라는 공식기구를 통해 털어놓고 있기도 했다.

하지만 서옥주로서는 언제나 화약통을 지켜보는 심정이었다. 시아버지 제사 문제가 해결되었다 했는데 복병을 만난 격이었다. 복병 속에는 아파트 집값이 들어 있었다. 적절한 시기에 아파트를 갈아타야 하는데 분양가에서 기대한 만큼의 차액을 얻지 못하게 된 것이다. 그것은 20평 서울 집을 마련하면서 받은 은행 대출금 상환 근거가 사라지고 있다는 소리였다. 큰애가 서울로 진학했을 때 멀리 내다보고 구입한 것이었다. 그 생각이 다시 달려들자 서옥주는 급하게 기도했다. 헤아릴 힘을 주시고 이겨낼 용기를 주십시오. 남편이 바람같이 가벼운 감정에 무너지지 않게 하시고 주어진 환경에 안주토록 하시옵소서.

*

금요일 저녁 6시에 교회에서 만남이 이루어졌다,

아파트 주민들은 관리사무소 앞에 모여서 같이 갔다. 정문 앞 건널목을 건너 얼마쯤 가자 교회가 보이기 시작했다. 일행은 교회 건물로 다가가며 어쩔 수 없이 십자가 첨탑에 자주 눈길을 두었다. 아직 해가 있을 시간이었다. 십자가 첨탑은 지붕 시멘트 기둥 위에 견고하게 올라앉아 있었다. 십자가는 하나의 철 구조물이었지만 자세히 보면 네온사인 전구들로 둘러싸여 있었다. 교회에 가까이, 턱밑으로 다가갈수록 첨탑은 보이지 않다가 현관 마당에 섰을 때는 완전히 사라졌다. 김인철은 머리에 쓴 모자를 제 눈으로 찾고 있는 그런 모습을 떠올리며 헛웃음을 삼켰다.

"미성아파트에서 오신 분들이시죠? 반갑습니다."

현관 앞에 회색 양복을 입은 남자가 그들을 맞았다. 홀에는 예배가 있는지 모임이 있는지 사람들이 더러 보였다. 남자는 홀을 지나 안쪽 복도를 따라 갔다. 복도는 널찍했고 여러 개의 방들이 일렬로 자리 잡고 있었다. 남자가 멈추어 서고 문을 열었다. 직사각형의 넓은 탁자와 의자, 책장, 이동식 칠판 등이 놓여진 방은 대학원 세미나실을 연상시켰다.

"어서 오십시오."

미리 앉아 있던 두 남자가 인사를 했다.

"편하게 앉으십시오. 다과도 드시고. 목사님이 곧 내려오실 겁니다."

정문에서 기다리고 있던 사람부터 셋이 모두 자신들을 장로라고 소개했다. 단정한 용모에 입은 양복까지 닮은 모습이었다. 미성아파트 사람들은 회장과 7동 305호 영감님을 중심으로 펼쳐 앉았다.

"날씨가 많이 선선해졌습니다."

장로 한 사람이 말했다.

"네에."

회장이 답하고 일어나 서류봉투에서 종이를 꺼내 장로들과 주민들에게 돌렸다. 내용증명으로 보낸 서류, 피해사례와 요구 사항을 담은 서류 2장이었다. 장로들은 눈길을 주는 시늉만 하고 주민들은 종이를 내려다보며 묵묵하게 앉아 있었다. 아무도 접시에 담긴 과자와 캔 음료수에 손을 대지 않았다. 김인철은 과자를 들었다가 놓았다. 그리고는 봉봉 주스를 잡고 뚜껑을 땄다. 딱! 가벼운 금속성 소리와 같이 문이 열리고 두 사람이 들어왔다.

"담임목사님이십니다."

마중 나왔던 장로가 일어나며 말했다. 다른 장로들도 일어났다. 주민들은 제각기 어중간하게 일어나거나 내처 앉아 있었다. 목사는 장로들 사이의 빈 의자에 앉고 동행자는 끄트머리에 앉았다.

"저희 교회를 찾아주셔서 감사합니다."

목사가 수인사를 건넸다.

"저하고 같이 계시는 분들은 저희 교회 장로님들이십니다. 그래, 불편함이 있다고 편지를 보내시고 전화도 하셨다고 들었습니다."

50대 후반쯤으로 보이는 목사는 약간 마른 체형에 이목구비가 뚜렷했다.

"네. 반갑습니다."

아파트 회장이 인사했다.

"전 미성아파트 입주자 대표회의 회장이고 같이 오신 분들은 동 대표 분들과 주민분들이십니다. 먼저 저희가 보낸 내용증명 편지 내용을 보면서 이야기하겠습니다."

목사와 같이 들어온 장로가 손에 들고 온 고급스러워 보이는 공책을 꺼냈다.

회장이 피해 내용을 또박또박 읽어 나갔다. 다 읽은 뒤 목사를 바라보며 말했다.

"그래서, 이런 불편함을 해소해달라고 오늘 찾아왔습니다."

목사가 입을 열었다,

"무엇보다 먼저 저희 교회가 지역공동체에서 축복받고 은혜받는 장소가 되지 못하고 있다는 지적을 받았다는 점에서 심히 유감스럽다는 말씀을 드립니다. 더구나 여러분들이 지적하고 계시는 문제는 교회의 존재 가치와 의미와 관계되는 것이기에 더욱 당황스럽고 난처하지 않을 수 없습니다. 아시다시피 십자가는 성경과 더불어 기독교의 근간, 살아 있는 정신이요 증거입니다. 십자가에 불을 밝히는 일은 세상을 밝히는 일이요, 구원의 메시지를 전하는 일이거늘 그걸 두고 문제가 있다고 지적하심은 타당해 보이지 않다는 말씀을 드립니다."

양편에서 모두 발언을 마치고 잠시 숨고르기 하는 짧고도 긴 시간이 흘렀다, 목사는 더 이상 말을 잇지 않았다. 아파트 사람들 차례였다.

"원론적인 말씀으로 받아들이겠습니다만 우리는 생활하는데 실제로 불편을 겪고 있다는 기 문제의 핵심 아이겠습니까?"

회장이 먼저 말하고 이어서 7동 대표가 받았다.

"십자가를 마주 보는 동은 107동인데 그중에서도 5층 6층은 딱 정면입니다. 그분들이 여기도 오셨습니다만 교회에서 생각하는 것보다는 훨씬 세게 불빛이 흘러듭니다. 어떤 조처든 조처를 취해주셔야 합니다."

6동과 8동 대표 차례였다.

"6동 역시 저층은 거의 마주 보고 있으며 고층 역시 편하지 않습니다. 빛은 퍼지는 것이니 정도의 차이일 뿐이지 불편함은 마찬가지입니다."

김인철 다음에 8동 대표도 대동소이한 발언을 했다.

세 사람이 연달아 발언을 해서인지 교회 사람들은 입을 닫고 있었다. 다시 숨고르기가 있었다. 아파트 주민들로서는 무슨 대답이라도 들어야 다음 말을 할 수 있는 입장이었다. 교회 측이 말이 없자 회장이 서둘러 "어떻게 생각하는지요?"라고 물었다. 비디오까지 찍어두었다는 7동 아주머니가 입을 열려는 눈치를 읽었기 때문이었다. 침묵이 잠시 흐른 뒤 장로 한 분이 말했다.

"목사님 말씀하신 내용이 저희 교회 입장입니다. 십자가는 주님의 집으로서의 증거이기에 어떤 경우에도 그 위상을 잃을 수 없습니다."

아파트 사람들은 더 이상 그 사람 말을 들을 수 없었다.

"그라몬 안 되지예!"

7동 아주머니가 나섰다.

"사람이 불편해서 죽겠는데 원칙 얘기만 하는 법이 어디 있어예? 교회가 어려운 사람 구하고 고통받는 사람 거두는 곳이라는데, 원칙만 고집해가 됩니까? 뭐라도 해줘야지예!"

목소리가 높은 만큼 여운이 한참 흐른 뒤 교회 측의 다른 장로 분이 입을 열었다.

"생활에 불편하다는 말씀을 하고 계신다는 건 충분히 알지만 그기 교회의 정신과 원칙과 상충될 때 저희가 취할 입장이 무엇일지 헤아려주시기 당부 드립니다."

두 손을 가지런히 모으고 목소리까지 낮춰 공기 중에 떠돌던 열기를 싹 흡입했다. 하지만 공기는 금방 부풀어 올랐다.

"정신이니 원칙이니 카는데 그건 여러분 입장이고 주장 아입니꺼? 상대가 있는 거를 무시하고 그걸로 다 다 덮으뿔라 카몬 됩니까! 일방적이다 그 말입니다. 여러분 지키는 근본이 이웃 주민들 불편하게 한다는 거를 생각해 봐야지요!"

7동 305호 노인 분이 숨 가쁘게 말했다. 다시 숨고르기 시간이 흐르고 교회 측에서는 목사를 따라 들어온 장로 차례가 되었다. 가끔 들고 온 공책에 무얼 쓰기도 했지만 대부분은 눈길만 부지런히 돌리던 사람이었다.

"여러분, 저희 교회에서 십자가에 불 밝히는 일이 특별난 게 아니라는 걸 생각해주십시오. 그게 정말 중요합니다. 다른 교회하고 다를 바 없이 하는 일인데 그걸 중지해달라고 하시니 저희 교회로서도 얼마나 난처하고 불편한 경우겠습니까? 그게 입장의 차이라는 걸 헤아려주이소."

이번에는 바로 응답이 있었다.

"참 답답하네. 모든 교회가 한다고 카지만 그래도 경우가 있고 사례가 있는 거 아이겠어예? 주민은 훤하게 보이는 불 보고 자야 되는데 특별한 일이 아이라니. 제가 비디오테이프 가져왔으이 지금 이 자리서 한번 보입시더."

아주머니가 가방에서 새한비디오 테이프 하나를 꺼내 책상 위에 올려놓았다. 이목이 쏠리면서 잠시 어수선한 기운이 흘렀다. 입구에서 아파트 주민들을 맞은 장로가 나섰다.

"그러실 것까지는 없습니다. 교회 입장은 다 밝혔다고 말씀 드릴 수 있겠습니다. 목사님도 다음 순서가 있으시고, 그렇습니다."

"십자가 불 켜는 기 원칙이라 카이 하나 물어봅시더."

7동 대표가 나섰다.

"다른 나라에도 우리처럼 이렇게 불 켭니꺼? 그라고 같은 기독교인 성당은 와 밤에 불 안 켭니까? 그러고도 어찌 존재를 알리고 복음을 전합니꺼?"

"서로의 선택이고 차이라고 생각해 주십시오. 그리고 종교적 문제를 비교하고 그런 건 자제해주시면 고맙겠습니다."

장로 한 분이 말하고 침묵했다. 김인철은 이 사람들이 그만 하자는 말을 꺼내기 직전이라 여겨졌다. 교회로 걸어오다 보이던 십자가가 막상 교회 앞에서는 보이지 않던 걸 기억하고 말했다.

"저희들이 교회로 오면서 어쩔 수 없이 십자가를 자주 쳐다보았습니다. 가까이 올수록 잘 보이지 않고 문 앞에서는 처마 때문에라도 전혀 볼 수 없었습니다."

장로 한 명이 무슨 소리냐는 표정을 짓고는 손목시계를 흘끔거렸다.

"그리고 당연히 교회 안에 들어와서는 보일 수가 없습니다. 그때 든 생각이 아, 교회 안에서는 불 밝힌 십자가가 보이지 않는구나. 내 머리에 쓴 모자를 보려고 해도 내가 볼 수 없는 것처럼, 그런 생각이 들었습니다. 우린 참 불편합니다."

모자 소리에서 팔까지 들어 올린 김인철의 말을 목사가 받았다.

"비유가 뛰어나십니다. 모든 비유는 본질을 드러내기 위한 수사법이겠습니다. 설명을 풍부하게 하면서 본질을 더 풍부하게 하고 빛을 발하게 할 수도 있겠습니다만, 저희가 이고 있는 십자가는 보이고 안 보이고의 차원을 넘어선 영속하는 실물 존재 그 자체라는 말씀을 드리면서 자리를 파했으면 합니다."

"아, 불 켜놓는 시간을 줄이든지 불빛 세기를 줄이든지, 무슨 답이라도 해주고 끝내야지요!"

"집값!"

8동 대표가 벼락 치듯 소리쳤다.

"우리한테는 집값이 떨어지는 문제란 말입니다!"

그 소리가 채 다 끝나기 전에 교회 측 사람들이 다 같이 일어나 나갔다. 주민들을 처음 안내했던 장로가 복사물을 거둬서 열린 문 앞 복도에 서 있었다.

주민들도 결국 회장을 시작으로 하나씩 의자를 뒤로 밀고 일어났다. 서류는 물론 각자 챙겼다.

"테이프를 한 번이라도 보이소. 두고 갈 낀게."

아주머니가 말했지만 문고리를 잡고 선 장로는 대꾸하지 않았다.

교회 건물에서 나왔을 때 십자가에는 네온사인 전깃불이 들어와 있었다.

"넨장맞을. 소귀에 경 읽기라더만은 소가 따로 없네."

7동 대표가 혼잣말 뒤 김인철에게 말했다.

"6동 대표님. 모자가 아이라 머리 우에 올린 공을 못 본다 할 꺼 아입니까. 테레비전 보니 빨간 코 단 삐에로가 지 손으로 올려놓고 허둥지둥 찾아다니던데."

사람들이 아주 짤막하게 웃거나 욕했다. 허탈하면서 화가 난 심사가 발걸음에 묻어나 몇몇은 헛발을 놓기도 했다. 김인철은 이게 임곡 시골집 마당에 자라는 풀 같은 일인가 싶었다. 다른 동네, 어디든 불편한 사람들이 분명 있음에도 태연하게 십자가에 네온불이 켜지는 나라에서 산다는 게 새삼스럽고 갑갑해서 하늘을 쳐다봤다. 앞 사람도 먼눈을 팔고 있었는지 그의 발을 밟았다.

김인철은 얼른 사과했다.

"어, 미안합니다."

"아입니다."

교회사람들과의 대담 마지막에 "집값!"이라고 고함친 8동 대표였다.

5장

아이를 먼저 구해주세요

1

집에 여산대학교 교양교재 문제가 다시 불거졌다. 작년, 경찰의 참고인 조사에 응한 작은아들 동오가 이번엔 검찰 측 증인이 된 것이다.

작년 여름, 집필 교수 두 사람에 대한 검찰의 영장 청구가 법원에서 기각된 뒤 꺼져갈 듯하던 사건이 가을 들어 돌변했다. 검찰의 재조사가 이루어지면서 집필 교수들은 기소와 기소유예, 기소중지 등의 처분을 받았다. 그리고 기소 처분을 받은 교수들에 대한 재판이 시작되면서 작은아들이 법원으로부터 증인 소환장을 받은 것이다.

"학교 앞 다방에서 몇 가지 물어놓고 인자 와서는 증인으로까지 나오라니, 내 참."

아들이 우편물로 온 서류를 내려다보며 투덜댔다.

"그러니까, 내 말대로 했으면 이런 일도 없지. 참고인들 중에서 골랐을 꺼 아니가."

서옥주가 말했다. 작년, 문제가 된 강좌의 1학기 수강생들 출석부를 입수한 경찰이 동오에게 참고인으로 출석해줄 것을 요구했다. 물론 어떤 기준에서 참고인으로 찍혔는지는 알 수 없었다. 서옥주의 우려는 출석 요구를 한 기관이 여산경찰서가 아니라 경남도경 보안분실이란 데서 증폭되었다. 거기다 국가보안법 위반 사건이어서 가슴이 더 무거웠다. 그러므로 참고인 증언은 법적 강제성이 없으니 적당한 이유를 대고 거절하라는 주위의 조언은 무조건 따라야 할 선택이었다. 하지만 아들은 선배들과 의논했다면서 응했고, 그게 여기까지 온 것이다.

아들은 당황스런 표정을 감추려는지 고개를 숙이고 대꾸도 하지 않았다.

"그래 그건 그때 일이고, 이번에 제대로 처리하면 되지."

서옥주는 아들의 부담감을 헤아리며 조곤하게 말했다.

"증인 출석도 강제성은 없다니 이유를 대고 빠지자. 구체적으로 이유를 대지 않고 개인 사정이라고만 적어도 된단다."

서옥주가 조금 전까지 몇 사람에게 들은 조언을 전했다.

"내가 불출석하면 그 사람들 유리한 대로 처리할 꺼 아닙니까."

동오가 대뜸 말했다.

"작년에 네가 한 진술을 그 사람들이 다르게 이용할 꺼라 말이가?"

"그렇지예."

"그냥 참고인으로서 묻는 말에 답한 것뿐이잖아. 그리고 증거가 되려면 그때 니가 한 말이 서류로 제출될 거 아니가."

서옥주는 그때 조사서를 확인하고 지장까지 찍었다는 아들 말까지는 들먹이지 않았다. 어쨌든 마음을 상하지 않게 하면서 출석을 말려야 했다.

아들은 얼른 답을 하지 않았다. 서옥주는 남편을 바라보았다, 김인철은 그때까지도 어떻게 해야 할지 확신이 서지 않았다. 그는 작년 2학기 초, 대학 동문교수들과 저녁 자리를 떠올리고 있었다. 여산대 문제와 인연이 점점 깊어지겠다는 말과 자격지심이 과하면 병이라는 후배 말이 생생했다. 지나가듯 반 농담으로 한 말이 사실이 되어버린 것인데, 지금은 당장 한마디 의견을 내는 게 중요했다. 학교신문을 만들면서 가졌던 불쾌한 감정이 개입해서도 안 되겠지만 아내의 의견에 반하는 말을 바로 할 수도 없었다.

"안 가도 되면 안 가는 것도 방법이긴 하겠다."

서옥주가 이내 보충했다.

"그래, 뭐 좋은 일이라고 나설 꺼고."

"좋은 일은 아니지."

아들이 잠시 뜸을 두고 말했다.

"이왕 이리 된 거, 그때 내가 한 말을 그대로 확인하기 위해서라도 가야겠다."

"무슨 소리니!"

서옥주가 목소리를 높였다.

"이게 어디 반발심 같은 거로 결정할 문제니?"

"서로 의논하는 거잖아. 단정 짓고 그러지 말고."

김인철이 말했다. 어쩌면 작년 학교신문을 제작할 때의 불편했던 심사가 아내 편에 고스란히 서지 못하게 가로막는지도 몰랐다. 교재를 건네받을 때 교수님들 편들어 달라던 아들 말도 기억났다.

"작년에 니 맘대로 해갖고 이렇게 됐잖아! 한번 오른 이름이 계속 남아 있는 거야. 이번에 출석하면 또 남겠지."

"이름이야 어디든 남지."

아들은 계속 엇나갔다.

"초등학교 졸업앨범부터. 그래, 큰산 바위에도 새겨져 있고, 하하."

"얘가 정말! 이게 그런 식으로 말해도 되는 문제야, 응?"

서옥주가 답답하다는 듯 옆에 앉은 남편에게 고개를 돌렸다.

"그래, 그렇게 말할 건 아니다. 엄마가 왜 걱정하시는지 제대로 헤아려야지."

김인철이 급하게 말했다.

그는 아내의 마음을 다 들어다보지는 못해도, 검찰이 교재 집필 교수들을 국가보안법 위반으로 기소했기 때문에 신경을 곤두세우고 있다는 것은 어렵지 않게 짐작할 수 있었다. 말만 들어도 겁이 나면서 떠오르는 연상들도 불편하기 짝이 없는 죄목이었다.

하지만 김인철은 작은아들에게 네 엄마가 왜 이렇게까지 과민하게 반응하고 걱정을 하는지 아느냐고 말할 수는 없었다. 자식들에게 그들의 할아버지들은 육이오전쟁 중에 '어쩌다 일찍 돌아가신' 분들일 뿐이니 그 선을 넘어서도 안 되고 그럴 필요도 없을 것이었다. 그러면서 한편으로는 증인 출석 문제를 아들놈에게 맡겨두는 것도 괜찮다는 판단도 있었다. 제 할아버지들의 생사를 가른 전쟁을 제 애비 에미가 상처로 싸매고 있다면 손자들은 달라야 할 것이기 때문이었다.

서옥주는 조바심을 가라앉히자 하면서도 속이 상했다.

"서클이 문제인 모양이다. 경찰 조사도 선배들과 의논해서 응했잖아. 이번에도 그럴래? 응?"

"그러면 백 프로 출석 쪽에 찬성이지. 교수님들을 도와야지."

"학교서도 그곳에서 시간 다 보내지? 그냥 외국어나 운동서클에나 들지 공연 하는 델 들어갖고⋯. 거기가 세다며?"

"서클이 입에 붙은 거 보면 엄만 구세대야, 구세대! 우리 동아리가 여산대 최고 인기 동아리니 세긴 세지."

"운동권이란 말이겠지!"

"운동은 엄마 말처럼 볼링이나 테니스 동아리에서 하지."

아들이 다시 말했다.

"걱정 마. 사물놀이랑 농악 배우고 신나게 노는 거지 뭐."

"2학년 2학기인데 공부도 해야지."

"입대 전 마지막 학긴데? 선배들 말이 우리 상경대 남학생들 취업공부는 군대 갔다 와서 해야 바로 합격한단다. 김동현 같은 고시생들이나 몇 년씩 파고들지, 일반 기업은 한 이 년 바짝 하는 기 효과적이라더라."

"별놈의 이론에다 형은 왜 끌어넣어? 하여튼, 증인으로 나가 선 안 된다."

엄마가 아들에게 오금을 박았다. 작은아들은 2학년 마치고 군입대를 한다는데 큰아들은 휴학 중이었다.

"어째, 여산대 교양교재 문제가 우리 집에 깊숙이 들어왔네."

동오가 말했다.

"또 무슨 말 하려고?"

"허, 우리 엄마 봐라. 지금 대책회의 하고 있으면서도 그런 소릴 하시나. 여산대 몇백 명 수강생 중에 성적을 비플라스 받은 국제통상학과 2학년 남학생에다 전통 동아리회원을 찍어갖고 이렇게 가족회의를 하게 했으이 깊이 개입된 거지. 우리 가족 모두 여산 시민이요 대한민국 국민 아니가. 왜 여산대 교재 문제가 나라를 떠들썩하게 했느냐? 그건 아실 테고, 바로 그 이유 때문에 엄마는 나보고 출석하지 못하게 하는 거 아니가? 대한민국의 갈등이 고스란히 노출되고 있잖아."

"무슨 말을 하고 있는 건지, 혼자 신이 났네."

"혼자 신이 나도 말은 그럴듯하다."

부부가 한 마디씩 했다.

김인철은 아들놈이 자기를 닮은 구석이 있다는 생각이 새삼 들었다. 지금처럼 재치 있는 언변은 그렇다 쳐도 기분파로 보이는 점이 특히 그랬다. 여산대 문제가 집에까지 들어왔다는 자식

놈 말이 귀에 맴돌아 학교 신문제작 때 겪은 어려움을 이야기해야 하나 망설이는데 아들이 앞서나갔다.

"그렇지요, 아버지? 아, 법학도 김동현도 참여해야지!"

"무슨 그런 걸 물어봐. 장난이라도 그런 말 마라."

"장난이 아니고 살아 있는 공분데? 동생이 괴로워하는데 형도 도와야지, 하하."

"그 문제가 정말 여러 사람 괴롭히네."

김인철이 말했다.

"내 근무하는 학교는 대학이니까 당연하겠지만 우리 아파트 입주자 대표회의에서도 그 이야기가 나오더라. 해봤자 다 집필 교수들 불리한 말이지만."

그 일 때문에 네 엄마 학원으로 갈까 했다고 할 수도 없고 그렇다고 입을 다물고 있을 수 없어 그 정도로 타협한 것이다. 대신 큰아들을 끌어넣는 데는 적극 나섰다.

"형한테 전화는 해봐라. 공부도 쉬면서 하는 거고 이 공부도 큰 공부지. 당신도 안부 전화하는 셈 치면 되지. 지금 몇 시냐?"

남편 말에 서옥주도 고개를 끄덕이고 말했다.

"그래, 11시 넘었으니 한번 해보자. 니 목소리 듣고 놀랠라."

통화가 이루어졌다.

부모는 듣고, 형제간에 대화가 오갔다.

"놀래도 안 하노. 맨날 명문학원 원장님 목소리만 듣잖아. 집에 일이 있어 한 건 아니니까 맘부터 놔라. 응, 두 분은 옆에서 통화 감시하고 계신다."

제 형의 말을 듣고는 동오가 말했다.

"팔굽혀펴기가 최고란다. 비가 오나 눈이 오나 할 수 있으이 빼먹지도 못하지, 하하. 그래. 육군이지. 내가 형 고참 돼서 만나는 거 아닌가, 걱정된다. 응, 응. 있다 해도 말 안 하지. 형은? 전에 고3 때 알던 여학생, 내가 아는데. 하하. 하기사. 그래. 응, 응. 지금 아버지 엄마랑 회의 중에 전화한 거니까 들어보고 한 의견 내라. 내한테 창원 지법에서 증인 출석 소환장이 왔다."

동우가 제 형에게 설명했다.

"끝난 거 아니냐고? 신문 방송에서 한때 떠들다 말아서 그렇지 여산선 진행 중이다. 우리 학교 안에서는 더 생생하지. 응, 응. 첫 재판, 공판이라 한다고? 응. 안 나가도 되고 나가도 되고 그라이 가족회의 하지."

동오는 제 형에게 자기 생각과 제 엄마 생각을 전했다.

"아버지?"

자식이 제 아버지를 슬쩍 바라보고는 답했다.

"중립이라 해야 되나, 태도가 애매하시다."

김인철은 아무 말도 하지 않았다.

"몰라, 이유가 어디 있겠노? 엄마야, 뭐, 자식 걱정하는 세상의 모든 엄마지! 운동권 될까 걱정하는 대학생 엄마! 하하하."

자식이 이번엔 제 엄마를 보고 웃었다.

"응? 그래. 응, 알았어. 근데, 국가보안법이 그리 센 법이가? 응, 응. 그냥 말 그대로네, 쳇. 응. 자, 인자부터 그리운 목소리들 들을 시간이다."

전화기가 서옥주와 김인철에게 잠깐잠깐 넘어갔다가 제자리에 내려졌다.

"내 판단대로 하란다."

작은아들이 제 형에게 들은 소리를 알렸다.

"내가 뭐, 그냥 자식 걱정하는 그렇고 그런 엄마라서 반대한다고?"

서옥주는 교수들 혐의가 국가보안법이니까 거기에 증인으로 나간다는 게 보통 문제냐? 라는 말 대신 그렇게 말했다. 그런데 아들이 서옥주를 다시 놀라게 했다.

"국가보안법이 무서운 법이니까 자식이 걱정된다, 그리 바꿀게."

"얘가 정말 갈수록 심하네, 니가 뭘 안다고 그렇게 쉽게 말해?"

"허, 엄마. 학교에 붙은 대자보가 다 말해준다."

"대자보? 그걸 어떻게 믿는데? 운동권 총학생회 주장이겠지."

아들이 잠시 생각하다 말했다.

"근데, 총학 성명서는 주장이라 쳐도 교수님들 단체나 학술단체 성명서는 다르지. 대자보가 일반 신문에 안 나오는 그런 걸 알려준다 말이지. 내가 한국사회경제학회니 한국정치연구회 같은 학술단체 이름을 어찌 알겠노? 대자보 성명서 보고 아는 거지."

"그 단체에서 하는 말도 주장이지. 주장을 하는 것이지 그 주장이 꼭 옳은 건 아니잖아. 그리고 옳다고 해도 법 테두리 안에서 결정되는 거고."

서옥주는 적당하게 하고 말아야지 하면서도, 기어이 한마디 더 하고 말았다.

"아직도 우리나란 사상의 자유니 그런 게 안 돼."

서옥주는 시원했다. 목구멍 깊숙이 떠다니던 말이었기 때문일지도 몰랐다. 신문 방송에서 여산대 교양교재 사건의 첫 보도를 본 뒤로 일 년이 한참 더 지난 시점이지만 사건을 보는 시각은 그대로였다.

"와! 큰아들 판검사 될라고 공부하는 그 법률이 다네. 나도 전과를 해야겠다. 하하."

"결국엔 그렇지."

"동오 니 말처럼 교재 문제가 집 안에 깊이 들어온 게 맞기는 맞는갑다. 니 엄마가 표현의 자유를 백십 프로 발휘하셨으니 말다."

참고 있던 김인철이 끼어들었다. 가족은 거실에서 이야기를 나누고 있었는데 부부는 벽에 붙은 소파에, 아들은 나무탁자 건너 의자에 앉아 있었다. 김인철은 대화 중에도 베란다 쪽에 신경이 쓰였다. 커튼 아랫자락이 한 번씩 가벼이 흔들리는 게 창문이 제법 많이 열린 것 같았다.

"그러시네요."

자식이 제 엄마를 바라보며 웃으며 말했다.

"오늘 자로 미성아파트 6동 우리 집 보수당 당수로 당선되셨습니다. 무투표 당선이십니다. 짝짝짝."

"어디, 내 말이 틀렸어? 어쨌든 분단국이잖아."

뒤에 갖다 붙인 서옥주의 말은 어쩐지 힘이 좀 빠져 보였다.

"어쨌든이 뭐야? 명백하지."

김인철이 토를 달았다.

"국가보안법은 국민의 상처를 먹고 자라고."

"뭐요?"

서옥주가 발끈했다.

"뭔데예?"

제 엄마의 날 선 반응에서 무슨 느낌이 왔는지 아들이 신경을 세웠다. 부부는 머릿속이 바빴다. 감정이 다소 앞선 김인철이 입을 열었다.

"말해도 되지. 성인이잖아."

"맞아요. 곧 국토방위, 국가를 위해 나갈 몸인데 알 건 알아야지. 하하."

아들이 제 엄마를 보았다. 서옥주는 당황했다. 이야기가 어느새 부친에게로 흘러가 버린 것이다. 그녀에게는 '험하게 돌아가신 아버지 사연을 내 자식들에게 알릴 필요가 있을까'라는 식의 의식이 진작부터 자리 잡고 있었다. 그런데 지금은 그 말이 '손자들이 제 외할아버지가 왜 돌아가셨는지를 알 필요가 있을까'로 바뀌어야 했다. 같으면서도 미묘하게 다른 감정이었다.

시작은 했지만 김인철은 입을 다물었다. 다시 나서야 할지 말지를 결정짓지 못하고 있다는 소린데 거기에는 장인어른 이야기는 아내가 직접 해야 한다는 인식이 작용하고 있었다. 상대방을 배려한 것 같지만 회피라고 볼 수도 있었다. 어쨌거나 불은 자신이 질러놓고 끄는 걸 남에게 미루는 꼴임에는 틀림없었다.

그는 미진하고 어정쩡한 심사를 안은 채 창문을 닫기 위해 일어났다. 베란다로 나서니 초가을 밤바람이 제법 불었다. 바람이 들어오는 창문 아래로 십자가 붉은 네온이 훤하게 빛났다. 안으로 들어와 거실 창의 커튼 자락을 내리자 빛은 사라졌다. 말없이 소파에 앉은 아내와 아들의 모습이 무언가를 기다리고 있다는 느낌을 주었지만 그는 침묵했다.

그 순간 마음이 통했는지 부부는 큰아이를 법대에 보내기로 했을 때 기억을 되살렸다. 자식문제로 망인—부친이자 장인—이 뚜렷하게 환기되었을 때였다.

고3 때 아들은 수월하다 싶게 법대를 택했다. 서옥주로서는 아들이 어떤 진로를 택해도 고개를 끄덕였을 테지만 마음 한 구석이 살짝 불편하기도 했다. 법대 하면 떠오르는 게 우선은 사법시험이고 그 뒤가 판검사 임용이었다. 그런데 연이어 신원조회 생각이 슬그머니 따라붙었던 것이다.

서옥주에게는 두 개의 체험이 있었다.

첫 번째는 여산대학교 도서관 임시직 사서가 될 때 자신이 겪은 일이었다. 발령 전에 인사 관계 업무를 보는 총무과장과 면담이 있었는데 그가 육이오 때 부친이 어떻게 돌아가셨냐고 물었다. 서옥주는 신원조회 때문이라는 걸 알았기에 미리 생각해 둔 대로 말했다. "국민보도연맹에 가입해서 돌아가셨어요." 과장은 흰머리가 성성했다. "네에. 보런." 그러고는 "예, 알겠습니다. 본인 확인이 필요해서 오시라 한 거니까, 거기다…"라고 우물거렸다. 도서관에 인사를 하러 가라는 말까지 듣고 과장실을 나오는데 괜히 직원들 눈이 쏠리는 듯해서 걸음이 빨라졌다. 건물을 나와 도서관을 찾아가는데 오래된 동백나무들이 꽃을 붉게 피우고 있었다. 서옥주는 눈물이 핑 났다. 과장이 하려다 그만 둔 말은 '임시직'이란 말일 것이었다. 그리고 종로경찰서에 불려갔을 때 기억이 나면서 기분이 무거웠다. 중등학교 교사인 남편 월급에 얼마를 보태기도 해야 한다는 산술적 계산보다 고등학교 다닐 때부터 꿈이었던 대학도서관 근무가 무참해지는 순간이었다.

다른 하나는 자신이 고용주 입장이 되었을 때였다. 교육청으로부터 보습학원 허가를 받은 학원은 선생님들에 대한 신원조회 절차를 밟은 다음 채용을 하게 되어 있었다.

새로 채용하려는 교사 한 분의 신원증명에 '숙부 월북'이란 수기가 적혀 있었다. 알고 지내는 교육청 사람과 식사를 하면서 지나가듯 물으니 고용주의 선택이지 감독기관인 교육청과는 무관한 사안이라고 했다. 서옥주는 다음 날 본인에게 사정이 생겨 수업을 맡길 수 없게 되었다고 알렸다. 본인이 별다른 이의를 제기하지 않아 일은 마무리되었지만 마음은 편치 않았다. 하지만 해당 선생님에게 인간적으로 미안한 것보다는 월북한 사람이 간첩이 되어 내려와 집안과 친구들을 쑥대밭으로 만드는 언론 보도가 훨씬 더 현실적이었다.

그런데 그 신원조회 문제가 자식에게 생길 수도 있을 거라는 생각이 들었으니 기가 찰 노릇이었다. 지금은 달라졌다는 걸 알면서도 은연중 피해의식이 앞서는 건 어쩔 수가 없었다.

고민하는 그에게 김인철이 말했다.

"무슨 소리요. 연좌제가 폐지된 게 언젠데."

김인철은 얼마 전 어디에서 읽은 말을 덧붙였다.

"함께 앉은 친족이란 뜻이 연좌지, 죽거나 실종되거나 이북으로 넘어가도, 그러니까 몸은 이곳에 없어도 그 가족에게 피해를 주니까, 여전히 가족 안에 존재한다는 뜻이니 기가 찰 노릇이지."

한 개인의 범죄행위가 국가안보에 위협이 된다고 판단되었을 때, 그에 대한 책임이 행위 당사자와 가까운 사람들에게 확장될 수 있는 희한하면서도 무서운 법이었다.

"그렇지요? 내가 괜한 걱정이지. 시험 볼 아이 두고."

서옥주는 오래전 신원조회로 채용하지 않은 선생에 대한 미안함까지 새삼 되살아났다.

"그렇지. 남이 들으면 한참 웃겠다. 대학입시도 안 봤는데, 김칫국을 몇 그릇이나 마신거지, 김칫국을."

남편이 덧붙였다.

"그리고 김동현이지 서동현이가 아닌데 무슨 문제야."

그때도 김인철은 한 걸음 더 밟아버렸다.

"왜 성을 붙이고 그래요? 내 자식이기도 한데!"

서옥주는 걱정을 털면서도 불같이 화를 냈다. 김인철은 아차

했다. 자신 호적의 부(父)란에 '망'이라고만 기재되어 그 죽음이 깨끗하다면, 아내 호적에 따라다니는 장인어른의 죽음은 흠결이 있다는 식이 되어버린 것이다.

"여보."
기억을 먼저 턴 김인철이 아내를 불렀다.
"어차피 말이 나왔잖소."
서옥주가 그를 쳐다보았다.
"언제까지 안고 살아갈 게 뭐 있소. 묻혀서는 안 되는 일이라는 생각이 중요하지 않겠소? 손주들도 알아서 의미가 제대로 새겨졌으면 하는, 그게 그분들이 원하는 것일지도 몰라요."
"글쎄, 그럼 당신이 해요."
서옥주가 힘없이 답했다.
"동오 니가 배운 그 교양교재에는 그 문제가 안 나오는 것 같더라만."
김인철은 아들을 증인으로 소환하게 만든 여산대 책부터 끌어왔다.
"외할아버지가 육이오전쟁 때 국민보도연맹이란 데 가입하신게 탈이 되어 돌아가셨다. 해방 전후로 흔히들 좌익이라 말하는 사회주의 계통에서 활동하신 분들이 강제로 들어야 했던 관변 단체인데, 전쟁이 나자 정부가 재판 없이 많이 죽였다. 엄마는 그 일이 늘 마음에 남아 있는 건데, 사람이니까 어쩔 수 없는 거 아니겠나."

김인철은 말을 하면서도 어디까지 어떻게 해야 할지 생각이 정리가 되지 않아 거기서 일단 멈추었다.

"아, 피해의식이구나! 그렇잖아요?"

자식이 금방 제 아버지 말을 받아넘겼다.

"반공 이데올로기가 한국사회를 움직이는 지배 이데올로기 중 하나다! 책에서 읽은 그 기억이 나네. 비 뿔 받은 게 아깝다, 김동오."

서옥주는 피해의식이란 자식 말에 날을 세우는 대신 "얘가 정말, 또 함부로 말하네."라면서 "오늘, 안 하던 이야길 많이 한다."라고 덧붙였다.

"엄마, 자식들이 쑥쑥 자라잖아. 서울서 하나, 여산서 하나. 걱정 마!"

아들이 당겨 앉아 제 엄마의 손을 잡아 흔들었다.

"아프다." 그리고는 말했다.

"그래, 그래. 알았어."

지켜보던 김인철이 "의논도 둘보다 셋이 낫고 셋보다 넷이 낫구나."라고 한 뒤 한마디 더 보탰다.

"여산대 교양교재만 집에 들온 게 아니라 건너편 교회 십자가도 너무 깊이 들어와 큰일이다."

김인철의 눈에 좀 전에 베란다로 나가서 보았던 십자가 불빛이 어른거렸던 것이다,

"그래, 그것도 내 탓이네요! 내 탓!"

분위기는 순식간에 깨졌다. 서옥주가 쏘아붙이며 일어났다.

서옥주가 급하게 화를 낸 것은 남편 말속에 십자가 불빛만이 담겨 있지 않다는 생각 때문이었다. 그럴 일이 올해만 두 번이나 연달아 있었던 것이다.

"엄마!"

아들이 일어났지만 제 엄마를 붙잡지는 않았다.

"여보. 나는 십자가 불빛만 얘기하는 거요."

김인철이 얼른 말하자 서옥주가 돌아서서 대꾸했다.

"그럴 리가 있어요? 어머님 상도 그렇고 아버님 기제사도 그렇고. 그런 게 다 묻어 있지. 당신 성격에 털고 갈 리가 있어요?"

"그건 당신이 불편한 거지."

김인철은 부아가 나서 쏘아붙였다.

"그래, 당신 말대로 나도 다 불편한 건 사실이지. 그 사실이 어데 가나."

"아부지! 엄만 늘 신경이 쓰이잖겠어요. 그걸 알아주셔야지."

방으로 들어가는 제 엄마를 지켜본 아들이 그에게 말했다. 아들은 제 할머니 장례와 할아버지 기제사 일까지 다 제대로 알고 있었다.

"그리고 지금은 아니지요. 제 얘기 한참 잘하다 그리 번지면 안 되지요. 분위기를 봐가면서 말씀을 하셔야지."

"그렇긴 하지만, 그래도 사실이잖아."

꼭 오늘 이 자리에서 할 말이 아닌 것만큼이나 그의 신경을 계속 건드리고 있었다는 게 솔직한 심사일 수도 있었다. 그래서 여산대 교양교재 문제가 "우리 집에 깊숙이 들어왔다"는 자식

말에 얼씨구나 하며 편승했는지도 몰랐다.

"두 분 다 불편하시긴 마찬가지니까, 되도록 꺼내지 않는 게 좋겠네요."

"그래. 맞는 말인데…. 잘 안 된다."

자식 앞에서 그는 자신을 탓하고 순순히 물러났다.

무안해진 제 아버지 속이라도 읽었는지 동오가 교회 말을 꺼냈다.

"집 앞에 교회 십자가는 어찌 됐어요? 아부지가 그 일 땜에 동 대표되었다면서."

"엄마가 그러더냐? 그 일 땜에 된 건 아니고, 아파트 동 대표든 무슨 자리든 하던 사람들이 계속하면 문제가 생기잖아. 물이 고이면 썩듯이 기득권이라 하나. 그런 문제라 보면 되겠지. 그보다 그래, 교회 십자가 문제는 각 동별로 각자도생하기로 했다. 그 말이 니한테도 나중에, 사회생활 하는 데 도움이 될 수 있을지 모르니 한번 들어봐라."

*

며칠 전, 교회 문제로 입주자 대표회의에서 언쟁이 오갔다.

일 년이 되어가지만 한밤중에 불 켜놓는 십자가 문제는 제자리걸음이었다. 지난 7월 중순에는 화가 난 해당 아파트 주민들 십여 명이 불편함을 호소하는 피켓을 들고 교회를 찾아갔다가 경찰이 출동하는 일까지 벌어졌다.

"아파트 전체 차원으로 한번 더 나서달리는 의견입니다. 왜,

저번에 교회 찾아갔던 305호 영감님이 또 입원을 했답니다."

7동 대표가 말했다. 입원 말 때문인지 대표들은 한동안 입을 열지 않았다. 그래도 누군가 시작은 하게 되어 있었다.

"무리를 와 하셔갖고 욕을 보시노. 기자 부른 사람도 그 영감님이라는 말도 있던데."

바리톤 목소리를 묵직하게 내는 60대 2동 대표가 스타트를 끊고 10동 대표가 받았다. 동 대표를 계속해서 하고 있는 이들이었다.

"부산서 나오는 신문사 여산 주재 기자가 왔다는데 오몬 뭐 하노? 한 줄 나오도 안 했다는데. 와 보이 기삿거리가 안 되이 아예 쓰도 안 한 거겠지."

"절박했으이 그래라도 해본 거 아이겠나, 그리 받아들이야지요."

8동 대표가 말했다.

"누가 뭐라 합니까. 안타깝아 하는 소리지."

2동 대표가 막아섰다.

"민원을 넣어봐도 관공서에서 당사자들 문제라고 빠지니 무슨 방법이 있어야지, 참. 큰일이네."

"그래서, 한 번 더 입주자 대표회의 대표단이 찾아가서 호소를 하고, 피켓 시위도 체계적으로 한 번만 더 하입시다. 그 사람들도 아까 기자가 왔다는 말도 있었었지만, 여론에는 신경을 쓸 거 아닙니까?"

7동 대표가 8동 대표 뒤에 말했다.

"체계적이라몬 동별로 다 돌아가면서 하자 그 말입니까?"

10동 대표가 물었다.

"그기 불편하다몬 6, 7, 8동에서만 할 테니 아파트 이름으로 시정해달라는 문서를 한번 더 보냅시다. 어쨌든 같이 가야 할꺼 아입니까."

8동 대표 말 뒤에 잠시 침묵이 흘렀다. 회장은 계속 입을 닫고 있었다.

"그날 피켓 들고 나간 일이 교회 땜에 미성아파트 주민들이 데모를 했다, 그리 소문이 난 건 사실이라고 사람들이 말을 합니다."

2동 대표가 한 박자 쉬고는 말했다.

"우리 동에서는 세 개 동에서 하는 것도 반대할 상 싶습니다."

"네에?"

놀란 7동 대표가 되물었다.

"전에 집값 내려간다고 말씀하셨지만, 피켓 들고 나간 것도 집값 떨어지는 일 아닙니까? 피켓 시위가 미성아파트에 문제가 있단 걸 광고하는 거란 말입니다."

2동 대표가 작정한 듯 치고 나왔다.

"우리 동도 그럴 상 싶습니다. 물론 동 주민들께 의견을 묻는다는 전제하에서 하는 말입니다만."

5동 대표였다.

"이 문제가 아파트 전체 문제인지는 다시 한번 생각해볼 필요도 있을 것 같습니다. 한마디로 종교 문제니까 해결이 안 되는 건데 그걸 아파트 전체 문제로 한다 안 한다로 논쟁할 기 있겠는가, 그런 생각입니다."

5동 대표는 좀체 발언을 하지 않던 사람이라 시선이 모였지만 그는 입을 다물었다. 잠시 침묵이 흐른 뒤 10동이 말했다.

"첨부터 그냥 해당 주민 문제지 전체 문제는 아이었는지도 몰라예. 그래도 할 만큼은 안 했습니꺼. 집값은 누구한테나 중요한 기니까."

"6, 7, 8동만 떨어지면 된다, 그렇게 들립니다."

6동 대표 김인철이 나섰다.

"그렇게 따지듯 마시고 넘어갑시다. 따질수록 불편하게만 됩니다. 상대는 따로 있는데 우리끼리 언성 높이는 모양새이고."

2동 뒤에 김인철이 말했다.

"뭉치면 살고 흩어지면 죽는다, 그렇게 배웠는데 요새는 아닌 모양입니다. 허허."

"교과서 뒤에 박혀 나왔지예. 그기 언제라꼬예, 이승만 대통령 때 얘긴데."

10동이 나섰다.

"아흔아홉 마리 양떼보다 길 잃은 양 한 마리를 거두어야 한다고 가르치는 곳에서 각자도생을 강요하다이, 교회도 많이 바뀐 모양입니다."

김인철의 말에 7동과 8동은 웃지도 못하고 화를 낼 수도 없는 그런 표정으로 아흔아홉 마리 양이 된 다른 동 대표들을 멀거니 바라보았다.

김인철이 아들에게 말했다.

"교회 문제는 그렇게 됐다. 우리 동까지 3개 동만 섬처럼 떨어져 나간 거지."

"그럼 피해 주민들이 개별적으로 싸워야 하네. 다수가 해도 안 되는 쌈을 소수가 해서 되나. 아파 누운 할아버지가 내 병이 스트레스 땜에 왔다고 소송을 내야겠네. 변호사들 좋겠다. 허."

아들이 무엇을 생각하는 표정이더니 다시 입을 열었다.

"엄마 마음이 또 어떻게 바뀔지 모르지만, 내가 법정에 나가 내 생각대로 말은 해야겠다. 그치예?"

"니 판단대로가 답이다. 엄마가 알면 그 말 듣고도 가만히 있었다고 내를 가만두겠나? 그러이 지금 대화는 없었던 거다."

"와아, 멀쩡한 아들을 공범으로 만드는 아부지가 어디 있노."

*

얼마 뒤 거실에는 김인철 혼자 남았다.

어쩔 수 없이 모친상을 떠올려야 했다. 일주일에 한 번씩 안부 전화를 해왔는데 3월 마지막 일요일 통화 때 감기 기운이 있다고 하셨다. 그러고는 사흘 뒤 입원하셨다는 연락이 누나에게서 왔다. 동네 의원을 다니는 중에 급성 폐렴이 온 것이다.

모친은 입원 엿새 만에 돌아가셨다. 서른에 혼자되어 부산으로 나와 사십 몇 년을 사시다 돌아가셨다거나, 여산 고향에서 아들과 합가도 못했다는 소리가 김인철을 가슴 아프게 했다.

하지만 그를 정말 곤혹스럽게 한 것은 하나뿐인 며느리의 예법이었다. 그는 위독하다는 소리를 듣고 먼저 내려왔기에 아내와 둘째 아들을 빈소에서 마주쳤다. 김인철은 아내를 배려하지 않고 말했다. "술 한 잔 올리고 같이 절하소. 동오야 재배 알제?" 그렇게 말했다. 아내가 아들에게 눈치를 하자 미리 약조가 되었는지 동오녀석이 얼른 꿇어앉았다. 제 고종형들이 잔을 건네고 술을 쳤다. 동오가 절을 두 번 하는데 아내는 선 채 고개를 숙이고 묵념만 했다.

제사도 지내기 어렵다 해서 부산으로 가져왔으니 아내의 예법을 이해해야지, 하면서도 마음 한쪽은 불편했다. 누나와 누이 등 다른 가족이 멀뚱한 채 외면하거나 "운전해서 왔나?" 그런 소리나 했다.

일반적이라 할 수 있는 유교식 장례 절차다 보니 상석을 올리면서 무릎 꿇고 절을 하는데 서옥주는 끝내 묵념만 했다. 거기다 누이동생은 어미 잃은 막내자식 울음은 저승까지 들린다는 옛말이라도 증명하듯, 상석 올릴 때마다 섧게 곡을 해서 김인철을 난처하게 만들었다. 음식도 만지지 않고 겉도는 아내의 모습이 안타깝기도 하면서 성도 났다. 김인철은 몇십 번이고 할 말을 찾았지만 모두 입속에 가두고 말았다.

뭘 그리 표시를 내?

맘을 정했으면 다른 사람 신경 쓰지 마?

첫날 밤, 문상객이 끊인 뒤 어른들이 다리를 펴고 모여 앉았는데 서옥주가 먼저 말했다.

"형님하고 아주버님, 그리고 아가씨랑 제부, 모두 죄송합니다. 제 나름 어길 수 없는 법도가 있다는 걸 이해해주십시요. 동현이 아버지께도 물론이고요."

"허 참. 좀 심한 거 아니야."

김인철이 먼저 말했다.

"기제사 참례를 안 하이 이번에도 그러려니 생각도 했지만 남 보기는 좀 그렇다. 인자 난 더 말 안 할란다. 지금은 어머이 잘 보내드리는 기 중요하지 딴 기 머가 중요하노."

누나 말을 자형이 바로 붙들어 매었다.

"그래, 그럽시다. 처수씨도 처수씨대로 입장이 있고 그러이 그냥 넘어가는 수가 최상숩니다."

오랫동안 어머니를 모시고 살아 온 여동생이 입을 떼려다 고개를 돌리는 게 김인철 눈에 띠었다.

다음 날 하루 늦게 빈소에 들어선 큰아들 동현이에게 김인철은 "할머니께 절해라."라고 못 박듯이 말했다. 둘밖에 없는 자식이지만 그래도 장남이었다, 미리 만난 동생에게 무슨 소리를 들었는지 큰아들은 깍듯하게 재배를 올려 제 아버지 마음을 편하게 해주었다.

삼우제 날 탈상도 했다. 하루 전날 김인철은 내일 삼우제 때 아버지 기제사 이야기가 나올 수도 있다면서 자기 생각을 아내에게 얘기했다.

"어머님이 돌아가셨으니 우리가 다시 가져와야 하지 않겠소?"

"다시요?"

"그래야지 어쩌겠소. 누나 집에선 안 돼."

난망해하면서 아내가 말했다.

"가져와야겠네요. 가져오시고, 전… 빠질게요."

"찬물만 떠놓고 해도 내가 하지!"

어쩔 수 없이 목소리가 높아졌다.

그리고 부친의 기제사를 여산 집에서 작은아들놈과 둘이 지냈다. 다 장만된 제수 음식을 시장에서 사 왔으니 '찬물' 운운은 자기 성에 받쳐 한번 해본 소리가 되었다.

그렇게 제사 문제까지 해결했으니 다 지나간 이야기였다. 그런데도 그 자신은 물론 아내까지 불편한 마음을 서로 갖고 있다는 게 조금 전에 드러나고 만 것이다. 여름철 시골집에 자라는 풀 같은 문제? 김인철은 한숨이 절로 나왔다. 어쨌거나 아내를 화나게 한 건 잘못이었다. 그것도 자식 앞에서 무안을 주다니. 김인철은 뒷베란다로 나가 담배를 피웠다.

"에이, 이 소갈머리 없는 놈! 꽁하게 벼르다 기어이 내뱉다니."

연기 속에 한마디 더 얹었다. 이놈의 인습, 이놈의 종교. 그는 가슴이라도 둥둥 치고 싶었다.

2

고개에 올라 맞는 첫 바람은 상쾌하다. 높든 낮든 마루에 올라서면 바람을 만나고 선선한 바람이 땀을 식히고 몸을 적신다. 어제부터 김인철은 그런 기분이었다. 가족들이 오랜만에 모였다. 군대에 간 둘째 동오가 첫 휴가를 나온 김에 큰아들 동현이까지 불러 내렸다. 사실 더 오랜만에 보는 아이는 동현이다. 학년이 오르면서 집에 오는 횟수가 줄더니 최근에는 전화만 하고 있었다.

저녁식사 전에 삼부자는 시골집 뒷산에 올랐다. 두 시간 정도 코스의 길은 다채로웠다. 주 능선은 완만하지만 비알도 있고 계곡과 우거진 숲길도 있었다. 앞서거니 뒤서거니 한 줄로 가다 길이 넓어지면 셋이 나란히 걸었다. 동오의 발걸음은 가벼웠지만 동현이는 비알에서 허덕댔다. 물가에서 잠시 쉬다 숲길로 들어섰다. 아름드리 참나무들이 하늘로 얼굴을 내밀고 잡목들이 허리를 두른 숲이었다. 숲의 머리는 밝고 부엽토로 덮인 발아래는 어둑했다. 한가운데쯤 들어서면 걷고 있는 한 가닥 길만 열심히 따라가고 있는 기분이 들 정도로 나무가 울창했다. 서로 아무 말도 나누지 않았다. 그동안 입을 쉬지 않던 동오도 숲이 주는 기운에 눌렸는지 발밑을 조심하는지, 조용했다.

숲을 나와 서너 구비 내려오면 임간도로를 만나고 마을이 보였다.

서옥주는 부엌에 있고 셋은 파라솔 아래서 캔 맥주를 마셨다.

김인철과 동오가 두 통째인데 동현이는 아직도 한 통째다. 창백하면서 피곤해 보이는 얼굴에 비해 몸이 불은 건 확실했다. 산길에서 보았듯 체력도 걱정이지만 당장 신경을 쓰게 하는 건 떨고 있는 다리였다. 몇 번이나 눈에 띈 데다 없던 버릇이라 김인철이 한마디 했다.

"왜 다리를 떠니? 보기 안 좋다."

아들이 정색을 해서는 "신경 쓰지 마세요."라고 답했다. 듣기에 따라서는 완강한 반응이었다. 산길을 걷다 잠시 쉴 때 형제가 주고받은 말이 생각났다. 동생이 "형, 공부는 잘 되나? 신림동 고시촌에 몇 년씩 엄마 찾아가게 하지 말고 빨리 끝내라."고 웃으며 말하자 큰 아이는 "니 걱정이나 해라."고 핀잔을 주었다. 무언가 방어적이라는 느낌이었다. 그리고 보니 근래 들어 큰아이에 대해 제대로 아는 게 없기도 했다. 언제나 그렇듯 그냥 공부하고 있다는 게 다였다. 통화도 제 엄마와 하는 끄트머리에 어쩌다 하면서 통상적인 안부나 묻고 있었다. 김인철은 근심을 거두었다. 아무튼 가족이 오랜만에 만났으니 고개에서 산바람 맞듯 즐거워야 했다.

"동오야!"

마침 부엌에서 아내가 불렀다. 잠시 뒤 아내와 동오가 음식이 담긴 트레이를 하나씩 들고 나왔다.

"완전 뷔페다. 나중에 저녁 먹겠나?"

동오가 음식그릇을 탁자에 옮겨 놓으며 말했다.

"이등병이 그런 소리 하몬 되나? 역시 논산 훈련소가 좋은 부댄가 보다."

"요새는 뭘 안 해보고 안 가본 사람이 더 많이 안다니까. 군대
는 이병 김동오가 가 있는 겁니다. 아직 20개월 빡세게 남았고
요."

제 형 말에 동오가 자기 맨머리를 쓰다듬으며 투덜댔다.

"후방에다 훈련병들이 다 졸병 아니가?"

"허, 이제야 본색이 드러나시네. 훈련병들이 상전 된 지가 언
젠데. 옥이야 금이야 조심조심 훈련시켜 내보낸다."

"그기에 본색이 왜 들어가노? 군대 간 게 벼슬이가."

"그래 맞다. 이젠 군대 말고 다른 얘기 좀 해라."

제 엄마가 나서고 김인철도 한마디 했다.

"왜? 첫 휴간데 하고 싶은 얘기가 많지."

"여자 선배가 내보고 사귀는 여학생한테는 군대 얘기하지 말
라더라. 듣기 싫어한다고. 참 내, 애인한테도 가족한테도 말 못
하는 군대생활, 현역은 섧다. 형은 언제 가노?"

"연기할 수 있을 때까지 연기해보는 거지. 근데, 너는 니 얘기
에 왜 나를 자꾸 끌어넣노? 내 알아서 하면 되지."

목소리에 짜증이 묻어났다. 당황한 아내가 "그래, 군대 이야
길 그만하라니까. 그런 게 다 스트레스지."라고 작은아이를 탓
했다.

"오랜만에 보는데, 미안하다."

큰아이가 선뜻 맥주통을 들어 제 동생 앞으로 내밀며 건배를
청했다.

"현역이 기 죽으면 안 되지, 국가보안법 재판에 증언 나간 거 하며 내 동생이지만 정말 대단하다! 하하."

"고맙다."

여산대 교재 사건 이야기였다. 법원의 증인 소환에 응한 동오를 포함한 10여 명 학생들은 몇 차례로 나뉘어 재판에 나갔다. 검찰과 변호인 측의 질문 방법은 다소 달랐지만 주된 질문은 같았다. 〈한국현대사회의 이해〉라는 책으로 배우면서 사회주의 혁명을 선동하거나 북한 체제를 찬양하기 위한 목적이 있다고 생각해본 적이 있느냐 였다. 학생들은 모두 없다고 답했다. 그리고 학생에 따라서는 교수와 강사들이 교재 범위를 벗어나 대한민국 체제를 비난한 적이 있느냐라는 질문이 있었는데 모두들 아니요라고 답했다.

"근데 무슨 재판이 그리 오래 가노? 며칠 전에 학교 가서 들어보이 아직도 공판이 안 끝났다데. 이 몸이 군대 갔다 첫 휴가 나왔는데도 안 끝나다니."

동오가 제 형을 보며 말했다.

"그런 재판은 빨리 안 끝나지. 검찰이나 변호인 측에서 자기들 유리한 쪽으로 뭔가 자꾸 새로 요구하고 그러니까."

큰아이가 제대로 대답하고 얼굴까지 밝은 걸 보고 김인철이 하고 싶은 말을 했다.

"동현이 너 말이다. 혹시나 지금 하는 공부가 안 맞으면 바꾸는 것도 생각해봐라. 지금까지 해온 게 아깝다고 붙잡고 있을 필요도 없고 누구 눈치 볼 것도 없다. 적성에 맞춰 갔다 해도 얼마든지 아닐 수 있는 거 아니가. 재수도 방법이고 학부 학사 편입도 있고 대학원에서 바꾸면 된다."

김인철은 다시 할 수 없는 말이라도 하는 양 한꺼번에 다 했다.

"당신은 무슨 소릴 해요!"

제 엄마의 비명을 듣고 바로 큰아이가 말했다.

"그래, 갑자기 왜 그런 말씀을 하시는 겁니까? 혹시 제가 좀 까칠해 보인다면 공부하다 보면 잠깐 지치고 리듬이 깨질 때도 있는데 그럴 땐가 보죠 뭐. 다른 얘기 해요. 그게 정말 절 도와주시는 겁니다."

얼굴도 목소리도 태연했다. 서옥주는 놀랐다. 순간적으로 아이에게 무슨 문제가 있다는 느낌도 왔다. 얼굴을 본 지는 오래였다. 학원 일로 바쁘기도 하지만 믿기 때문이었다. 당연히 아이는 꾸준하게 열심히 공부하고 있어야 했다. 부부는 큰아이의 얼굴을 살폈다. 산그늘이 내려서가 아니라 얼굴이 어두워 보이기도 했다. 아들에게 무슨 일이 일어났거나 일어나고 있는 걸까. 고시 공부를 둘러싼 괴담 같은 이야기가 얼마나 많은가.

"그래, 그러자."

서옥주가 먼저 물러났다. 작은아이가 얼른 분위기를 바꾸었다.

"난 어제 우리 문인 교수 아부지가 교통사고 날 걸 염려해서 부자간에는 같은 차나 비행기 안 탄다는 학설 꺼냈다가 우리 원장 엄마한테 한 방 먹은 기 재밌더라. 하하."

시골집으로 오다가 앞서가는 차의 뒷면 유리에 쓴 글이 눈에 떠었다. 〈위급시 아이들을 먼저 구해주세요. 혈액형은 모두 A형입니다.〉 김인철이 그걸 보고는 들은 이야기가 기억나서 한마디 했다가 아내의 타박을 받았다.

"그렇지? 보고도 참아야지. 가족이 타고 가고 있는데 그런 소릴 해서 되나. 사람이 적당한 장소에서 적당한 말을 할 줄 알아야 하는 거 아니니?"

"야, 명언이네. 아버지가 딸리시는데."

"차 타고 가면서 차와 관련된 이야길 했으니 나도 제대로 한 거네."

"에이, 그건 아니올씨다입니다."

작은놈이 반박하고 큰애도 거들었다.

"대는 이어야 한다. 그 주장 하신 거지 뭐. 아버지도 전통을 못 벗어나지. 할아버지들 세대에 삼분의 일은 속해 있는 거지."

"대는 물론 이어야지. 그보다 부자간에는 한 차를 타면 안 된다면 부녀간에는 괜찮다는 말이잖아. 남존여비 사고부터 니들 아버지 고칠 게 많다."

서옥주가 남편을 다시 추궁했다.

"부모 자식으로 바꿀게. 내가, 오늘 좀 많이 억울타."

김인철은 웃으면서 일어났다. 소변을 보고 자리에 다시 돌아오니 아이들이 냉장고에서 꺼내 온 아이스콘을 먹고 있었다.

"아버지도 드세요. 해태 브라보콘, 오래된 베스트 상품입니다."

큰아이가 접시에 담긴 콘을 집어 주었다. 해태라는 상표를 바라보며 그가 말했다.

"음, 이 회사도 진로소주나 한보철강처럼 문어발식으로 사업을 벌여서 위기라는 말이 있나 보더라."

부도 위기에 몰린 대기업 뉴스가 연일 보도되고 있었다.

"재무장관님, 우리집 재무 상태는 괜찮지요?"

"모처럼 가족이 모였는데 무슨 그런 말을 해요? 동오야, 샐러드 더 가져올게, 남은 거 다 먹어라."

일어나 집으로 들어가는 아내의 뒷모습을 보며 김인철은 사학 연금공단에서 빌린 돈, 마이너스 통장, 은행 대출금 그런 생각들을 잠깐 했다. 액수를 비롯해 구체적으로 알고 있는 것은 하나도 없었다.

"요즘은 모든 살림을 엄마들이 살지요?'

동오가 말했다.

"아버지들 봉급이 현금 든 봉투가 아니고 은행 계좌로 들어갈 때부터 경제권을 뺏겠다고 봐야지. 너희 때는 더할 거다."

"난 월급장이 안 하고 사업할란다. 그라몬 돈을 내가 다 쥐고 있을 거 아니가."

"그래라, 신경 쓰이고 고생하는 건 생각 안 하나?"

그러고는 큰아이가 제 아버지를 보고는 "아버지는 편하시죠? 뒷짐 지고 있다가 뭐가 잘못되면 비난만 하면 되니까."라고 덧붙였다.

"어, 아픈 델 찌르네. 내가 너희들 눈에 그렇게 비쳤구나."

"미성아파트로 이사 온 뒤 술 드시고 오셔서는 택시 잡기 어렵다고 엄마한테 막 화내고 하셨잖아요."

"응, 그랬나? 편승하는 주제에 운전사에게 큰소리친 그런 모양새구나."

"그 무렵이든가, 엄마랑 주일 예배 보러 가는데 아버지가 화를 내셨죠. 엄마와 난 가야 하는 사람들인데 그걸 못 하게 하면서, 쉬는 날엔 이불 속에서 뒹굴고 그래야 한다고. 그 말도 우습지만, 그때 표정이 너무 무서웠어요."

김인철은 당황스럽고 화도 나고 마음이 복잡했다. 그때 아이가 제 엄마를 끌어들여 말하고 있다는 생각이 무겁게 다가왔다. 아이는 자신의 흐트러진 모습, 어떤 변화를 알아챈 아버지를 공격하고 있지만 제 엄마를 더 공격하고 싶은 것일 수도 있었다. 김인철은 기도라도 하고 싶은 심정으로 대꾸했다.

"오랜만에 만나 그런지 오늘 내가 많이 당한다. 자주 보면 잘 봐주려나. 허허."

대화는 거기서 끝나고 식사가 시작되었다. 고기와 소시지까지 구워 먹었기에 밥과 국만 가져오면 된다고 아이들이 말했지만 서옥주는 배추김치와 멸치조림, 검은콩자반 등을 내왔다. 김인철이 맑은 쇠고기뭇국에 숟가락을 담갔는데 아내와 큰아들이 두 손을 모아 기도를 올렸다. 기도문을 입 밖으로 내지 않았지만 아멘 소리는 낮게 들렸다. 김인철은 큰아이를 지켜보며 안도했다. 신실한 정도는 몰라도 교회에 나간다면 다행이라는 다급한 심사였다.

"야, 성찬이다."

"그렇지, 엄마가 요리학원 원장님이네."

아이들이 젓가락을 들었다.

커피까지 앉은자리에서 마셨다. 마당 건너 먼 산 능선에 걸쳤던 노을이 지워지고 어둠이 내렸다. 바람이 불고 김인철은 그 바람에 조바심 나는 몸과 마음을 열었다.

"오랜만에 보니 좋네. 우리가 클수록 자주 못 볼 거 아니가, 나중엔 엄마 아빠 둘만 남고."

"왜, 자주 봐야지."

자식들이 말했다.

그때 아내가 "저기, 별 나왔다."며 하늘을 쳐다보았다.

김인철도 별을 보았다.

*

멀리, 차 한 대가 도로를 막고 있었다. 김인철은 속도부터 줄이면서 비상등을 켰다. 승용차가 사고로 멈춰 선 것으로 보였다. 빗길에 미끄러졌구나. 차선을 바꾸어 지나갈 수도 있고 차를 세우고 상황을 살펴볼 수도 있었다. 히터가 켜진 차 안은 훈훈하고 내리는 비는 차가워 보였다. 확실치는 않지만 사고 차가 얼마 전에 추월해서 지나갔던 승용차 같기도 했다. 추월도 그렇고 2차선으로 되돌아오는 게 다소 급작스러워 보인 데다 차종이 자기 것과 비슷하다는 느낌까지 받았던 것이다. 여기가 여산 나들목 입구라는 짐작, 집까지 40여 분, 그리고 4시 35분이었다. 거기다 달포 전에 시골집으로 가다 보았던 아이들을 먼저 구해주세요라는 차 뒤의 글귀와 그걸 화제로 가족이 나눈 얘기도 생각났다. 김인철은 차를 오른쪽 갓길에 바짝 붙여 세웠다. 여느 주말처럼 혼자 임곡 시골집에 머물다 여산으로 돌아가는 일요일 오후였다.

그는 오른쪽 좌석 바닥에서 우산을 찾아 쥐고 차 밖으로 나왔다. 차 한 대가 바로 그의 곁을 지나 빗속으로 사라졌다. 추웠다. 문득, 오래전에 읽은 『추운 나라에서 돌아온 스파이』라는 소설의 한 장면이 생각났다. 고속도로를 가속으로 달리던 주인공은 너무 느리게 본선으로 진입하는 앞차를 보고 급하게 차선을 바꾼다. 욕설을 내뱉으며 그 차 옆을 지나는데 승용차에서 어린애들이 그를 향해 손을 흔들며 웃고 운전하는 아버지는 놀란 표정을 짓고 있다. 그리고 곧이어 뒤쪽에서 엄청난 사고가 난다. 짐차들이 부닥치고 그가 방금 목격한 승용차가 공중에 치솟았다 땅으로 떨어진다. 주인공은 갓길에 주차하고 그 사고 장면을 보았던가? 기억은 확실치 않았고, 중요한 건 김인철 자신이 지금 비 오는 도로변에 차를 세우고 걸어가고 있다는 사실이었다. 조심해야 돼. 자동차들이 빗물을 튀기며 획획 지나갔다. 그는 우산을 바로 세우며 조심스레 앞으로 나아갔다. 사고 차는 가드레일을 진행 방향으로 길게 들이박으면서 멈춰 섰는지 범퍼가 심하게 깨져 있었다. 무너진 가드레일 밖 풀밭에 서 있던 남자와 김인철은 말을 나누었다.

"괜찮습니까?"

"네, 크게 다치진 않았습니다. 방금 카센타에 연락도 했습니다."

창문이 열리며 다른 사람이 인사했다.

"아이구, 걱정돼서 와 주셨구나. 고맙기도 해라."

부부로 보이는 노인 두 쌍이었다.

"다행입니다."

"신경 써줘서 고맙습니다."

돌아서며 김인철은 차 뒤를 다시 살폈다. 〈위급시 아이부터 구해주세요〉는 물론 〈초보운전〉 글자도 보이지 않았다. 싱겁긴. 이럴 땐 싱거운 게 좋은 것이었다. 비바람이 그가 걸어가고 있는 방향에서 불어와 김인철은 우산을 조금 앞으로 숙였다. 잘박잘박 빗물 밟는 신발 소리가 들렸다. 헤드라이트를 켠 차들과 그렇지 않은 차들이 뒤섞여 도로는 묘하게 불안정하게 보였다. 손이 시리고 몸까지 떨렸다. 자기 차의 전조등이 흐릿하게 다가왔다. 몇 걸음이면 따뜻한 차 안에 들어갈 수 있었다. 김인철은 운전석 옆에 서서 비가 흘러내리는 우산을 접고 차 문을 당기며 한걸음 뒤로 물러났다. 그 순간 둔탁한 그 무엇이 그의 몸을 덮쳤다.

까무룩 잠이 들었다 싶은데 아내의 목소리가 들렸다. 저기 별 나왔다. 가족이 모였던 임곡 시골집이었다. 그건 오래전이고 지금 그는 혼자 빗길을 운전하고 있었다. 앞차가 사고가 나서 다친 사람은 없는지, 아이들을 먼저 구해야 하는 건 아닌지 그걸 살피러 갔었다. 아버진 편하시죠. 뒷짐 지고 있다가 비난만하면 되니까. 모임 뒤로 자주 큰아이를 생각했다. 걱정할 게 하나 없던 아들이 걱정이라니. 정말 자기를 도와주는 건 자기 이야길 하지 않는 거란 말을 아내까지 지키고 있었다.

김인철의 눈앞에 별도 보이고 어둠 속에서 부드러운 허리를 드러낸 큰산 자락도 안겨드는데, 그 뒤에 나눈 대화가 떠오르지 않았다. 자식들에게 외조부 이야기는 했을까. 없는 산소를 있다고 말한 게 늘 마음에 걸렸으니 그날은 그걸 바로잡을 자리였다. 셋만 산길을 걸을 때, 아내가 몇 차례나 자리를 비운 식사 때, 큰아이 땜에 분위기가 무거웠던 것과는 상관없이 할 수 있는 얘기였다. 유족회 이야기도 했을까.

세상일은 어떤 식으로든 연결되어 있는 건지도 몰라. 그렇게 시작했을 것이다. 동오 너, 법원에 증언 출석하는 걸 두고 우리가 같이 의논했던 여산대 교재 문제 말이다. 그 책이 민주화로 가면서 세상이 달라진다는 걸 보여주는 한 증표일 수 있는데, 그런 면에서 우리 가족하고도 관계가 된다는 거지. 뒷날 언젠가 보도연맹 관련 유족들이 모여 유족회를 다시 결성할 거다. 그런 소식을 어디서 듣거나 보거든 꼭 엄마랑 외삼촌께 알려드려라. 왜냐하면.

별도 사라지고 어둠뿐이었다.

서옥주가 병원으로 달려갔을 때 김인철은 혼수상태였다. 과다출혈에 장기파열이 심해 수술이 불가능했다. 남편의 죽음을 받아들여야 한다는 걸 확인하면서 서옥주는 몇십 번이나 가슴이 무너져 내렸다. 하지 못한 말이 가슴에 넘쳐나고 안타깝고 또 안타까웠다. 이 세상의 가장 큰 고통과 가장 깊은 어둠 속에서 헤매고 있을 남편을 손 놓고 지켜보고만 있을 수는 없었다. 남편의 생명이 유지되는 동안 무엇으로든 그를 평안하고 평화롭게 해주고 싶었다. 서옥주는 목사님을 청했다.

빈소는 병원 지하 2층 장례식장에 차려졌다. 여천고등학교 시절, 고인이 서무실 정 주사로부터 홍싸리하고 흑싸리는 달라도 감기 몸살은 하나다, 라는 말을 들을 때 나왔던 그 제중병원이었다. 정 주사도 빈소를 찾았다. 그는 〈성도 고 김인철〉 영정 앞에 엎드려 절을 두 번 했다. 마침 그때 하상길과 강인구가 와 있었다. 정 주사가 그 자리로 가서 하상길에게 대뜸 김 선생이 언제 예수쟁이가 됐노, 라고 하자 두 사람은 멋쩍게 웃기만 했다.

서옥주의 시누들은 장례 절차에 대해 간섭하지 않기로 의논을 모았다. 비명에 간 오빠 동생을 탈 없이 잘 보내주어야 했다. 같은 핏줄을 타고난 동기간이 그래도 부모가 누운 곳에 같이 있을 수 있다는 것으로 만족이었다. 동현이는 무심하고 동오가 제 엄마에게 "아부지 뜻이 아니지."라고 따졌지만 그것도 잠시였다. 서옥주가 신앙생활을 다시 하고자 대화를 나누었을 때 가졌던 김인철의 그 불안이 이런 모습으로 얼굴을 내민 것일지도 몰랐다.

김인철은 완주하지 못하고 중도에서 인생을 끝내는 그런 사람이 되었다. 마라톤 주자로 치면 삼분의 이를 지난 것이고, 등산으로 치자면 하산을 제대로 못한 셈이었다. 자신이 원한 바는 아니지만 그날 그 도로에서 차를 세운 것은 그 자신이었다. 무엇이 끝나면 다음이 시작된다. "좀 서둘러 갔지만 자식들이 장성했으니까." 유족도 그리고 문상객들도 그런 얘기를 했다.

* 이 소설을 쓰기 위해 읽은 책들 중에서 특히 도움을 받은 『민중과 전쟁 기억』(김경현, 선인, 2007), 『'한국사회의 이해'와 국가보안법』(학문상 표현의 자유 수호를 위한 공동대책위원회, 한울, 2005), 『마을로 간 한국전쟁』(박찬승, 돌베개, 2010), 『시민종교의 탄생』(강인철, 성균관대학교 출판부, 2019), 『한국 전쟁과 기복신앙 확산연구』(김흥수, 한국기독교역사연구소, 1999), 『한국전쟁 과 기독교』(윤정란, 한울, 2015), 『번지 없는 주막』(이동순, 선, 2007), 『한국현 대시 작품론』(김용직·박철희, 문장, 1981), 『전쟁과 가족』(권헌익, 창비, 2020) 에 깊이 감사드린다.

『보이지 않는 숲』의 배경

박찬승(한양대 사학과 명예교수)

　조갑상 소설가의 『보이지 않는 숲』은 전작 『밤의 눈』의 후속
작으로 볼 수 있다. 그것은 두 소설이 서로 스토리가 이어지지
는 않지만, 다루고 있는 주제가 보도연맹과 국가보안법으로 거
의 같고, 배경이 되는 지역도 거의 비슷하기 때문이다.

　전작 『밤의 눈』에서는 대진읍이라는 곳에서의 보도연맹 학살
사건, 그리고 피학살자 유족회 사건을 지역사회 내부의 권력암
투와 연결시켜 다루었다. 후속작 『보이지 않는 숲』에서는 보도
연맹 사건과 국가보안법 위반 사건(『한국사회의 이해』 교재 사건)
을 다루면서, 동시에 여산의 삼산면이라는 곳에서의 전쟁기 민
간인 학살사건을 다루고 있다. 여산에서의 민간인 학살사건은
보도연맹 맹원 학살사건과, 그에 이은 인민군 치하에서의 인민
재판에 의한 국민회장 학살사건, 수복 후의 이에 대한 처벌과
보복 사건 등을 '마을로 간 전쟁'이라는 장의 이름 아래 다루고
있다. 그리고 이와 같은 과정에서는 삼산면에서의 이씨 집안과

박씨 집안이 좌익과 우익으로 나뉘어 대립한 것으로 되어 있다.

필자는 십여 년 전에 낸 『마을로 간 한국전쟁』이라는 책에서 한국전쟁 당시의 민간인 학살이 보도연맹 맹원 학살, 인민군 점령기와 철수기의 우익 학살, 국군 수복기의 좌익 학살, 그리고 부역자에 대한 처벌로 이어진다고 정리했는데, 이 책의 제2장 '마을로 간 전쟁'에서도 비슷한 순서로 민간인 학살 문제를 다루고 있다.

필자는 국문학자나 문학평론가가 아니고 역사학자이다. 따라서 조갑상 소설가의 『보이지 않는 숲』에 대해 이렇다 할 평론을 할 만한 능력을 갖고 있지 못하다. 따라서 이 글에서는 이 소설에서의 모티프가 되고 있는 국가보안법과 보도연맹 사건, 그리고 1990년대에 있었던 『한국사회의 이해』 사건을 해설하는 데 그치고자 한다.

1.

먼저 국가보안법과 보도연맹 사건에 대해 살펴보자. 1948년 5·10선거를 앞두고 제주에서는 4·3봉기가 일어났다. 남로당 계열의 좌익 무장대가 '단독선거·단독정부 반대, 응원경찰과 서북청년단 추방'을 내걸고, 11개 지서와 우익단체 요인의 집을 습격하는 식으로 봉기한 것이다. 이후 봉기는 우여곡절을 겪으면서 확대되었고, 5월 10일 제주도의 2개 선거구에서는 투표가 무산되었다. 미군정은 5·10선거가 저지되자 군 병력과 경찰력을 더욱 강화하고 무장대 토벌에 나섰다. 그러나 이러한 강경책은 오히려 제주도민의 반발을 낳아 무장대를 따라 산으로 피하는 사람들이 늘어났다.

1948년 8월 대한민국 정부가 들어선 이후 이승만 정권은 제주도에 군 병력을 대거 파견했다. 1948년 10월 송요찬 연대장은 "해안선으로부터 5km 이상 지역을 적성 지역으로 규정하고, 이 지역에 보이는 자는 폭도로 인정하여 무조건 총살한다"는 포고령을 내렸다. 이로부터 약 5개월 동안 약 3만 명으로 추정되는 제주 4·3사건 희생자의 약 80% 이상이 희생되었다.

그런 가운데 그해 10월 여순사건이 일어났다. 10월 19일 여수·순천지역의 14연대 군인들이 반란을 일으켜 2개 도시와 인근의 7개 군을 장악한 것이다. 이 사건은 대한민국 정부가 수립된 지 두 달 만에 대한민국 정부에 정면으로 도전한 반란 사건이었기 때문에 이승만 정권은 위기감을 느끼고 대규모 진압군을 이 지역에 파견하였다. 진압군은 일주일여 만에 반란을 진압하고 이 지역을 대부분 탈환하였으나, 이 과정에서 많은 인명피해와 재산피해가 발생하였다. 반란군과 이에 동조한 지역 좌익세력은 지리산 등 전남지역의 산악지대로 들어가 유격투쟁을 시작하였다. 때문에 전남지역은 1950년 초까지도 치안 불안 상태에 있었다.

정부 수립 직후 이와 같은 반란 사태를 겪은 이승만 정권은 이와 같은 반란 행위를 강력히 대처하기 위해 '국가보안법'을 제정하였다. 그런데 형법에는 이미 반란 실행범에 대한 처벌 조항이 있었기 때문에 새로 만든 국가보안법에는 실제로 변란 행위를 일으키지 않더라도, 변란을 기도할 목적을 가진 결사나 집단의 구성원도 모두 처벌한다는 데 그 중점을 두었다. 일부 의원들의 반대가 있었지만, 이러한 내용의 국가보안법은 11월 20일 국회에서 통과되어 12월 1일 공포 시행되었다. 이후 전국의 각 경찰서에서는 좌익사범들을 대거 체포, 구속하기 시작했다. 1949년 한 해 동안 국가보안법 위반으로 전국에서 검거된 사람은 모두 4만 6,373건에서 11만 8,621명에 달했으며, 전국 교도소 수형자의 약 70%가 국가보안법 위반 사범이 되었다. 1950년 1~4월까지 국가보안법 위반으로 검거된 이는 3만 2,018명에 달했다. 이로써 1949년 이래 한국전쟁 발발 직전까지 국가보안법 위반으로 검거된 이는 모두 15만 명 정도였으며, 이 가운데 검찰에 송치된 이는 11만 2,246명, 재판에 회부된 사람은 3만 8,213명이었다고 한다. 기존의 남로당 계통의 조직에 참여하여 활동한 이들은 모두 국가보안법 위반과 관련하여 체포의 대상이 되었던 것이다(김득중, 『'빨갱이'의 탄생 - 여순사건과 반공국가의 형성』, 선인, 2009 참조).

그러나 기존의 좌익 활동을 한 이들을 모두 감옥에 넣을 수는 없었다. 또 아직 검거하지 못한 좌익혐의자들도 상당수 있었다. 따라서 이승만 정부는 이들을 대상으로 한 자수, 전향, 포섭 작업과 감시 및 통제가 필요하다고 생각했다. 여기서 만들어진 것이 바로 '국민보도연맹'이었다.

'보도(保導)'라는 말은 보호와 인도라는 말이다. 보도연맹은 기존의 좌익 활동가들을 자수시켜 사상적으로 개조하여 전향을 시킨다는 명분으로 만들어진 것이었다. 이에 따라 대상이 될 만한 이들은 모두 보도연맹에 가입하도록 강제되었다.

보도연맹은 서울시연맹을 조직한 후, 지방지부를 결성해 나갔다. 지방지부는 도연맹 - 시군연맹 - 읍면지부로 구성되었다. 지방에서는 가입시켜야 하는 보도연맹원 숫자가 상부로부터 할당되어 내려와, 전향자가 아님에도 강제적으로 가입시키는 경우도 많았다. 또 좌익과는 전혀 관계없는 지역의 농민, 어민, 청년, 부녀단체 회원들을 단체로 가입시키는 경우들도 있었다. 이에 따라 남한 전역에서 약 30만 명 정도가 이에 가입한 것으로 보인다.

보도연맹의 활동은 몇 가지로 진행되었다.

첫째는 좌익활동가들의 자수운동이다. 1949년 10월 말부터 자수운동이 시작되었고, 각 학교에서도 좌익학생들의 자수 권유운동이 진행되었다. 이에 따라 연말까지 약 5만여 명의 전향, 자수자가 집계되었다. 당시 서울 지역의 자수자 현황을 보면, 남로당원이 4,324명으로 가장 많고, 그 밖에 민애청 1,768명, 민학련 1,959명, 여성동맹 150명, 전평 2,272명, 전농 578명, 출판노조 296명, 인민위원회 414명, 근로인민당 234명, 기타 음악가동맹, 연극동맹, 영화동맹, 문학가동맹, 과학자동맹의 소속원 등이 있었다. 이들은 대부분 보도연맹에 가입되었다. 11월 한 달에 걸친 자수기간이 끝난 뒤에는 좌익혐의자 일제 검거가 진행되어, 약 1개월 만에 3천여 명의 좌익혐의자를 체포했다고 한다(김기진, 『끝나지 않은 전쟁, 국민보도연맹』, 역사비평사, 2002 참조).

둘째는 반공사상의 선전운동이다. 『애국자』(주간), 『창조』(월간) 잡지를 발간하거나 국민사상선양대회, 국민예술제전 등을 통해 반공사상을 선전하는 작업을 진행했다.

셋째는 전향자에 대한 교육사업이었다. 즉 전향자를 대상으로 한 반공사상 강화의 교육과 훈련, 사상성 심사 등을 진행했고, 이 과정을 거치면 탈맹(脫盟)을 허가했다. 1950년 6월 5일에는 서울시 연맹원 가운데 우수 맹원 6,928명의 탈맹식이 있었다. 이는 서울시 연맹원 2만여 명의 약 30%에 달하는 인원이었다.

1950년 6월 25일 전쟁이 발발하자, 이승만 정부는 남한 사회 내부에서의 이적행위 혹은 후방에서의 소요사태가 있을까 크게 우려하였다. 이에 따라 '이적행위'의 가능성이 있다고 판단된 보도연맹원에 대한 '예방학살'을 결정하게 된다. 우선 군과 경찰은 보도연맹들을 일정한 장소에 모이도록 소집령을 내렸다. 맹원들의 소집이 잘 이루어지지 않는 경우에는 경찰이 직접 연행에 나섰다. 소집 및 연행된 맹원들은 창고, 경찰서, 형무소에 일정 기간 구금되었으며, 결국은 인근 야산지역으로 끌려가 집단으로 학살되었다.

학살은 서울과 경기 일부 지역을 제외한 전국에서 7, 8월 두 달 동안 자행되었으며, 경남지역이 가장 피해가 컸다. 다른 지역은 인민군의 진격 속도가 빨라서 시간적 여유가 많지 않았기 때문이다. 그럼에도 인민군이 남하하기 전에 전국에서 진행된 보도연맹원에 대한 학살로 인한 희생자는 엄청났다. 전쟁 전 보도연맹원이 약 30만 명에 달했는데, 전쟁기 희생된 맹원의 수는 적어도 수만 명에 달했을 것으로 추정된다. 오로지 전시라는 이유로, 아무런 재판 없이 수만 명이 희생된 것이다. 보도연맹원에 대한 학살은 이후 인민군이 들어온 지역에서는 이에 대한 보복으로서 좌익세력의 군경 가족과 우익 인사에 대한 학살로 이어져, 전쟁기 대량학살의 발단이 된다.

2.

두 번째로 1990년대에 있었던 『한국사회의 이해』 사건을 살펴보자. 1994년 8월 초 갑자기 진주 경상대학교의 교양강의에서 사용하는 『한국사회의 이해』라는 교재가 국가보안법에 저촉된다는 검찰 당국의 발표가 있었다. 이 책은 같은 이름의 옴니버스 교양강의를 위해 1990년에 발간된 것으로, 이 강의에 참여하는 9명의 교수가 공동으로 집필한 것이었다. 경찰은 7월 27일에 이 책을 학교 앞의 서점에서 압수하였고, 이후 공안문제연구소라는 곳에서 이를 분석하였다.

8월 2일, 대검 공안부장은 "국가보안법 위반(이적표현물 제작 및 배포) 혐의로 경상대 교수들을 내사하고 있다"고 발표하였고, "이 교재는 계급대립을 강조, 계급혁명과 폭력혁명을 선동하고 있는 것으로 분석"되었다고 말했다.

공안문제연구소의 분석에 따르면, "이 책은 마르크스주의 시각에 입각, 자본주의 체제를 비판하는 내용을 담고 있으며, '국가와 법'을 지배계급의 통치수단으로 규정하고 있다. 또 사회주의 붕괴에도 불구하고, 자본주의 체제의 모순을 해결하는 방안은 마르크스주의밖에 없다고 주장하고 있을 뿐 아니라, 남한을 미국의 신식민지로서 계급모순과 민족모순이 중첩된 사회로 규정하고 있다. 특히 북한의 주의, 주장을 여과 없이 수용하고 타도대상을 미국과 정부로 규정한 부분이 문제가 있다."는 것이었다.(동아일보, 1994.8.4.)

이에 대해 집필자 9명은 8월 4일 입장문을 발표했다. "이 책은 한국의 대학생들에게 한국사회의 현실을 초보적인 수준에서 균형 있게 이해할 수 있도록 하는 목적에서 쓰였다. 사회과학은 현실과학이다. 그것은 현실에 대한 설명을 기본적인 목표로 한다. 우리는 비판적 시각에서 정치, 경제, 노동, 농업 등 한국사회 전반에 걸친 문제점들에 대한 판단과 처방을 해온 한국 사회과학계의 연구 성과를 정리 요약하여 학생들이 이해하기 쉽도록 전달하는 데 집필의 일차적인 목표를 두었다."고 주장했다. 이들은 공안문제연구소의 분석 결과에 대해, "(이는) 책의 내용을 거두절미하여 왜곡된 해석을 하고 있을 뿐 아니라 사회과학에서는 상식으로 되어 있는 이론에 대해 문외한으로서 재단을 하고 있는 것"이라고 주장했다.

이와 같은 사태가 발생하자, 민주화를 위한 교수협의회, 민주사회를 위한 변호사모임 등 7개 단체는 '학문의 자유를 위한 공동대책위원회'를 구성하였다. 8월 6일 진보적인 학술단체들의 모임인 학술단체협의회는 "우리는 이 사건이 문민시대의 이상과도 맞지 않을뿐더러 국제화, 개방화를 맞이하는 세계사적 대세와도 전혀 부합하지 않는 낡아빠진 냉전적 사상탄압의 재판"이라는 성명을 발표했다.

필자 중의 한 사람인 장상환 교수는 한겨레신문과의 인터뷰에서 "학문적 활동에 대해 외부에서 지침을 제공하고 유도하는 것은 전체주의 사회에서나 볼 수 있는 일로, 이는 민주주의에 대한 정면 도전이다. 우리는 학문적 성과에 대한 평가는 학문적 논쟁을 통해 이루어져야 하는 것이지 공안당국에 의해 재단되어서도 안 되고 될 수도 없다고 본다. 이번 검찰당국의 『한국사회의 이해』에 대한 수사는 헌법에 보장되어 있는 국민의 기본권인 학문의 자유에 대한 명백한 침해행위로 검찰의 소환에 응하지 않을 방침이다."라고 말했다.(한겨레신문, 1994.8.12.)

그런 가운데 검찰은 이 책의 집필자들을 조사하겠다고 집필자들에게 소환장을 보냈다. 그러나 교수들이 이를 거절하자 8월 24일 수백 명의 경찰력을 동원하여 학교 도서관에 들어가 교수들을 구인하려 하였으나, 교수들을 찾지 못하여 구인에 실패했다. 교수들은 계속 소환을 거부했다.

8월 30일, 창원지검은 공동집필자 가운데 장상환, 정진상 교수에 대해 국가보안법 상의 '이적표현물 제작 및 반포' 혐의로 구속영장을 청구했다. 그러나 창원지법의 최인석 판사는 "교재의 내용이 시중 서점에서 유통되는 진보적 사회과학 서적이나 간행물에서도 쉽게 볼 수 있는 것들이며, 우리 사회의 사상적

건강상태가 그 정도의 내용을 소화하지 못할 정도의 수준이 아니다"며 영장을 기각했다. 최판사는 또 "학문의 자유 또한 법이 보호해야 할 중요한 국민의 기본권이므로 이 문제는 대학의 자율적 조절 기능에 맡기는 것이 바람직하다"고 했다.

그럼에도 불구하고 검찰은 그해 11월 30일 장상환, 정진상 교수를 기소했다. 그리고 다른 교수들에게는 기소유예의 처분을 내렸다.(한겨레신문, 1994.12.1.) 이후 재판은 빨리 진행되지 않고 지지부진하게 이어졌다. 기소 이후 무려 6년이 다 된 2000년 7월 24일에야 1심 판결이 나왔다. 당시 창원지방법원 형사합의 3부는 "마르크스주의 이론과 학문의 자유와의 관계에 대한 해석과 이 사건 책 내용이 마르크스주의 관점에서 한국사회를 분석한, 사회체제 내에서의 개혁, 사회운동의 강화를 주장함에 그치는 점에 비추어 그 내용이 객관적으로 보아 국가보안법의 보호법익인 국가의 존립, 안전이나 자유민주주의적 기본질서를 위협하는 적극적이고 공격적인 표현으로 학문의 자유 내지 표현의 자유의 한계를 벗어난 것이라고 볼 수 없다"라고 판시하고, 이들에게 무죄를 선고했다.

2년 뒤인 2002년 7월 24일 항소심에서도 무죄 선고가 나왔다. 재판부는 판결문에서 "『한국사회의 이해』는 마르크스주의 방법론을 기초로 한국사회를 비판하고 있으나 명시적으로 사회주의 계급혁명을 주창한 부분은 없으며 결론에 해당하는 '사회변혁'이라는 용어도 사회의 바람직한 변화라는 의미로, 사회주의 혁명 내지 사회주의로의 체제변화를 뜻하는 것은 아니다."

라고 밝혔다.(오마이뉴스, 2002.7.24.)

그리고 4년 뒤인 2006년 4월 1일 대법원에서 무죄 확정판결이 나왔다. 재판부는 "이 교재는 사회과학 방법론으로서 마르크스주의의 사회 인식틀을 수용, 사회변혁 등 사회적 행동을 주창한 부분을 포함하고 있으나, 명시적으로 사회주의 혁명을 주창하는 내용은 담고 있지 않으며, 학문의 자유 내지 표현의 자유의 한계를 벗어났다고 볼 수 없다."고 했다. 또 "이 교재에는 반국가단체인 북한의 선전활동에 동조하거나 노동자계급의 폭력혁명을 통해 사회주의를 실현해야 한다는 등 국가 안전과 자유민주적 기본질서를 위협하는 적극적이고 공격적인 내용이 없으므로 이적표현물로 볼 수 없고 이 내용을 강의한 것을 두고 북한의 활동에 동조했다고 인정할 수도 없다"고 덧붙였다. 이로써 검찰의 무리한 기소로 시작된 11년여에 걸친 재판은 끝이 났다.

한편 장상환 교수는 2004년 오마이뉴스와의 회견에서 "이 사건은 ○○지역 수구 지배세력들이 기득권을 지키기 위해 국가보안법을 악용하여 민주교수들을 공격한 것이라고 할 수 있다. 문민정부 1년째인 1993년 후반기에 집권세력은 지방 토호세력들에 대한 사정에 착수했고, 처음에는 서슬이 제법 시퍼랬다. 그런 분위기 속에서 지역 토호세력의 하나인 학원족벌의 드러난 비리에 대하여 전교조 지부와 경상대 민교협이 성명으로 비판하였다. 저들은 처음에는 명예훼손으로 고발을 했지만, 여의치 않자 안기부와 검찰을 움직여서 국가보안법으로 민주교수

들을 공격한 것이다."라고 말하였다. 이 책『보이지 않는 숲』에
도 이와 비슷한 내용이 있다.

　이상『한국사회의 이해』교재 사건에 대해 살펴보았다. 조갑
상 소설가의 전작『밤의 눈』에서는 지역사회의 공직자들이 잠
재적인 정적으로 간주되는 이들을 전쟁기의 혼란 상황을 이용
하여 '빨갱이'로 몰아 제거하려 하였던 것이 스토리의 중요한
모티브가 되었다. 이 소설『보이지 않는 숲』에서도 지역의 막강
한 유지인 학원재벌이 자신을 비판한 교수들을 국가보안법 위
반이라는 굴레를 씌워 고발한 것이 중요한 모티브가 되고 있다.
이런 점을 보면 조갑상 소설가는 이념이나 사상보다는 현실에
서의 이해관계, 권력관계가 훨씬 더 중요하게 작용한다고 보고
있는 것 같다.

작가의 말

한국전쟁 전후기부터 1990년대까지 우리 현대사의 몇 가지 모습을 3대에 걸친 가족사를 통해 이야기해 보았다.

1945년 해방 이후 삼팔선으로 나누어진 뒤 한국전쟁으로 고착된 분단 상황은 여러 형태로 오늘날 우리 삶에 영향을 끼치고 있다. 전쟁은 오래 전에 끝났지만 그때의 상처는 저마다 가슴에 남아 다른 모습으로 되살아나고, 정치 사회적 현실문제에서는 결정적 변수로 작용한다,

더해서 주인공 부부의 종교로 인한 갈등과 그 이웃들이 겪는 불편 또한 외면할 수 없는 한국사회의 한 현상이라고 생각한다.

소설 속에 여러 실재사건이 등장하지만 소설이 현실을 바탕으로 하는 허구라는 사실은 이 작품에서도 어김이 없다.

2장의 소제목 '마을로 간 전쟁'은 박찬승교수의 『마을로 간 한국전쟁』에서 빌려 썼다. 우리의 앞 세대가 겪은 전쟁이 더욱

비극적이고 고통스러웠던 것도 바로 이 저서의 제목이 말해주는 역사적 사실 때문일 것이다.

고맙게도 박 교수님이 소설의 해설을 써주셨다. 작품의 주요 모티브가 되고 있는 '보도연맹사건'과 '국가보안법', '한국사회의 이해 사건'의 명쾌한 해설은 독자들에게 큰 도움이 되리라 믿는다.

시간을 끌던 집필에 속도가 붙은 것이 출입을 불편하게 했던 코로나19 덕분이라는 사실은 아이러니지만, 성장에 매몰된 이 세계를 다시 살펴야 한다는 깨달음은 소중했다, 내 소설의 여러 실개천이 되어 주신 아버님에 이어 올봄에는 어머님과도 헤어졌다. 새삼스럽고 쑥스럽지만 책을 건네 드리고 싶다.

수고하신 산지니 편집자분들께 인사를 전한다,

2022년 초가을, 조갑상